Camille, une enfant à sauver

*

Une héritière aux abois

MELINDA DI LORENZO

Camille, une enfant à sauver

Traduction française de
B. DUFY

BLACK ROSE

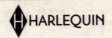

Collection : BLACK ROSE

Ce roman a déjà été publié en 2018

Titre original :
SILENT RESCUE

© 2017, Melinda A. Di Lorenzo.
© 2018, 2024, HarperCollins France pour la traduction française.

Ce livre est publié avec l'autorisation de HARLEQUIN BOOKS S.A.

Tous droits réservés, y compris le droit de reproduction de tout ou partie de l'ouvrage, sous quelque forme que ce soit.
Toute représentation ou reproduction, par quelque procédé que ce soit, constituerait une contrefaçon sanctionnée par les articles 425 et suivants du Code pénal.

Si vous achetez ce livre privé de tout ou partie de sa couverture, nous vous signalons qu'il est en vente irrégulière. Il est considéré comme « invendu » et l'éditeur comme l'auteur n'ont reçu aucun paiement pour ce livre « détérioré ».

Cette œuvre est une œuvre de fiction. Les noms propres, les personnages, les lieux, les intrigues sont soit le fruit de l'imagination de l'auteur, soit utilisés dans le cadre d'une œuvre de fiction. Toute ressemblance avec des personnes réelles, vivantes ou décédées, des entreprises, des événements ou des lieux serait une pure coïncidence.

HARPERCOLLINS FRANCE
83-85, boulevard Vincent-Auriol, 75646 PARIS CEDEX 13
Service Clients — www.harlequin.fr
ISBN 978-2-2805-0612-0 — ISSN 1950-2753

Édité par HarperCollins France.
Composition et mise en pages Nord Compo.
Imprimé en avril 2024 par CPI Black Print (Barcelone)
en utilisant 100 % d'électricité renouvelable.
Dépôt légal : mai 2024.

Pour limiter l'empreinte environnementale de ses livres, HarperCollins France s'engage à n'utiliser que du papier fabriqué à partir de bois provenant de forêts gérées durablement et de manière responsable.

Prologue

Six ans plus tôt

Maryse regarda sa montre. Si elle ne se dépêchait pas, elle allait rater le bus qui l'emmènerait à l'endroit où son frère Jean-Paul lui avait donné rendez-vous. Non qu'elle soit pressée de savoir ce qu'il avait à lui dire : il voulait sans doute lui demander de l'argent, ou lui annoncer la perte de son dernier emploi... Il avait le don de s'attirer des ennuis, et sur qui comptait-il toujours pour le sortir d'affaire ? Sur Maryse !

Elle regrettait de s'être laissé convaincre de quitter Seattle pour venir passer une semaine à Las Vegas avec lui. En deux jours, elle ne l'avait vu qu'une seule fois : à l'aéroport, quand il était venu la chercher.

— Les liens du sang, tu parles ! marmonna-t-elle en ouvrant la porte du studio aménagé au sous-sol du pavillon de son frère.

L'air brûlant du désert l'enveloppa aussitôt. Elle aurait dû attacher ses cheveux : une queue-de-cheval lui aurait au moins dégagé le visage et la nuque.

Au moment où elle tournait la clé dans la serrure, une sorte de miaulement attira son attention. Le bruit venait du haut de l'escalier qui menait à la cour de la maison. Maryse gravit les marches ; un grand carton était posé à l'ombre de l'arbre le plus proche.

Quelqu'un avait-il choisi cet endroit pour abandonner son chat ? Elle s'approcha du carton. Si elle ramenait un animal chez lui, son frère ne serait pas ravi, mais elle ne pouvait pas laisser cette pauvre bête dehors ! À 10 heures du matin, il faisait déjà une chaleur accablante !

Maryse se pencha sur le carton... et ouvrit de grands yeux.

Ce n'était pas un chat qu'elle avait entendu, mais un nouveau-né — une petite fille, à en juger par la couverture rose qui l'enveloppait. Elle la prit dans ses bras et eut la surprise de s'apercevoir que la couverture était fraîche. Un nouveau coup d'œil à l'intérieur du carton lui montra qu'il contenait un pack de glace en plus d'un sac à langer.

Elle leva la tête et scruta les alentours à la recherche de celui ou celle qui tenait assez à cette enfant pour la protéger de la chaleur, mais qui l'avait tout de même abandonnée !

Une traînée de poussière ornait la joue du bébé. Maryse la fit disparaître en frottant doucement. La petite fille ouvrit alors les paupières et poussa un nouveau cri, un peu plus fort que le premier. Maryse la posa dans le creux de son bras gauche, puis la berça et lui murmura des mots apaisants tout en fouillant de sa main libre dans le sac à langer. Elle y trouva un biberon plein. Le lait était froid, mais cela signifiait au moins qu'il ne s'était pas altéré, et le bébé avait visiblement faim. Elle lui présenta la tétine, et il se mit aussitôt à boire.

Maryse s'assit par terre, sortit le sac à langer et entreprit d'en inventorier le contenu. Outre des couches et des vêtements de rechange, elle y trouva deux passeports canadiens. Elle en ouvrit un... et son sang se figea dans ses veines : c'était elle, sur la photo, et il était au nom de Maryse Anne LePrieur.

Ces prénoms étaient bien les siens, mais « LePrieur » était le nom de jeune fille de sa mère.

Elle ouvrit le second passeport.

« Camille Anne LePrieur », lut-elle.

Et la photo était celle du bébé actuellement occupé à vider goulûment son biberon.

Effarée, Maryse replongea la main dans le sac à langer, et elle en sortit cette fois une grosse enveloppe. Il y avait dedans une énorme liasse de billets de banque, et une feuille pliée en deux.

Maryse la prit, la déplia et reconnut immédiatement l'écriture irrégulière de son frère.

> *Pars très loin ! Je te confie ma fille. Ne fais confiance à personne, et ne prends pas le risque de prévenir la police. Occupe-toi de Camille et aime-la comme si c'était ta fille. Elle est à toi, maintenant. Et, si on m'accuse de ce qui va sûrement se produire, sache que c'est un mensonge.*

Maryse se hâta de se relever.

Quand des hurlements de sirènes annoncèrent l'arrivée de la police dans le quartier, elle, le bébé et toutes leurs affaires n'y étaient déjà plus depuis un bon moment.

1

Maryse ouvrit la porte de la chambre de Camille, le sourire aux lèvres. Les informations régionales venaient de lui apprendre que toutes les écoles du district étaient fermées pour la journée à cause du verglas.

De nombreux parents devaient être en train de maudire le mauvais temps et de se demander ce qu'ils allaient faire de leurs enfants... Maryse, elle, était ravie d'avoir une excuse pour emmener sa fille patiner sur l'étang gelé voisin.

— Debout, marmotte ! s'écria-t-elle gaiement.

La petite fille ne pouvait pas l'entendre — elle était sourde-muette —, mais Maryse craignait de perdre l'usage de sa voix si elle ne s'en servait pas au moins de temps en temps. Elle avait appris le langage des signes mais s'était vite aperçue que Camille entendait à sa façon : il était impossible de la surprendre, par exemple.

« *Tu émets des vibrations,* avait-elle un jour signé.

— *Des vibrations ?* avait répété Maryse.

— *Oui,* avait dit la fillette en riant, *comme un éléphant qui marcherait sur un parquet !* »

Ce souvenir fit sourire Maryse. Laissant la porte ouverte, elle s'approcha du lit.

— Il fait très beau, ce matin, déclara-t-elle. Le ciel est tout bleu !

Aucun mouvement, sous la couette...

— Chérie ?

Maryse posa la main sur ce qu'elle croyait être l'épaule de la fillette... pour s'apercevoir qu'il s'agissait d'un oreiller.

Rien d'inquiétant, cependant : Camille adorait faire des farces et jouer à cache-cache.

— *Très drôle !* signa Maryse au cas où sa fille se serait tapie dans un endroit d'où elle pouvait la voir.

L'exploration des cachettes habituelles — le placard, le dessous du lit, la cabine de douche de la salle de bains attenante — ne donna rien.

Alors que Maryse s'apprêtait à quitter la chambre pour poursuivre ses recherches dans les autres pièces de la maison, son pied glissa sur un objet qui traînait par terre. Elle perdit l'équilibre, atterrit sur un genou et réprima un juron — Camille lisait sur les lèvres —, puis elle ramassa l'objet.

C'était le type de carte magnétique qui remplaçait la clé des chambres dans la plupart des hôtels. Et elle portait le nom de l'établissement concerné : Maison Blanc.

Maryse la retourna. Une adresse figurait au dos. L'hôtel était situé à Laval, à environ cent trente kilomètres au sud de LaHache, la petite ville où Maryse s'était installée six ans plus tôt.

— Où as-tu trouvé ça, Camille ? marmonna-t-elle en se relevant.

La carte magnétique alla rejoindre sur une étagère la collection de babioles que sa fille récupérait un peu partout, et Maryse gagna ensuite le couloir.

— Allez, Camille, sors de ta cachette !

Elle souriait encore mais, après qu'elle eut fouillé en vain toutes les pièces de la maison, ouvert tous les placards assez grands pour contenir un enfant de vingt-deux kilos, l'amusement céda la place à l'inquiétude.

— Camille ! appela-t-elle tout en sachant que cela ne servait à rien. Camille !

Le panier à linge sale... Le conduit de cheminée...

Personne.

L'estomac noué, Maryse ouvrit la porte du séjour, la seule de la maison qui donnait sur l'extérieur. Si Camille était dehors, elle risquait d'attraper une pneumonie...

La petite couche de neige fraîche qui recouvrait la terrasse depuis la veille au soir ne portait cependant aucune trace de pas. La fillette n'était donc pas sortie.

Mais où était-elle, alors ?

Maryse s'exhorta au calme et retourna dans la chambre de sa fille. Quelque chose avait pu lui échapper. Son regard se tourna vers la fenêtre. Elle fronça les sourcils et se rappela soudain le souffle d'air glacé qu'elle avait senti après avoir juste réglé l'ouverture des lames du store. Elle courut le remonter...

La sécurité enfant qui équipait la fenêtre à guillotine avait été forcée, et le châssis était très légèrement relevé.

Un spasme d'angoisse lui étreignit le cœur et, en se tournant vers le lit, elle s'aperçut que quelque chose dépassait de sous un oreiller. C'était une feuille d'un carnet à décor de papillons qui appartenait à Camille.

Quand Maryse l'eut récupérée, sa main tremblait tellement qu'elle eut du mal à déchiffrer les mots écrits dessus en lettres majuscules.

Deux phrases. Deux phrases seulement, mais qui firent basculer son univers tout entier.

J'AI PRIS CE QUE VOTRE FRÈRE ME DEVAIT. NE PRÉVENEZ PAS LA POLICE, SINON CE QUI LUI EST ARRIVÉ SE REPRODUIRA.

Maryse inspira plusieurs fois à fond pour tenter de ralentir le battement effréné de son cœur, puis elle promena son regard sur les affaires de Camille. Sa peluche préférée — un lapin à qui il manquait une oreille et un œil —, le ruban qui lui servait de marque-page, la radio qu'elle avait absolument voulu avoir même si son handicap ne lui permettait pas de l'écouter...

Les yeux de Maryse finirent par se poser sur le seul objet dont elle était certaine qu'il n'était pas dans cette pièce la veille au soir : la carte magnétique de l'hôtel Maison Blanc. C'était un indice, mais que devait-elle en faire ?

La tentation d'appeler la police était d'une force presque irrésistible. Son instinct l'y poussait, mais sa raison l'en dissuadait, à cause de l'illégalité de sa situation : d'une part, elle faisait depuis six ans passer sa nièce pour sa fille, et d'autre part, elles vivaient toutes les deux sous une fausse identité.

Leurs papiers n'avaient encore jamais éveillé de soupçons mais, là le risque d'être démasquée était trop grand. Si elle demandait de l'aide pour retrouver Camille, la police canadienne s'intéresserait de près à tous les aspects de son existence et découvrirait peut-être l'imposture.

Que se passerait-il, alors ? Elle serait jetée en prison ? Tenue à l'écart des investigations ?

Sans compter que la menace contenue dans la lettre du kidnappeur était claire : si elle prévenait la police, Camille perdrait la vie comme Jean-Paul, mort dans un incendie qu'il aurait lui-même allumé.

L'idée que sa fille disparaisse lui était insupportable. Elle n'arrivait même pas à le concevoir.

Tous les ravisseurs d'enfant menaçaient la famille de tuer leur otage si elle alertait les autorités, bien sûr — du moins était-ce ainsi que les choses se passaient dans les films —, mais la référence au frère de Maryse donnait à la situation un caractère personnel spécialement effrayant.

Ce rapt avait en effet pour mobile la vengeance, et non l'appât du gain. Il n'y aurait pas de demande de rançon, car le ravisseur était déjà en possession de ce qu'il convoitait : Camille elle-même. Il ne prendrait donc pas contact avec Maryse en vue d'un échange.

Ce constat raviva ses hésitations concernant l'opportunité de confier l'affaire aux autorités. La police était mieux placée qu'elle pour traiter ce genre de problème, non ?

Les pensées se bousculaient dans son esprit.

Si Camille mourait parce qu'elle avait appelé la police...

Si Camille mourait parce qu'elle ne l'avait pas fait...

Sans parler du risque de voir sa fausse identité dévoilée, la police, une fois sur place, la croirait-elle ?

Sans doute pas.

Pas assez vite, en tout cas. Son histoire était trop compliquée, trop singulière. Et le commissariat le plus proche était à une heure de route de LaHache... Une heure, c'était ce qu'il lui fallait pour faire les deux tiers du trajet jusqu'à Laval. En partant tout de suite, elle pouvait même y être avant le déjeuner.

Maryse considéra la carte magnétique. Le numéro de téléphone de l'hôtel figurait au dos, mais appeler l'établissement ne lui apprendrait rien qu'elle ne sache déjà. Ce serait même contre-productif. Le ravisseur, qui que ce soit, avait mis six ans à les retrouver, Camille et elle... Il n'avait sûrement pas laissé cet indice derrière lui volontairement. Il était là-bas, avec Camille.

Et Maryse allait s'occuper personnellement de la lui reprendre.

Installé sur la terrasse d'un café de Laval, Brooks Small étendit ses longues jambes, se cala dans son siège et offrit son visage au soleil pour tenter de se réchauffer. Mais, au bout de trois secondes à peine, une rafale de vent glacé rabattit la capuche de sa parka sur ses épaules, lui rappelant que c'était l'hiver.

Sauf que l'hiver était théoriquement fini depuis trois bonnes semaines...

Maussade mais obstiné, Brooks leva le bras pour remettre la capuche sur sa tête, mais son coude accrocha le bord du fauteuil en rotin, et un bruit sinistre de déchirure se fit entendre.

Brooks ferma les yeux et compta lentement jusqu'à vingt — il lui fallait bien ça pour maîtriser son irritation — avant de les rouvrir.

— Tu détestais cette parka, de toute façon..., grommela-t-il.

C'était vrai — en grande partie parce qu'il détestait tout ce qui se rapportait à son exil forcé dans un pays où il neigeait encore à la mi-avril. Ses voisins de Rain Falls, dans le Nevada, devaient déjà profiter de leur piscine... Brooks habitait là-bas à quelques minutes de Las Vegas, il aimait la chaleur et appréciait même les étés torrides de la région.

Le Québec, à l'inverse, ne semblait connaître d'autre saison que l'hiver. Depuis deux mois qu'il séjournait à Laval, Brooks n'avait pas vu une seule fois le thermomètre monter au-dessus de zéro.

— Monsieur ?

Arraché à ses pensées, Brooks sursauta, et la petite serveuse qui s'était approchée de lui sans qu'il s'en aperçoive recula de deux pas. Comme il venait là tous les jours, elle savait qu'il était américain, et elle lui parlait maintenant directement en anglais. Il s'efforça de sourire mais, à en juger par l'expression toujours effrayée de la jeune fille, il ne parvint à produire qu'une grimace.

— C'est mon expresso que vous avez à la main ? demanda-t-il d'une voix aussi douce que son humeur chagrine le lui permit.

— Ou... Oui.

— Alors vous voulez bien me l'apporter ?

Puis, comme la serveuse ne bougeait toujours pas, il sortit de sa poche un billet couvrant largement le prix de sa commande et déclara :

— Vous pourrez garder la monnaie.

Ces mots la décidèrent à se mettre en mouvement. Elle posa la tasse devant Brooks, prit le billet et se dépêcha de regagner la chaleur de l'établissement.

Elle devait se demander pourquoi il buvait son café dehors par moins dix degrés, mais cela s'apparentait à un rituel. Chez lui, à Rain Falls, il s'installait tous les matins sur sa terrasse, organisait mentalement sa journée et sirotait un expresso en faisant les mots croisés du journal local. Ce n'était pas le froid qui l'empêcherait de rester fidèle à cette habitude !

Tous les policiers avaient leurs petites manies. Ils exerçaient un métier dangereux, et le fait de suivre une certaine routine les rassurait.

Par association d'idées, Brooks regarda sa montre.

Il était 9 h 33. Dans quelques minutes, un homme aux cheveux gris arriverait, allumerait une cigarette et la fumerait rapidement avant d'aller commander un cappuccino. Peu de temps après, une mère débordée se garerait en double file, foncerait à l'intérieur de l'établissement et en ressortirait avec un gobelet de café et un cookie destiné au bambin assis à l'arrière de sa voiture.

C'était comme ça presque tous les jours : les mêmes personnes faisaient les mêmes choses à la même heure. Brooks n'avait depuis deux mois d'autre occupation que d'observer les gens, si bien que tout fait sortant de l'ordinaire lui sautait immédiatement aux yeux.

Comme maintenant...

Une jeune femme brune remontait le trottoir, de l'autre côté de la rue. Le menton rentré dans le col de son duffel-coat, elle marchait vite mais tentait visiblement de ne pas avoir l'air pressée. Sa tête ne bougeait pas, mais tous les deux ou trois pas, son regard se portait vers la droite, puis vers la gauche. Un observateur lambda ne l'aurait sans doute pas remarqué, ou alors il aurait juste pensé qu'elle cherchait une adresse... Brooks, lui, voyait en elle une personne qui avait des ennuis.

Il se redressa et considéra la jeune femme avec plus d'attention. Un mètre soixante-quinze. Peut-être même un peu plus. Dans les cinquante-cinq kilos, apparemment, mais son gros manteau rendait l'estimation de son poids difficile. Elle était très mince, en tout cas... Presque trop. Avait-elle des problèmes de santé ?

Non, elle avait le teint clair, mais pas d'une pâleur maladive : sa peau avait naturellement la couleur de la porcelaine.

À mesure qu'elle s'approchait, Brooks distinguait plus de détails. L'épaisseur du chignon qui lui couvrait la nuque indiquait qu'elle avait les cheveux longs. Une mèche s'en était échappée et flottait sur une joue rosie par le froid. Ses lèvres pleines avaient une belle couleur vermeille, ses yeux étaient d'un bleu soutenu, et elle n'était pas maquillée.

Cela ne l'empêchait pas d'être ravissante. C'était le genre de femme qui attirait les regards, alors sa coiffure sévère et cette absence de maquillage étaient-elles destinées à la rendre moins « visible » ?

Parvenue à la hauteur du café, elle s'arrêta, sortit des lunettes de soleil de sa poche et les mit avant de descendre du trottoir juste au moment où un cycliste arrivait. Brooks s'apprêtait à bondir pour jouer les sauveurs quand elle s'écarta de la trajectoire du cycliste, lui adressa un geste d'excuse, puis se dirigea vers le café.

Droit sur Brooks.

L'homme assis à la terrasse du café voisin de l'hôtel Maison Blanc attira l'attention de Maryse. Il était aussi chaudement vêtu que la température glaciale l'exigeait, mais quelque chose disait à Maryse qu'il n'était pas canadien. Et, bien qu'il ait maintenant baissé la tête, elle l'avait surpris à la fixer avec un intérêt suspect.

Avait-il quelque chose à voir avec l'enlèvement de sa fille ? Ou bien était-elle paranoïaque ?

L'heure et demie du trajet en voiture n'avait pas remédié au désordre de ses pensées. Elle avait eu beau tenter de se concentrer sur l'élaboration d'un plan, son cerveau avait refusé de faire autre chose que lui dérouler les scénarios les plus noirs.

Camille est vivante, se dit-elle résolument en finissant de traverser la rue.

Pour tromper son angoisse, elle prit le temps d'étudier l'homme. Des lunettes de soleil cachant ses yeux, elle pouvait avoir l'air de regarder l'hôtel.

Une silhouette athlétique, des cheveux châtains coupés court, un visage rasé de près, avec une bouche bien dessinée et un menton énergique... Le tout formait un ensemble extrêmement séduisant, mais un peu intimidant.

Quand ses yeux se posèrent de nouveau sur Maryse, cependant, elle y lut quelque chose qui ressemblait à de la bienveillance.

Ce n'était donc pas lui le ravisseur. Celui qui avait enlevé Camille ne pouvait posséder une once de bonté.

Le regard de Maryse s'attarda encore quelques secondes sur le bel inconnu, puis elle le dépassa et poussa la porte de l'hôtel. Une agréable chaleur l'accueillit à l'intérieur, mais elle garda ses gants. Elle en aurait besoin pour s'empêcher d'utiliser le langage des signes pour poser des questions. Ce mode d'expression lui venait plus naturellement que la parole.

Espérant paraître plus calme qu'elle ne l'était en réalité, Maryse s'approcha du bureau du concierge, mais l'employé était au téléphone. Il parlait à voix basse, l'air agacé.

La conversation se prolongeant, Maryse toussota. Le temps pressait. Le concierge ne lui prêta cependant aucune attention. Elle toussota de nouveau et, cette fois, il réagit, mais de façon bizarre : il la fixa comme si sa présence le surprenait.

Encore un effet de sa paranoïa, songea Maryse en enlevant ses lunettes.

L'homme raccrocha en effet juste après et lui sourit.

— Bonjour, madame... Je peux vous aider ?

— Je l'espère. J'ai rendez-vous avec deux relations de travail dans cet hôtel, et je crois qu'elles ne m'ont pas donné le bon numéro de chambre. La clé que j'ai n'ouvre pas la porte, et quand j'ai frappé, personne n'a répondu.

— De quelle chambre s'agit-il ?
— La deux cent vingt-huit.

La carte magnétique ne portait pas de numéro, mais la taille de l'établissement laissait supposer qu'il comptait une trentaine de chambres par étage.

Maryse tendit la carte au concierge, qui la prit, la fit glisser sur le clavier posé devant lui, puis regarda l'écran qui y était relié.

— Je comprends ce qui s'est passé, déclara-t-il. Cette clé est celle de la chambre huit — sans « vingt-deux » devant —, qui se trouve au rez-de-chaussée. Mais ses occupants ont demandé qu'aucun appel ne vienne les déranger, et je n'aurais le droit de vous fournir une nouvelle clé que si la chambre était à votre nom.

— Ah !

La déception de Maryse devait s'entendre dans sa voix, car le concierge se hâta d'ajouter :

— Je peux quand même faire quelque chose pour vous : vous emmener à la chambre en question, et voir si les gens avec qui vous avez rendez-vous y sont. Je prétexterai un problème de plomberie.

Au terme d'une rapide réflexion, Maryse décida de refuser cette proposition. Elle était prête à prendre tous les risques pour retrouver Camille, mais ne voulait pas mettre quelqu'un d'autre en danger.

— Merci, dit-elle, mais ce n'est pas la peine. Je vais appeler ces personnes sur mon portable et laisser un message.

— Vous êtes sûre ?
— Oui.

Maryse alla s'asseoir dans l'un des fauteuils du hall, sortit son portable de la poche de son manteau et fit semblant de composer un numéro, mais elle observait en fait le concierge, à l'affût d'un moment où il serait trop occupé pour lui prêter attention.

Et ce moment ne tarda pas à arriver : l'homme décrocha de nouveau son téléphone, se remit à parler à voix basse et finit par avoir la bonne idée de se retourner pour continuer sa conversation.

S'efforçant d'allier discrétion et rapidité, Maryse se leva et gagna le couloir qui menait aux chambres du rez-de-chaussée. Là, elle ôta ses gants — elle aurait besoin de ses mains pour communiquer avec Camille.

Les chambres portant un numéro pair étaient situées sur la gauche, mais Maryse n'atteignit jamais celle qui l'intéressait : elle n'avait pas franchi trois mètres qu'elle sentit un objet dur se planter dans son dos et qu'une voix d'homme lui souffla à l'oreille :

— On va ressortir ensemble de l'hôtel, et vous allez faire comme si nous étions amis. Si vous criez, si vous vous mettez à courir, si vous tentez d'alerter les autorités de quelque manière que ce soit, votre fille le paiera de sa vie.

Cette menace fut plus que suffisante pour convaincre Maryse d'obéir.

2

Brooks but une gorgée de son expresso — maintenant froid — et se dit qu'il avait trop d'imagination. Par déformation professionnelle, il voyait des problèmes là où il n'y en avait pas.

L'espace d'un instant, pourtant, il aurait juré que la jeune femme brune le fixait d'un air inquiet, derrière ses lunettes de soleil. Elle lui avait semblé chercher sur son visage la réponse à une question angoissante. Réponse qu'elle n'avait pas trouvée puisqu'elle était passée ensuite devant lui sans s'arrêter et s'était engouffrée dans l'hôtel voisin.

L'incident n'en continuait pas moins de le tracasser. Et si cette femme avait réellement des ennuis ? Il aurait dû lui parler.

Mais pour lui dire quoi ?

« Excusez-moi, madame, vous avez peur de quelqu'un ? Vous avez besoin d'aide ? Non, n'appelez pas la police ! Je ne vous veux aucun mal, au contraire... »

Brooks secoua la tête et but une autre gorgée de son café froid. La réputation de cordialité des Canadiens était méritée, avait-il pu constater, mais ils n'étaient peut-être pas assez tolérants — et à juste titre — pour permettre à un policier américain en congé de se mêler de leurs affaires personnelles.

La sonnerie de son portable arracha Brooks à ses réflexions.

— Small, grommela-t-il.

— De bonne humeur dès le matin, comme toujours ! dit la voix ironique de son coéquipier.

— Très amusant, Masters !

— Quoi ? Tu n'es pas content d'être en vacances ?
— Ce ne sont pas vraiment des vacances... Et pourquoi m'appelles-tu, alors qu'il doit être dans les 4 heures du matin, chez toi ?
— Non, il est presque 7 heures. Je termine ma permanence de nuit.
— Tu me téléphones donc pour te distraire ? À moins que ce ne soit pour me narguer ?
— Arrête de pleurnicher, Small ! Il paraît que le Canada a plein de choses à offrir.
— Par exemple ?
— Eh bien, le hockey sur glace, le sirop d'érable, des filles à la recherche d'un bouillant Américain pour faire fondre leur igloo...
— Tu vas trop au cinéma, Masters !
— Tu ne vas tout de même pas me dire qu'il n'y a pas une seule jolie fille dans ce pays !

Brooks ouvrit la bouche pour répondre... mais la referma en voyant la jeune femme brune de tout à l'heure franchir la porte à tambour de l'hôtel. Le haut de son manteau était déboutonné, découvrant un cou gracile. Le froid devait pénétrer jusque sous ses vêtements, mais elle ne semblait pas y prêter attention.

Si, pensa Brooks, il y avait au moins une jolie fille au Canada !

— Small ? Tu es toujours là ?
— Oui, et ce que je peux te dire, c'est qu'à ma grande déception je n'ai encore trouvé ici aucun « igloo » à faire fondre.

Son coéquipier éclata de rire, puis il se lança dans une histoire concernant leur capitaine. Brooks n'en écouta cependant que le début : la jeune femme brune s'était arrêtée, et un homme vêtu d'un imperméable bleu marine se tenait juste derrière elle. Une casquette enfoncée jusqu'aux oreilles, des lunettes de soleil et une écharpe recouvrant son menton cachaient la plus grande partie de son visage.

Son instinct et son expérience de policier s'unirent pour alerter Brooks. Il n'entendait même plus la voix de Masters, à présent : toute son attention était concentrée sur ce qui se passait devant l'hôtel.

L'homme à la casquette se pencha vers la jeune femme et lui dit quelque chose à l'oreille. Il lui posa en même temps sur l'épaule une main qu'elle toucha brièvement, comme pour sceller un accord silencieux. Ils avaient l'air complices et, en constatant que seule la jeune femme portait une alliance, Brooks comprit son erreur : ces deux personnes entretenaient secrètement une liaison. Il ne s'agissait pas d'une affaire criminelle mais d'une banale histoire d'adultère.

L'ennui le rendait paranoïaque, pensa Brooks. Il avait vraiment besoin de reprendre le travail, et il n'hésita donc pas à interrompre Masters pour lui demander :

— Le capitaine parle de me faire revenir bientôt ?

Les quelques secondes que son correspondant mit à répondre lui dirent que ce n'était pas le cas.

— Alors ? insista-t-il néanmoins.

— Écoute, Small, tu n'es pas à plaindre… Il y en a beaucoup, ici, qui aimeraient être à ta place : tu es en congé depuis deux mois tout en continuant de toucher ton salaire, tu n'as plus de rapports interminables à rédiger, tu ne risques plus d'être abattu par un petit revendeur de drogue pendant une…

— Le capitaine ne parle donc pas du tout de me faire revenir ? coupa Brooks.

— Non. On sait tous que tu as subi une terrible épreuve, Small… Aucun d'entre nous ne la souhaiterait à son pire ennemi. Mais tu as perdu ton sang-froid, et l'un des nôtres est mort…

Les regrets que cet épisode suscitait en lui étaient plus douloureux encore qu'une blessure par balle. Et ils n'étaient, eux, pas guérissables.

— Parler couchait avec mon indicatrice ! souligna-t-il, refusant de se laisser trop culpabiliser. C'est à cause de ça qu'il est mort, et sa maîtresse aussi ! J'ai beaucoup de défauts, mais je ne suis pas un meurtrier !

— Bien sûr que non ! Quand le petit protégé du capitaine se fait tuer, cependant…

Masters continua sa phrase, mais Brooks ne l'écoutait plus. Son regard venait de tomber sur le couple d'amants. Ils étaient maintenant au coin de la rue et, cette fois, il y avait quelque chose de vraiment alarmant dans ce qu'il voyait : l'homme exerçait une étreinte anormalement forte sur le bras de la jeune femme, et il pressait contre son dos l'extrémité d'un objet métallique.

Brooks sauta sur ses pieds. Ses cuisses heurtèrent la table, qui vacilla, sa tasse alla se fracasser par terre, et sa parka accrocha de nouveau le bras de son fauteuil, le stoppant net dans son élan.

— Qu'est-ce qui se passe ? lui demanda Masters d'une voix inquiète.

— Une urgence, répondit Brooks avant de couper la communication.

Abandonnant sa parka, il fourra le portable dans sa poche et se mit à courir.

Parce qu'il avait identifié l'objet métallique que tenait l'homme à l'imperméable bleu marine.

C'était un pistolet.

Sans prévenir, le malfaiteur ceintura Maryse et l'entraîna dans l'ombre d'une porte cochère. Il plaqua ensuite une main sur sa bouche, augmenta la pression du pistolet dans son dos et lui ordonna de rester parfaitement immobile. Quelques secondes plus tard, une haute silhouette passait devant eux en courant. C'était l'explication de cet arrêt soudain.

L'homme qui avait intercepté Maryse dans le couloir de l'hôtel avait un visage patibulaire. Avant qu'il ne mette casquette, écharpe et lunettes de soleil, elle avait eu le temps de voir des petits yeux très noirs, un menton fuyant et une vilaine cicatrice en forme d'étoile sur sa joue gauche.

Mais à quoi s'attendait-elle ? À un kidnappeur qui ressemblerait au Père Noël ?

Le physique de cet homme lui importait peu, d'ailleurs, et le fait qu'il soit armé, pas davantage. Si elle était prête à le suivre docilement, c'était dans l'espoir qu'il la conduise à sa fille.

Au terme de longues minutes, il la poussa sans douceur sur le trottoir, la reprit par le bras et, tandis qu'il la guidait dans un dédale de rues, elle eut l'impression que le canon de l'arme s'enfonçait un peu plus dans son dos à chaque pas.

Tiens bon ! se dit-elle. *Cet homme sait où est Camille.*

Elle résista à l'envie de lui demander des nouvelles de la fillette. Il lui avait bien fait comprendre, en sortant de l'hôtel, qu'il ne voulait pas entendre le son de sa voix : au premier mot qu'elle avait tenté de prononcer, il lui avait pincé l'épaule si fort qu'elle avait eu du mal à réprimer un cri de douleur.

Cherchant un dérivatif à son angoisse, Maryse observa l'immeuble le plus proche pour tenter de s'orienter, mais il était trop tard : un parcours sinueux dans une demi-douzaine de petites rues l'avait amenée dans un quartier de Laval qu'elle ne connaissait pas.

Ce constat eut raison de sa volonté de ne manifester aucune émotion : des larmes lui montèrent aux yeux. Et ce fut pire encore quand, en levant la tête, elle vit une poupée assise à califourchon sur le rebord d'un balcon. Normalement, ce genre de chose la faisait sourire... Là, il lui causa un coup au cœur, et elle ralentit le pas pour mieux regarder la poupée, ce qui lui valut un rappel à l'ordre :

— Avancez ! gronda l'homme.

Elle trébucha, se tordit la cheville et ne put contenir un gémissement — qu'elle se reprocha aussitôt. Pour avoir une chance de négocier la libération de Camille, elle ne devait montrer aucun signe de faiblesse. Elle ignora donc la douleur qui irradiait de sa cheville et se remit à marcher à un rythme normal.

Ils s'engagèrent alors dans une ruelle qui ne portait pas de nom mais, au bout de trois pas, l'homme lâcha le bras de Maryse et poussa un cri inarticulé.

Surprise, Maryse se tourna vers lui. Il avait les yeux écarquillés, et un filet de sang s'échappait de la commissure de ses lèvres. Il tomba ensuite comme une masse. Les pans de son imperméable s'écartèrent au moment où il touchait le sol, révélant, au milieu de sa poitrine, une tache de sang qui s'élargissait rapidement.

Blessure par balle, comprit Maryse.

Blessure mortelle si l'homme n'était pas vite secouru.

L'angoisse qui lui tordit alors l'estomac la fit se plier en deux... et lui sauva la vie : une balle passa au-dessus d'elle et alla finir sa course dans un mur. Sans se redresser, Maryse traversa la ruelle en courant et se plaqua contre la porte d'un immeuble.

Une deuxième balle siffla, et celle-là atterrit à quelques centimètres de ses pieds.

Les tirs semblaient venir d'en haut. Maryse leva les yeux et crut voir une petite lumière rouge briller derrière l'une des fenêtres du bâtiment d'en face. Le rideau bougea, mais plus aucun signe de vie ne se manifesta ensuite derrière cette fenêtre.

Maryse se risqua à jeter un coup d'œil à l'homme qui l'avait amenée là. Sa tête avait roulé sur le côté, et il ne respirait plus.

Un début de panique envahit Maryse. Cet homme était son seul lien avec la personne qui détenait Camille et, maintenant, il était mort.

Les défenses qu'elle avait édifiées autour de son cœur pour garder son sang-froid s'effondrèrent d'un coup. Le sol se déroba sous ses genoux, elle vacilla...

Mais, bizarrement, elle ne tomba pas : une main chaude et robuste la retint, puis la tira à l'intérieur de l'immeuble.

Plus étrangement encore, à aucun moment son instinct ne la poussa à résister ou à tenter de s'enfuir : elle fit une confiance immédiate au propriétaire de cette main. Et cette confiance se renforça quand, levant la tête, elle croisa le regard d'un homme aux yeux noisette parsemés de mouchetures dorées et y lut de la sollicitude.

Elle faillit alors se laisser aller contre lui, à la recherche d'un peu de réconfort. Au lieu de cela, elle recula d'un pas pour avoir de lui une vue plus complète. Il devait mesurer environ un mètre quatre-vingt-dix et avait une carrure impressionnante.

Mais ce qui déstabilisa Maryse, ce ne fut pas ce physique imposant, ni même le fait de reconnaître en lui le client assis à la terrasse du café voisin de l'hôtel Maison Blanc : ce fut le reflet métallique de l'objet fixé à sa ceinture.

Un pistolet, de toute évidence.

C'était donc lui le tireur de tout à l'heure !

Terrifiée, Maryse s'élança vers la sortie. Trois pas, et elle fut dans la ruelle. Cinq autres, et elle dépassa le cadavre étendu sur la chaussée. Deux de plus, et...

L'inconnu la stoppa en l'attrapant par les épaules, mais la vitesse acquise leur fit perdre l'équilibre à tous les deux. Collés l'un à l'autre, ils roulèrent sur eux-mêmes une fois, deux fois... À la troisième, les bras puissants de l'homme et ses cuisses musclées parvinrent à immobiliser Maryse sous lui. Elle se retrouva le dos plaqué contre le sol glacé, et son adversaire, au-dessus d'elle, la fusilla du regard comme si c'était elle la méchante.

La tension accumulée au cours des heures précédentes se transforma alors en une formidable colère, qui s'exprima par un grand coup de genou... Mais l'homme avait dû deviner ses intentions, car il s'écarta à la dernière seconde, et elle ne réussit qu'à effleurer sa hanche.

— Arrêtez ! lui ordonna-t-il en anglais.

Pour qu'il puisse la tuer en toute tranquillité ? Sûrement pas ! songea Maryse en commençant de se débattre.

— J'essaie de vous aider ! reprit-il.

C'était peu probable !

— Tout ce que je veux, c'est partir d'ici avec vous le plus vite possible ! gronda-t-il.

Comme pour prouver sa bonne foi, il lâcha alors les bras de Maryse. Elle leva aussitôt le poing pour le frapper mais, avant qu'elle ait pu terminer son geste, trois balles allèrent successivement s'écraser sur le mur de l'immeuble situé derrière eux.

Ce n'était donc pas de l'homme aux yeux noisette que venait le danger, comprit Maryse.

L'intéressé la considéra d'un air qui signifiait : « Je vous l'avais bien dit ! », mais cette expression quitta son visage une seconde plus tard, chassée par un nouveau coup de feu qui lui fit rejeter brusquement le buste en arrière.

Il poussa un grognement, puis roula sur le côté et se releva.

— Venez ! déclara-t-il.

Maryse hésita juste le temps de se rendre compte que l'objet qu'elle avait vu briller à la ceinture de l'inconnu n'était pas un pistolet mais une boucle de ceinturon. Elle prit la main qu'il lui tendait, et ils quittèrent rapidement la ruelle, laissant derrière eux un homme mort et son mystérieux assassin.

À peine avaient-ils parcouru dix mètres que le hululement d'une sirène retentit, se rapprocha...

Quelqu'un avait appelé la police.

3

Une fois sorti de la ruelle, Brooks ralentit. Parce que son épaule le faisait souffrir — la dernière balle du tueur l'avait touché —, mais surtout parce qu'il savait ce que ses collègues canadiens allaient rechercher. Ce qu'il rechercherait lui-même à leur place : un couple en fuite. Sa compagne aurait voulu marcher plus vite : elle tirait sur sa main, qu'elle n'avait pas lâchée, mais la prudence le forçait à résister.

Le comportement de la jeune femme l'intriguait, car ils étaient maintenant à l'abri des tirs. Alors était-ce une confrontation avec la police qu'elle craignait ? Et fuir une scène de crime n'était pas seulement illégal : c'était suspect. Tant qu'elle n'aurait pas recouvré son calme, cependant, il semblait inutile de lui demander des explications.

En attendant, elle n'arrêtait pas de jeter des coups d'œil inquiets par-dessus son épaule, et Brooks finit par lui dire d'une voix douce :

— Obligez-vous à regarder devant vous. Pour vous y aider, fixez quelque chose... Cette bouche d'incendie, par exemple. Et quand on l'aura dépassée, choisissez autre chose. Un panneau de signalisation, une enseigne, n'importe quoi.

Soit elle comprenait l'anglais — et il l'espérait, pour l'avenir de leurs relations, parce que sa connaissance du français se limitait à quelques mots —, soit son ton apaisant suffit à la rassurer. Toujours est-il qu'elle cessa de se retourner et ralentit le pas. Ils ressemblaient maintenant à un couple en train de se promener tranquillement main dans la main.

Ce qui ne déplaisait pas à Brooks. Dans sa hâte de secourir la jeune femme, il avait presque oublié ce qui avait attiré son attention sur elle, au départ : son extraordinaire beauté. Mais l'adrénaline qui l'avait poussé à l'action commençait de refluer et de céder la place à un trouble sensuel grandissant.

Cela l'aidait à supporter le froid, car il avait abandonné sa parka sur la terrasse du café. Et il ne comptait pas aller la récupérer, même s'ils n'en étaient maintenant plus très loin. Quelqu'un avait pu remarquer son départ précipité, et aurait voulu alors lui poser des questions dont il n'avait pas encore la réponse.

Ce fut donc chez lui qu'il décida d'emmener la belle inconnue. Arrivé devant l'immeuble en brique où il louait un appartement, il lâcha la main de la jeune femme et lui déclara :

— J'habite ici. Vous me suivez ?

Elle le fixa en silence, mais ses bras et ses mains entrèrent en mouvement et, d'abord dérouté, Brooks finit par identifier quelque chose qu'il connaissait un peu : le langage des signes.

Il pense vraiment que je vais accepter de le suivre ? était-elle en train de se dire à elle-même en anglais.

— *Vous êtes sourde-muette ?* signa Brooks.

Son utilisation de ce mode d'expression la prit visiblement au dépourvu.

— Non, je ne le suis pas, répondit-elle, mais vous non plus, alors comment se fait-il que vous connaissiez le langage des signes ?

— Je l'ai appris avec un de mes cousins qui est sourd-muet.

Brooks nota que la jeune femme avait plaqué ses mains contre ses hanches pour s'empêcher de signer tout en parlant.

Qui était sourd dans son entourage immédiat ? Son mari ? Et où était-il, celui-là, pendant qu'elle se faisait tirer dessus dans les rues de Laval ?

Il aurait dû être là pour la protéger ! songea Brooks avec une animosité qui le surprit lui-même.

— Il faut que je retourne à l'hôtel Maison Blanc, annonça la jeune femme.

— Non, c'est trop dangereux : il n'est pas très loin de la ruelle où l'homme à l'imperméable bleu marine a été abattu.

— Je n'ai pas le choix.

— Si. Vous pouvez accepter mon invitation.

— Sûrement pas !

— Écoutez-moi... La personne qui a appelé la police lui a peut-être fourni votre signalement. Si vous regagnez ce quartier, vous risquez d'être arrêtée.

— Je ne suis pour rien dans le meurtre qui a été commis !

— Sans doute, dit Brooks, mais vous en avez été témoin et, pour être si pressée de me quitter, vous n'avez sûrement pas le temps de passer des heures à répondre aux questions des enquêteurs. Et puis, à supposer que vous parveniez à éviter la police, reste le problème du tireur : il n'a probablement pas renoncé à vous supprimer.

Le visage de son interlocutrice se décomposa et, l'espace d'un instant, il crut qu'elle allait fondre en larmes.

Un élan de compassion inattendu le souleva, accompagné d'une envie de la prendre dans ses bras pour la réconforter à laquelle il résista, mais ce fut sur un ton radouci qu'il enchaîna :

— Vous devez me faire confiance. Je vous ai sauvé la vie, et il est possible que je puisse encore vous aider.

Le regard de la jeune femme considéra la rue, puis l'immeuble, avant de revenir se poser sur Brooks. Une petite lueur d'espoir y brillait.

— Vous avez dix minutes pour me convaincre de vous accorder ma confiance, indiqua-t-elle.

— D'accord !

Brooks la conduisit dans son appartement, situé au second étage. C'était un meublé de deux pièces visiblement destiné à n'être loué que pour de courtes périodes de temps. Le confort y était sommaire, la décoration, impersonnelle, et Brooks ne s'était pas préoccupé de l'embellir. Il s'était contenté de défaire sa valise en arrivant, comme s'il s'agissait d'une chambre d'hôtel, et il se rendit soudain compte qu'il n'y avait encore reçu personne.

— Asseyez-vous, dit-il. Je vous sers un café ?

— Non, merci. Et je préfère rester debout.

Brooks étouffa un soupir. La blessure de son épaule le brûlait comme un fer rouge et, même si c'était une simple égratignure, la douleur le mettait de mauvaise humeur. D'un autre côté, il ne voulait pas se montrer désagréable au point de faire fuir la jeune femme. À en juger par la façon dont elle fixait la porte, il n'en faudrait pas beaucoup pour qu'elle parte en courant.

— J'aimerais savoir ce qui se passe, pour commencer, déclara-t-il.
— Pourquoi ?
— Si j'ignore tout de la situation, il me sera difficile de vous aider.
— Je doute que vous le puissiez, de toute façon.
— Et moi, je suis sûr du contraire.
— Admettons, mais j'ai une question à vous poser, d'abord.
— Je vous écoute !
— Pourquoi m'avez-vous porté secours ?

Brooks dit la première chose qui lui vint à l'esprit :

— J'ai un côté don Quichotte.
— C'est tout à votre honneur, mais il y avait tout de même un tireur, dans cette ruelle ! Les armes à feu ne vous font pas peur ?
— Non. J'essaie juste d'éviter d'être pris pour cible.

Inconsciemment, Brooks remua son épaule. Ce mouvement attira l'attention de son interlocutrice, et elle s'écria :

— Vous êtes blessé !

Brooks suivit son regard. La balle avait juste effleuré son bras, mais il y avait du sang sur le haut de sa chemise. Sans réfléchir, il entreprit de la retirer, et il avait déjà défait trois boutons quand il surprit la jeune femme à fixer le triangle de peau ainsi découvert. Une lueur appréciatrice passa dans ses yeux bleus, puis elle les détourna et se plongea dans la contemplation d'une tache, sur le mur.

— Désolé..., marmonna Brooks en arrêtant là son strip-tease. Je suis trop habitué à être seul.
— Non, c'est moi qui suis désolée.
— Pourquoi ?
— Je m'excuse, ça ne vous suffit pas ? Il faut que je parte, maintenant.

— Les dix minutes que vous m'avez accordées ne sont pas écoulées !

— Peut-être, mais c'est en moitié moins de temps passé en ma compagnie que vous avez reçu une balle à ma place.

— En effet, observa Brooks avec un petit sourire, et vous avez donc une dette envers moi.

— Comment ça ? déclara la jeune femme sans lui rendre son sourire.

— Je vous ai sauvé la vie, non ? Je vous demande juste en échange de me fournir quelques explications... et de soigner en même temps mon épaule.

— Bon, d'accord.

— Si on se présentait, d'abord ? Je m'appelle Brooks.

Elle serra la main qu'il lui tendait. Sa peau était étonnamment chaude, et merveilleusement douce.

— Maryse, dit-elle.

— Bien, maintenant que nous pouvons au moins nous appeler par nos prénoms, je vais aller chercher de quoi nettoyer et panser cette blessure. Vous me direz ensuite pourquoi quelqu'un veut vous supprimer.

Maryse regarda Brooks quitter la pièce. Il se dégageait de lui une impression de force tranquille qui la rassurait et la mettait à l'aise.

Il y avait tout de même eu un moment où elle ne s'était pas du tout sentie à l'aise : lorsqu'il avait commencé à déboutonner sa chemise et qu'elle avait soudain pris conscience de fixer sa peau nue avec un intérêt un peu trop marqué.

En attendant son retour, Maryse alla s'asseoir sur le canapé, croisa et décroisa nerveusement les jambes... Elle avait envie d'enlever son manteau, de s'installer vraiment et de tout raconter par le menu à Brooks. Les dix minutes qu'elle avait promises lui apparaissaient cependant déjà comme du temps qu'elle aurait dû consacrer à la recherche de sa fille.

Sauf qu'elle n'avait plus aucune piste à explorer.

Son seul espoir d'en retrouver une, c'était de retourner à l'hôtel Maison Blanc et de se débrouiller pour accéder à la chambre huit.

Une autre solution consistait à appeler la police. Il lui suffisait de sortir son portable de sa poche...

Mais la menace proférée par l'homme qui l'avait interceptée dans le couloir de l'hôtel résonnait encore dans ses oreilles, et Brooks avait raison : si la police mettait la main sur elle, son témoignage sur ce qui s'était passé dans la ruelle serait requis et prendrait des heures.

De plus, elle serait obligée de parler de l'enlèvement de Camille, et les enquêteurs le traiteraient comme une affaire parmi d'autres, tandis que pour elle, Maryse, la fillette était ce qui comptait le plus au monde. Et puis il y avait le problème d'une fausse identité et d'un faux lien de parenté que le recours à la police dévoilerait peut-être, avec les risques liés à cette découverte... Le placement de Camille en famille d'accueil, par exemple.

Mais perdre sa garde ne valait-il pas mieux que la perdre tout court ?

Prise dans ce terrible dilemme, Maryse se cacha le visage dans ses mains.

— Qu'y a-t-il ?

La voix de Brooks était douce. Elle exprimait la bienveillance que Maryse lisait dans ses yeux noisette depuis la seconde même où elle l'avait aperçu, assis à la terrasse d'un café.

— C'est ma fille, répondit-elle sans lever la tête.

Une odeur toute proche d'eau de toilette musquée lui apprit que Brooks s'était installé près d'elle.

— Votre fille ? répéta-t-il.
— Oui. Elle a été kidnappée, et... Bref, c'est compliqué.
— Au point de vous empêcher de prévenir la police ?
— Oui.

Maryse se décida finalement à regarder Brooks, et un puissant émoi l'envahit alors. Pour lui permettre de soigner sa blessure, il avait troqué sa chemise à manches longues contre un débardeur qui laissait découverts des épaules et des bras à la musculature impressionnante.

Quand il tendit à Maryse le matériel nécessaire, elle n'eut

d'autre choix que de le prendre, mais leurs mains se touchèrent alors et, son trouble augmentant, elle faillit tout laisser tomber.

Au prix d'un gros effort, elle parvint ensuite à se concentrer sur une plaie qui aurait pu passer pour une simple abrasion s'il n'y avait eu une petite entaille sanguinolente au milieu.

— Ça n'a pas l'air trop méchant, observa-t-elle.

— Non, j'ai eu de la chance.

Le passage d'une compresse imbibée de désinfectant sur la blessure fit grimacer Brooks.

— Désolée, dit Maryse.

— Ce n'est pas grave. Parlez-moi de votre fille... Elle a été kidnappée dans l'hôtel Maison Blanc ?

— Non, dans sa chambre. On habite au nord de Laval, dans une petite ville du nom de LaHache.

— Que vient faire l'hôtel Maison Blanc dans cette histoire, alors ?

— J'espérais y trouver le ravisseur.

— Vous savez qui c'est ?

— Non.

— Ce n'est pas l'homme qui a été abattu dans la ruelle ?

— Comme il m'a parlé de Camille — c'est le prénom de ma fille —, il était forcément impliqué dans son enlèvement, mais il s'agissait peut-être d'un simple complice, et j'ignore totalement la raison pour laquelle il a été tué. Je pensais qu'il allait me conduire à ma fille, mais maintenant...

La voix de Maryse se brisa, et elle eut à peine le temps de poser un pansement sur la blessure avant de fondre en larmes.

Brooks lui passa aussitôt un bras autour des épaules et l'attira contre lui. Elle résista d'abord. Elle ne connaissait pas cet homme. Elle n'avait pas besoin de lui. L'intensité de son désespoir l'emporta cependant vite sur son orgueil, et elle accepta le réconfort qu'il lui offrait.

Ce moment de faiblesse dura moins de trente secondes mais, quand elle s'écarta de Brooks, Maryse se sentait un peu mieux. Elle en fut surprise, car l'idée selon laquelle pleurer faisait du bien lui avait toujours semblé absurde.

— Merci, déclara-t-elle. Et pardonnez-moi.

— Inutile de vous excuser ! s'écria Brooks. Je veux vous aider, et je pense vraiment le pouvoir.

Cette fois, Maryse ne le contredit pas. Il paraissait sincère et n'avait pas hésité à prendre des risques pour la sauver. D'un autre côté, avait-elle le droit de l'entraîner dans une affaire visiblement dangereuse ?

Comme elle se taisait, Brooks enchaîna :
— Réfléchissez au moins à mon offre, avant de la refuser !
— D'accord... Je peux utiliser votre salle de bains ?
— Bien sûr ! C'est la première porte à gauche en remontant le couloir.

Maryse se leva et, une fois dans la salle de bains, elle se passa de l'eau froide sur le visage pour s'éclaircir les idées. Elle se rendit alors compte que sa décision concernant la proposition de Brooks était déjà prise : elle allait l'accepter. S'il y avait la moindre chance que cet homme lui permette de retrouver Camille, elle devait la saisir.

La porte qu'elle ouvrit pour sortir de la pièce ne donnait pas sur le couloir mais sur la chambre. Il y avait deux portes et, perdue dans ses pensées, elle n'avait pas choisi la bonne.

Alors qu'elle s'apprêtait à la refermer, une photo encadrée, sur la table de nuit, attira son regard. Poussée par la curiosité, elle s'en approcha, la souleva... et, de surprise, la laissa tomber.

Le cliché représentait Brooks bras dessus bras dessous avec un autre homme. Ils arboraient tous les deux un grand sourire, mais Brooks, sur la photo, portait un uniforme américain. Et un pistolet. Et un insigne.

— C'est un policier, chuchota Maryse.

Le fait de formuler cette constatation à haute voix ne la rendit que trop réelle.

Il fallait quitter cet appartement, et vite !

Maryse envisagea d'annoncer à Brooks qu'elle refusait son offre, tout simplement, mais la laisserait-il ensuite partir ? Avait-il « omis » de lui dire qu'il était policier pour la mettre en confiance avant de la livrer à ses collègues canadiens ?

Les paroles du malfaiteur, dans le couloir de l'hôtel Maison

Blanc, lui revinrent à l'esprit : « Si vous tentez d'alerter les autorités de quelque manière que ce soit, votre fille le paiera de sa vie. »
— Camille..., murmura-t-elle.
Le cœur battant, elle parcourut la pièce des yeux. La fenêtre... Elle s'en approcha, l'ouvrit et vit, à quelques mètres sur sa gauche, un balcon qui donnait sur un escalier de secours.
C'était une solution risquée, mais la seule qui lui permettrait de s'en aller à l'insu de Brooks.

4

Alors que Brooks jetait la compresse imbibée de désinfectant dans la poubelle de la cuisine, un bruit de verre brisé le fit sursauter.

— Tout va bien ? cria-t-il.

Pas de réponse.

— Maryse ?

Toujours rien.

Inquiet, Brooks gagna le couloir et alla frapper à la porte de la salle de bains.

— Vous êtes là ?

Il compta jusqu'à cinq, puis tourna la poignée... La porte était verrouillée. Il la secoua, sans obtenir plus de réactions. Craignant le pire — et regrettant de ne pas avoir d'arme à sa disposition —, il se plaqua contre le mur et se dirigea à pas de loup vers la chambre.

Arrivé devant la porte, il colla son oreille contre le battant... Pas un bruit ne lui parvint de l'intérieur de la pièce.

— Maryse ?

Silence.

Impossible d'attendre plus longtemps pour savoir ce qui se passait... Brooks s'engouffra dans la chambre et se mit aussitôt en position défensive, un genou en terre. Quelque chose de coupant lui rentra dans la peau, et un souffle d'air glacé lui frappa le visage.

Son regard balaya la pièce. Maryse n'y était pas, mais la fenêtre était grande ouverte, et des morceaux de verre jonchaient la moquette, avec au milieu la photo de lui en uniforme.

Maryse l'avait vue, comprit Brooks, et elle avait paniqué.

Il se redressa, courut se pencher à la fenêtre et poussa un cri étouffé. Perchée à presque cinq mètres du sol, hors de sa portée, Maryse était en train de longer l'étroite corniche qui menait au balcon le plus proche.

— Restez où vous êtes ! déclara-t-elle sans se tourner vers lui.
— J'allais vous dire la même chose... Qu'est-ce que vous fabriquez ?
— Vous êtes policier.
— Et c'est une raison suffisante pour que vous preniez le risque de vous rompre le cou ?
— Vous m'avez menti ! La vie de ma fille est en jeu et, si son ravisseur s'aperçoit que je me fais aider par un policier, il la tuera.
— Je ne vous ai pas menti.
— Si, par omission.
— Vous auriez pu vous en aller par la porte. Je ne vous en aurais pas empêchée.
— Je n'en suis pas si sûre.

La jeune femme poursuivit sa progression le long de la corniche, et un frisson d'angoisse parcourut Brooks.

— Revenez ! s'écria-t-il. Je vous promets de vous laisser partir !
— Non, je préfère passer par l'escalier de secours.
— Il ne descend pas jusqu'au sol.
— Je sauterai. Il y a des arbustes et de l'herbe au pied de l'immeuble.

Mais il y avait aussi, juste en dessous de l'escalier et invisible depuis l'étage, un petit jardin de rocaille entouré d'un grillage.

— Si vous sautez, ce n'est pas sur de l'herbe que vous atterrirez, mais sur de gros cailloux pointus, indiqua Brooks.
— Je ne vous crois pas !
— Soyez raisonnable, Maryse ! Je suis en poste à Rain Falls, dans le Nevada, et je n'ai de pouvoir de police qu'aux États-Unis. Je suis ici en congé.
— Ça ne change rien.

Brooks posa un genou sur le rebord de la fenêtre et serra les dents.

— Écoutez, j'ai beau être sujet au vertige, je vais aller vous chercher. On tombera alors sans doute tous les deux, et vous aurez ma mort sur la conscience.

Cet argument sembla porter : Maryse s'arrêta et se tourna enfin vers lui.

— Vous ne vous sentez pas dans l'obligation de raconter mon histoire aux autorités canadiennes ?

— Je préfère vous aider, et j'ai beaucoup d'expérience en matière criminelle. Vous pouvez aussi me considérer comme un simple garde du corps, mais revenez, par pitié !

Une violente rafale de vent frappa soudain la jeune femme de plein fouet et la fit chanceler. Brooks enjamba le rebord de la fenêtre et, sans regarder vers le bas, tendit le bras. Que Maryse ait eu peur de tomber ou qu'il soit vraiment parvenu à la rassurer, elle attrapa sa main, et il la tira doucement vers lui.

Quelques secondes plus tard, ils étaient tous les deux du bon côté de la fenêtre. Brooks s'empressa de la refermer, puis, comme pour se convaincre que Maryse était en sécurité, il la prit dans ses bras.

Leurs corps s'ajustaient parfaitement l'un à l'autre : elle avait juste la bonne taille pour qu'il puisse poser le menton sur ses cheveux. Il la tint serrée contre lui pendant un long moment avant de mettre entre eux la distance nécessaire pour lui parler les yeux dans les yeux.

— Ne refaites jamais ça ! déclara-t-il. J'ai eu trop peur.

— Moi aussi, avoua-t-elle, mais vous me promettez de ne pas prévenir la police canadienne de l'enlèvement de ma fille ?

— Je vous le promets. On va mener l'enquête ensemble, mais il faut d'abord que vous me communiquiez tous les éléments en votre possession.

Gelé jusqu'aux os, Brooks alla sortir de son placard un sweat-shirt gris à capuche et l'enfila avant de reprendre :

— Commençons par l'hôtel. Vous avez posé beaucoup de questions, là-bas ?

— Non. Je voulais juste accéder à la chambre.

— Quelle chambre ?

— Quand je suis allée réveiller Camille, ce matin, j'ai trouvé par terre une carte magnétique de l'hôtel Maison Blanc. Comme elle n'y était pas la veille au soir, je me suis dit qu'elle était tombée de la poche du ravisseur et qu'il pouvait être encore dans la chambre correspondante. C'est en m'y rendant que j'ai été interceptée par l'homme à l'imperméable bleu marine.

— À qui avez-vous parlé, dans l'établissement ?
— Au concierge.
— Vous pensez qu'il se souviendra de vous si vous y retournez ?
— C'est possible, parce qu'il m'a proposé son aide.
— Alors, pour plus de sûreté, et si vous en êtes d'accord, je vais l'interroger sans vous. Venez ! On va prendre ma voiture... À propos de voiture, où est la vôtre ?
— Elle est garée dans une rue voisine de l'hôtel.
— Mieux vaut l'y laisser pour l'instant.

Brooks fit signe à Maryse de le suivre. Les clés de sa voiture de location étaient sur la table du séjour. Il les prit et, pendant qu'ils descendaient au parking souterrain de l'immeuble, il suggéra :

— Si vous me parliez un peu de votre fille ?

Le visage de la jeune femme se ferma, et elle toussota nerveusement.

Que cachait-elle ? songea Brooks. Quelque chose d'illégal ? Était-ce ce secret qui lui faisait craindre la police plus qu'un affrontement direct avec le ou les ravisseurs de sa fille ?

— Que voulez-vous savoir à propos de Camille ? demanda-t-elle.
— Eh bien, sa couleur préférée par exemple.
— Ah ! ce genre de chose ! s'écria Maryse avec le premier sourire que Brooks voyait apparaître sur ses lèvres pulpeuses. Je pourrais en parler pendant des heures ! Concernant sa couleur préférée, c'est le rose, mais elle prétend ne pas l'aimer de peur qu'on la trouve gnangnan.
— Alors que c'est une dure à cuire ? observa Brooks en souriant, lui aussi.
— Oui.

Ils étaient maintenant dans le parking souterrain et, le temps d'arriver à l'hôtel Maison Blanc, Maryse avait dressé un portrait détaillé de sa fille.

Camille avait six ans, et elle était sourde-muette de naissance. Blonde aux yeux bleus, intelligente et vive, elle partageait avec sa mère un goût marqué pour la lecture et la peinture. Maryse ne mentionna pas le père de la fillette, et Brooks en déduisit qu'il ne vivait pas avec elles.

Après s'être garé sur le parking de l'hôtel, il serra la main de la jeune femme dans la sienne et indiqua sur un ton rassurant :

— Je n'en ai pas pour plus de dix minutes.

— Vous pensez pouvoir obtenir des renseignements utiles aussi vite ?

— Je peux au moins découvrir s'il y a ou non quelque chose d'intéressant à glaner dans cet établissement... Quel est le numéro de la chambre dont vous avez trouvé la carte magnétique ?

— Huit... Mais attendez !

Maryse sortit son portable de sa poche, toucha l'écran et le montra à Brooks.

— Voilà une photo de Camille, au cas où. Comme vous connaissez le langage des signes, vous pourrez communiquer avec elle, mais ça ne suffira pas forcément pour qu'elle vous fasse confiance. Alors dites-lui qu'elle manque autant à Bunny-Bun-Bun — c'est le nom de son lapin en peluche — qu'à sa maman.

— Entendu.

Brooks mémorisa sans peine le visage de la fillette. Elle était adorable, et la lueur espiègle qui brillait dans ses yeux ajoutait encore à son charme.

— Brooks ? déclara Maryse au moment où il ouvrait sa portière.

— Oui ?

— Merci.

Il hocha la tête, puis, pour la première fois de sa vie, il fit une promesse qu'il n'était pas sûr de pouvoir tenir :

— Je vous ramènerai votre fille.

Quand Maryse vit Brooks entrer dans l'hôtel, un curieux mélange d'émotions l'habitait. La peur était toujours là, mais l'espoir de retrouver Camille auquel elle se raccrochait depuis des heures ne relevait plus seulement d'une attitude volontariste : il reposait maintenant sur du concret — un mètre quatre-vingt-dix et environ quatre-vingt-cinq kilos de calme assurance.

Elle regarda la photo qu'elle avait montrée à Brooks. Les bras levés vers le ciel, Camille souriait sans se soucier de la neige qui tombait à gros flocons autour d'elle.

Le cœur de Maryse se serra et, tout en sachant qu'elle n'aurait pas dû, fit défiler les photos suivantes. Elles avaient toutes été prises le même jour, dans le jardin de leur maison.

Camille près du bonhomme de neige qu'elle avait insisté pour confectionner toute seule... Camille sur sa luge... Camille surprise en train de se relever d'une chute, son bonnet de travers mais l'air plus décidé que jamais...

Maryse allait passer au cliché suivant quand quelque chose, à l'arrière-plan de celui-ci, attira son regard. Une silhouette se distinguait en haut de la pente sur laquelle Camille faisait de la luge. Une silhouette qui se fondait presque complètement dans le paysage.

Intriguée, Maryse agrandit l'image. Il s'agissait d'un homme vêtu d'un jean et d'un anorak, mais ses traits étaient encore flous. Elle agrandit encore l'image. Un réglage lui permit ensuite d'améliorer la définition, et elle vit alors mieux le visage de l'homme. Il avait les yeux rivés sur le bas de la pente. Sur Camille... Et elle le reconnut. C'était le concierge de l'hôtel Maison Blanc.

Cet homme et celui qui l'avait interceptée dans le couloir du rez-de-chaussée étaient complices, comprit-elle alors avec horreur. Le concierge lui avait tendu un piège, et elle était tombée dedans.

Brooks ! Il fallait le prévenir !

Le cœur battant à grands coups dans sa poitrine, Maryse descendit de voiture et traversa le parking en courant. Lorsqu'elle franchit la porte de l'établissement, la chaleur qui l'accueillit à l'intérieur ne lui procura cette fois aucun soulagement. Ajoutée à son angoisse, elle lui donna au contraire la nausée.

Brooks était accoudé au bureau du concierge. Il parlait à la personne qui se tenait derrière, et que ses larges épaules cachaient entièrement.

Il fallait trouver un moyen de le mettre en garde mais, à cette heure, le hall était assez calme pour que le moindre bruit imprévu attire l'attention générale — y compris celle du concierge.

Maryse vit soudain Brooks tourner la tête vers le couloir qui menait aux chambres du rez-de-chaussée. Elle devait l'empêcher de s'y rendre ! L'homme qui l'y avait interceptée était certes mort, mais il y avait sûrement d'autres personnes impliquées dans cette affaire...

Elle s'approcha du bureau du concierge, puis s'immobilisa : Brooks venait de faire un pas sur le côté, lui permettant de constater que l'homme en livrée, derrière le guichet, n'était pas celui de tout à l'heure. Il leva les yeux, et son regard glissa sur elle avant de se poser sur son interlocuteur. Elle ne l'intéressait visiblement pas.

Après avoir tapoté sur son clavier, il indiqua d'un geste à Brooks qu'il allait revenir, puis il disparut dans la pièce située derrière lui.

La crainte que l'autre concierge ne soit dans les parages força Maryse à prendre une décision rapide. Elle rejoignit Brooks et, au cas où quelqu'un l'écouterait ou l'observerait, elle dit à haute et intelligible voix, en lui posant une main sur l'épaule :

— J'ai un peu accroché la voiture, chéri... Tu peux venir voir ?

Cette familiarité le surprit forcément, mais il n'en montra rien. Avec un naturel confondant, il se pencha vers elle et murmura :

— Que se passe-t-il ?
— Il faut partir. Cet hôtel n'est pas...

Le retour du concierge empêcha Maryse de finir sa phrase. Il lui sourit, puis s'adressa à Brooks :

— Votre épouse a donc pu vous rejoindre, finalement... Désolé pour l'interruption !
— Pas de problème.
— Je ne suis pas habitué à avoir autant de travail. Je fais partie de l'équipe de nuit, mais je remplace aujourd'hui la personne qui tient normalement ce bureau pendant la journée. Une urgence familiale l'a obligée à partir.

Maryse poussa un soupir de soulagement : elle ne risquait pas de tomber sur l'homme qui l'avait piégée plus tôt dans la matinée.

— J'admire cette femme, poursuivit le concierge. Son service est beaucoup plus fatigant que le mien.

« Cette femme » ?

Brooks avait-il noté la différence de sexe entre la personne à qui elle avait eu affaire et celle à qui ils auraient dû avoir affaire ? se demanda Maryse.

— C'est drôle..., enchaîna le concierge. Elle a dit devoir rentrer chez elle pour s'occuper de son enfant et, depuis un an qu'elle travaille ici, pas une fois elle ne m'en a parlé.

— C'est drôle, en effet, déclara Brooks.

Et son ton fit comprendre à Maryse que ce silence excitait sa curiosité.

— Comme quoi il y a toujours quelque chose de nouveau à apprendre sur les gens, même ceux qu'on connaît bien ! observa le concierge. Mais revenons à votre demande, monsieur... La chambre que vous vouliez — la huit — est actuellement en travaux. Il y a eu une inondation, et elle ne sera pas disponible avant plusieurs semaines. Je peux vous en proposer une au premier étage... Elle a exactement les mêmes dimensions, la même orientation et si, vous la prenez, je vous accorderai une réduction de dix pour cent.

— Merci, on va la prendre ! se hâta de dire Maryse. Même si ce n'est pas celle que nous voulions au départ, elle nous permettra de passer la soirée en ville. La vie à la campagne est agréable mais un peu ennuyeuse, à la longue.

Brooks ne protesta pas. Il sortit son portefeuille, et Maryse, qui avait sur elle une pochette contenant ses papiers, de l'argent liquide et sa carte bancaire, s'apprêtait à exiger de payer la chambre — Brooks l'aidait, il n'allait pas en plus régler les dépenses liées à leur enquête ! — quand elle comprit que cela paraîtrait bizarre : une femme ne se disputait pas avec son mari pour ce genre de chose. Et ce serait plus sûr aussi : s'il y avait dans l'hôtel quelqu'un qui la recherchait, mieux valait y être enregistrée sous le nom de Brooks.

Tout en se promettant de le rembourser, elle le laissa donc payer, inventer une histoire pour expliquer l'absence de bagages et prendre les deux cartes magnétiques donnant accès à la chambre.

Ce fut en silence qu'ils s'y rendirent ensuite mais, dès que Brooks eut refermé la porte derrière eux, il se tourna vers Maryse et lui demanda :

— Alors, que se passe-t-il ?

5

Brooks attendit avec impatience que Maryse lui réponde, mais elle commença par sortir son portable de sa poche, l'allumer et lui montrer l'écran.

— Voilà l'homme qui occupait le bureau du concierge ce matin, lui expliqua-t-elle alors.

— À la place de la femme rentrée chez elle à cause d'une urgence familiale...

— Oui, et comme c'est lui qui m'a fourni une fausse information sur la chambre huit pour m'inciter à me rendre dans le couloir où j'ai été agressée, il est impliqué dans l'enlèvement de ma fille.

— Comment avez-vous eu sa photo ?

— Il apparaît à l'arrière-plan d'un des clichés que j'ai pris de Camille dans notre jardin il y a deux jours. Je ne m'en suis rendu compte qu'à l'instant, dans la voiture.

— Vous ne l'aviez encore jamais vu ?

— Non.

Le fait que cet homme ait pu s'approcher d'aussi près de Maryse et de sa fille donna le frisson à Brooks. Pendant combien de temps les avait-il observées à leur insu ?

— Bon, récapitulons ce que nous savons sur lui, déclara Brooks. C'est bien un employé de l'hôtel, pour commencer ?

— Sûrement ! Il en portait la livrée et, quand je suis arrivée, il était en train de téléphoner en utilisant le poste du guichet comme si c'était la chose la plus naturelle du monde.

— Un autre membre du personnel a pu le voir ?

— Oui. Il y en avait plusieurs dans le hall : le réceptionniste, un groom, une hôtesse qui discutait avec des clients... Si un inconnu, même vêtu de la livrée de l'hôtel, avait occupé le bureau du concierge, ils l'auraient remarqué.

— Cet homme est donc un de leurs collègues, mais il n'exerce pas les fonctions de concierge. Et la femme censée les remplir dans la journée est rentrée chez elle pour s'occuper d'un enfant dont son remplaçant ignorait l'existence.

Brooks secoua la tête et enchaîna :

— Ça ne me paraît pas vraisemblable. Une mère peut-elle travailler avec quelqu'un pendant toute une année sans mentionner une seule fois son enfant ?

— Non, je ne pense pas.

— Concernant cette femme, il faut en avoir le cœur net.

— Comment ?

— En consultant son dossier. Si elle a des personnes à charge, elles n'y figurent peut-être pas, mais ses coordonnées y seront, et on trouvera un prétexte quelconque pour lui téléphoner.

— Oui, mais pour ça, on a besoin de ce dossier, et il va être compliqué de se le procurer.

Maryse avait raison, admit Brooks. Il était trop habitué à obtenir ce qu'il voulait rien qu'en brandissant sa plaque de policier. Après avoir arpenté la pièce pendant un moment, il marmonna :

— Il faut se mettre dans la peau d'un cambrioleur.

— Vous avez l'intention de voler ce dossier ?

— Oui.

— Mais on ne sait même pas où il est !

— On va commencer par chercher dans la pièce située derrière le bureau du concierge. Elle doit contenir au minimum une liste des membres du personnel, avec leurs coordonnées téléphoniques.

— Non, c'est trop risqué.

— Ne pas essayer le serait encore plus. Imaginez que cette femme détienne votre fille...

— Oui, mais si le concierge qui la remplace vous surprend, il appellera peut-être la police. Et, si c'est le faux concierge, ce sera encore pire...

Le visage de Maryse s'assombrit. Elle s'assit lourdement sur le lit, ferma les yeux et ajouta :

— À supposer que les choses puissent encore empirer...

Brooks alla s'accroupir devant elle. Un de ses genoux glissa le long de la jambe de la jeune femme, et la vague de désir qui l'inonda alors faillit lui faire perdre l'équilibre. Il se rattrapa au cadre du lit et s'efforça d'ignorer la fièvre de ses sens.

— Maryse..., murmura-t-il.

Elle ouvrit les paupières et posa sur lui un regard dont la tristesse lui fendit le cœur.

— Excusez-moi, chuchota-t-elle.

— Vous n'avez pas à vous excuser !

— Si. Vous m'aidez alors que rien ne vous y oblige, et au lieu d'approuver le plan que vous avez élaboré pour faire avancer notre enquête, je le critique. Je n'ai pas l'habitude d'improviser — je planifie toujours tout à l'avance —, mais ce n'est pas une raison...

— Je comprends vos appréhensions, mais douze années de carrière dans la police m'ont appris à calculer les risques. Vous pouvez être tranquille : je ne prendrai aucune initiative qui mette votre fille en danger.

— Merci et, quoi qu'il arrive, je vous serai éternellement reconnaissante du soutien que vous êtes en train de m'apporter.

Touché par ces mots, Brooks se redressa et se pencha pour embrasser Maryse sur la joue, mais elle tourna légèrement la tête au même moment, si bien que la bouche de Brooks atterrit sur la sienne.

L'espace d'un instant, la surprise le paralysa : il laissa ses lèvres plaquées sur celles de Maryse. Et puis elle leva la main gauche et la posa sur sa nuque avec une fermeté surprenante. Brooks interpréta ce geste comme une invitation à l'embrasser vraiment...

Une invitation impossible à refuser ! Il lui semblait même ne jamais avoir eu autant envie de quelque chose.

Sa bouche commença par explorer les contours de celle de Maryse, puis il en força doucement l'entrée avec sa langue, mais le contact d'un métal froid sur sa nuque lui rappela soudain l'alliance que la jeune femme portait.

Elle n'avait mentionné aucun homme, mari ou autre, qui partagerait son existence, et pas dit un mot sur le père de Camille.

Il y avait donc de grandes chances pour qu'elle vive seule avec sa fille, songea Brooks, mais que savait-il d'elle, finalement ?

Rien.

Il avait mille questions à lui poser, à la fois en tant que policier et en tant qu'homme désireux de partager avec elle bien plus qu'un baiser. Mais la réponse à l'une de ces questions au moins ne pouvait pas attendre.

Brooks s'écarta donc de Maryse, alla chercher sa main gauche et lui montra l'alliance.

— Ce genre de bague signifie généralement quelque chose, observa-t-il en s'efforçant de ne pas parler sur un ton accusateur.

La jeune femme rougit.

— Vous pensez que... Non.

— Non, quoi ?

— Je ne suis pas mariée.

Il suffit à Brooks d'étudier son visage pendant une seconde pour acquérir la certitude qu'elle disait la vérité. Il posa de nouveau les lèvres sur les siennes, mais cette fois juste pour lui faire comprendre qu'il la croyait. Mieux valait attendre pour aller plus loin d'avoir retrouvé Camille.

— Je vais redescendre au rez-de-chaussée, annonça Brooks. Quand j'aurai exécuté mon plan, je remonterai et je frapperai deux coups à la porte, je marquerai ensuite une pause, puis je frapperai quatre autres coups avant d'entrer. Comme ça, vous saurez que c'est moi.

— D'accord.

— N'ouvrez à personne pendant que je serai parti. Si j'ai besoin de vous joindre, je trouverai un moyen d'appeler la chambre. Au bout de deux sonneries, je raccrocherai, puis je rappellerai, mais vous ne décrocherez qu'après la quatrième sonnerie... Vous vous souviendrez de tout ça ?

— Oui. Le code étant le même pour la porte et pour le téléphone, il est facile à retenir.

— Parfait ! Mon absence durera un quart d'heure, pas plus.

— Et si vous n'êtes pas de retour au bout de ces quinze minutes ?

— Je le serai. Si je pense que mon plan n'a aucune chance de marcher, je reviendrai tout de suite. Si j'ai un contretemps, je vous appellerai.

Brooks adressa à Maryse un sourire rassurant — qui n'eut pas l'air de produire l'effet voulu. Il alla ensuite ouvrir la porte et accrocha la pancarte « Ne pas déranger » à la poignée extérieure.

— Simple précaution, précisa-t-il.
— Soyez prudent !
— Je le suis toujours.

Tandis qu'il descendait au rez-de-chaussée, Brooks eut conscience de franchir pour la toute première fois la frontière entre travail et vie privée.

Pourquoi cela lui arrivait-il maintenant ? Pourquoi Maryse le touchait-elle autant ? Sa beauté le captivait, bien sûr, mais depuis cinq ans qu'il n'était plus en couple, il consacrait tout son temps et toute son énergie à ses enquêtes. Par quel mystère Maryse pouvait-elle, au bout de quelques heures seulement, exercer une telle emprise sur lui ?

Le moment était cependant mal choisi pour se poser ce genre de question. Dans l'immédiat, c'était le sort de la petite Camille le plus important.

Une fois dans le hall, Brooks inspira à fond, plaqua un sourire sur son visage et se dirigea vers le concierge.

— J'ai un service à vous demander, lui dit-il.

Une minute plus tard, l'homme quittait son poste. Dès qu'il eut disparu, Brooks se glissa derrière le guichet et entra dans la pièce attenante. Un rapide examen des lieux le conduisit à un classeur métallique dont le tiroir supérieur portait la mention « Personnel ». Par chance, l'établissement n'avait pas complètement abandonné le papier au profit du numérique...

Mais le tiroir était fermé à clé, constata ensuite Brooks. Une soucoupe remplie de trombones était posée sur l'unique table de la pièce. Il en prit un, le déplia et s'en servit pour crocheter la serrure. C'était illégal, mais la fin justifiait les moyens.

Le tiroir renfermait des dossiers suspendus. Brooks parcourut des yeux les étiquettes et ne tarda pas à trouver celle qui correspondait à ce qu'il était venu chercher : « White, Dee. Concierge de jour ».

Il sortit les papiers que contenait le dossier, les cacha sous son sweat-shirt et quitta la pièce. Le concierge remplaçant revint l'instant d'après, les bras chargés de couvertures. Brooks le remercia chaleureusement, lui donna un pourboire et reprit le chemin de la chambre les couvertures sous le bras et le sourire aux lèvres.

Mission accomplie !

Ce sentiment de satisfaction ne dura cependant pas : alors que Brooks s'engageait dans le couloir menant à l'escalier, une silhouette, derrière la baie vitrée située en face de lui, attira son attention. La silhouette d'un homme au visage dissimulé sous une capuche

Son instinct de policier lui fit ralentir le pas, et cela lui permit de voir l'homme longer le bâtiment sur quelques mètres, puis s'immobiliser et fixer quelque chose. Brooks suivit son regard et, quand il identifia l'objet en question, une bouffée d'angoisse l'envahit.

C'était l'escalier de secours.

L'homme tourna la tête à droite, puis à gauche, avant de lever les bras pour débloquer la partie escamotable de l'échelle métallique. Son objectif était d'atteindre le balcon de la chambre où Maryse attendait, Brooks en eut immédiatement la certitude.

La jeune femme y était seule, sans moyen de défense ni raison de se méfier...

Brooks posa les couvertures par terre et se rua vers l'escalier.

Assise au bord du lit, Maryse essayait en vain de remettre de l'ordre dans ses idées.

Camille.

Brooks.

La pensée de sa fille dominait les autres, comme toujours, mais aujourd'hui accompagnée d'un terrible sentiment d'anxiété au lieu de l'élan de joie habituel.

Brooks n'en continuait pas moins d'occuper son esprit. Elle

revoyait ses yeux noisette au regard plein de sollicitude... Elle revivait son baiser, doux, inattendu, merveilleux.

Leurs lèvres s'étaient rencontrées par accident, au départ, mais un vrai baiser avait suivi, et embrasé ses sens.

Ce qui, compte tenu des circonstances, était tout à fait incongru.

Mais y avait-il une règle interdisant les baisers dans ce genre de situation ? Sans doute pas, et même s'il en existait une, Maryse se sentait prête à l'enfreindre de nouveau.

Elle regarda sa montre. Huit minutes s'étaient écoulées depuis le départ de Brooks. Le temps lui avait paru dix fois plus long.

Pour meubler son attente, Maryse se leva et se mit à marcher de long en large dans la pièce. La patience n'était pas son fort, et elle n'avait pas l'habitude de dépendre d'une autre personne. Seule depuis six ans pour élever Camille, elle avait appris à se débrouiller par elle-même en toutes circonstances.

Mais cette capacité d'autonomie faisait aussi partie de son caractère : elle avait l'esprit pratique. C'était sans doute pour cela que son frère avait toujours compté sur elle pour le tirer d'affaire. Pour cela, de toute évidence, qu'il lui avait confié sa fille.

La gorge de Maryse se serra.

Oh ! Jean-Paul, qu'as-tu fait ? Qu'est-ce qui a pu te rattraper alors que tu semblais être sur la bonne voie ?

Après que son frère avait trouvé un emploi dans une entreprise baptisée « La Fabrique de papier », Maryse avait vraiment eu le sentiment qu'il voulait se prendre en main.

Cela avait-il quelque chose à voir avec Camille ? L'idée de fonder une famille l'avait-elle décidé à changer de vie ? Mais peut-être n'avait-il pas pu échapper à l'ancienne ?

Quand Maryse pensait à son frère — c'est-à-dire souvent —, elle en arrivait toujours là, et une vague de tristesse la submergeait alors. Avant l'arrivée de Camille dans son existence, Jean-Paul était la personne qu'elle aimait le plus au monde, et il lui manquait toujours autant.

Le bruit d'une carte magnétique glissant dans la fente prévue à cet effet, à l'extérieur de la chambre, la tira de ses sombres réflexions.

Brooks était de retour, se dit-elle avec un petit frisson d'excitation.

Elle s'arrêta, fixa la poignée... et se rappela brusquement le code convenu.

Un code qui n'avait pas été utilisé.

Ce n'était pas Brooks, derrière la porte, et la pancarte « Ne pas déranger » accrochée côté couloir excluait qu'il s'agisse d'un employé de l'hôtel ou d'un client se trompant de chambre.

La poignée commença de tourner. Maryse fouilla la pièce du regard à la recherche d'un objet lourd... Elle ne trouva que le téléphone. C'était une arme dérisoire face à un adversaire armé, mais un coup porté par surprise pourrait au moins lui donner une chance de s'échapper.

Maryse souleva l'appareil, arracha la prise du mur et alla se poster près du chambranle. Il était temps : la porte s'ouvrit une seconde plus tard, et une haute silhouette s'y encadra. Maryse brandit le téléphone au-dessus de sa tête, et elle s'apprêtait à frapper l'intrus de toutes ses forces quand une main se referma sur son poignet et le serra jusqu'à ce que la douleur la force à lâcher l'appareil.

Privée de son seul espoir de fuite, elle ferma les yeux et voulut appeler au secours, mais son agresseur la prit de nouveau de vitesse : il lui plaqua une main sur la bouche, puis il lui passa un bras autour de la taille et la poussa à l'intérieur de la chambre. Elle le mordit, lui donna des coups de pied... En vain, et elle finit par se rendre compte qu'il lui parlait à voix basse. Pour tenter de la calmer, sans doute.

— Maryse...

Comment connaissait-il son nom ?

— Maryse !

Elle lui enfonça son coude dans les côtes.

— Aïe ! Arrêtez, bon sang ! C'est moi, Brooks !

De soulagement, elle s'affaissa contre lui. Il la retint, retira ensuite de sa bouche la main qui la bâillonnait, mais attendit encore quelques secondes pour la lâcher complètement.

— Vous n'avez pas frappé, déclara-t-elle d'une voix étranglée.

— Désolé, j'ai oublié... Vous êtes en danger. Il faut...

Un fracas de verre brisé interrompit Brooks. Le bruit venait du fond de la pièce. Un lourd rideau cachait ce qui s'était passé, mais Maryse savait qu'il y avait derrière une baie vitrée donnant sur un balcon.

Quelqu'un avait choisi ce chemin pour s'introduire dans la chambre.

— Venez ! s'écria Brooks.

Il la saisit par la main et l'entraîna vers la porte, mais ils n'avaient pas fait trois pas qu'une voix menaçante retentit derrière eux :

— Lâchez sa main, ou je tire !

Brooks obéit immédiatement.

— Bien ! reprit la voix. Écartez-vous l'un de l'autre, maintenant ! Lentement !

Et Maryse ne vit pas comment ils auraient pu braver cet ordre.

6

Brooks fit rapidement le point de la situation. Il avait perçu du désespoir dans la voix de l'intrus. Cet homme était aux abois et, s'il était vraiment armé, tenter maintenant de le neutraliser en lui sautant dessus était trop risqué. Mieux valait attendre.

Après avoir exercé une légère pression de la main dans le dos de Maryse pour la rassurer, il s'écarta d'elle comme prescrit.

— Bien ! répéta l'homme. Maintenant, retournez-vous, tous les deux !

Maryse s'exécuta la première, et elle poussa un cri étouffé dont Brooks comprit la raison quand il se fut lui aussi retourné.

Leur agresseur était le faux concierge, l'homme dont Maryse lui avait montré la photo.

Son apparence d'aujourd'hui n'était cependant pas du tout la même que sur le cliché : là, il avait les yeux injectés de sang, le regard affolé et le front luisant de sueur. La livrée de l'hôtel qu'il portait sous son anorak était froissée, et il y avait même une petite déchirure au niveau du col. La menace qu'il avait proférée était bien réelle — il était armé d'un pistolet —, mais la main qui le tenait tremblait un peu.

— Allez vous placer à droite du placard ! lança-t-il à Brooks. Jambes écartées, mains au-dessus de la tête et posées à plat sur le mur !

Brooks dut se forcer pour obéir mais, au lieu de regarder ensuite droit devant lui, il se débrouilla pour pouvoir surveiller du coin de l'œil ce qui se passait à l'intérieur de la pièce.

— Vous, asseyez-vous ! ordonna le faux concierge à Maryse.

La jeune femme semblait tenir le coup, constata Brooks avec un mélange d'admiration et de soulagement. Elle alla s'installer dans l'un des deux fauteuils de la chambre et attendit la suite.

L'attention du malfaiteur se partageait entre Brooks et Maryse, mais c'était sur cette dernière que son arme était braquée.

Il fallait l'amener à la pointer sur lui, se dit Brooks.

— Si vous avez un problème, déclara-t-il sur un ton calme et conciliant, on peut peut-être vous aider à le résoudre ?

Et, comme il l'espérait, le canon du pistolet se tourna aussitôt vers lui.

— Pardon ? grommela l'homme.
— Vous donnez l'impression d'avoir besoin d'aide.
— D'aide ?
— Oui. N'est-ce pas ce que vous êtes venu chercher ?

Le faux concierge fronça les sourcils et se gratta le menton de sa main libre avant de marmonner :

— N... Non.

Il était visiblement déstabilisé. C'était une bonne chose, et Brooks décida d'enfoncer le clou.

— Vous n'avez pas l'air très sûr de ce que vous êtes venu faire ici !
— C'est de mon frère qu'il s'agit.
— Ah bon ? Il est quelque part dans l'hôtel ?
— Il est mort.
— Toutes mes condoléances, monsieur... ?

L'homme ouvrit la bouche pour répondre, mais il la referma au dernier moment et secoua la tête.

— Pas de noms ! décréta-t-il ensuite.

Raté ! songea Brooks, déçu.

Ce fut cependant sur un ton toujours affable qu'il déclara :

— D'accord... Si vous me disiez à la place ce qui est arrivé à votre frère ?

Le faux concierge dirigea de nouveau son pistolet vers Maryse.

— Elle est partie avec lui, et il a été assassiné.
— Ah ! Votre frère est l'homme qui s'est fait tirer dessus ce matin dans la rue, alors ?
— Oui. C'était son idée. Pour l'argent.

— Je comprends que sa mort vous bouleverse, mais concernant l'argent, je ne vous suis pas...

Tout en parlant, Brooks avait baissé un bras, lentement et de la manière la plus naturelle possible.

Son interlocuteur se gratta de nouveau le menton, mais avec le canon de son arme, cette fois.

— On voulait juste faire un échange, expliqua-t-il.
— Avec ma fille ? s'écria Maryse.
— Oui. On la détenait.
— Ce n'est plus le cas ?
— Euh... Si, bien sûr ! On la...
— Qui ça, « on » ? coupa Brooks.

Il abaissa en même temps son autre bras, puis orienta légèrement son buste vers l'intérieur de la pièce. Les choses étaient sur le point de mal tourner, il le sentait, et il voulait être prêt à intervenir.

— Ça n'a plus d'importance, maintenant..., dit le faux concierge d'une voix étranglée.

Puis son visage se crispa et, l'espace d'un instant, Brooks crut qu'il allait se mettre à pleurer.

Mais non... Au lieu de ça, il tendit le bras et pointa son pistolet sur Maryse.

Brooks ne prit pas le temps de réfléchir : il bondit et ceintura le malfaiteur. Ils perdirent tous les deux l'équilibre et atterrirent sur le lit.

Les papiers que Brooks avait cachés sous son sweat-shirt s'en échappèrent et s'éparpillèrent dans la pièce, mais il n'y prêta pas attention. Le plus urgent, c'était de désarmer son adversaire. Il lui enfonça un coude dans les côtes, lui saisit en même temps le poignet, puis le cogna contre la table de chevet. Une fois... Deux fois... À la troisième, l'homme lâcha enfin son arme, qui tomba bruyamment par terre.

— Ramassez le pistolet, Maryse ! cria Brooks.

Il vit la jeune femme s'approcher et se pencher, mais l'homme, sous lui, se mit alors à se débattre furieusement.

Dans un premier temps, Brooks parvint à le maîtriser, mais son adversaire leva soudain la tête et lui donna un coup de boule qui le fit sombrer dans un trou noir et sans fond.

Le pistolet avait glissé sous le lit et, le temps que Maryse le récupère et se redresse, la situation s'était retournée contre Brooks. Il ne bougeait plus, et Maryse vit avec horreur son adversaire le pousser sur le côté et descendre du lit.

Elle avait une arme à feu dans les mains, mais ne savait pas s'en servir. Et même si elle l'avait su, d'ailleurs, aurait-elle été capable de tirer sur un homme sans défense ? Ce n'était pas certain.

Le faux concierge s'élança vers Maryse. Elle se recula vivement, alla s'adosser au mur et pointa le pistolet sur le malfaiteur en espérant que menacer de l'abattre suffirait à l'arrêter.

— Restez où vous êtes, ou je tire ! lui cria-t-elle avec autant d'assurance que sa peur le lui permit.

À son grand soulagement, il s'immobilisa.

— Si vous me supprimez, souligna-t-il cependant, vous ne récupérerez jamais votre fille.

— Où est-elle ?

— Dans un endroit sûr.

— Mais encore ?

— Rendez-moi mon pistolet, et je vous le dirai.

— Vous me prenez pour une idiote ? Vous alliez me tuer, à l'instant... Pourquoi vous ne le feriez pas, si je vous en redonnais la possibilité ?

— J'ai peut-être changé d'avis.

— Je ne vous crois pas. Si vous me dites où est ma fille, je m'en irai et je ne parlerai à personne de ce qui s'est passé.

— Trop tard ! Il est déjà au courant, et c'est le genre d'homme qui, quand il vous aura retrouvée, vous fera regretter de ne pas m'avoir rendu mon pistolet.

Maryse n'y comprenait rien. Qui était cet homme redoutable ? Était-ce lui qui retenait Camille prisonnière ?

La façon dont le faux concierge parlait de lui l'effraya au point qu'elle chercha machinalement des yeux un moyen de s'enfuir.

Et son interlocuteur s'en aperçut, car il observa avec un petit sourire ironique :

— Vous ne pouvez pas sortir d'ici.

C'était malheureusement vrai. La baie vitrée était trop loin, et le malfaiteur bloquait le passage vers la porte qui donnait sur le couloir.

Et puis il y avait Brooks… Elle ne pouvait pas l'abandonner alors qu'il avait risqué sa vie pour elle.

En désespoir de cause, Maryse décida de proférer une nouvelle menace, mais le faux concierge la prit de vitesse. Comme s'il lisait dans ses pensées, il s'approcha du lit et déclara, l'œil mauvais :

— On verra de quoi vous êtes capable quand je serai en train d'étrangler votre copain… Vous croyez tirer assez bien pour me toucher, moi, et pas lui ?

Puis il se tourna vers Brooks, toujours inconscient. Maryse réagit alors de manière instinctive : elle fondit sur le malfaiteur et le frappa à la tête avec la crosse du pistolet.

Le coup ne l'atteignit cependant qu'à l'oreille. Il poussa un rugissement, pivota sur ses talons et porta une main à son oreille. Quand il l'abaissa, sa paume était maculée de sang.

Il était blessé, mais conscient…

Ce n'était pas suffisant.

Maryse brandit de nouveau le pistolet, mais cette fois, son adversaire savait à quoi s'attendre. Il leva le bras, et celui de Maryse le heurta avec une telle violence que l'onde de choc la secoua de la tête aux pieds. Elle recula d'un pas, voulut repartir à l'attaque, mais l'homme fonça alors sur elle tête baissée.

En voulant s'écarter, elle se cogna le genou contre le coin de la commode, poussa un cri de douleur et vacilla sur ses jambes. Le pistolet lui échappa des mains, glissa sur le sol et disparut de nouveau sous le lit.

Il fallait absolument le récupérer… Maryse se mit à quatre pattes, puis rampa vers le lit, un bras tendu devant elle, mais le malfaiteur profita de sa position allongée pour lui sauter sur le dos. Il referma une main sur son poignet et tira…

Le menton de Maryse alla s'écraser sur une moquette heureusement assez épaisse pour amortir le choc. Elle essaya de se redresser, mais cela lui valut un coup de genou dans les reins qui la fit retomber encore plus brutalement que la première fois.

Son adversaire était en position de force, elle le savait… Dans une ultime tentative pour se libérer et récupérer le pistolet, elle lui enfonça son coude dans le ventre, mais avec pour seul effet de lui arracher un grognement. Il la força ensuite à se retourner, s'assit à califourchon sur elle et lui entoura le cou de ses mains.

Des larmes lui montèrent aux yeux, et elle adressa de muettes excuses à sa fille pour ne pas avoir su la protéger, avant de fermer les paupières et de se préparer à mourir.

Un bruit sourd les lui fit cependant presque aussitôt rouvrir. L'homme, au-dessus d'elle, avait lâché son cou et dodelinait bizarrement de la tête. Une main le saisit ensuite au collet et le tira en arrière.

Deux secondes plus tard, Brooks se penchait vers Maryse, une lueur d'anxiété dans ses yeux noisette.

Brooks avait très mal à la tête, mais c'était surtout l'état de Maryse qui l'inquiétait.

— Ça va ? lui demanda-t-il.
— Ou... Oui.
— Vous êtes sûre ?
— Oui. Où est le...
— Au pays des rêves. Je peux vous laisser une minute, le temps de m'occuper de lui ?
— Vous n'allez tout de même pas...
— Le tuer ? s'exclama Brooks avec un grand sourire. Non ! Je veux juste le ligoter, au cas où il se réveillerait.

La jeune femme rougit.

— Ah ! euh... Oui, allez-y ! bredouilla-t-elle.

Après lui avoir caressé la joue dans un geste tendre qui le surprit lui-même, Brooks se redressa. Il souriait toujours, mais quand son regard se posa sur l'homme inconscient, la peur et la colère éprouvées en le voyant étrangler Maryse revinrent en force. Il ne devait qu'à la chance d'avoir repris connaissance à temps pour comprendre la situation, sauter à bas du lit et se saisir de la première arme improvisée qui lui était tombée sous la main : la lampe de chevet.

Il la ramassa et, tout en attachant les poignets du faux concierge avec le fil électrique, il observa :

— Vous devriez appeler la police, Maryse.
— Non !
— Un homme s'est introduit dans cette chambre, et il a essayé de vous tuer !
— Oui, mais il représente mon seul lien avec Camille.
— Nous avons affaire à des gens dangereux, et si je suis impuissant à vous protéger, comme j'ai failli l'être à l'instant...
— Vous ne me devez rien. Quoi qu'il arrive, j'en serai l'unique responsable. Mais je ne peux pas attendre les bras croisés que quelqu'un d'autre tente de sauver ma fille. C'est à moi de le faire, et je ne laisserai personne m'en empêcher.

Brooks étouffa un soupir. Maryse était tellement butée que, si la police intervenait, elle lui fausserait compagnie à la première occasion. Cela compliquerait les choses en la rendant suspecte aux yeux des enquêteurs... Quant à lui, il serait mis complètement et définitivement sur la touche.

— Bon, d'accord, déclara-t-il, mais si jamais vous changez d'avis, n'hésitez pas à me le dire.
— Merci de me plier à mes exigences.
— De rien.

Le fait d'avoir laissé le malfaiteur prendre le dessus sur lui continuait de tourmenter Brooks. Maryse avait failli le payer de sa vie... Pour plus de sûreté, il tira l'homme loin d'elle, puis il s'assura que les liens, autour de ses poignets, étaient bien serrés. Il fallait maintenant lui attacher les chevilles, mais avec quoi ?

Le placard était ouvert, et il y avait dedans deux peignoirs de bain munis d'une ceinture détachable.

Parfait !

Brooks se dirigea vers le placard, mais un coup frappé à la porte le stoppa net dans son élan. Il lança un regard inquiet à Maryse. Maintenant assise sur le lit, elle éprouvait visiblement la même inquiétude que lui.

Un deuxième coup, plus fort que le premier...

— Monsieur ? Madame ? dit ensuite une voix, derrière la porte.

Le coup d'œil que Brooks alla jeter dans le couloir par le judas le rassura — du moins dans un premier temps.

— C'est le concierge, chuchota-t-il à Maryse. Il a l'air nerveux.

— On doit lui ouvrir ?

— Oui, sinon il enfoncera la porte. Ou, s'il a un passe, il l'utilisera pour entrer... Mais il faut d'abord faire disparaître notre ami ici présent, et je ne vois pas comment.

— Monsieur ? Madame ? répéta le concierge.

— J'ai une idée ! annonça Maryse en sautant sur ses pieds. Tirez son collègue dans l'espace entre le lit et le mur, mettez la couverture sur lui et enlevez votre sweat-shirt !

— Pardon ?

— Dépêchez-vous !

Bien que le plan de la jeune femme lui échappe en partie, Brooks obéit. Pendant qu'il s'occupait de l'homme inconscient, Maryse se déchaussa, retira son manteau et le pull-over rouge qu'elle portait dessous, puis elle attrapa le drap du lit et s'enroula dedans. Pour finir, elle abaissa les bretelles de son soutien-gorge et les cacha sous le drap.

Ses épaules avaient comme son visage la couleur de la porcelaine, mais elles étaient parsemées de taches de rousseur, ce qui surprit Brooks. Il pensait que...

— Votre sweat-shirt !

La voix de Maryse lui fit prendre conscience d'être en train de la fixer, comme hypnotisé.

Il se hâta d'obtempérer et, une fois torse nu, il interrogea la jeune femme du regard.

— Prêt ? murmura-t-elle.

— Oui, même si je ne sais pas à quoi.

— À ça.

Une seconde plus tard, le pantalon de Maryse tombait sur ses chevilles. Elle l'enjamba, se dirigea vers la porte et, là, Brooks comprit enfin son plan.

7

Maryse referma la main sur la poignée. Elle aurait pourtant aimé pouvoir continuer d'admirer le torse puissant de Brooks. L'onde tiède qui avait couru le long de ses veines devant ces muscles bien dessinés et ce ventre plat était des plus agréables... Elle en était encore tout émoustillée.

Pour se consoler, elle se dit que cela apportait un élément de réalité à la comédie qu'elle devait maintenant jouer.

Quand elle ouvrit la porte, le concierge recula d'un pas et la considéra d'un air gêné.

— Désolé de vous déranger, madame Small, mais quelqu'un a signalé des bruits étranges... J'ai essayé d'appeler la chambre plusieurs fois, mais...

— On remboursera les dégâts, intervint Brooks, derrière Maryse.

— Quels dégâts ?

— Eh bien, dans le feu de l'action, si vous voyez ce que je veux dire, on a endommagé le téléphone et une lampe. Mais on sera plus discrets, à partir de maintenant.

Le regard du concierge alla plusieurs fois de Brooks à Maryse et s'arrêta finalement sur cette dernière.

— Vous êtes sûre que ça va, madame Small ?

— Oui.

Maryse aurait peut-être ajouté quelque chose si son cerveau n'avait soudain cessé de fonctionner. Les lèvres de Brooks venaient en effet de se poser sur son cou, et elles étaient en train de tracer un sillon de baisers entre son oreille et son épaule.

— Bien, je... Je vais vous laisser, balbutia le concierge.
— Merci de vous être inquiété pour nous, lui dit Maryse.
— Je vous en..., commença-t-il.

Brooks lui ferma la porte au nez. Il prit ensuite Maryse par les épaules, la tourna vers lui et se pencha jusqu'à ce que leurs bouches se touchent presque.

— C'était un excellent plan, murmura-t-il.
— Vous trouvez ?
— Oui, mais je peux formuler une requête ?
— Allez-y !
— La prochaine fois que vous vous déshabillerez devant moi, prévenez-moi un peu à l'avance ! Surtout si ça se passe juste après une bagarre et un choc à la tête.
— D'accord.
— Merci.

Un baiser léger, puis Brooks s'écarta de Maryse. Pendant qu'elle ramassait son pantalon, elle regarda du coin de l'œil Brooks remettre son sweat-shirt... Elle aurait préféré qu'ils ôtent tous les deux le reste de leurs vêtements et se livrent aux ébats dont il avait parlé à demi-mot au concierge ! Mais ce n'était pas le moment.

Vraiment pas le moment, ajouta-t-elle intérieurement en pensant à Camille.

Mais c'était dommage parce que Brooks n'était pas seulement canon : sa gentillesse et son dévouement faisaient de lui un homme à part.

L'intéressé, qui était allé s'agenouiller près du faux concierge, se releva alors et annonça :

— Notre ami n'est pas près de se réveiller. Impossible, donc, de l'interroger, mais j'ai trouvé son portable, et... Euh, Maryse ?
— Je vous écoute.
— J'en suis sûr, mais vous ne comptez pas vous rhabiller ?

Arrachée à sa rêverie, Maryse rougit et se dépêcha de remettre ses vêtements.

— Vous avez donc trouvé le portable de notre agresseur..., déclara-t-elle ensuite.

— Oui. Tenez, inspectez-en le contenu. Il y a peut-être dedans des données qui vous diront quelque chose.

— D'accord.

— Où est le pistolet ?

— Sous le lit.

Brooks s'agenouilla de nouveau tandis que Maryse entamait ses recherches. Le portable n'était pas protégé par un mot de passe, si bien qu'elle put accéder aux messages et à la liste des contacts, mais elle ne reconnut qu'un nom : celui de l'hôtel Maison Blanc.

— Alors ? demanda Brooks.

— Rien.

— Quel est le dernier numéro appelé ?

— Je vais consulter l'historique.

Mais Maryse fit alors une fausse manœuvre : son doigt pressa par inadvertance la touche bis. Avant qu'elle ait pu rectifier son erreur, une voix de femme cria, assez fort pour être entendue dans toute la pièce sans le haut-parleur :

— Greg ?

Alors que Maryse s'apprêtait à raccrocher, Brooks lui fit signe d'attendre.

— Greg ! répéta la femme sur un ton exaspéré.

Puis elle se mit à soliloquer :

— Je ne le crois pas ! Son portable est dans sa poche et m'a de nouveau appelée par accident... On est censés partir et, au lieu de ça, je suis coincée ici avec une gamine qui ne parle pas... Il y a en plus une voiture que j'ai déjà vue passer plusieurs fois devant la maison... La perspective de gagner beaucoup d'argent ne supprime malheureusement pas l'incompétence...

Le signal de fin de communication retentit ensuite, et Maryse s'exclama :

— La gamine qui ne parle pas ! C'est de Camille qu'il s'agit ! On doit découvrir où se trouve cette femme... La rappeler, et... Mais elle a dit qu'ils étaient censés partir... Il faut prendre une décision, mais laquelle ?

— On va essayer de savoir qui est cette femme, pour commencer. Un nom s'est affiché sur l'écran, en plus du numéro ?

— Un prénom : Dee.

— Dee ? Vous pouvez me passer le portable ?

Quand Brooks eut l'appareil entre les mains, il tapota l'écran, et Maryse le vit froncer les sourcils.

— Ce prénom vous dit quelque chose ? demanda-t-elle.
— Oui.

Après avoir mis le téléphone dans sa poche, Brooks alla ramasser les papiers tombés pendant sa lutte avec le faux concierge et les parcourut rapidement.

— C'est bien ce qu'il me semblait, déclara-t-il. Dee White est le nom de la concierge de jour, l'employée à qui vous auriez dû avoir affaire ce matin.
— Greg ici présent et elle sont donc complices.
— On dirait bien ! Et aucun des deux n'a de lien avec vous ou votre fille ?
— Pas que je sache. L'adresse de cette femme est mentionnée quelque part ?
— Oui. Elle habite rue Riel.
— C'est à seulement dix minutes en voiture !
— Vous voulez y aller ?

Maryse inspira profondément pour tenter de maîtriser sa peur et répondit :

— Je ne veux pas y aller. Je le dois.

Tout en suivant les indications que Maryse lui avait données avant de quitter l'hôtel Maison Blanc, Brooks tambourinait sur le volant. La décision qu'il avait prise de se plier à la volonté de la jeune femme était totalement déraisonnable.

Il avait laissé un malfaiteur derrière lui, pour commencer. Ligoté et désarmé, certes, mais sans surveillance. Quand cet homme reviendrait à lui, il arriverait peut-être à se libérer, et rien ne l'empêcherait alors de disparaître dans la nature. Ni de commettre d'autres crimes.

En prenant ce risque, Brooks commettait une faute professionnelle beaucoup plus grave que les entorses au règlement dont il était coutumier.

De plus, il se promenait avec une arme à feu peut-être — non, sûrement — illégale, et il emmenait une civile affronter une situation très dangereuse en toute connaissance de cause.

Tu aurais pu refuser, pensa-t-il.

Un coup d'œil à Maryse lui suffit cependant pour comprendre que les choses n'étaient pas aussi simples. Elle était résolue à retrouver sa fille sans l'aide de la police mais, sous son apparent stoïcisme, elle devait être terrifiée.

Ses longues années de carrière avaient appris à Brooks que les gens soumis à un stress émotionnel intense révélaient beaucoup de choses sur eux-mêmes sans s'en rendre compte.

Dans le cas présent, son expérience disait à Brooks que Maryse avait l'habitude de se débrouiller par elle-même pour résoudre ses problèmes. Le fait qu'elle accepte son aide à lui, un parfait inconnu, prouvait l'absence dans sa vie d'une personne vers qui se tourner.

Alors non, il n'aurait pas pu refuser de l'accompagner rue Riel. Parce que, sinon, elle y serait allée seule.

— Brooks ?
— Oui ?
— Cette Dee White a parlé d'argent, au téléphone... Et son complice y avait fait allusion, lui aussi.
— C'est le mobile le plus fréquent dans les affaires de kidnapping. Si vous voulez payer...
— Je le ferais volontiers !
— Comment ça ?
— Je viderais mon compte en banque et je m'endetterais en plus jusqu'à la fin de mes jours si ça pouvait me permettre de récupérer ma fille... Mais le ou les ravisseurs ne m'ont pas demandé d'argent.
— Ils n'ont pas laissé derrière eux une lettre avec le montant d'une rançon, ou au moins l'annonce d'une prise de contact pour fixer les modalités d'un futur échange ?
— J'ai bien trouvé une lettre dans la chambre de Camille, mais...

Maryse s'interrompit et se mordilla les lèvres avant d'enchaîner :

— Mais elle ne parlait pas d'argent. La personne qui l'a écrite donne pour seul motif de l'enlèvement la volonté de me prendre Camille.

— Vous savez pourquoi ?
— Pour des raisons personnelles.

Cette réponse fit regretter à Brooks de ne pas avoir posé plus de questions à Maryse sur ce kidnapping. Il se rangea contre le trottoir et se tourna vers elle.

— Nous nous connaissons à peine, et votre vie privée ne me regarde pas, mais s'il s'agit d'un problème de garde...
— Quoi ? Non !
— Alors il y a peut-être moyen de négocier ?
— Je n'en ai pas la moindre idée. Je croyais jusqu'ici que l'argent n'avait rien à voir là-dedans.
— Et si l'espoir de toucher une rançon était venu s'ajouter au mobile initial ?
— Oui, c'est possible.
— Je ne voudrais pas être indiscret, mais j'aurais besoin d'en savoir un peu plus sur les raisons personnelles que vous avez mentionnées.
— Non. C'est une histoire compliquée, qui serait longue à raconter, et la connaître ne vous aiderait de toute façon en rien. Redémarrez, je vous en prie ! Le temps presse.

Bien que frustré, Brooks obéit parce que Maryse avait raison : chaque minute comptait. Comme dans toutes les affaires d'enlèvement.

La fin du trajet fut silencieuse. Brooks passa lentement mais sans s'arrêter devant le domicile de Dee White — un pavillon de plain-pied des plus banals —, et alla se garer une rue plus loin. Ils étaient ainsi assez loin pour ne pas attirer l'attention, mais assez près pour pouvoir partir rapidement si nécessaire.

— J'imagine que je n'arriverai pas à vous convaincre de rester dans la voiture ? observa Brooks.
— Non.
— Je peux au moins vous demander quelque chose ?
— Je vous écoute.
— Mon travail consiste pour l'essentiel à traquer les voleurs et les assassins. Négocier la libération d'otages n'est donc pas ma spécialité, mais je connais un peu le sujet... Si Dee White nous

voit tout de suite et vous reconnaît, elle paniquera, et la situation deviendra incontrôlable.

— D'accord... Que voulez-vous que je fasse ?

— Vous devez comprendre que nous n'allons pas nous ruer à l'intérieur de cette maison façon commando. Ni inventer un prétexte pour aller frapper à la porte, parce que je doute que Dee White ouvre aujourd'hui à qui que ce soit. Je vous demande donc de faire le guet pendant que j'effectue une opération de reconnaissance. On retournera ensuite à la voiture, et on élaborera un plan.

— Entendu.

— Parfait !

Au moment où Brooks posait la main sur la poignée de sa portière, la voix de Maryse l'arrêta.

— Vous m'en voulez de refuser de vous raconter toute l'histoire, n'est-ce pas ? Vous trouvez ça stupide ?

— Stupide ? Non, mais je pense que les choses seraient plus faciles pour moi si je pouvais voir toutes les pièces du puzzle.

— J'élève seule Camille depuis sa naissance, et je n'avais encore jamais fait assez confiance à quelqu'un pour le laisser m'épauler dans une affaire la concernant. Ce n'était pas faute d'en avoir envie, ou besoin, mais parce que ça nous aurait mises toutes les deux en danger. Là, je n'ai pas le choix, puisque ce danger s'est concrétisé, mais l'habitude de ne jamais compter que sur moi-même m'a rendue un peu... sauvage. Et je ne peux pas changer du jour au lendemain.

— Autrement dit, vous me demandez d'être patient.

— Oui.

— Je vais essayer, mais la patience n'est pas ma qualité première. Comme la plupart des policiers, je suis plutôt un homme d'action.

Sur ces mots, Brooks sortit de la voiture, puis il contourna le véhicule pour aller ouvrir la portière du passager à Maryse. Elle trébucha sur le marchepied, et il tendit la main pour la soutenir. Elle se rattrapa sans son aide mais, après une légère hésitation, elle prit tout de même sa main.

Et Brooks vit dans ce geste apparemment anodin une confirmation de la confiance qu'elle acceptait de lui accorder.

8

Sans que Maryse songe à s'en plaindre, au contraire, Brooks garda sa main dans la sienne jusqu'à ce qu'ils soient à une cinquantaine de mètres de leur destination. Là, il s'arrêta, se plaça devant elle et la prit dans ses bras.

— Je veux qu'on ait l'air d'un couple d'amoureux en train de se promener, au cas où quelqu'un nous observerait, lui murmura-t-il à l'oreille. Vous allez regarder discrètement par-dessus mon épaule... Il y a un gros chêne devant la maison voisine de celle de Dee White...

Maryse se haussa sur la pointe des pieds.

— Vous le voyez ? demanda Brooks.

— Oui.

— Bien. Quand on sera à sa hauteur, on s'arrêtera derrière. Je vous laisserai là, et je repartirai en courant, comme si j'avais oublié quelque chose dans la voiture. Je me glisserai ensuite entre les maisons, je m'approcherai de celle qui nous intéresse par l'arrière, et j'étudierai la possibilité d'entrer par ce côté pour récupérer Camille. Si ça me paraît faisable sans votre aide, j'agirai tout de suite.

— Sinon ?

— Sinon, je vous viendrai vous rejoindre, et on cherchera un autre moyen de libérer votre fille.

— D'accord.

Brooks fit passer Maryse sur sa gauche — pour la rendre invisible depuis les fenêtres situées du côté de la rue où Dee White habitait, lui expliqua-t-il. Ils se remirent ensuite en marche bras dessus, bras dessous, sans se presser, et Brooks se penchant tous les deux ou trois pas pour effleurer les cheveux de Maryse d'un baiser.

C'était pour donner le change, bien sûr, mais après des années d'abstinence, la libido de Maryse devait être vraiment en manque, car ces baisers légers, presque chastes, suffirent à électriser ses sens.

Lorsqu'ils arrivèrent à la hauteur du chêne, cependant, la gravité de la situation la rattrapa.

— Passez discrètement la main sous le dos de mon sweat-shirt, lui déclara Brooks. J'ai coincé le pistolet de notre ami Greg dans la ceinture de mon jean. Prenez-le !

— Non, vous devez le garder ! Il vous sera plus utile qu'à moi.

— Prenez-le, je vous en prie ! Je m'inquiéterai pour vous, sinon, et ça me déconcentrera.

— En faisant juste le guet, je courrai beaucoup moins de risques que vous.

— J'ai une grande expérience du combat à mains nues... Vous pouvez en dire autant ?

— Bien sûr que non, mais...

— Je vous en prie ! répéta Brooks.

Maryse faillit lui avouer qu'elle ne savait pas se servir d'une arme à feu, mais il lui aurait alors sûrement ordonné d'aller l'attendre dans la voiture. Elle renonça donc à discuter, glissa la main sous son sweat-shirt et ne tarda pas à sentir la crosse du pistolet sous ses doigts.

— Je l'ai, annonça-t-elle.

— Sortez-le lentement, et essayez de ne pas me tirer une balle dans le pied.

— Ce n'est pas drôle !

Ce fut néanmoins avec précaution qu'elle prit l'arme et la mit dans la poche intérieure de son manteau.

Un dernier baiser — sur la bouche, celui-là —, puis Brooks fit demi-tour et partit en courant. Maryse le suivit des yeux, son angoisse grandissant à mesure qu'il s'éloignait. Arrivé au niveau de la voiture, il s'engagea dans la contre-allée la plus proche et disparut.

Désireuse de bien remplir sa mission de guetteuse, Maryse se pencha légèrement sur le côté et observa le pavillon de Dee White. Elle n'y décela aucun signe de vie. Un calme absolu régnait d'ailleurs dans la rue tout entière. Même le vent avait cessé de souffler.

Ce silence, allié à l'inaction, lui donna tout le temps de réfléchir. Trop de temps : une multitude d'interrogations dérangeantes se mit à tourbillonner dans sa tête.

Et si Camille n'était pas dans cette maison ?

Pourquoi Greg et Dee White avaient-ils parlé d'argent alors qu'il n'y avait pas eu de demande de rançon ?

Pourquoi seule la lettre laissée dans la chambre de Camille mentionnait-elle Jean-Paul ? Ni Greg, ni son frère, ni Dee White ne l'avaient évoqué.

C'était incompréhensible.

Mais quelle importance, au fond ? se dit Maryse. L'essentiel, c'était la libération de sa fille.

Son regard se fixa de nouveau sur le pavillon. Brooks ne devait plus en être loin, maintenant.

— Dépêchez-vous ! marmonna-t-elle.

Quelque chose de gris — la couleur du sweat-shirt de Brooks — apparut brièvement à l'angle de la barrière qui fermait le jardin, à l'arrière du pavillon. Certaine qu'il s'agissait de lui, Maryse poussa un soupir de soulagement.

Son inquiétude revint cependant en force une seconde plus tard, quand un objet métallique projeta un reflet presque au même endroit.

Était-ce un pistolet ?

Cette possibilité suffit à pousser Maryse à l'action. Elle quitta la relative sécurité offerte par le gros tronc du chêne et courut vers la maison. Elle traversa la cour mais, une fois devant la porte, elle hésita. Que fallait-il faire ? Essayer de créer un effet de surprise en forçant l'entrée ? Appeler Brooks, au risque d'alerter non seulement celui qui le suivait, mais aussi le ou les personnes présentes dans le pavillon ?

Si ce n'était déjà fait...

Un nouveau reflet métallique mit fin à ses tergiversations. Le temps pressait : Brooks était en danger.

Maryse sortit le pistolet de la poche intérieure de son manteau, se plaqua contre le mur et se dirigea vers le jardin.

Brooks s'approcha prudemment de la terrasse qui longeait l'arrière du pavillon.

Il y avait quelque chose qui clochait.

La maison était trop silencieuse.

Pendant son soliloque, au téléphone, Dee White avait été tout sauf calme et posée. Ce n'était manifestement pas le genre de femme à attendre la suite des événements en buvant une tasse de thé. Brooks l'imaginait plutôt faire les cent pas et pester contre un complice qui tardait à revenir.

Alors était-elle partie sans lui ? Ou bien retenait-elle Camille dans un autre endroit depuis le début ?

Les deux hypothèses étaient possibles, et l'une comme l'autre les ramenaient, Maryse et lui, à la case départ.

Des pas firent soudain crisser la neige, dans l'allée qui reliait les côtés rue et jardin du pavillon. Brooks s'immobilisa aussitôt et se mit en position défensive, bras écartés, mains ouvertes, genoux fléchis et prêts à le propulser en avant. Il recula ensuite lentement, en veillant à ne pas risquer de se retrouver acculé contre la maison.

Les pas ralentirent.

Brooks retint son souffle.

Les pas s'arrêtèrent.

Brooks se pencha en arrière et se prépara à repousser l'attaque qu'il prévoyait.

Au lieu de ça, un brusque coup de vent lui apporta une bouffée de parfum fleuri. Il n'avait eu l'occasion de respirer cette odeur qu'au cours des quelques heures précédentes, et pourtant il la reconnut immédiatement.

— Maryse..., chuchota-t-il.

La neige crissa de nouveau, dans l'allée, puis la jeune femme apparut à l'angle de la maison, l'air à la fois apeurée et déterminée. Elle tenait le pistolet à bout de bras, mais elle l'abaissa dès que son regard se fut posé sur Brooks.

— Ça va ? murmura-t-elle.

— Oui. Pourquoi êtes-vous là ? Que s'est-il passé ?

— Il m'a semblé voir quelqu'un vous suivre.

Brooks parcourut le jardin des yeux.

— Non, il n'y a personne.

— Je me suis affolée pour rien, alors ! déclara Maryse avec un petit rire forcé. Désolée !

— Ne vous excusez pas : mieux vaut être trop prudent que pas assez. Mais je pense que les lieux sont déserts, à l'extérieur comme à l'intérieur.

— Camille ne serait donc pas ici ?

— J'en ai peur. La maison est vide : aucun bruit, aucun mouvement, aucune lumière... J'allais chercher un moyen d'entrer, pour recueillir d'éventuels indices, quand vous êtes arrivée.

— Ça ne devrait pas être trop difficile.

— Pourquoi ?

— La porte sur le jardin est ouverte.

Brooks se tourna vers la terrasse et vit que la porte en question était en effet entrebâillée.

L'était-elle déjà une minute plus tôt, auquel cas il ne l'aurait pas remarqué ?

— Passez-moi le pistolet, Maryse !

Une fois l'arme en main, Brooks fouilla de nouveau le jardin du regard, à la recherche du moindre signe d'une présence.

Rien.

Pour avoir une meilleure vue des alentours — y compris des jardins voisins —, il se redressa, dit à Maryse de ne pas bouger et s'avança de quelques pas.

Toujours rien.

Mais, alors, pourquoi avait-il le pressentiment d'un danger ?

Au moment où Brooks se remettait face à la maison, une silhouette surgie de nulle part bondit sur Maryse et la plaqua au sol.

Maudissant son manque de vigilance, Brooks essaya de trouver un angle de tir qui exclurait tout risque pour Maryse... avant de se rendre compte que ce n'était pas nécessaire : l'agresseur était une femme petite et menue, et le peu de vêtements qu'elle portait permettait de voir qu'elle n'était pas armée. Sans l'effet de surprise, Maryse aurait pu facilement repousser son attaque.

Brooks coinça le pistolet dans la ceinture de son jean, puis il attrapa la femme par le haut de son débardeur et la tira — le moins brutalement possible — jusqu'au mur. Elle se débattait furieusement, en émettant des sons inarticulés, et quand il la mit debout, Brooks comprit pourquoi : un morceau de chatterton lui recouvrait la bouche. Elle avait aussi une grosse ecchymose sur la tempe, les yeux injectés de sang et le regard farouche.

Une fois adossée au mur, elle recommença à se débattre, et elle finit par rejeter la tête en arrière avec une telle violence que son crâne alla heurter le mur. Brooks, qui s'attendait à la voir s'écrouler, relâcha son étreinte, et elle en profita pour lui lancer un de ses pieds nus dans le genou.

L'effet de surprise jouant de nouveau, il chancela et, le temps qu'il retrouve son équilibre, la femme s'était échappée. Il se lança à sa poursuite, mais Maryse l'avait devancé, et ce fut elle qui rattrapa la fuyarde et la neutralisa, en la saisissant par les épaules, puis en la faisant basculer en arrière jusqu'à la coucher sur le sol.

Brooks les rejoignit alors, prit la femme à bras-le-corps et la remit debout avec moins d'égards que la première fois. Elle tenta de lui donner des coups de pied, mais il se plaça derrière elle, lui tint solidement les poignets réunis dans le dos et la poussa vers la maison. Bien qu'elle ait cessé de résister, Brooks se méfiait : peut-être feignait-elle seulement de s'avouer vaincue.

— Bravo pour la réactivité ! dit-il à Maryse, qui lui avait emboîté le pas.

— Je ne pouvais pas laisser filer la seule personne susceptible de me fournir des informations sur Camille.

Après s'être assuré que toute cette agitation n'avait attiré aucun voisin à sa fenêtre, Brooks adossa de nouveau la femme au mur de la maison et souleva un coin de son bâillon.

— On peut parler ? demanda-t-il.

— Espèce de...

Le dernier mot fut étouffé par le chatterton, que Brooks avait prestement remis en place.

— Bon, on réessaie, sans les insultes ? suggéra-t-il sur un ton conciliant.

Il retira de nouveau une partie du bâillon. La femme les regarda d'abord en silence, Maryse et lui, puis elle s'exclama :

— Je ne sais pas qui vous êtes, tous les deux, ni ce que vous voulez, mais si vous croyez...

Le chatterton lui coupa une deuxième fois la parole. Brooks secoua la tête et attendit que la femme ait l'air plus calme pour déclarer :

— Je suis prêt à discuter, mais ce ne sera possible que si vous cessez de crier et de m'invectiver... Si vous l'acceptez, hochez la tête ! Sinon, le bâillon restera en place jusqu'à l'arrivée de la police.

C'était du bluff, bien sûr, mais elle ne pouvait pas le savoir.

— Alors ? insista Brooks.

Elle le fusilla du regard mais finit par hocher la tête. Il retira complètement le bâillon de sa bouche et, cette fois, ce fut sur un ton sec et froid qu'elle s'exprima.

— Je suis ici chez moi, et c'est donc à moi de poser les questions... Qui êtes-vous, et que me voulez-vous ?

Maryse s'approcha d'elle et lui demanda :

— Vous habitez cette maison ?

— Oui !

— Vous êtes Dee White ?

— Qu'est-ce que ça peut vous faire ?

— Répondez-moi !

— Oui, c'est mon nom !

— Où est ma fille ? Où est Camille ?

Dee White plissa les yeux.

— Je commence à comprendre : vous êtes Maryse LePrieur. Mais comment m'avez-vous localisée ?

— Peu importe. Dites-moi où est ma fille !

— Vous arrivez trop tard.

— Comment ça ? déclara Maryse d'une voix étranglée.

— Elle n'est plus là. Il l'a emmenée.

Brooks allait poursuivre — sans ménagement — l'interrogatoire

entamé par Maryse quand Dee White fondit en larmes. Et les sanglots qui ne tardèrent pas à lui secouer les épaules le convainquirent de changer de tactique.
— Allons à l'intérieur, dit-il. On y sera mieux pour discuter.

9

Maryse avait envie de secouer Dee White par les épaules pour la faire parler. Elle se considérait comme une personne pacifique, et jamais jusqu'à aujourd'hui l'idée ne lui serait venue d'utiliser la force pour obtenir quoi que ce soit... Mais jamais encore elle n'avait été séparée de sa fille pendant plus de quelques heures. Et, surtout, jamais la vie de Camille et la sienne n'avaient été directement menacées.

Si cette femme ne s'arrête pas de pleurer et ne commence pas à parler, songea-t-elle tout en se déplaçant dans la cuisine encombrée du pavillon, *je vais vraiment m'énerver !*

Dix minutes après qu'ils étaient entrés dans la maison, Dee White sanglotait toujours. Maryse avait la certitude que c'était de la comédie : la fureur de cette femme ne pouvait pas avoir cédé la place en un clin d'œil au désespoir, ou au remords, ou à toute autre émotion susceptible de provoquer ce torrent de larmes.

Elle avait demandé à Brooks en langage des signes de la laisser dire à Dee White qu'ils n'étaient pas dupes de son cinéma. Mais il avait ignoré sa requête et déclaré à haute voix qu'une tasse de thé ferait du bien à leur hôtesse... Alors si Maryse voulait bien s'en occuper ?

C'était pour l'éloigner, parce qu'il la jugeait trop impliquée dans cette affaire pour être raisonnable. Il n'avait pas tort mais, s'il pensait que cela lui permettrait de se calmer, il se trompait : pendant qu'elle attendait que l'eau bouille, elle sentait au contraire son impatience grandir.

Où était Camille en ce moment ?

Qui était venu la chercher ?

Comment allait-elle, avant d'être emmenée ailleurs ?

Toutes ces questions, Maryse brûlait de les poser à Dee White. Brooks poserait sans doute les deux premières, mais pas la troisième. Même si c'était quelqu'un de bien, il n'avait aucun lien affectif avec la fillette.

Le sifflement de la bouilloire ramena Maryse à la réalité. Elle versa l'eau sur le sachet qui attendait dans la théière, puis, sans laisser le liquide infuser, elle en remplit un mug. Dee White buvait peut-être son thé avec du sucre ou du lait, mais elle n'aurait ni l'un ni l'autre aujourd'hui. Maryse était déjà suffisamment agacée de devoir servir une femme qui avait de toute évidence joué un rôle dans l'enlèvement de sa fille.

Le mug à la main, elle regagna le séjour. Dee White était installée sur le canapé, les jambes repliées sous elle, et Brooks se tenait devant la table basse.

En constatant qu'ils ne se touchaient pas, Maryse éprouva du soulagement, et elle se rendit alors compte qu'elle avait craint de trouver Brooks assis près de Dee, un bras enroulé autour de ses épaules et le visage pratiquement collé au sien afin de pouvoir lui murmurer des paroles de réconfort.

Je suis jalouse ! se dit-elle.

Cette prise de conscience la surprit. Elle avait de l'estime pour Brooks, elle lui était reconnaissante de l'aider et ressentait pour lui une attirance physique indéniable, mais rien de plus. C'était même déjà beaucoup dans la mesure où ils ne se connaissaient que depuis quelques heures !

Quand Maryse posa le mug sur la table basse, Dee leva la tête. Elle ne pleurait plus, et une lueur de colère brillait au fond de ses yeux. Brooks devait bien la voir... Maryse se tourna vers lui. Il avait l'air compatissant, et parfaitement détendu...

Dee avait-elle réussi à le convaincre de la sincérité de ses larmes ?

— Et si c'était moi qui racontais votre histoire à la mère de Camille ? lui suggéra-t-il. Ainsi, vous pourrez boire votre thé tranquillement...

— Oui, s'il vous plaît..., répondit-elle d'une voix languissante.

Brooks souleva le mug et le lui tendit avec un sourire bienveillant.

— Buvez, ça vous fera du bien !

— Merci.

— Je vous en prie !

Leur duo donna à Maryse envie de hurler, mais Brooks se tourna ensuite vers elle et lui fit comprendre d'un clin d'œil qu'il jouait lui aussi la comédie.

Une onde de soulagement la parcourut. Il était toujours en phase avec elle.

— Dee, son compagnon et le frère de ce dernier sont poursuivis depuis un moment déjà par des gens à qui ils doivent une grosse somme d'argent, lui expliqua-t-il.

— Ah bon ? déclara-t-elle sur le ton le plus neutre possible.

— Oui, et ces créanciers ne sont pas des tendres : ils n'hésitent pas à fracasser des genoux et à briser des doigts quand ils ne sont pas contents. Le seul moyen de leur échapper définitivement, c'est de changer d'identité.

— Je comprends, mais quel rapport avec ma fille ?

— Eh bien, ces hommes sont venus voir Dee et lui ont proposé d'annuler la dette en échange de Camille.

— Pourquoi la veulent-ils ?

— Ils ont dit qu'elle leur appartenait, indiqua Dee.

— C'est un être humain ! s'écria Maryse, incapable de contenir plus longtemps sa colère. Elle n'appartient à personne ! Mais peu importe… Vous avez donc accepté le marché et kidnappé ma fille avec l'aide de vos deux complices ?

— Oui, mais on ne l'a pas livrée.

— Comment ça ?

— On l'a gardée, si vous préférez.

Dee prit un air penaud et montra du doigt l'ecchymose qu'elle avait à la tempe avant d'enchaîner :

— C'est pour ça qu'ils m'ont frappée. J'ai ensuite réussi à leur échapper, je suis allée me cacher dans la remise, et ils sont partis.

— Ils avaient compris que vous ne comptiez pas leur « livrer » Camille ?

— Oui. C'était l'idée du frère de Greg.

— L'homme qui m'a interceptée dans un couloir de l'hôtel Maison Blanc ?

— C'est ça. D'après lui, si cette gosse avait une telle valeur pour ces gens, elle devait en avoir encore plus pour vous.

Ce qui expliquait l'entrée en jeu du facteur argent dans cette affaire, songea Maryse.

Sauf que...

— J'aurais payé la somme demandée pour récupérer ma fille, indiqua-t-elle, mais le frère de Greg ne m'a pas parlé de rançon.

— Dee ignore pourquoi, intervint Brooks. Mais elle a encore des choses à nous apprendre.

— Elle sait où est Camille ?

— Non, mais elle sait qui la détient maintenant.

— On vous écoute, Dee !

— Il s'agit d'un gang dirigé par un certain Caleb Nank.

Ce nom ne dit rien à Maryse, mais il devait dire quelque chose à Brooks, car elle le vit tressaillir.

— J'aimerais rester seul avec Dee, Maryse, déclara-t-il.

— Pardon ?

— Ce ne sera pas long.

Elle songea d'abord à refuser. Les questions que Brooks allait poser et les réponses qui lui seraient données l'intéressaient au plus haut point. Mais il avait le visage si grave qu'elle hésita à le contrarier : quoi que lui évoque le nom de Caleb Nank, ce devait être important.

Et quand il lui dit en langage des signes : « Faites-moi confiance, je vous en prie ! », elle renonça définitivement à protester.

Une fois dans le couloir, cependant, elle s'étonna d'être aussi prompte à se soumettre à la volonté d'un quasi-inconnu alors qu'elle avait toujours veillé à préserver son indépendance.

Durant ces six dernières années, elle n'avait, par nécessité, noué que des relations superficielles — limitées, même, aux mères des camarades de classe de Camille. Avant cela, elle avait été dans ses rapports avec son frère la personne fiable, celle sur laquelle l'autre pouvait compter, et non l'inverse. Quant à sa vie sentimentale...

Presque sept ans.

Ce chiffre l'impressionna. Cela faisait pourtant bien presque sept ans qu'elle n'était pas sortie avec un homme. Avant de recueillir Camille, elle avait à Seattle un petit ami attitré, mais leurs liens s'étaient lentement distendus... Si lentement qu'elle s'en était à peine rendu compte. Elle n'avait même pas éprouvé le besoin de l'appeler pour lui dire qu'elle partait vivre ailleurs.

Son regard se posa sur la porte du séjour. Bizarrement, si les circonstances l'obligeaient de nouveau à tout quitter du jour au lendemain, elle voudrait que Brooks le sache.

Maryse secoua la tête. C'était aussi absurde qu'être jalouse de Dee White ! Mais ce n'en était pas moins vrai : quelques heures avaient suffi à cet homme pour percer sa carapace.

La porte voisine de celle du séjour attira soudain son attention. Elle était entrebâillée et, que ce soit pour s'occuper ou par simple curiosité, Maryse alla la pousser. La pièce qu'elle découvrit alors était remplie de matériel d'imprimerie ultra-sophistiqué.

Brooks avait parlé de doigts cassés et de nouvelles identités, non ?

Elle entra dans la pièce. Une demi-douzaine de passeports — trois Canadiens, deux Américains, et le dernier d'un pays qu'elle n'arriva pas à identifier — s'alignaient sur un grand bureau, à côté de photos, de rognures de papier et de feuillets plastifiés...

Tout l'attirail du parfait faussaire.

Maryse s'approcha du bureau... et poussa un cri étouffé : l'une des photos d'identité posées dessus était celle de Camille. Et, quand elle la souleva, la vue de l'objet caché dessous lui glaça le sang.

C'était le bracelet constitué de petits cœurs en argent accrochés à une cordelette élastique que Camille portait presque toujours au poignet.

Brooks avait du mal à garder son calme. Tout, chez Dee White, parlait de duplicité, de manipulation et de narcissisme. Elle appartenait à un type de suspect qu'il connaissait bien : sur cinq ou six choses qu'elle lui disait, une seule était vraie. Il avait jusqu'ici évité de la braquer, mais l'irruption dans la conversation du nom de Caleb Nank changeait tout : il devait en savoir plus, et tout de suite !

Cet homme était à la tête d'une entreprise qui servait de couverture à une organisation criminelle de grande envergure, mais il avait réussi à ne jamais se faire prendre. Et Brooks avait été chargé de réunir des preuves contre lui. Il s'y employait depuis des années, sans résultat, et si Dee White pouvait lui fournir des renseignements utiles pour son enquête, toujours en cours, il comptait bien les obtenir !

— Nank est basé au Nevada, lui dit-il tout de go.
— Vous le connaissez ? s'écria-t-elle.
— Je suis moi aussi basé au Nevada.
— Vous... Ah ! je comprends.

Peu importait à Brooks qu'elle ait compris ou non de quel côté de la loi il se situait.

— C'est à cause de Nank que je suis bloqué ici, alors oui, je le connais !

Une lueur rusée s'alluma dans les yeux de Dee.

— Et vous ne voulez pas que votre copine le sache...
— Ça ne nous aiderait en rien à récupérer Camille.
— Vous êtes certain que c'est sa fille ?
— Oui.
— Eh bien, vous vous trompez ! Nank et ses hommes peuvent prouver le contraire.
— Il me faudrait pour y croire le résultat d'un test ADN allant dans ce sens.
— Et si la preuve que possèdent Nank et ses hommes, c'est justement un test ADN ?
— Vous mentez !
— Non. Réfléchissez ! Puisque vous connaissez Nank, vous devez savoir quel type d'activité il mène ?
— Des membres de son organisation ont été arrêtés pour escroquerie, proxénétisme, trafic de drogue... Il est très éclectique.
— Mais il n'a jamais organisé d'enlèvement.
— Il envisage peut-être de se reconvertir ?
— C'est douteux, et pourquoi ses hommes diraient-ils que la gamine n'est pas la fille de Maryse LePrieur si ce n'était pas vrai ?

Mieux encore, pourquoi Caleb Nank serait-il prêt à renoncer à l'argent qu'on lui doit en échange de cette gosse ?

Brooks fronça les sourcils. Dee était-elle en train de suggérer que Caleb Nank était le père biologique de Camille ?

— Si vous ne me croyez pas, reprit Dee, faites revenir votre copine et demandez-lui pourquoi un homme comme Caleb Nank veut s'encombrer d'une petite sourde-muette de six ans !

La question de savoir pourquoi Camille avait été enlevée taraudait Brooks depuis le début. Maryse avait refusé de le lui dire de façon précise, alors que connaître le mobile d'un crime contribuait souvent de façon décisive à son élucidation, mais il avait décidé de s'en remettre à son jugement. La vie de sa fille était en jeu ; elle ne pouvait pas se taire sans raison valable.

L'intéressée entra alors dans la pièce. Plus pâle encore que d'habitude, elle avait un ordinateur portable dans une main, et ce qui ressemblait à des carnets dans l'autre.

— Vous comptiez faire passer Camille pour votre fille ? lança-t-elle à Dee.

— C'était juste une possibilité, répondit calmement cette dernière.

Un regard attentif aux carnets apprit à Brooks qu'il s'agissait de passeports. Maryse les lui tendit et indiqua :

— Il y en a un pour elle et un pour Greg.

Elle sortit ensuite de la poche de son manteau une photo d'identité de Camille.

— Ils étaient en train d'en fabriquer un pour ma fille, et j'ai trouvé cet ordinateur portable connecté au site d'une agence de voyages.

Interdit, Brooks prit les passeports et les ouvrit. Ils avaient l'air authentiques et, sans être expert en matière de faux papiers, il avait l'impression que même un examen minutieux n'aurait rien révélé de suspect.

— Où comptiez-vous emmener Camille ? demanda-t-il à Dee.

Au lieu de répondre, elle sauta sur ses pieds, se pencha et sortit un pistolet de sous la table basse. Le temps que Brooks se saisisse de son arme, elle pointait la sienne sur Maryse.

— Posez votre pistolet sur la table, ordonna-t-elle, ou j'abats votre copine.

La mort dans l'âme, Brooks obéit. Il s'était méfié d'elle, mais pas assez, visiblement...

— Si on discutait tranquillement ? suggéra-t-il. Dites-nous ce que vous voulez, et on se débrouillera pour...

— Vous n'êtes pas en position de négocier ! coupa Dee. Nank a la gamine, moi, j'ai le pistolet... Vous deux, vous n'avez rien.

— Vous oubliez Greg !

— C'est une menace en l'air. Vous ne l'avez pas tué, et je suis sûre que vous ne le ferez pas. Il finira donc par me rejoindre, ce n'est qu'une question de temps... Donnez-moi les passeports !

L'échec de sa tentative de chantage obligea Brooks à obéir de nouveau. Maryse était blanche comme un linge. Il aurait aimé pouvoir la réconforter, mais il devait se concentrer sur la recherche d'un moyen de redresser la situation.

— Vous êtes venus en voiture ? demanda Dee.

— Oui. Vous voulez qu'on vous dépose quelque part ?

— Non. Je veux juste vos clés.

Brooks sortit le porte-clés de sa poche et le lança à Dee, qui leva sa main libre pour l'attraper. Il se jeta alors en avant, bras tendus. Dee s'écarta à temps de sa trajectoire, mais il parvint malgré tout à lui assener sur le poignet une manchette qui lui fit lâcher son arme. Ils se mirent aussitôt à quatre pattes pour la ramasser, et Dee, qui en était la plus proche, fut la première à l'atteindre.

— À terre ! cria Brooks à Maryse.

Un mouvement dans sa vision périphérique, suivi d'un bruit sourd, lui apprit que la jeune femme s'était couchée sur le sol...

Juste à temps, car une seconde plus tard, un coup de feu retentit, et la balle alla terminer sa course dans le mur, à la hauteur où la tête de Maryse se trouvait l'instant d'avant.

À moitié assourdi par la détonation mais poussé par une puissante décharge d'adrénaline, Brooks se releva d'un bond. Une lutte s'ensuivit, au cours de laquelle il réussit à soulever le bras de Dee juste avant qu'elle appuie de nouveau sur la détente. Cette deuxième balle se logea dans le plafond et, au même moment, une sirène retentit, dehors. Un voisin avait dû composer le numéro d'urgence, et le véhicule de patrouille le plus proche était en chemin.

Il serait bientôt là, et Dee White avait bien sûr encore moins envie que Maryse d'affronter la police. Elle se dirigea à reculons vers la porte, le canon de son pistolet pointé vers le haut, en déclarant :

— Je prends une minute et demie d'avance sur vous.

Puis son regard se posa sur Maryse, qui s'était remise debout, et elle ajouta :

— Vous devriez profiter de ce temps pour expliquer à votre copain que Camille n'est pas votre fille.

— Elle l'est !

— Inutile d'ergoter : ce n'est pas votre fille biologique. Maintenant, je file ! Et vous, interdiction de bouger avant une minute et demie !

Sur ces mots, Dee White sortit en trombe du séjour. Une porte claqua, quelque part dans la maison, puis ce fut le silence. Brooks entreprit alors d'effacer avec la manche de son sweat-shirt les empreintes qu'il aurait pu laisser dans la pièce, et il ramassa ses clés de voiture — Dee White les avait visiblement réclamées dans le seul but de les empêcher de la suivre.

Depuis que cette dernière était partie, Maryse était comme pétrifiée, et un doute s'insinua dans l'esprit de Brook : et si Dee White n'avait pas menti ? Si Maryse n'était pas la mère biologique de Camille ? Comment en avait-elle eu la garde au moment de sa naissance, dans ce cas ? Par des moyens illégaux ? Était-ce pour cela qu'elle craignait autant la police ?

Son instinct disait pourtant à Brooks que ce n'était pas une criminelle, et son instinct le trompait rarement. Dee White n'en avait pas moins laissé derrière elle une tension palpable, et la seule façon de l'évacuer, c'était d'obtenir la vérité de Maryse, mais cela devrait attendre un peu.

— Je crois que la minute et demie est passée, déclara Brooks.

— Je vous avais dit que c'était une histoire compliquée, murmura la jeune femme.

— Oui, et je compte bien que vous me la racontiez mais, là,

il faut se dépêcher de partir.

Maryse tendit la main à Brooks et se laissa entraîner vers l'arrière de la maison. Ils en sortirent juste au moment où la lumière d'un gyrophare apparaissait au coin de la rue.

10

Maryse courait, une main dans celle de Brooks et l'autre refermée sur l'ordinateur portable trouvé chez Dee White.

Lorsqu'ils eurent atteint le fond du jardin, Brooks murmura :

— On va regagner la voiture par le chemin que j'ai pris à l'aller, en longeant les habitations par l'arrière. On devrait pouvoir être partis avant que les agents de police aient découvert les impacts de balle et ressortent de la maison pour boucler le quartier.

Par chance, ce fut ce qui arriva et, quand Brooks démarra, Maryse poussa un grand soupir de soulagement. Son anxiété revint cependant vite, car ils ne savaient maintenant pas plus qu'en quittant l'hôtel où se trouvait Camille.

— Ça va ? lui demanda Brooks.

Comme elle avait la gorge trop serrée pour émettre le moindre son, il se tourna vers elle, et son regard tomba alors sur le bracelet de Camille, qu'elle avait enfilé. À cause de la différence de taille entre son poignet et celui de la fillette, l'élastique était tendu au maximum, et les petits cœurs en argent, très espacés les uns des autres. Brooks haussa un sourcil interrogateur, et Maryse retrouva sa voix pour expliquer :

— Ce bracelet appartient à Camille. Il était avec les passeports. Il n'a pas grande valeur, mais je ne voulais pas le laisser là.

— Je comprends.

Brooks reporta son attention sur la route, et Maryse décida alors de lui raconter toute l'histoire. Il lui fallait pour cela rassembler son courage, car la seule idée de parler de Jean-Paul, de ses mauvaises fréquentations et de sa fin tragique lui était douloureuse.

Elle n'avait encore jamais confié ses secrets à personne. Brooks serait le premier à les apprendre de sa bouche.

— Dee White a raison : Camille n'est pas ma fille biologique, dit-elle. Mais je ne l'ai pas volée à ses parents, ni à qui que ce soit d'autre. Son père me l'a confiée.

— Vous en avez la garde au sens légal du terme ?

— Non. Je ne crois pas que ça aurait été possible, et mon frère n'a de toute façon jamais rien fait qui puisse être qualifié de légal.

— Votre frère ?

— Oui. Il a toujours eu une âme de rebelle, et je l'ai longtemps admiré pour ça. J'aurais même aimé être un peu plus comme lui. Jusqu'à ce que...

Maryse s'interrompit et soupira.

— Continuez ! la pressa Brooks.

— Jusqu'à ce que cet esprit de révolte lui vaille régulièrement des ennuis avec la justice et m'oblige chaque fois à le tirer d'affaire. J'ai cru un moment qu'il était en train de rentrer dans le droit chemin, et puis il m'a laissé Camille — au sens propre du terme : je l'ai trouvée un matin en sortant de chez lui, avec une lettre disant qu'elle était désormais à moi.

— Il l'a abandonnée pour pouvoir s'enfuir à l'étranger ?

— Non. Parce qu'il savait qu'il allait mourir.

— Je suis désolé...

— Moi aussi.

— Que s'est-il passé ?

— Il s'est trouvé au mauvais endroit au mauvais moment, mais pas complètement par hasard : son décès est lié au trafic, quel qu'il soit, dans lequel il trempait — ou avait trempé.

— C'est un peu vague...

Maryse se força à expliquer :

— Il est mort, et trois autres personnes avec lui, dans un incendie criminel. Tout le monde l'a accusé d'être l'incendiaire : la police, les journaux... Mais c'est faux.

— Vous en êtes certaine ?

— Oui. C'était écrit dans sa lettre.

Brooks garda le silence pendant un long moment avant de déclarer :

— Si je résume, votre frère le trublion est devenu un délinquant, et il est mort dans un incendie criminel allumé par quelqu'un d'autre juste après vous avoir confié sa fille, que vous élevez depuis...

— C'est ça.

— Camille est donc votre nièce.

— D'un point de vue biologique, oui, mais je l'ai toujours considérée comme ma fille.

— Et sa vraie mère ?

— Je ne sais pas qui c'était.

— Qui c'était ?

— Mon frère ne m'a jamais parlé d'elle, mais la famille était la seule chose qui comptait vraiment pour lui, l'unique valeur à laquelle il était attaché. Si la mère biologique de Camille avait été vivante, c'est donc à elle, et non à moi, qu'il l'aurait confiée.

— Je comprends.

Un nouveau silence, pendant lequel Brooks pianota sur le volant, l'air pensif.

Au bout d'un moment, il mit son clignotant et se gara contre le trottoir.

— Où cette histoire s'est-elle produite ? demanda-t-il en se tournant vers Maryse.

— À Las Vegas.

— La ville du Nevada, ou celle du Nouveau-Mexique ?

— Du Nevada. C'est là que mon frère vivait à l'époque.

— Et c'est là qu'est basé Caleb Nank.

— Qui est cet homme ?

— Un dangereux malfaiteur, sorti de nulle part il y a quelques années. Il est intelligent, inventif... et insaisissable. C'est aussi un manipulateur hors pair, qui se sert des gens pour obtenir ce qu'il veut.

— Comme dans le cas de Dee White et de ses acolytes.

— Exactement. Presque tous ceux qui travaillent sous ses ordres ont comme eux une dette envers lui, qu'il s'agisse d'argent ou d'autre chose.

— La lettre laissée par le ou les ravisseurs de Camille dit en effet : « J'ai pris ce que votre frère me devait. »

— Cet enlèvement n'a donc rien à voir avec vous personnellement.

— Non. Vous pensez que c'est une bonne chose ?

— Je trouve positif que Nank attache de la valeur à votre fille, qu'il ait pu attendre six ans pour vous la prendre, et qu'il n'y ait pas eu de demande de rançon.

— Pourquoi ?

— Cela signifie qu'il ne la tuera pas.

Un frisson parcourut Maryse. La possibilité que la vie de Camille soit en danger lui était bien sûr venue à l'esprit. C'était une évidence, mais entendre parler de sa mort, même pour en exclure l'hypothèse, lui était difficilement supportable.

— Quoi d'autre ? s'obligea-t-elle à demander.

— Je ne devrais sans doute pas vous en dire plus sur Caleb Nank, parce qu'il fait actuellement l'objet d'une enquête, mais je veux que vous ayez une idée exacte de la dangerosité de cet homme. Je le poursuis depuis des années, mais il se débrouille pour qu'aucun fait délictueux ne puisse être relié directement à lui. Je ne sais même pas à quoi il ressemble.

— Alors c'est comme si vous poursuiviez un fantôme !

— Oui, sauf que la réputation de Nank et les crimes dont la police le sait responsable, mais sans pouvoir le prouver, font de lui quelqu'un de très réel.

— Comment allons-nous retrouver Camille, maintenant ?

— J'y ai un peu réfléchi. Nank avait dû envoyer ici plusieurs de ses hommes, pour s'assurer que Dee White, Greg et son frère rempliraient leur partie du contrat. Quand ces hommes se sont rendu compte que ce n'était pas le cas, ils sont intervenus et, à mon avis, ils sont en ce moment même sur le chemin du retour à Las Vegas.

— Avec Camille.

— Avec Camille.

— C'est donc là-bas qu'on doit aller.

— Oui. Vous avez un passeport valide ?

Maryse hocha affirmativement la tête. Le passeport canadien

fourni par son frère six ans plus tôt lui avait permis de se faire faire d'autres papiers qui, à leur tour, avaient assuré le renouvellement de ce passeport une fois sa date de validité atteinte. Elle avait même été surprise de la facilité avec laquelle elle avait pu obtenir des documents officiels à partir d'une fausse pièce d'identité.

— Vous ne l'avez pas sur vous, j'imagine ? dit Brooks.
— Non.
— Alors on va passer chez moi, puis chez vous. De là, on ira à Montréal et on prendra le premier avion à destination de Las Vegas.

Le calme et la détermination de Brooks dissipèrent en partie l'angoisse de Maryse. C'était un policier expérimenté et, ce qui ne gâtait rien, l'homme le plus séduisant qu'elle ait jamais rencontré.

Sa main tenant solidement celle de Maryse, ce qui était en train de devenir une — douce — habitude, Brooks alla de sa voiture à son immeuble d'un bon pas, mais sans courir. Il avait préféré se garer dans une rue voisine plutôt que dans le parking souterrain afin de pouvoir surveiller ses arrières. Personne ne l'avait encore identifié, mais cela ne voulait pas dire que ça n'arriverait pas.

Et alors, il aurait tout le monde contre lui : les sbires de Caleb Nank, son supérieur hiérarchique et la police canadienne. L'enquête lui serait officiellement retirée, et il perdrait l'avantage conféré par le fait que Caleb Nank ignorait qu'il aidait Maryse et comptait se rendre à Las Vegas avec elle.

Quant à cette dernière, elle serait anéantie : écartée elle aussi de l'enquête, elle devrait en outre s'expliquer sur son lien de parenté avec Camille. Elle lui avait fait passer la frontière illégalement, et sans doute vivaient-elles depuis au Canada tout aussi illégalement. Si les autorités canadiennes découvraient la vérité, Brooks ne pourrait rien faire pour elle.

Mais chaque chose en son temps, se dit-il en lâchant la main de Maryse pour ouvrir la porte de son appartement. Décider de résoudre les problèmes à mesure qu'ils se présentaient évitait de s'inquiéter pour des choses qui ne se produiraient peut-être pas.

— Il ne me faudra pas plus de cinq minutes pour me préparer, indiqua-t-il. Vous voulez bien réserver des billets Montréal-Las Vegas avec l'ordinateur portable de Dee White, pendant ce temps ?

— D'accord.

La voix de la jeune femme tremblant un peu, Brooks déclara :

— Il y a quelque chose qui ne va pas... En plus du reste ?

— Je me demande si tout ça peut être juste le fruit du hasard : combien y a-t-il de chances pour que vous, le policier chargé d'enquêter sur Caleb Nank, soyez sur place le jour où je viens à Laval pour tenter de retrouver ma fille, enlevée sur ordre de ce même Caleb Nank ?

— Pratiquement aucune.

— Que faut-il en conclure, à votre avis ?

— Je ne sais pas trop, avoua Brooks. Je pourrais étudier la question, essayer de voir si nos chemins se sont déjà croisés, ou si quelqu'un avait une raison de vouloir nous réunir... Mais ça me prendrait un temps que je préfère consacrer entièrement à la recherche de Camille.

Maryse leva vers lui des yeux où il lut toute une gamme d'émotions : de la détresse et de la peur, de la confiance et de la gratitude. Que n'aurait-il donné pour pouvoir effacer les deux premières de son regard et ne garder que les deux autres !

Brooks prit l'ordinateur et alla le poser sur la table basse. Comme il avait volontairement laissé au Nevada ses appareils électroniques — à l'exception de son téléphone portable —, cet ordinateur tombait bien.

— Je vais vous connecter à mon compte grand voyageur, annonça-t-il. Mes données personnelles y sont enregistrées. Vous n'aurez qu'à y ajouter les vôtres. Vous devez savoir combien de temps il nous faudra pour nous rendre chez vous, puis à l'aéroport... Choisissez le vol en fonction de ça.

— Je prends des allers simples ? demanda Maryse.

Après une légère hésitation, Brooks choisit la réponse qu'elle avait évidemment envie d'entendre :

— Non, des allers-retours. Avec quarante-huit heures d'intervalle entre les deux. Et n'oubliez pas de réserver un billet Las Vegas-Montréal pour Camille.

— D'accord.

La jeune femme s'assit devant l'ordinateur, et Brooks gagna sa chambre. Bien que pressé de partir, il avait besoin de réfléchir à la question du hasard que Maryse avait soulevée. Il y pensait lui aussi depuis que Dee White avait prononcé le nom de Caleb Nank. De tous les endroits possibles où l'envoyer en congé forcé, c'était Laval que son chef avait choisi, et cela lui semblait bizarre.

Comme tout le monde, au commissariat, savait qu'il aimait la chaleur, Brooks croyait jusqu'ici que ce choix s'expliquait par le climat rigoureux du Québec. Cette obligation de prendre des vacances étant une punition à peine déguisée, ce n'était évidemment pas à Honolulu que le capitaine Fell allait lui dire d'aller passer deux mois ! Brooks aurait pu refuser cette destination mais, sur le moment, il avait préféré ne pas fournir une nouvelle cause de mécontentement à son supérieur hiérarchique.

La solution la plus simple, s'il voulait en avoir le cœur net, c'était d'appeler son chef pour lui poser la question. Si ce dernier l'avait envoyé là dans un but opérationnel précis mais secret, cependant, attirer l'attention sur lui risquait de tout faire capoter.

Et rentrer au Nevada aussi…

Un son, mi-soupir exaspéré, mi-grognement de frustration, s'échappa des lèvres de Brooks. Il caressa pendant quelques instants l'idée d'appeler quand même le capitaine Fell, puis il l'abandonna.

Sa décision de continuer à enquêter sur cette affaire de façon indépendante avait presque pour seule motivation la femme actuellement assise sur le canapé de son séjour, Brooks n'avait pas honte de l'admettre. Il n'aurait pourtant su dire avec précision ce qui créait en lui ce besoin impérieux de l'aider — au risque de briser sa carrière.

Il y avait bien à cela quelques raisons évidentes : la force et le courage de Maryse, sa douceur et sa fragilité… Et sa beauté, bien sûr.

Mais il y avait autre chose Quelque chose de plus mystérieux : même s'il ne la connaissait que depuis quelques heures, Brooks percevait l'existence entre eux d'une entente qui pourrait se transformer en un lien profond si les circonstances le permettaient.

Avant qu'il ait pu s'en empêcher, il se demanda alors si Maryse apprécierait la chaleur du désert, si vivre dans le Nevada lui plairait ou si elle aimait trop les hivers froids du Québec pour y renoncer.

— Tu perds la tête ! marmonna-t-il.

Et la vue de son reflet dans le miroir accroché au mur le lui confirma : il avait les yeux brillants et, sur les lèvres, un sourire béat.

Ressaisis-toi, Small ! se dit-il.

Puis il alla sortir sa valise du placard et mit dedans ce dont il aurait besoin pendant les quarante-huit heures à venir : un jean propre et deux T-shirts, une tenue de ville, des sous-vêtements de rechange et ses affaires de toilette, son passeport et l'argent liquide qu'il gardait toujours en réserve, au cas où.

Ce fut seulement une fois sa tâche terminée que Brooks se rendit compte qu'il avait rangé toutes ses affaires du même côté. Pour laisser de la place à celles de Maryse.

Depuis le matin, ils avaient beaucoup joué les couples, et avec succès. Il avait donc inconsciemment décidé de continuer à user de ce stratagème : partager une valise faisait partie des choses naturelles pour un couple en voyage.

Brooks ferma sa valise, la souleva et, en se dirigeant vers la porte, il aperçut de nouveau son reflet dans le miroir.

Le sourire béat de tout à l'heure était revenu. Et impossible, cette fois, de l'effacer — complètement, tout du moins.

Parce que, en dépit des circonstances, il se faisait une joie de tenir de nouveau le rôle du compagnon de Maryse.

11

Maryse boucla sa ceinture, puis tira dessus pour s'assurer qu'elle était bien attachée. Cette vérification lui semblait nécessaire, sans qu'elle sache bien pourquoi. Pour lui apporter une petite dose supplémentaire de sécurité, peut-être... La présence à son côté d'un homme aussi athlétique que Brooks était pourtant largement suffisante pour qu'elle se sente protégée.

Alors pourquoi était-elle tendue ?

Après que Brooks eut démarré, Maryse l'observa à la dérobée, et elle finit par comprendre que c'était lui la cause de sa nervosité. Il lui apportait un soutien qui la rassurait, mais lui donnait aussi un sentiment de vulnérabilité.

Et quand, au bout d'un moment, il se tourna vers elle, lui sourit, puis reporta son attention sur la route, le caractère incohérent de ses émotions lui apparut encore plus clairement : ce sourire lui avait fait un coup au cœur, et pourtant elle brûlait de le revoir.

Afin de s'obliger à penser à autre chose, elle choisit ce moment pour exprimer une préoccupation qui la tourmentait depuis un moment :

— Je n'ai jamais reçu personne.
— Pardon ?
— Chez moi. Je n'y ai jamais reçu personne.
— Vraiment ?
— Oui. Je n'ai jamais fait plus que laisser entrer dans le vestibule la mère de l'une ou l'autre des camarades de classe de

Camille venue jouer avec elle. Je n'ai jamais offert ne serait-ce qu'une tasse de thé à aucune.

— Et moi qui croyais que toutes les mères de jeunes enfants passaient leurs journées à papoter ensemble en buvant du café !

— Très drôle ! Mais sérieusement, Brooks... Même si je me suis installée à LaHache il y a des années, je ne m'y suis jamais intégrée.

— Camille va pourtant à l'école, et elle a des amies, d'après ce que vous m'avez dit.

— Oui, mais pas beaucoup. Sa surdité est un facteur d'isolement, et elle a de toute façon un caractère très indépendant.

Un silence, puis Brook observa :

— Vous craignez que je ne vous juge sur la façon dont vous tenez votre intérieur ?

— Non.

— Alors de quoi avez-vous peur ?

— De tout.

— C'est un peu vague !

Maryse serra les poings. Elle en avait déjà dit à Brooks plus qu'à quiconque : il était la seule personne au monde à savoir que Camille était sa nièce, la fille de son frère...

Non, Caleb Nank le savait lui aussi.

Cette pensée suffit à la convaincre de se confier encore un peu plus à Brooks.

— Ma priorité a toujours été d'assurer la sécurité et le bonheur de Camille. Dans sa dernière lettre, mon frère m'avait fait comprendre qu'elle était en danger, alors, pendant toute une année, je ne suis jamais restée longtemps de suite au même endroit, pour brouiller les pistes. Mais il est difficile de déménager tous les mois ou presque avec un enfant en bas âge — surtout s'il a besoin d'un suivi médical régulier. Et je n'ai jamais été très aventureuse.

— Vous avez donc traversé la frontière et trouvé un coin où le climat est si rude que personne ne songerait à venir vous y chercher...

— Non. J'ai traversé la frontière dans l'espoir que celui ou ceux dont je devais nous protéger ne pourraient pas, eux, la traverser.

Et aussi parce que mon frère nous avait fait faire des passeports canadiens : j'ai fini par comprendre que c'était pour m'inciter à aller vivre dans ce pays.

Maryse sourit et ajouta :

— Et je vous signale que les étés sont chauds, au Québec.

— Vraiment ?

— Oui ! Il y a un étang sur ma propriété. En juillet, on s'y baigne, et en janvier, on patine dessus.

— À mon avis, vous patinez dessus d'octobre à mai, et un jour de la mi-juillet à midi, la couche de glace est enfin assez mince pour que vous la cassiez et preniez votre unique bain de l'année... qui vous vaut chaque fois une bonne pneumonie.

Le rire que ces paroles déclenchèrent chez Maryse la détendit un peu.

— L'hiver québécois permet aussi de faire de la luge, indiqua-t-elle.

— De la luge ?

— Oui. Il s'agit de glisser le long d'une pente enneigée...

— Je sais, mais vous en parlez comme d'un plaisir !

— Bien sûr !

— Désolé, mais moi, je préfère flotter dans ma piscine sur un morceau de plastique gonflable que de dévaler une pente couverte de neige sur un morceau de bois ! Je risque moins de me planter des échardes dans la peau ou de me casser une jambe, et la seule chose froide, dans l'histoire, c'est ma bière !

— Je crois que ce genre de non-activité me plairait à moi aussi... À condition de la pratiquer avec Camille.

— Votre existence tout entière tourne autour d'elle, n'est-ce pas ? Je suis impressionné !

— Mais vous trouvez stupide, j'imagine, de sacrifier sa vie privée à...

— Arrêtez ! s'écria Brooks.

Ce brusque changement de ton arracha un sursaut à Maryse.

— Quoi ? Qu'est-ce que j'ai dit ? demanda-t-elle.

— Que je devais trouver stupide tout ce que vous faites pour votre fille. Eh bien, vous vous trompez complètement ! Je ne suis pas juste impressionné : je suis admiratif.

Maryse se sentit rougir jusqu'aux oreilles.

— J'ai quand même commis quelques délits, souligna-t-elle.

— Je sais.

— Et vous êtes policier.

— Oui.

— Je ne suis donc pas si admirable que ça, du point de vue d'un représentant de la loi.

Brooks ne répondit pas, et un lourd silence s'installa dans la voiture. Ils avaient maintenant quitté la ville depuis un bon moment, et Maryse fixa sans le voir le paysage qui défilait derrière la vitre de sa portière. Elle craignait, si elle regardait Brooks, que les larmes pour l'instant bloquées dans sa gorge ne se mettent à couler.

Sa remarque sur les délits qu'elle avait commis n'était pas de l'autodénigrement. Face à des choix difficiles, elle avait pris les décisions qui, sur le moment, lui avaient semblé les meilleures. Elles n'étaient pas pour autant inattaquables, et si quelqu'un avait le droit de les critiquer, c'était bien un policier !

Quelle autre solution aurait-elle pu adopter ? se demanda Maryse.

Cette question — et les réponses possibles — l'avait tenue éveillée pendant des nuits entières, surtout au début.

Aurait-elle dû prévenir la police ? Tenter d'innocenter son frère ?

La voix de Brooks, ferme mais douce, interrompit ses réflexions.

— Je suis policier, mais ça ne veut pas dire que je n'ai aucune ouverture d'esprit. Je sais que tout n'est pas blanc ou noir, dans la vie, alors je me garderais bien de juger les choix que vous avez faits.

— Si j'avais agi autrement, pourtant, peut-être que je n'en serais pas là aujourd'hui.

— Ou peut-être que Nank aurait enlevé votre fille des années plus tôt... On peut tout imaginer, une chose et son contraire, si bien que ce genre de questionnement ne sert à rien. Une chose est sûre, en tout cas : Camille a de la chance de vous avoir pour mère.

Le bien que lui fit ce compliment surprit Maryse. Mais sans doute était-ce parce que Brooks en était l'auteur... Car, même si vivre dans l'illégalité l'ennuyait, elle n'avait jamais regretté de tout quitter pour s'occuper de Camille. Une fois vaincue en grande partie la peur d'être retrouvée, elle s'était même sentie plus heureuse que dans son existence d'avant.

— J'ai toujours pensé qu'élever un enfant exigeait une certaine dose d'abnégation, reprit Brooks. Tout le monde ne la possède pas, et tout le monde n'est pas prêt à essayer de l'acquérir.

Et quelque chose, dans sa voix, fit comprendre à Maryse que ce n'était plus de Camille et d'elle qu'il parlait.

Brooks avait envie de se gifler : pourquoi avait-il formulé une remarque aussi personnelle ?

Et Maryse avait bien sûr compris qu'il s'agissait de son histoire à lui, car elle demanda :

— Vous ne vous croyez pas capable d'élever un enfant ?

« Ou c'est juste que vous n'en avez pas envie ? »

La jeune femme était trop polie pour le dire à haute voix, mais elle le pensait de toute évidence, et cela contraria Brooks au point que, surmontant sa réticence à évoquer son passé, il répondit :

— Si, mais contrairement à vous, je n'ai pas trouvé un beau matin devant ma porte un bébé tout fait... La méthode classique pour avoir un enfant requiert la participation d'une femme.

— Oui, euh... Désolée... J'aurais dû me taire. Je ne voulais pas être indiscrète.

— Non, maintenant qu'on a abordé le sujet, je vais tout vous raconter... Ma petite amie et moi étions fiancés depuis trois semaines quand nous avons commencé à chercher un logement. Et, là, les choses se sont compliquées car, moi qui louais un appartement depuis des années, je voulais une grande maison. Pour Gia, cela signifiait s'embourgeoiser, et elle était résolument contre.

— Difficile, dans ces conditions, de trouver un compromis !

— Oui, il n'y a rien de commun entre un deux-pièces et une maison avec salon, salle à manger et quatre chambres. On a visité des dizaines de logements, de toutes les tailles et de toutes les sortes, sans résultat, et puis, un jour, j'ai déniché ce qui m'a semblé être l'habitation idéale : un pavillon avec trois chambres, un grand jardin et une piscine, quartier calme, écoles et commerces à proximité... Je pensais que Gia serait séduite.

— Mais ?

— Elle n'a eu que des critiques à formuler. On était au milieu du séjour, en train de se disputer à voix basse, à cause de l'agent immobilier, et là, tout d'un coup, je me suis énervé : j'ai crié que je ne voulais pas avoir à déménager de nouveau dans quelques années. Gia n'a pas compris pourquoi je disais ça, et quand je lui ai parlé d'anticiper les besoins de nos futurs enfants, elle m'a annoncé qu'elle ne comptait pas en avoir. Ça m'a fait un choc ! Notre dispute s'est arrêtée là, et notre relation aussi.

Brooks se surprit à sourire. C'était la première fois que ce souvenir l'amusait !

— J'ai un peu de peine pour cet agent immobilier, reprit-il, mais, comme j'ai acheté la maison, il n'est pas trop à plaindre, finalement...

— Vous avez acheté cette maison ?

— Pourquoi pas ? Elle était dans mes prix, et elle me plaisait beaucoup.

— Vous n'avez pas eu peur qu'elle vous rappelle la rupture de vos fiançailles, un événement forcément douloureux ?

— En fait...

Brooks s'interrompit et se demanda ce qui le poussait à ces confidences. Le sentiment que Maryse écoutait son histoire avec un réel intérêt et sans porter de jugement moral sur lui, peut-être ?

— En fait ? répéta-t-elle.

— Je n'ai pas souffert longtemps de cette rupture. Elle m'a forcé à réfléchir à notre relation, et je me suis alors rendu compte que nous avions très peu de choses en commun. J'ai même trouvé étrange que nous ayons réussi à entretenir des rapports harmonieux pendant quatre ans. Nous n'étions pas faits l'un pour l'autre, et j'avoue m'être réjoui de l'avoir compris avant le mariage.

— Mais ça vous a donné mauvaise conscience, parce qu'on n'est pas censé se réjouir de la rupture de ses fiançailles.

— C'est vrai, et Gia ne s'en est pas remise aussi vite que moi. Nos dissemblances ont cependant dû finir par lui apparaître, comme à moi, et elle a tourné la page.

— Vous avez toujours envie du genre d'existence qui va avec votre grande maison ?

— Oui, je rêve d'avoir des enfants. Mais je dois d'abord trouver leur future mère.

Et, soudain, Brooks imagina Maryse dans le cadre qu'elle avait évoqué : assise sur sa terrasse, ou installée sur une chaise longue au bord de sa piscine. Et Camille faisait partie du tableau : elle courait dans le jardin, nageait dans la piscine... Pendant les repas, la mère et la fille parlaient à toute vitesse en langage des signes, et elles se moquaient gentiment de lui parce qu'il n'arrivait pas à suivre...

— Brooks ?

— Euh... Oui ?

— Il faut quitter la nationale au prochain carrefour.

Si Maryse avait pu lire dans son esprit, elle l'aurait traité de fou, songea Brooks. Il ne comprenait pas lui-même d'où lui étaient venues les images d'une vie de famille mettant en scène une femme qu'il connaissait à peine et une petite fille qu'il ne connaissait pas du tout.

La route qu'il prit quelques minutes plus tard était bordée de champs recouverts de neige, et il observa :

— Je comprends que vous vous soyez installée dans une zone rurale. Votre choix s'est fixé sur LaHache pour une simple raison de sécurité : c'est loin de...

Une pensée fugace l'empêcha de terminer sa phrase.

— Qu'y a-t-il ? demanda Maryse.

— Je ne sais pas trop. Quelque chose, dans ce que je viens de dire, me donne envie d'être en ce moment assis à mon bureau du commissariat, en train de noter les éléments en ma possession et d'essayer de voir ce qui les relie entre eux.

— Et vous auriez là-bas des ressources humaines et matérielles dont vous ne disposez pas ici. À cause de moi, vous êtes contraint d'enquêter seul.

— Vous ne m'avez obligé à rien ! En proposant de vous aider, j'ai accepté du même coup de respecter votre décision de ne pas alerter la police.

— Brooks...

— Oui ?

— Comment faites-vous ?

— De quoi parlez-vous ?

— Comment faites-vous pour toujours trouver le moyen de me réconforter, et pour rester aussi calme ?

Brooks sourit — en partie parce qu'il était content de pouvoir réconforter Maryse, et en partie parce que la placidité n'était théoriquement pas sa qualité première.

— Je crois que personne n'avait encore jamais vanté mon calme... Je suis plutôt connu pour être coléreux. C'est même l'une des raisons pour lesquelles mon chef m'a envoyé ici.

— Envoyé ?

— Oui, en congé forcé.

Ils étaient arrivés en vue du panneau marquant l'entrée dans la ville de LaHache, et Maryse indiqua alors à Brooks le chemin pour aller chez elle :

— Au prochain carrefour, tournez à gauche, puis encore à gauche au niveau de la deuxième grange abandonnée que vous verrez sur votre droite, et continuez ensuite tout droit jusqu'à une boîte aux lettres en forme de canard. C'est la nôtre.

— Votre boîte aux lettres est en forme de canard ?

— Oui, je sais que c'est bizarre, mais c'est ce que Camille voulait. Elle adore les canards, alors j'ai cédé.

— Il y en a de vrais, sur votre étang ?

— Non.

— Vous pourriez en avoir. Ça ne demande pas beaucoup de travail, et les gens qui vivent à la campagne sont censés élever des animaux.

— Vous en avez, vous, dans le désert ?

— Oui, j'ai un chat, Rufus. Je l'ai confié à mes voisins, pour la plus grande joie de leur fils de sept ans.

— Les chats et les canards sont sans doute associés dans l'esprit de Camille.

— Ils ne font pourtant pas bon ménage dans la réalité.

Après avoir tourné deux fois à gauche, Brooks se trouvait sur une petite route toute droite, et il accéléra un peu.

— Si vous deviez choisir entre un chat du désert et un canard québécois, lequel prendriez-vous ? demanda-t-il sur un ton faussement dégagé.

99

— Ça dépendrait.
— De quoi ?
— De ce que ma fille aurait à en dire.

Cette réponse confirma ce dont Brooks se doutait déjà : une fois Camille libérée, il devrait se débrouiller pour conquérir son cœur.

12

Maryse remonta l'allée qui menait à sa maison. Bien qu'elle ait dit à Brooks ne pas craindre qu'il la juge sur la façon dont elle tenait son intérieur, elle était nerveuse. Les tâches ménagères l'ennuyaient profondément. Elle les remplissait, bien sûr, mais sans être du genre à plier et ranger les vêtements dès leur sortie du sèche-linge.

Elle ouvrit lentement la porte, alluma la lumière et s'effaça pour laisser passer Brooks. Il s'immobilisa dans une entrée si petite qu'il semblait la remplir tout entière, mais Maryse remarqua surtout que l'anorak de Camille traînait sur le coffre à chaussures, à côté de plusieurs paires de bottes.

Pourquoi n'avait-elle pas suspendu cet anorak à la patère et rangé les bottes dans le coffre, hier ?

Après avoir ôté son manteau, Maryse conduisit Brooks dans le séjour. La pièce n'était pas vraiment en désordre, mais pas très en ordre non plus. Le plaid qu'elle avait posé sur ses genoux pour lire, la veille au soir, était resté sur le canapé. Il y avait sur une chaise des chaussettes en attente d'être appariées, et des bûches étaient entassées à même le sol près de la cheminée.

Camille y avait aussi laissé sa marque, sous forme de livres et de dessins en cours d'exécution. Une escadrille d'avions en papier s'alignait sur la table basse, et une poupée assise sur une chaise haute en plastique attendait le retour de sa petite propriétaire.

Tout cela était attendrissant, mais pas très sexy.

Cette pensée prit Maryse au dépourvu, car chercher à plaire

se situait tout en bas de la liste de ses priorités, mais un coup d'œil à Brooks, qui examinait la pièce en silence, lui fit soudain regretter de ne pas s'être un peu plus préoccupée de sa capacité de séduction.

Parce que, pour la première fois depuis l'arrivée de Camille dans son existence, elle voulait que quelqu'un la considère comme une femme en plus d'une mère.

Enfin non, pas juste « quelqu'un », rectifia-t-elle intérieurement.

Brooks.

Ce désir portait en effet sur lui spécifiquement. Elle brûlait de goûter de nouveau à ses baisers, de sentir ses mains sur sa peau...

— J'aime bien votre intérieur, dit-il en tournant vers elle un visage souriant.

— Vraiment ?

— Oui. Il vous ressemble.

— Comment ça ?

— Il est simple et chaleureux, sans prétention et pourtant plein de charme.

Maryse sentit le rouge lui monter aux joues et, quand Brooks s'approcha d'elle, le regard intense, son cœur se mit à cogner à grands coups dans sa poitrine.

— C'est donc comme ça que vous me voyez ? observa-t-elle d'une voix mal assurée.

— Oui, et ce sont des qualités que je n'avais encore trouvées réunies chez aucune femme... Et vous ?

— Moi ?

— Oui. Quelles qualités doit avoir un homme pour vous plaire au point de vous donner envie de fonder une famille avec lui ? Mais avez-vous envie d'en fonder une, pour commencer ?

— J'en ai déjà une, grâce à Camille.

— Et vous n'avez jamais été tentée d'avoir un petit ami, ou un compagnon ? De vous marier ? D'avoir d'autres enfants ?

— Je n'y ai jamais vraiment réfléchi.

— Mais, si vous en aviez envie, quel genre d'homme choisiriez-vous ?

Les joues de plus en plus brûlantes, Maryse répondit les premières choses qui lui vinrent à l'esprit :

— Un homme intelligent et travailleur... Énergique et doté d'un solide sens de l'humour... Et qui aimerait Camille comme si c'était sa propre fille, bien sûr !

— C'est tout ? déclara Brooks avec un sourire taquin.

Puis, reprenant son sérieux, il entoura le visage de Maryse de ses mains, se pencha et unit leurs lèvres.

Même si elle s'y attendait, ce contact lui fit l'effet d'une décharge électrique.

L'onde se répandit de sa bouche à sa gorge, à son ventre, à ses cuisses et à ses chevilles avant de parcourir le chemin inverse, mais sans rien perdre de son intensité. Jamais un simple baiser ne lui avait procuré une sensation aussi puissante.

Quand ce baiser devint plus profond, quand Brooks se mit en même temps à lui couvrir le dos de lentes caresses, Maryse oublia tout le reste : elle l'entraîna vers le canapé, le poussa dedans et s'allongea sur lui.

Jamais elle ne serait crue capable d'une telle audace ! Cet homme la rendait folle !

Sans cesser de l'embrasser, il glissa les mains sous son pull-over et en referma une sur la rondeur d'un sein tandis que l'autre descendait le long de son ventre. Elle gémit de plaisir et, ne supportant plus l'épaisseur de vêtements qui les séparait, elle commençait de déboutonner le jean de Brooks lorsqu'il murmura :

— Ça m'ennuie vraiment de poser cette question, mais... Combien de temps avons-nous ?

L'avion !

— Un peu plus de cinq heures.

— Ce n'est pas assez. Vous m'avez dit qu'il fallait deux heures pour aller d'ici à l'aéroport, et on doit y être trois heures avant le décollage.

Maryse eut envie de lui objecter qu'ils avaient malgré tout quelques minutes devant eux, mais elle y renonça finalement : il était évident qu'ils ne voulaient ni l'un ni l'autre d'un petit coup vite fait.

Ce qui était une bonne chose, songea-t-elle pour se consoler.

Et la pensée de sa fille emmenée de force à Las Vegas suffit ensuite à calmer ses ardeurs.

— Vous avez raison, déclara-t-elle en se relevant. Je vais aller chercher mon passeport et rassembler quelques affaires.

— Vous comprenez, j'espère, que j'aurais aimé aller jusqu'au bout mais, si on avait raté l'avion parce que je n'avais pas pu contrôler mes pulsions, jamais je ne me le serais pardonné.

La délicatesse de Brooks et son intérêt sincère pour une fillette qu'il ne connaissait même pas firent monter des larmes d'émotion aux yeux de Maryse.

Pour les cacher, elle se détourna et quitta la pièce à grands pas. Il était temps : à peine avait-elle gagné le couloir que ses larmes se mirent à couler.

Une fois seul, Brooks trouva dans l'examen attentif de la pièce un exutoire à sa frustration.

L'empreinte de Camille était partout : dessins inachevés, vêtements de poupée côtoyant des livres illustrés au pied d'un fauteuil, avions en papier sur la table basse...

L'ordre régnait en revanche dans les quelques espaces réservés à Maryse : un coin télévision-lecteur de DVD-chaîne hi-fi, une bibliothèque bien fournie en romans policiers, et un bureau. À en juger par l'ordinateur couvert de Post-it et la pile de dossiers posée sur ce bureau, c'était là que Maryse travaillait. Quel que soit son métier, elle devait l'exercer depuis chez elle.

Une rangée de photos encadrées, sur la cheminée, attira ensuite l'attention de Brooks. Il s'en approcha. Elles représentaient presque toutes Camille, et il sourit devant celle où la petite fille courait en maillot de bain vers une étendue d'eau — le fameux étang, sans doute —, le visage radieux et ses tresses blondes flottant derrière elle.

Il y en avait une, plus ancienne, de Maryse et de Camille. Le fond noir indiquait qu'elle avait été prise dans un studio professionnel, mais le photographe ne les avait pas fait poser. Il avait saisi Maryse en train de rire, la tête rejetée en arrière, tandis que Camille, une main potelée sur sa joue, la regardait avec des yeux remplis d'adoration.

L'amour entre la mère et la fille qui transparaissait sur cette photo rendit Brooks jaloux. Il n'avait pas menti à Maryse, tout à l'heure : il avait toujours voulu avoir des enfants.

Il étouffa un soupir, passa à la photo suivante... et fronça les sourcils. Celle-ci représentait Maryse adolescente, à côté d'un garçon un peu plus âgé qui la tenait par les épaules. Et ce ne fut pas de la jalousie, cette fois, que Brooks éprouva, mais l'étrange impression d'avoir déjà vu ce garçon quelque part.

Lentement, il tendit le bras et prit le cadre pour pouvoir l'examiner de plus près.

Ce qui le frappa d'abord, ce fut les yeux du garçon : ils étaient exactement du même bleu que ceux de Maryse et de Camille. La conclusion s'imposait : c'était le frère de la première, et le père de la seconde.

Ce n'était cependant pas pour cela que son visage disait quelque chose à Brooks. Il le vieillit mentalement afin d'essayer de voir à quoi ce garçon ressemblerait aujourd'hui.

Quelques rides sur le front et au coin des paupières, des traits plus marqués...

— Bon sang !

De stupeur, Brooks faillit laisser tomber le cadre. Il le remit à sa place, puis quitta le séjour au pas de charge et partit à la recherche de Maryse.

Il la trouva dans sa chambre, en train de fermer sa valise. Elle avait troqué son gros pull-over rouge contre un chemisier jaune pâle, et son chignon sévère contre une queue-de-cheval qui la rajeunissait.

— Vous vous impatientiez ? dit-elle sans laisser à Brooks le temps d'ouvrir la bouche. Désolée ! Il y a si longtemps que je n'ai pas voyagé... Je ne savais pas trop quoi emporter, et j'ai pris quelques affaires pour Camille avant de m'occuper des miennes.

— Je ne suis pas venu vous demander de vous dépêcher, mais vous parler de votre frère.

— Mon frère ? D'accord... Que voulez-vous savoir ?

— Comment s'appelait-il ?

— Jean-Paul Kline.

— Il lui arrivait de se présenter sous un autre nom ?

— Oui, j'imagine qu'il utilisait un pseudonyme, quand il commettait des escroqueries.

— Venez ! On continuera cette conversation sur la route de l'aéroport.

Brooks attrapa la valise et, cinq minutes plus tard, ils étaient dans la voiture.

— Il y a sur votre cheminée une photo de deux adolescents devant un grand bâtiment en brique rouge, déclara-t-il après avoir démarré.

— Oui, il s'agit de Jean-Paul et de moi. Il avait alors dix-huit ans, et moi, seize... Pourquoi cette photo vous intéresse-t-elle ?

— Le nom d'Elias Franco vous dit quelque chose ?

— Non. Ça devrait ?

— C'était le nom d'un de mes indicateurs, et pas n'importe lequel : c'est lui qui m'a appris l'existence de Caleb Nank.

— Je vois...

Maryse garda ensuite le silence. Elle réfléchissait visiblement à ce qu'elle venait d'entendre, pour tenter de le relier à la situation présente. Et il ne lui fallut pas plus de dix secondes pour y parvenir :

— Vous pensez qu'Elias Franco et mon frère sont une seule et même personne ?

— Je ne le pense pas seulement : je le sais. Il y a une huitaine d'années, cet homme s'est présenté au commissariat. Je ne me rappelle pas pourquoi c'est moi qui l'ai reçu... Peut-être parce que j'étais relativement nouveau dans le service, à l'époque, et que mes collègues se sont dit qu'il s'agissait d'une affaire sans importance.

Brooks se souvenait très bien de ce premier contact. Son interlocuteur était si agité qu'il l'avait cru sous l'emprise de quelque drogue mais, quand Franco avait déclaré avoir préféré le commissariat de Rain Falls à celui de Las Vegas par souci de discrétion, Brooks avait compris qu'il était juste terrifié.

— Elias Franco m'a expliqué qu'il cherchait depuis un moment à se ranger, mais que le monde de la pègre le tenait et le faisait toujours replonger. Quelques mois plus tôt, il avait été engagé par une entreprise apparemment sans histoire, La Fabrique de papier.

— C'est là que Jean-Paul travaillait quand il est mort, en effet.

— Oui, comme vigile, et avec un certain Caleb Nank comme patron. Comme je vous l'ai dit, c'était la première fois que j'entendais parler de lui. Franco s'est vite aperçu que cette entreprise servait de couverture à toutes sortes d'activités illégales, mais il en savait alors déjà trop pour démissionner sans risque. Il ne voyait qu'une solution : nous fournir des informations sur cette organisation criminelle en échange d'une garantie de protection.

— Et vous avez accepté son offre.

— Oui, mais j'ai dû d'abord vérifier son histoire, obtenir l'autorisation de mon chef et des autorités de Las Vegas pour être officiellement chargé de l'enquête. Nank était alors inconnu des services de police : il avait l'air d'un homme d'affaires respectable. Votre frère a pu rapidement nous prouver que c'était juste une apparence.

— Mais vous n'avez réussi à établir la responsabilité de Nank dans aucun crime, si j'ai bien compris.

— Non. On a arrêté plusieurs de ses sbires, au fil du temps, pour trafic de drogue, ou proxénétisme, et on leur a proposé une réduction de peine en échange d'informations permettant d'inculper Nank, mais ils ont refusé. Tous les employés de cet homme qu'on a pu interroger disent la même chose : ils ne l'ont jamais vu mais préfèrent passer de longues années en prison plutôt que d'attirer sur eux sa vengeance. Ils en ont une peur bleue.

Maryse demanda alors, sans regarder Brooks et d'une voix étranglée :

— Vous pensez que Nank a découvert les liens de mon frère avec la police, et qu'il l'a fait tuer ?

— C'est probable.

— Vous le saviez ?

— Qu'Elias — je veux dire, Jean-Paul — était mort ? Non. Il a travaillé pour moi pendant un peu plus de treize mois, et je l'ai ensuite complètement perdu de vue. Il arrive que les indicateurs changent d'avis et disparaissent... Comme votre frère ne faisait l'objet d'aucune poursuite, nous n'avions pas de raison de chercher à le retrouver.

— L'incendie dans lequel il a péri ne vous a pas alerté ?

— J'en ai entendu parler, mais il a eu lieu en dehors de ma zone de compétence et n'a jamais été relié à Nank. J'en suis maintenant désolé mais, à l'époque, rien ne me poussait à m'intéresser de près à cette affaire.

Que pouvait-il dire à Maryse pour la consoler ? se demanda Brooks quand, le visage fermé, elle se mit à fixer le paysage en silence.

Aucune parole n'avait le pouvoir de changer le passé, et il ne savait même pas ce qu'elle pensait. Était-elle soulagée d'apprendre que son frère avait à un moment décidé de collaborer avec la police ? Ou en colère parce que c'était sans doute à cause de ça qu'il était mort ?

Après un moment de réflexion, Maryse s'écria avec une véhémence qui la surprit elle-même :

— Je hais ce Caleb Nank ! Je ne le connais pas, mais il a manipulé mon frère avant de le faire tuer dans un incendie, et en se débrouillant pour en faire porter la responsabilité sur lui ! Et maintenant, il me prend Camille en règlement de je ne sais quelle dette que Jean-Paul aurait eue envers lui... Je n'arrive pas à comprendre comment on peut être aussi cruel !

— Je poursuis cet homme depuis huit ans et j'ignore encore à quoi il ressemble. J'évite normalement de faire une affaire personnelle des enquêtes que je mène, mais celle-ci a déjà coûté la vie à plusieurs de mes collègues, alors je n'ai pas honte d'admettre que je hais Caleb Nank, moi aussi. C'est sans doute l'une des raisons pour lesquelles mon supérieur hiérarchique a jugé nécessaire de créer une distance physique entre cette affaire et moi.

Maryse avait recouvré un peu de calme. Exprimer sa détestation pour Caleb Nank l'avait soulagée, et savoir que Brooks la partageait lui procurait un étrange réconfort.

— Pourquoi votre supérieur hiérarchique vous a-t-il envoyé ici ? demanda-t-elle.

— Vous êtes sûre que le moment est bien choisi pour que je vous raconte cette histoire ?

— Oui, ça me changera les idées.

— D'accord... Mon chef songeait à repasser l'enquête à la

police de Las Vegas, et il en a informé tout le monde sauf moi et mes hommes. Il craignait ma réaction, et à juste titre... On venait juste de recruter de nouveau quelqu'un dans l'organisation de Nank, alors quand j'ai appris qu'il comptait me dessaisir de l'affaire, je me suis mis dans une colère noire, et je suis ensuite parti du commissariat en claquant la porte. La moitié de mes collègues avaient assisté à la scène — dont le petit protégé du capitaine, qui faisait partie de mon équipe. Et ce que mon chef et moi ignorions, c'est que Parler — le petit protégé en question — couchait avec notre nouvelle recrue.

Quelque chose, dans la voix de Brooks, dit à Maryse que l'histoire se terminait mal.

— Si j'avais mieux surveillé Parler, continua-t-il, j'aurais su ce qu'il en était. Après avoir appris que nous allions lâcher sa copine, il a couru la voir.

— Pourquoi ?

— Il a eu peur de ne pas pouvoir la protéger, et je pense qu'il a voulu la convaincre de quitter complètement l'organisation de Nank.

— Vous n'en êtes pas certain ?

— Non, parce que je n'ai pas eu la possibilité de lui poser la question : son cadavre et celui de la fille ont été découverts chez elle deux jours plus tard. Ils avaient reçu chacun une balle dans la tête.

— Nank ?

— Indubitablement, mais impossible de le prouver. L'arme était restée sur place, et les empreintes relevées dessus appartenaient à un criminel connu. Il avait travaillé pour Nank par le passé et, tout en se disant victime d'un coup monté, il a refusé de dénoncer son ancien patron.

Brooks secoua la tête, l'air accablé, si bien que Maryse souligna :

— Rien de tout ça n'est votre faute !

— Parler était sous ma responsabilité, et cette fille était mon indicatrice... J'aurais dû me rendre compte de ce qui se passait, j'aurais dû maîtriser ma colère... Je ne l'ai pas fait, et deux personnes sont mortes.

— Ce n'est pas votre faute ! répéta Maryse en posant une main sur le bras de Brooks. La fille connaissait les risques inhérents à sa collaboration avec la police, et Parler a enfreint les règles de la déontologie en devenant son amant... Si vous vous êtes mis en colère, c'est parce que vous prenez votre travail à cœur. Il n'est pas normal que vous soyez puni pour ça.

— C'est ce que j'essaie de me dire depuis des semaines. Et je l'ai dit à mon chef, mais ça n'a servi à rien.

— Vous le croyiez, à ce moment-là ?

— Je ne comprends pas...

— Si vous essayez depuis des semaines de vous dire que ce n'est pas votre faute, ça signifie que vous avez besoin de vous en convaincre. Alors votre chef s'en est peut-être aperçu. Peut-être n'est-ce pas pour vous punir qu'il vous a éloigné, mais pour vous permettre de prendre du recul et d'arrêter de culpabiliser.

— Il ne me jugerait donc pas responsable de ce qui s'est passé ?

Brooks avait l'air si surpris qu'il devait envisager cette hypothèse pour la toute première fois.

— C'est possible, non ? déclara Maryse.

Il prit le temps de réfléchir, et finit par répondre, mais pas directement.

— Vous avez vu juste en ce qui me concerne. Depuis l'assassinat de Parler et de cette indicatrice, j'ai beau me raisonner, je me sens coupable.

— Parce que les émotions l'emportent toujours sur la logique.

— C'est vrai. Merci, Maryse !

— Pourquoi me remerciez-vous ?

— Pour m'avoir fait admettre que personne, même pas moi, ne peut tout contrôler. S'agissant de mon chef, en revanche, je persiste à penser qu'il ne m'a pas envoyé passer mes vacances à Laval par hasard.

— Il vous a dit pourquoi il avait choisi cette destination ?

— Non. Je croyais jusqu'ici que c'était juste à cause de mon aversion pour le froid, mais je trouve maintenant étrange qu'il m'ait forcé la main à ce point : avant même de m'en parler, il m'avait pris un aller simple pour Montréal et loué un appartement à Laval.

Ces vacances forcées avaient-elles un but caché ? se demanda Maryse. Et si oui, lequel ? Elle n'en voyait qu'un...

— Le choix de Laval est en relation avec Caleb Nank : votre chef devait savoir que ses activités s'étaient étendues au Québec.

— Oui, mais alors, pourquoi ne pas me l'avoir dit ? Et il aurait pu m'organiser une mission officielle, en accord avec les autorités canadiennes. Il n'y avait pas urgence : ça fait déjà deux mois que je suis à Laval... Qu'espérait-il qu'il se passerait ?

— Il n'était peut-être pas sûr de son fait.

— Peut-être, mais s'il s'est trompé, ça aura coûté beaucoup d'argent pour rien.

— De l'argent public ?

— Non. Il a utilisé mon crédit de jours de congé pour financer ces vacances.

— Il en a le droit ?

— Théoriquement non, mais on est obligés de prendre à la fin de chaque année tous les jours de congés inutilisés et, si quelqu'un lui demande des comptes, il pourra toujours dire qu'il était certain que je ne les prendrais pas, et qu'il a agi par anticipation. Il n'est jamais à court de stratagèmes pour parvenir à ses fins.

Quelque chose, dans le ton de Brooks, interpella Maryse.

— Vous le soupçonnez d'être corrompu ?

— Si vous m'aviez posé la question il y a quelques mois, et même quelques heures, je me serais récrié. Il lui arrive d'enfreindre le règlement — pour la bonne cause, selon lui, mais je me demande maintenant si c'est bien vrai. Il y a quelque chose de louche dans toute cette histoire.

L'estomac de Maryse se noua. Savoir Camille aux mains de criminels endurcis était déjà affreux, mais si en plus un policier était impliqué dans cette affaire, tout ce qu'il avait à perdre s'il était démasqué rendait la situation plus dangereuse encore.

Elle préférait ne pas penser aux conséquences que cela pourrait avoir pour sa fille, et Brooks perçut son angoisse, car il déclara :

— Désolé, je ne voulais pas ajouter à votre inquiétude.

— C'est ma faute : j'ai insisté pour que vous me disiez pourquoi votre supérieur hiérarchique vous avait envoyé ici.

— Vous voulez qu'on parle d'autre chose ?
— Oui, mais d'abord, sachez que je me réjouis de la décision de votre chef, quelle qu'en soit la raison. Parce que, sans vous, je n'aurais pas le moindre espoir de retrouver ma fille un jour.

13

Pendant que la conversation glissait vers des sujets plus légers, comme leurs préférences respectives en matière de cuisine, de musique et de films, Brooks continuait de réfléchir à la situation.

Il avait du mal à croire son chef à la solde de Caleb Nank. C'était un ami de son père, policier lui aussi, et il ne voyait pas cet homme, qu'il connaissait depuis toujours, le mettre délibérément en danger. L'envie le démangeait d'appeler le commissariat et, sans l'intimité grandissante de ses relations avec Maryse, peut-être l'aurait-il fait.

Brooks observa la jeune femme à la dérobée. Elle avait les traits détendus, mais il savait que, comme lui, elle ruminait de sombres pensées.

Parce que le passé l'avait rattrapée. Après une année d'errance, elle s'était fixée dans la petite ville de LaHache, et un sentiment de sécurité avait dû peu à peu la gagner.

Le choix de ce lieu intrigua de nouveau Brooks. Maryse avait certes besoin d'un endroit retiré, mais n'y avait-il pas une autre raison à son installation dans celui-ci en particulier ?

Désireux d'en avoir le cœur net, il finit par lui poser la question, et elle répondit d'une voix empreinte de nostalgie :

— J'ai choisi LaHache parce que j'y ai séjourné quand j'étais petite. Nous vivions à Seattle et, un hiver, ma mère s'est mis en tête de faire par la route le trajet jusqu'au Québec, avec mon frère et moi. Elle avait grandi près de Montréal, et c'était notre destination finale, mais ma mère a raté une sortie, et elle a continué de rouler vers le nord. Elle s'est arrêtée à LaHache, et on y est restés une semaine. J'en ai gardé un merveilleux souvenir.

— Votre frère aussi ?

— Oui, je crois. Il n'exprimait pas beaucoup ses sentiments — dès que la conversation devenait sérieuse, il lâchait une plaisanterie et changeait de sujet —, mais il m'a dit un jour que cette semaine était le meilleur moment qu'il ait vécu avec nous avant la mort de notre mère.

L'enfance de Maryse et sa relation avec son frère intéressaient Brooks. Elle n'avait pas mentionné son père, alors était-il mort, lui aussi ? Brooks avait perdu ses parents relativement jeune, et cela l'avait profondément marqué. Maryse avait-elle connu la même épreuve ?

Mieux valait cependant ne pas s'éloigner du présent.

— Jean-Paul a pu parler de ce séjour à LaHache à quelqu'un ?

— Je ne sais pas. Encore que... S'il tenait assez à une femme pour vouloir avoir un enfant avec elle, il a dû lui faire des confidences.

— Et peut-être sont-elles parvenues aux oreilles de Caleb Nank...

— Oui, mais Dee White est à Laval depuis un an, d'après ce que nous a dit son collègue de l'hôtel Maison Blanc.

— J'ai une théorie à ce sujet, et...

La brusque apparition d'un véhicule dans son rétroviseur interrompit Brooks. Il venait de sortir d'un grand virage, et une autre voiture avait surgi derrière lui. La vitesse à laquelle elle se rapprochait maintenant de lui ne lui disait rien de bon.

— Et ? déclara Maryse.

— Je vous expliquerai ça plus tard... Retournez-vous !

Elle obéit et s'écria :

— Quelqu'un nous a pris en chasse ?

— Je le crains.

— Qu'allons-nous faire ?

Brooks réfléchit. Essayer de distancer l'autre voiture serait déraisonnable. Ils étaient encore loin de Montréal et, à l'exception de quelques virages comme celui qu'ils venaient de passer, la route était droite. Une course-poursuite attirerait l'attention, et ce n'était pas le moment de se faire arrêter pour excès de vitesse.

La meilleure solution consistait à quitter la nationale au

prochain embranchement et de rouler jusqu'à la prochaine agglomération, où il lui serait plus facile de semer leurs poursuivants. Brooks accéléra donc, mais en veillant à ne pas dépasser la vitesse autorisée.

— On a gagné du terrain ? demanda-t-il à Maryse, qui regardait toujours derrière elle.

— Un peu.

— Bien ! déclara Brooks.

Un panneau, au loin, lui donna de l'espoir mais, quand il en fut assez près pour pouvoir le lire, il vit que trente kilomètres les séparaient de la ville la plus proche.

C'était beaucoup et, s'il accélérait encore, quelqu'un finirait par prévenir la police.

— La voiture se rapproche, annonça Maryse.

— Qu'est-ce que cette personne nous veut ? marmonna Brooks.

— Ces personnes : il y en a deux. Je les vois mieux, maintenant, et je suis presque sûre qu'il s'agit de Dee White et de Greg.

— Je ne le crois pas !

Brooks savait malheureusement, sans même avoir à le vérifier, que Maryse ne se trompait pas. Il n'aurait jamais dû laisser Greg seul dans la chambre d'hôtel, mais comment Dee et lui les avaient-ils retrouvés ? Et pourquoi avaient-ils pris cette peine, pour commencer ? Camille était en route pour Las Vegas, où Nank...

Une explication possible — la seule, même, qui collait avec les faits — apparut soudain à Brook. Les deux malfaiteurs avaient informé Nank de leur arrivée prochaine, à Maryse et à lui, et Nank avait demandé au couple de les empêcher de partir, en échange de quoi il oublierait sa trahison.

Même s'ils parvenaient malgré tout à prendre leur avion, ils ne bénéficieraient plus de l'effet de surprise.

— Brooks ? dit Maryse.

— Oui ?

— Je crois savoir ce qu'ils mijotent.

— Je vous écoute...

— Je connais bien cette route. Il y a à quelques kilomètres d'ici une aire de repos. L'an dernier, il s'y est produit une série d'agressions qui a défrayé la chronique. Dee White et Greg en ont forcément entendu parler. Ils ont même dû voir à la télévision la configuration des lieux : c'est un cul-de-sac. On ne peut en sortir qu'en faisant un demi-tour complet, et il n'est pas visible de la route.

— L'endroit idéal pour une exécution !

— Oui. Quand on s'en approchera, ils se porteront à notre hauteur et nous obligeront à prendre la bretelle qui y mène. C'était la méthode utilisée par l'auteur des agressions de l'an dernier.

— Il faut donc s'arranger pour dépasser cette bretelle avant qu'ils aient eu le temps de nous rattraper.

Ses priorités ainsi bousculées, Brooks enfonça la pédale d'accélérateur. Le moteur rugit, et la voiture bondit en avant. Un coup d'œil dans le rétroviseur, une minute plus tard, lui montra que la distance entre ses poursuivants et lui avait à peine augmenté, et l'aire de repos n'était même pas encore annoncée... Maryse s'agrippait d'une main au rebord de son siège, et de l'autre à la barre située au-dessus de sa portière. Devant son visage crispé par la peur, Brooks faillit ralentir, mais mieux valait avoir peur qu'être mort.

Le panneau indiquant l'aire de repos apparut enfin. Une onde de soulagement le parcourut. Il ne savait pas encore ce qu'ils feraient une fois cette embûche évitée, mais cela leur donnerait au moins quelques instants de répit.

Alors qu'il se tournait vers Maryse pour le lui dire, son regard tomba sur le rétroviseur extérieur... et y resta. Dee conduisait la voiture qui les suivait, et Greg se penchait par la vitre ouverte de la portière du passager, un pistolet à la main...

Non !

Brooks eut à peine le temps de réagir. Il donna un grand coup de volant juste au moment où un coup de feu éclatait. La balle le manqua, mais le brusque écart projeta sa tête contre le volant. Il ressentit une violente douleur à la mâchoire, un vertige le saisit, sa vue se brouilla et, pour la deuxième fois de la journée, il perdit connaissance.

Quand la voiture commença de se déporter vers la voie de gauche, Maryse cria le nom de Brooks, mais il ne bougea pas. Affaissé sur le volant, il était manifestement inconscient.

Il fallait prendre les commandes du véhicule...

Maryse détacha sa ceinture de sécurité, releva la tête de Brooks et la posa contre le dossier de son siège, puis elle passa une épaule sous son bras et attrapa le volant. Cela lui donna un certain contrôle sur la trajectoire de la voiture mais, en se penchant par-dessus le corps inerte de Brooks, elle avait planté un coude dans sa jambe droite pour ne pas perdre l'équilibre, et le véhicule avait aussitôt accéléré. Elle souleva ce coude, mais le pied de Brooks resta appuyé sur la pédale d'accélérateur.

Au bord de la panique, Maryse jeta un coup d'œil à la route. Une descente s'annonçait et, même si leur vitesse diminuait considérablement, leur trajectoire actuelle les conduisait droit dans le fossé.

Pour tout arranger, leurs poursuivants les dépassèrent alors, et Maryse entendit quelques instants plus tard un grand crissement de pneus. Ils devaient avoir fait demi-tour un peu plus loin et allaient revenir pour exécuter leur sinistre besogne.

Il fallait absolument, et urgemment, freiner la course folle de la voiture !

Gardant une main sur le volant, Maryse tenta de pousser la jambe de Brooks sur le côté... Autant essayer de déplacer un bloc de béton ! Elle le saisit par l'épaule et le secoua, mais sans résultat.

Ce fut à travers des larmes d'impuissance que Maryse vit soudain le véhicule de Dee White et de Greg. Immobile en travers de la route, il barrait le passage. C'était censé être suffisant pour la faire s'arrêter, et ça l'aurait sans doute été si elle avait eu le choix, mais là, elle ne l'avait pas. La collision était inévitable.

Sauf si elle arrivait à prendre un contrôle total de la trajectoire et de la vitesse de la voiture.

Une nouvelle tentative pour écarter le pied de Brooks de la pédale d'accélérateur — en poussant sur son mollet, cette fois — fut aussi infructueuse que la précédente. Mais au moment où Maryse se redressait, sa main entra en contact avec un morceau de plastique, sous le siège...

La manette de réglage !

Maryse l'actionna, et le siège recula, mais pas assez pour que les pieds de Brooks se soulèvent. Elle tira de nouveau, plus fort, sur la manette et, là, ses efforts furent récompensés : le siège fit un bond en arrière, et la voiture ralentit aussitôt.

C'était une bonne chose, mais le temps pressait malgré tout...

Sachant qu'elle n'arriverait pas à déloger Brooks de son siège, Maryse se hissa sur ses genoux et inséra une jambe entre les siennes. Face au volant et un pied à hauteur des pédales, elle contrôlait désormais la voiture.

Restait à concevoir un plan, et l'autre véhicule était maintenant si près qu'elle n'avait pas plus de trente secondes pour y parvenir.

Une image lui traversa alors l'esprit, celle de son frère adolescent jouant au jeu de « celui qui se dégonflerait le premier » : deux voitures fonçaient l'une vers l'autre, et le premier conducteur qui faisait un écart pour éviter la collision avait perdu. Jean-Paul avait ainsi réduit deux voitures à l'état d'épave, il s'était cassé plusieurs côtes, et son permis lui avait même été retiré pendant quelques mois, mais il gagnait toujours.

Alors au lieu d'enfoncer la pédale de frein, Maryse appuya sur l'accélérateur. Penché à la vitre de sa portière, son pistolet à la main, Greg écarquilla les yeux, puis il se tourna vers Dee et lui parla. Arrivée à quelques mètres d'eux, Maryse tourna le volant vers la gauche juste assez pour guider sa trajectoire vers l'arrière de leur véhicule. Greg cria quelque chose en agitant les bras... Il devait dire à sa complice d'avancer.

Ce qu'elle fit, mais pas assez vite pour éviter que l'aile droite de la voiture conduite par Maryse accroche leur pare-chocs arrière au passage.

L'horrible crissement qui en résulta lui arracha les oreilles, mais elle ne ralentit pas. Un coup d'œil dans son rétroviseur pour savoir si les deux malfaiteurs l'avaient reprise en chasse...

Ce n'était pas le cas : ils étaient sortis du véhicule et essayaient de redresser le pare-chocs endommagé, qui devait frotter contre une roue.

Par mesure de précaution, Maryse attendit malgré tout d'avoir franchi quelques kilomètres de plus pour ramener sa vitesse à la limite autorisée. L'étreinte de ses mains sur le volant se relâcha un peu, et elle se laissa aller en arrière, mais un grognement la fit alors sursauter.

Brooks !

Dans le feu de l'action, elle l'avait oublié. Maintenant qu'il s'était rappelé à son bon souvenir, elle devait s'arrêter pour évaluer son état de santé. Ce grognement prouvait qu'il respirait toujours, mais pas qu'il était complètement indemne.

Maryse consulta sa montre. S'ils voulaient être sûrs de ne pas rater leur avion, ils ne pouvaient pas faire une halte de plus d'une demi-heure dans la ville la plus proche. Ce qui serait insuffisant si Brooks avait besoin d'être hospitalisé.

La tentation de continuer de rouler comme si de rien n'était effleura Maryse, mais elle la repoussa aussitôt. Brooks lui avait sauvé la vie ; elle n'avait pas le droit de mettre sa santé en danger. Même si elle n'avait eu aucune dette envers lui, elle tenait trop à lui pour prendre le risque de le perdre.

Un deuxième grognement, puis une main se posa sur sa cuisse... Brooks était réveillé !

— Maryse ?
— Je suis là.
— Sur mes genoux ?
— Oui.
— Ce n'est donc pas juste un beau rêve ?
— Non, c'est la réalité.
— Ce qui a précédé n'était pas juste un cauchemar, alors ?
— Malheureusement pas.
— Bon sang !

Brooks bougea, projetant ainsi Maryse contre le klaxon, qui se déclencha. Il reprit son ancienne position pour le faire taire et marmonna :

— Désolé !
— Comment va votre tête ?
— Pas trop mal.
— Vraiment ? demanda Maryse, incrédule.
— Disons que ça pourrait être pire dans la mesure où c'est la deuxième fois aujourd'hui que je tourne de l'œil à cause d'un

choc à la tête. Je crois que, là, c'est mon menton qui a pris le plus gros de l'impact.

— Vous avez le vertige ? La nausée ?

— Ni l'un ni l'autre. Je suis juste un peu endolori, et un peu à l'étroit.

— Je m'arrêterai dès que je le pourrai.

— Rien ne presse.

Brooks bougea de nouveau, mais avec précaution, cette fois, et cela permit à Maryse de s'asseoir entre ses jambes. Cette position était légèrement plus confortable, mais l'ambiance devint plus intime quand Brooks se pencha en avant et lui murmura à l'oreille :

— Je suis resté inconscient pendant combien de temps ?

— Environ dix minutes.

— Et vous en avez profité pour grimper sur mes genoux, observa-t-il sur un ton malicieux.

— C'était ça, ou on mourait tous les deux.

— Oui, je sais... Merci !

— Vous m'avez sauvé la vie ce matin... Nous sommes quittes, à présent.

— Je ne vous en suis pas moins reconnaissant d'avoir pris les choses en main.

— Vous ne le serez plus quand vous aurez vu l'aile droite de votre voiture.

— C'est un véhicule de location.

— Peut-être, mais à votre place, je me ferais dès maintenant à l'idée de ne pas récupérer ma caution.

— Que s'est-il produit ?

— Après nous avoir dépassés, Dee White a mis sa voiture en travers de la route, et je lui ai foncé dessus en espérant qu'elle aurait assez peur pour s'écarter de mon chemin. C'est ce qui est arrivé, mais il y a quand même eu un petit accrochage. Par chance, sa voiture à elle n'a pas pu repartir, si bien que nous sommes tranquilles : je pense que Greg et elle ne sont pas près de nous rattraper.

— Je suis impressionné ! Où avez-vous appris à jouer les cascadeuses ? Je croyais que vous n'étiez pas aventureuse ?

— Mon frère lançait souvent ce genre de défi aux voyous de notre quartier. Je m'en suis souvenue juste à temps.

— C'est donc aussi à lui que je dois d'être en vie.

— Oui, déclara Maryse d'une voix grave, et je suis sûre que vous vous seriez bien entendus, tous les deux. C'était votre indicateur, je sais, mais s'il avait vécu plus longtemps, vous auriez pu devenir amis.

Brooks dut percevoir son émotion, car il referma les bras sur sa taille. Il lui effleura ensuite la tempe d'un baiser et posa le menton sur son épaule.

— Je me serais forcément lié d'amitié avec Jean-Paul, puisque c'était votre frère.

Une douce chaleur se répandit en elle, avant de remonter jusqu'à son cœur et de s'y loger.

14

Rouler avec Maryse assise entre ses jambes était aussi plaisant que frustrant. Brooks n'avait encore jamais connu ce genre de délicieuse torture, et il ne savait pas pendant combien de temps il allait pouvoir la supporter sans rien faire. D'autant que chaque secousse de la voiture augmentait la pression du corps de Maryse sur le sien.

Aussi poussa-t-il un soupir de soulagement lorsqu'elle lui dit apercevoir à une centaine de mètres un accotement assez large pour s'y ranger.

Une fois la voiture garée et le moteur coupé, Brooks ouvrit la portière. Une bouffée d'air froid envahit l'habitacle, calmant temporairement la fièvre qui le consumait.

Mais ce répit fut de courte durée : Maryse passa une jambe par-dessus la sienne, se pencha vers la portière... et s'immobilisa brusquement. Elle avait une main tendue vers l'extérieur, et l'autre, posée dangereusement haut sur la cuisse de Brooks.

— Je suis coincée, annonça-t-elle.

Puis elle se tortilla pour tenter de se dégager... avec pour seul résultat de se retrouver de nouveau assise sur les genoux de Brooks.

— Je crois que le bas de mon manteau s'est pris dans un truc, sous le volant, déclara-t-elle. Vous pouvez m'aider ?

— Comment ?

— En tenant le haut de mon manteau pendant que j'essaie de le déboutonner.

Brooks obéit. Au prix de contorsions qui le mirent au supplice,

Maryse réussit à déboutonner et à enlever son manteau, mais elle resta ensuite sur ses genoux.

— Vous êtes encore coincée ? demanda-t-il.

— Oui.

— Par quoi ?

— Je ne sais pas trop. Ça vous ennuierait de regarder sous le volant ?

Attentif à toucher la jeune femme le moins possible, Brooks tendit le bras et ne tarda pas à trouver la cause du problème.

— Un des passants de votre ceinture s'est accroché à quelque chose, indiqua-t-il.

— Vous pouvez le dégager ?

— Je vais essayer, mais j'aurais plus de chances d'y arriver si vous vous retourniez : ça me donnerait une plus grande liberté de mouvement.

— D'accord.

Au prix de nouvelles contorsions, Maryse s'assit à califourchon sur les genoux de Brooks. Elle demeura ensuite si parfaitement immobile qu'elle devait s'être arrêtée de respirer, et ce fut en retenant sa propre respiration que Brooks tendit de nouveau le bras.

Quand sa main rencontra le passant coincé, il glissa son index dedans... et tira si fort que la couture céda, provoquant ainsi une réaction en chaîne.

Maryse poussa un cri et tomba en avant. Brooks leva les mains dans une tentative un peu tardive pour l'empêcher de se cogner à lui...

Tentative qui échoua : le buste de la jeune femme heurta le sien de plein fouet, l'impact lui fit baisser les bras, et l'un d'eux percuta un bout de plastique. Le siège s'inclina en arrière et, au même moment, une violente rafale de vent referma la portière.

Pendant les quelques secondes suivantes, ni Brooks ni Maryse ne bougèrent. Ils restèrent pressés l'un contre l'autre, le souffle court. Et puis des sanglots silencieux secouèrent les épaules de la jeune femme.

Bouleversé, Brooks lui caressa doucement les cheveux.

— Ne pleurez pas ! On a roulé si vite, pendant toute une partie du trajet, qu'on arrivera à l'aéroport en avance.

Elle ne leva pas la tête et continua de sangloter.

— Tout va bien, Maryse...

— Je... Je..., bredouilla-t-elle en se redressant.

Et là, Brooks vit qu'elle ne pleurait pas. Ses yeux brillaient, sa bouche était largement fendue... Ce qu'il avait pris pour des sanglots était des hoquets de rire.

— Je suis... désolée.

— Pourquoi ?

— Parce que ce n'est pas drôle. Rien, dans cette situation, ne l'est... Ça doit être nerveux.

— Peut-être.

— Tant mieux.

— Tant mieux ?

— Oui, parce que ça me donne une excuse pour rire alors que je devrais être en train de pleurer.

— Il n'y a pas de mal à rire, au contraire, et je ne suis pas d'accord avec votre analyse de la situation : la séquence qui s'est conclue par la bascule en arrière de mon siège ressemble à un gag de dessin animé.

— C'est vrai, et Camille aurait adoré. Le burlesque est le type d'humour qu'elle préfère.

— Moi aussi.

— Ah bon ?

— Oui. Un jour, par exemple, je poursuivais un homme qui venait d'arracher son sac à une vieille dame, et il allait m'échapper quand son pied s'est pris dans une bouche d'égout. Il a fait des efforts désespérés pour se dégager, et juste avant que je le rejoigne, il y est parvenu, mais sa chaussure ne l'a pas suivi et, dans son élan, il est allé s'écraser contre un arbre. Il ne me restait plus qu'à le ramasser... J'étais plié en deux.

— C'est une histoire véridique ?

— Non.

Maryse éclata d'un rire qui, cette fois, n'avait rien de nerveux.

— Vous voyez ! dit Brooks.

— Quoi ?

— Rire fait du bien. Même dans les pires circonstances, les gens conservent la capacité de jouir de petits moments de bonheur.

— Sans doute, mais moi, même quand tout va bien, je ne peux pas être vraiment heureuse sans ma fille. Quand quelque chose de bien m'arrive, je veux lui en parler, le partager avec elle. Alors ça...
— Ça quoi ?
— Vous.
— Moi ? déclara Brooks sur un ton amusé.
— Ne vous moquez pas ! Je suis sérieuse.
— D'accord... Donc, je vous donne envie d'être heureuse alors que vous traversez une terrible épreuve, et vous voulez me partager avec Camille.
— Oui.
— Je n'y vois pas d'inconvénient.

Au contraire ! ajouta Brooks intérieurement, car il était ravi que Maryse tienne assez à lui pour vouloir le présenter à sa fille.

— Mais ce n'est pas si simple, indiqua-t-elle. Comment pourrais-je m'autoriser à me réjouir de notre rencontre alors qu'elle n'aurait pas eu lieu si Camille n'avait pas été kidnappée ? Ce serait admettre qu'il est ressorti quelque chose de positif de son enlèvement, et je ne pense pas en être capable.

— La vie n'est jamais simple, mais il faut de temps en temps prendre les choses comme elles viennent, sinon on ne profite pas de moments comme celui-ci... Des moments à part.

Brooks posa la main sur la nuque de Maryse, rapprocha leurs visages et l'embrassa voluptueusement.

— Je ne crois pas que je parlerai de ça à Camille, déclara-t-elle quand ils s'écartèrent l'un de l'autre.

— Mieux vaut en effet omettre certains...

La phrase de Brooks resta en suspens : Maryse s'était emparée de ses lèvres avec une fougue qui le surprit agréablement mais, lorsqu'elle commença d'accompagner ce baiser de caresses, il se sentit perdre pied et s'obligea à la repousser.

— Notre avion, Maryse...
— On a de l'avance, vous l'avez dit vous-même.
— Oui, mais trop peu pour que nous ne soyons pas obligés de nous dépêcher. C'est d'heures entières que je voudrais disposer.

— Moi aussi, mais si ça ne devait jamais s'avérer possible ? Si nous n'avions pas d'autre occasion de faire l'amour ?

Cette éventualité bouleversa Brooks. Maryse et lui avaient beau ne se connaître que depuis le matin, il nourrissait l'espoir de bâtir un avenir avec elle. L'idée de ne jamais avoir le bonheur d'assouvir une passion visiblement réciproque lui était d'autant plus insupportable.

— Vous m'avez parlé de prendre les choses comme elles viennent…, murmura-t-elle. Si vous suiviez votre propre conseil ?

Le sentant sans doute, sinon convaincu, du moins ébranlé, elle lui enleva son sweat-shirt, puis promena les mains sur sa peau nue.

Comment résister ? Aurait-il voulu continuer d'objecter, d'ailleurs, qu'il ne l'aurait pas pu, car Maryse le réduisit juste après au silence en l'embrassant.

Le cœur de Maryse battait la chamade, et ses mains tremblaient. Pas sous l'effet de la nervosité, mais sous celui de l'excitation. Brooks avait raison. Elle avait passé les six années précédentes à tout calculer, à tout planifier de peur que le moindre écart par rapport à la routine les mette en danger, sa fille et elle… Tous ces efforts n'avaient servi à rien : Caleb Nank les avaient retrouvées, et Camille avait été enlevée.

Alors elle s'abandonna au plaisir de l'instant, et Brooks, ses premières réticences vaincues, lâcha lui aussi la bride à sa passion.

L'étroitesse de l'habitacle leur rendit la tâche malaisée, mais elle fut compensée par leur ardeur : arrachés par des mains fébriles, leurs vêtements ne tardèrent pas à s'entasser sur le sol, sur le siège voisin…

Quand plus aucune barrière de tissu ne les sépara plus, l'intensité de leur désir atteignit un paroxysme, mais Brooks s'immobilisa alors et murmura :

— Maryse…

— Oui ?

— J'ai envie de vous, mais avant que nous allions plus loin, il faut que les choses soient claires : je ne suis pas un adepte des aventures sans lendemain. Alors si ce que vous recherchez, c'est ce genre de...

— Pas du tout ! coupa-t-elle avec un sourire mi-amusé, mi-surpris.

— Tant mieux, parce qu'une fois toute cette histoire terminée je veux que plus jamais nous ne fassions l'amour dans la précipitation.

— Moi aussi, dit Maryse, le cœur en fête.

Leurs corps s'unirent ensuite, et le feu d'artifice de sensations qui jaillit alors en elle lui arracha un cri, puis ils se mirent à bouger à l'unisson, sur un rythme de plus en plus rapide jusqu'à ce que l'explosion de la jouissance les secoue tous les deux.

Maryse s'affaissa juste après sur Brooks. Il referma les bras sur elle et la berça en silence. Un merveilleux sentiment de plénitude l'habitait mais, en sentant ses paupières se fermer, elle se rendit compte que c'était la première fois depuis sa découverte du lit vide de Camille qu'elle connaissait un moment de répit.

Écrasée de fatigue, elle aurait volontiers cédé au sommeil, mais elle ne le pouvait pas.

— Brooks...

— Oui, je sais : il faut repartir, sinon on va rater l'avion.

— Désolée...

— Tu as vécu au Canada trop longtemps : tu t'excuses sans raison.

— C'est vrai. Dés... Non, rien.

— Tu vois !

Maryse éclata de rire, mais ce qu'elle vit alors à travers la lunette de la voiture lui fit reprendre son sérieux en une seconde.

— Il y a un véhicule de patrouille qui se dirige vers nous, annonça-t-elle. Gyrophare allumé, sirène éteinte.

— Et zut !

— Oui, on n'a pas vraiment besoin de ça !

Paniquée, Maryse se redressa et chercha quelque chose — n'importe quoi — pour se couvrir, mais sans arriver à mettre la main sur aucun de ses vêtements. Même son manteau semblait avoir disparu. Et les éclairs rouges et bleus du gyrophare perçaient avec une intensité grandissante la lumière incertaine du crépuscule.

La main de Brooks se referma sur le bras de Maryse.
— Arrête ! dit-il.
— Mais la police sera là dans...
— Je sais. Rallonge-toi sur moi !

Le temps de se rhabiller manquant de toute façon, Maryse obéit. Brooks ramassa son sweat-shirt, et il finissait juste de l'étaler sur elle quand le véhicule de patrouille s'arrêta près d'eux.

— Qu'est-ce qu'on fait, maintenant ? chuchota Maryse.
— Laisse-moi parler.

Des doigts pianotèrent sur la vitre côté conducteur. Tenant Maryse serrée contre lui, Brooks s'assit et colla son nez à la glace. Le policier frappa de nouveau et, cette fois, Brooks entrouvrit la portière.

L'agent — un homme d'un certain âge aux tempes grisonnantes et au visage impassible — toussota avant de déclarer :

— Monsieur... Madame...
— Oui ?
— Tout va bien ?
— Mieux que bien !

Le ton allègre de Brooks amusa Maryse, mais son envie de rire s'envola quand l'agent se tourna vers elle et lui demanda :

— Vous êtes là de votre plein gré ?
— Oui, répondit-elle.
— C'est bien sûr ?
— Absolument !

Le policier la regarda avec attention pendant quelques instants, puis il s'adressa de nouveau à Brooks :

— Vous êtes dans un lieu plus ou moins public.
— Plus ou moins seulement, souligna Brooks avec un sourire affable.
— Vous êtes là depuis longtemps ?
— Pas assez.
— Trop, à mon avis. Il serait temps de songer à lever le camp... Vous vous rendez à Montréal ?
— Oui, et j'espère qu'il n'y a pas de bouchons sur la route, parce qu'on a un avion à prendre.

— Il y a un bouchon, mais derrière vous, à cause d'un véhicule abandonné... Allez-y, maintenant, et soyez prudents !

L'agent referma la portière, remonta dans sa voiture et partit, mais son dernier conseil résonnait encore aux oreilles de Maryse : dans sa hâte de profiter du moment présent, elle avait manqué de prudence.

Furieuse contre elle-même, Maryse se débarrassa du sweat-shirt, s'installa sur le siège du passager et remit ses vêtements.

— Il se doutait qu'on avait quelque chose à voir avec ce véhicule abandonné, à ton avis ? demanda-t-elle à Brooks, occupé lui aussi à se rhabiller.

— Non. Dans le cas contraire, il ne nous aurait pas laissés repartir.

— Heureusement qu'il n'a pas vu l'aile droite de notre voiture ! On y va ?

— Tu as l'air bizarre... Qu'y a-t-il ?

Maryse songea d'abord à ne pas répondre, ou alors à mentir. Mais son refus de dire la vérité pourrait avoir de graves conséquences à long terme.

— On a été... imprudents.

— Comment ça ?

— On n'a pas utilisé de préservatif.

— Ah ! je comprends... Mais, côté maladies, tu n'as pas à t'inquiéter : je suis en parfaite santé.

— Moi aussi.

— Et, côté bébé, on avisera dans neuf mois, le cas échéant.

— C'est une question qu'il ne faut pas prendre à la légère, Brooks !

— Je sais. Et je suis sérieux.

— Mais...

— Mais quoi ? Ce n'est encore qu'une possibilité et, si elle se réalise, je suis sûr qu'on trouvera une solution satisfaisante.

— D'accord...

— Voilà, problème réglé !

Le calme de Brooks stupéfia Maryse. Cet homme qu'elle connaissait depuis moins de douze heures était en train de lui faire comprendre qu'il accueillerait favorablement l'annonce d'une grossesse !

— Bébé ou pas, enchaîna-t-il, nous n'avons plus à feindre d'être un couple pour éviter les questions : nous en formons un vrai, désormais.

Sur ces mots, il se pencha pour poser un baiser possessif sur les lèvres de Maryse. Puis, l'air satisfait, il démarra et reprit la route.

15

Le reste du trajet passa à toute vitesse et dans une atmosphère détendue qui surprit Maryse.

Le temps d'arriver à Montréal, elle apprit entre autres choses que Brooks était fils unique, et qu'en entrant dans la police il avait suivi les traces de son père et de son grand-père. Son père était mort en service commandé quand il avait vingt ans, et sa mère avait succombé à un cancer quelques années plus tard. Le Canada était le seul pays étranger où il ait jamais mis les pieds, et il avait un jour gagné un concours de mangeurs de hot-dogs.

Plus important, elle découvrit qu'il la considérait déjà comme faisant partie de sa vie.

— Il y a dans mon jardin un oranger dont tout le monde me dit qu'il devrait être mort, lui déclara-t-il par exemple. Pourtant, chaque année au mois de septembre, et donc hors saison, il produit exactement onze oranges. Ce sont les meilleures que j'aie jamais mangées, et je parie que ce sera la même chose pour toi.

Il était donc évident pour lui que, dans cinq mois, elle serait assise au bord de sa piscine, en train de déguster une orange...

Quand elle lui parla de son statut de télétravailleuse indépendante, il lui fit remarquer qu'une véranda bordée de palmiers était un lieu de travail plus agréable qu'une salle de séjour glacée.

Cela aurait dû l'effrayer, ou au moins la désorienter. Elle aurait dû se demander si faire l'amour ne l'avait pas mise dans un état d'euphorie où tout semblait possible. Car, bizarrement, elle croyait à tout ce que Brooks disait.

Mais les images les plus belles qu'il évoqua furent celles où figurait Camille. Sa piscine était équipée d'un toboggan, lui indiqua-t-il notamment, et il se réjouissait à l'avance de voir un enfant s'en servir enfin.

Tout cela rendait Maryse doublement impatiente de retrouver sa fille, parce qu'elles pourraient alors entamer une nouvelle vie.

Une vie qu'elle n'aurait pourtant même pas pu commencer d'imaginer le matin même.

Le temps d'arriver à l'aéroport et de passer les différents contrôles, elle était donc surexcitée.

— Je parie que vous allez à Las Vegas pour vous marier, leur dit l'employée qui délivrait les cartes d'embarquement.

Maryse rougit, tandis que Brooks répliquait :

— Sait-on jamais ?

— Il y a de la place en classe affaires... Je vous y installe.

— Merci beaucoup !

Quand ils furent assis dans l'avion, Brooks demanda à Maryse :

— Alors, on parle de notre mariage ou de la raison première de notre voyage à Las Vegas ?

— Très drôle ! Mais je te signale que cette idée de mariage ne vient pas de moi.

— Toutes les filles ne rêvent-elles pas de la robe blanche et du bouquet qu'elles arboreront le jour de leurs noces ? observa Brooks avec un sourire taquin.

— La ville de Las Vegas est plutôt connue pour ses mariages express et sans cérémonie. Et je n'ai de toute façon jamais rêvé de robe blanche et de bouquet de mariée.

— Jamais ?

— Non.

— Je ne suis pas sûr de pouvoir te croire.

— Pourquoi mentirais-je ?

— Peut-être parce que parler de ça à un homme rencontré quelques heures plus tôt seulement risquerait de te faire passer pour une folle à ses yeux ?

La voix d'un steward commençant de donner les consignes de sécurité empêcha Maryse de répondre. Pendant le petit exposé qui suivit, elle sentit un doute la gagner. N'était-elle pas folle, en effet, de se voir déjà partager l'existence de Brooks ?

L'enlèvement de Camille les avait rapprochés, et ils éprouvaient l'un pour l'autre une attirance physique indéniable mais, une fois cette histoire terminée, la logique voudrait qu'ils se séparent. Ils menaient des vies très différentes : du fait de son métier, Brooks risquait la sienne tous les jours, tandis qu'elle vivait pratiquement en recluse.

Et d'autres discordances n'allaient-elles pas apparaître au fil de leur enquête ?

Le steward conclut sa démonstration, et l'avion s'ébranla. Les yeux fixés sur la piste pour éviter le regard de Brooks, Maryse pria pour qu'il ne revienne pas sur le sujet du mariage.

Sa prière ne fut pas exaucée.

— Il n'y a pas de honte à rêver d'un beau mariage, déclara-t-il en effet.

— Je suis d'accord, mais ce n'est pas mon cas.

— Ça ne l'a jamais été ?

— Quand j'étais petite, peut-être, mais je n'ai pas longtemps cru aux contes de fées. Je suis quelqu'un de réaliste.

— Une robe blanche, ce n'est donc pas réaliste ?

— Je ne sais pas.

— Tu peux porter une minijupe rouge vif, si tu préfères.

— Arrête ! s'écria Maryse, mi-agacée, mi-amusée.

Les réacteurs rugirent, l'avion prit de la vitesse, et le bruit interdit ensuite toute conversation jusqu'à la stabilisation de l'appareil.

— Je ne te définirais pas comme quelqu'un de réaliste, observa alors Brooks.

— Pourquoi ?

— Tu étais encore très jeune quand tu as recueilli Camille, et ça t'a obligée à mettre ta vie entre parenthèses.

— Non, je me suis juste adaptée. Et je ne l'ai jamais regretté.

— C'est justement ce qui fait de toi le contraire d'une réaliste.

— Vraiment ?

— Oui ! Tu n'as pas hésité à prendre en charge une petite fille, tu as tout laissé tomber pour partir à sa recherche quand elle a disparu, tu as trouvé en quelques secondes le moyen d'éviter une voiture qui te barrait la route... Tu dis que tu planifies toujours tout à l'avance, mais tu gères très bien les imprévus. Et chaque fois avec la certitude que ça marchera... Tu es une idéaliste doublée d'une optimiste.

— C'est mieux que d'être réaliste, à ton avis ?

— Oui, et j'aimerais que cette confiance dans l'avenir, tu l'appliques à nous deux.

Brooks aurait-il perçu les questions qui l'avaient tourmentée quelques minutes plus tôt ? se demanda Maryse, inquiète.

En passant ensuite ses observations au crible, elle se rendit compte que, mise au pied du mur, elle avait effectivement tendance à penser que les choses allaient bien tourner. Quand elle avait le temps de réfléchir, en revanche, le doute s'installait dans son esprit. Même si une trop grande impulsivité pouvait provoquer des catastrophes, suivre son instinct était parfois la meilleure attitude à adopter.

La main de Brooks se referma sur la sienne.

— Je te propose un marché, reprit-il. Tu vas donner une chance à notre couple et, moi, je ferai tout pour te prouver que ça en valait la peine. Ainsi, tu cesseras de t'interroger sur l'avenir de notre relation, et nous pourrons nous concentrer sur la recherche de Camille... Marché conclu ?

— Marché conclu ! répéta Maryse, soulagée d'un grand poids.

— Très bien ! Maintenant, tu poses la tête sur mon épaule, et tu dors.

— Je n'y arriverai pas.

— Essaie au moins, parce qu'une fois à Las Vegas on n'aura sans doute plus l'occasion de se détendre avant un bon moment.

Brooks enlaça Maryse, la serra contre lui et, contrairement à ce qu'elle pensait, le sommeil la gagna au bout de quelques minutes seulement.

Une fois sûr que Maryse dormait, Brooks ferma les yeux, mais pas pour se reposer : pour réfléchir. Il n'avait pas l'habitude de traiter une affaire criminelle en solo, et il avait besoin d'élaborer un plan.

Mais il était fatigué, lui aussi, et le bourdonnement continu des réacteurs lui donnait mal à la tête. Sans compter qu'il ne savait pas trop par où commencer.

L'un des problèmes que lui posait la situation, c'était son ignorance de l'endroit où se situait le quartier général de Caleb Nank. Il y serait peut-être allé, sinon, et aurait exigé la libération de Camille. L'expérience lui avait appris que c'était parfois l'audace qui marchait le mieux.

Mais il n'était même pas certain de l'existence de ce quartier général. En huit ans d'enquête, son équipe et lui avaient mené des recherches approfondies sur La Fabrique de papier sans jamais trouver de lieu secret qui aurait pu servir de repaire à Nank. Cet homme était insaisissable. Peut-être partageait-il son temps entre ses différents bureaux et usines... Pas une fois, en tout cas, Brooks ne l'avait ne serait-ce qu'entrevu.

Si Nank avait un repaire, ce ne serait sans doute pas là qu'il emmènerait Camille, de toute façon.

Ce qui posait un autre problème... Dans des circonstances normales, Brooks aurait pris contact avec la police de Las Vegas et lui aurait donné le signalement de Camille. Ses ravisseurs n'avaient que quelques heures d'avance sur lui. Ils auraient été interceptés, arrêtés... Fin de l'histoire.

Sauf que les autorités auraient alors peut-être séparé la fillette de Maryse... C'était un risque que cette dernière ne voulait pas courir — et Brooks non plus, par conséquent.

Il se pencha vers elle et contempla son visage. Ne l'avait-il vraiment vu pour la première fois que le matin même ? Comment s'était-elle débrouillée pour conquérir aussi vite son cœur ?

Elle avait dans le sommeil l'air plus paisible qu'à aucun moment des douze heures précédentes, et le souvenir de la passion qui l'avait animée dans sa voiture fit sourire Brooks. Il comptait bien renouveler l'expérience, et il était d'autant plus urgent de mettre au point un plan réalisable.

Peut-être un peu d'exercice lui éclaircirait-il les idées...

Après avoir doucement dégagé son bras, Brooks détacha sa ceinture, se leva et s'étira.

Une hôtesse vint aussitôt lui demander :

— Je peux faire quelque chose pour vous, monsieur ?

— Oui. Dites-moi où sont les toilettes.

— Derrière vous, juste avant le rideau.

— Merci.

Brooks descendit le couloir central en retournant dans sa tête les différents choix — et les complications liées à chacun — qui s'offraient à Maryse et à lui. Une confrontation directe avec Caleb Nank étant exclue, il fallait adopter une approche plus subtile. Mais, pour cela, il fallait savoir où exactement Camille était retenue prisonnière.

— Impossible à moins d'avoir un informateur dans l'organisation de Nank, marmonna Brooks.

Et ses deux derniers indicateurs — le frère de Maryse et la fille qui couchait avec le petit protégé du capitaine — avaient disparu.

Les toilettes étaient occupées. Brooks s'adossa à la cloison voisine de la porte pour attendre et regarda par l'interstice du rideau qui séparait la classe affaires de la classe économique.

Un visage lui sauta tout de suite aux yeux.

Dee White !

L'espace d'un instant, Brooks crut avoir la berlue mais, non, c'était bien elle... Son apparence était plus soignée que lors de leur dernière rencontre, et un pansement recouvrait son ecchymose à la tempe, mais rien de tout cela n'avait d'importance... Ce qui en avait, c'était la façon dont elle avait réussi à monter dans cet avion, et la raison de son obstination à les poursuivre, Maryse et lui.

Brooks décida d'aller la voir. Elle ne prendrait pas le risque de l'agresser, ni même de faire un esclandre, dans l'appareil. Il franchit le rideau et se fraya un chemin jusqu'à elle. Le siège voisin du sien était libre. Il s'y assit et déclara sur un ton dur :

— Comme on se retrouve, Dee !

Elle esquissa un geste pour se lever, mais il referma la main sur son poignet et lui plaqua le bras sur l'accoudoir central.

— Il faut qu'on parle ! décréta-t-il.

— Vous vous trompez sur moi.

— Non, je ne pense pas !
— Écoutez, Brooks...
— Comment connaissez-vous mon nom ?
— Vous me l'avez dit.
— Non.
— Alors votre copine l'a prononcé devant moi.
— J'en doute.

Dee se pencha vers Brooks, et il vit qu'elle avait le front luisant de sueur.

— J'aimerais pouvoir tout vous expliquer, mais je ne le peux pas.
— Tout ce que je veux savoir, dans l'immédiat, c'est si vous êtes seule ou non.
— Je le suis.
— Si vous mentez...
— Je ne mens pas !
— Où est Greg ?
— Je ne l'ai pas emmené. Il se serait fait tout de suite repérer... L'homme en costume bleu marine, deux rangées devant nous... C'est un marshal chargé de la sécurité du vol.
— Je n'en suis pas sûr.
— Moi, si.
— Admettons, mais ce serait le président des États-Unis en personne que je m'en moquerais... Je vous laisse, maintenant mais, une fois sur le plancher des vaches, je reprendrai contact avec vous.

Un plan était en effet en train de se former dans la tête de Brooks. Dee connaissait personnellement Caleb Nank, et la façon dont elle avait trahi sa parole envers lui prouvait qu'elle était cupide : au lieu de lui remettre Camille comme convenu, elle avait opté pour une demande de rançon. Elle pouvait donc être achetée, et Maryse s'était dite devant elle prête à payer une éventuelle rançon.

Sans rien ajouter, Brooks se leva et regagna la classe affaires, mais il décida d'attendre pour exposer son idée à Maryse. Mieux valait la laisser dormir.

Quand il se rassit, elle ouvrit les yeux et murmura :

— Tout va bien ?

— Oui, je suis juste allé aux toilettes. Il nous reste encore plusieurs heures de vol... Rendors-toi !

Brooks l'embrassa sur le front, et la pointe de remords que lui causait son mensonge fut chassée par le plaisir d'avoir à son côté celle qu'il considérait déjà comme la femme de sa vie.

16

Une voix métallique tira Maryse d'un profond sommeil. Elle cligna des yeux, désorientée, et puis Brooks posa la main sur son épaule, et la mémoire lui revint.

L'avion.

Camille.

Un spasme d'angoisse lui étreignit le cœur.

— On est arrivés, annonça Brooks.

— J'ai dormi pendant l'atterrissage ?

— Il s'est fait en douceur.

— Il faut croire !

— On s'est rapprochés de Camille, et j'ai quelque chose à te montrer.

— À me montrer ?

— Oui. Je pensais d'abord t'expliquer ce que j'avais en tête, mais j'ai changé d'avis.

— D'accord...

Paradoxalement, le ton calme de Brooks rendit Maryse nerveuse. Elle avait toute confiance en lui, mais peut-être était-il préoccupé et le cachait-il pour ne pas l'inquiéter. Elle décida de patienter et, en attendant, elle entrelaça ses doigts aux siens.

L'arrêt des réacteurs donna le signal du débarquement. Sans rien dire, Brooks tendit la main à Maryse pour l'aider à se lever, puis il l'entraîna vers la sortie. Dès qu'ils furent entrés dans le terminal, cependant, il s'immobilisa et se retourna, les mettant ainsi face aux passagers de la classe économique. Descendus de l'avion après ceux de la classe affaires, ils commençaient à arriver par petits groupes.

— Qu'est-ce qu'on attend ? demanda Maryse, maintenant certaine que sa nervosité était justifiée.

— Ça, répondit Brooks au bout de quelques instants.

Maryse se sentit blêmir.

— Dee White..., chuchota-t-elle.

— Oui.

L'intéressée leva les yeux, croisa le regard de Maryse et esquissa une sorte de grimace avant d'adresser un petit signe de tête à Brooks. Son pied buta ensuite sur une irrégularité du sol, et son sac lui échappa des mains. Elle se pencha pour en ramasser le contenu, qui s'était répandu par terre, et Maryse profita de l'occasion pour déclarer à Brooks :

— Tu savais qu'elle était dans l'avion ?

— Oui. Je lui ai parlé pendant que tu dormais.

— Tu aurais dû me réveiller !

— Tu avais besoin de te reposer, et je ne voulais pas t'inquiéter.

— Pourquoi t'a-t-elle fait signe ?

— Elle va nous aider.

— Comment ?

— Elle connaît Nank et doit donc pouvoir découvrir où Camille est détenue.

— Elle n'a aucune raison de nous rendre ce service !

— Si : l'appât du gain. Cette femme tuerait sa propre mère pour de l'argent.

— Tu penses qu'on peut lui faire confiance ?

— Non, mais on la surveillera de très près, comme maintenant.

Maryse se tourna vers Brooks et vit qu'en effet il ne quittait pas Dee des yeux.

— Elle sait que je suis policier, reprit-il.

— Quoi ?

— Je suis presque sûr qu'elle le sait, en tout cas. Alors tu vas lui proposer de la payer et, moi, je vais m'engager à lui éviter la prison.

— Tu en as la capacité ?

— Peu importe. Tout ce qui compte, c'est qu'elle le croie.

Dee avait à présent fini de ramasser ses affaires, et elle se dirigeait vers eux. Sa tête ne bougeait pas, mais ses yeux scrutaient nerveusement le terminal.

Cela ne fit rien pour rassurer Maryse, et elle fixait Dee avec une telle attention qu'elle ne remarqua la présence de quatre hommes en uniforme qu'au moment où ils la dépassaient. Brooks la prit alors par le bras et l'entraîna un peu à l'écart.

— Que se passe-t-il ? murmura-t-elle.
— Regarde ! Discrètement...

L'instant d'après, les hommes encerclaient Dee, et l'un d'eux la menottait.

— Qu'est-ce qu'ils font ? demanda Maryse.
— Ils procèdent à son arrestation.
— Ça, j'ai compris, mais pourquoi ?
— Les raisons ne manquent pas, j'en suis sûr.
— Mais...

Maryse s'interrompit. Les policiers avaient fait demi-tour ; deux d'entre eux ouvraient la marche, et les deux autres tenaient la prisonnière chacun par un bras.

— C'est très ennuyeux, dit Brooks, et pas seulement parce qu'on ne peut plus compter sur son aide.
— Elle sait qui tu es.
— Oui, et elle sait aussi que Camille n'est pas ta fille biologique.

Dee White possédait donc sur eux des informations dont elle pouvait se servir comme monnaie d'échange pour passer un accord avec la police, comprit Maryse.

Et cela rendait leur situation plus périlleuse encore qu'elle ne l'était déjà.

— Viens ! déclara Brooks. On va récupérer nos valises et filer.
— Pour aller où ?
— On verra. Le plus important, c'est de ne pas s'attarder dans les parages.

Ils se dirigèrent vers la zone de récupération des bagages, mais là, alors que ceux de leur vol commençaient d'arriver sur l'un des tapis roulants, le portable de Brooks tinta. Il le sortit de sa poche, jeta un coup d'œil à l'écran, et Maryse, à son expression, comprit qu'il y avait un problème.

— Tu as reçu un SMS ? demanda-t-elle.
— Oui. De mon coéquipier.
— Que te dit-il ?
— De lever les yeux.

Ce que fit Brooks, et Maryse suivit son regard. Elle ne remarqua rien de particulier, d'abord, et puis elle vit que la petite foule des passagers attendant leurs bagages un peu plus loin s'écartait pour laisser passer un groupe de policiers.

— C'est mon chef et quelques-uns de ses fidèles lieutenants, indiqua Brooks.
— Je croyais que Las Vegas n'était pas situé dans la zone de compétence de ton commissariat ?
— C'est bien le cas, marmonna-t-il.

La note indiquant l'arrivée d'un nouveau SMS sur son portable retentit. Il le lut et se mit ensuite à scruter le côté gauche de la salle.

— C'était encore ton coéquipier ? questionna Maryse.
— Oui.
— Que te dit-il, cette fois ?
— De regarder vers... Oui, le voilà ! Viens !

Sans lui donner plus d'explications ni se soucier de leurs valises, Brooks attrapa Maryse par la main et l'entraîna dans la direction opposée à celle que suivaient ses collègues.

Il slalomait au milieu de la foule et, au bout d'un moment, Maryse se rendit compte de la présence, devant eux et toujours à la même distance, d'un homme vêtu d'un pantalon kaki, d'un T-shirt et d'une casquette de base-ball enfoncée jusqu'aux oreilles.

Ce devait être le coéquipier de Brooks. Ils traversèrent ainsi à sa suite plusieurs salles, longèrent des couloirs, montèrent et descendirent des escaliers mécaniques... Sa vie en aurait dépendu que Maryse aurait été incapable de revenir à leur point de départ, tous ces détours ayant évidemment pour but de faire perdre leur trace au capitaine et à ses hommes.

Alors qu'ils se trouvaient dans le hall des arrivées, au rez-de-chaussée du bâtiment, le coéquipier de Brooks disparut soudain... avant de réapparaître de l'autre côté des portes automatiques, le coude posé sur le toit d'un taxi. Il leur adressa un petit signe de tête et se mit ensuite au volant.

Un air chaud et sec les accueillit dehors. Il faisait nuit — compte tenu des cinq heures de vol et du décalage horaire, il devait être minuit au Nevada —, mais les lumières de la ville illuminaient l'horizon. C'était l'un des souvenirs que Maryse gardait de son dernier séjour à Las Vegas : l'impression que personne, dans cette ville, ne dormait jamais.

Mais de ces quelques jours lui revenait surtout maintenant le sentiment de peur et de solitude qu'elle avait éprouvé au moment de prendre en charge le tout petit bébé qu'était alors Camille. Elle ne savait pas encore que la fillette était sourde-muette, elle ne savait rien du tout, sinon qu'elles étaient toutes les deux en danger.

— Ça va ?

La voix de Brooks la fit sursauter, et elle s'aperçut alors qu'elle s'était immobilisée. Elle leva les yeux vers lui et vit qu'il la fixait d'un air inquiet.

— Ça va, mentit-elle.
— Tu es sûre ?
— Oui.

Brooks ne fut cependant pas dupe, car il lui effleura les lèvres d'un baiser avant de lâcher sa main et de lui ouvrir la portière arrière du taxi.

Nerveuse mais toujours décidée à lui faire confiance, elle s'installa sur la banquette. Il la rejoignit, et le conducteur démarra à peine la portière refermée.

Les premières minutes du trajet furent silencieuses. Brooks savait que mille questions se pressaient dans la tête de son coéquipier et ami. Ils travaillaient ensemble depuis quatre ans, et c'était la première fois que les circonstances l'obligeaient à lui cacher quelque chose.

Mais, lui aussi, il se posait des questions...

Comment Masters avait-il appris son retour dans le Nevada, par exemple ? Et pourquoi leur chef était-il au même moment à l'aéroport avec plusieurs de leurs collègues ?

Ce fut Masters qui rompit le premier le silence.

— Small ?

— Oui ?

— J'ai des hallucinations, ou bien tu as vraiment embrassé cette charmante jeune femme sur la bouche avant de monter dans la voiture ?

— C'est tout ce que tu as à me dire ?

— Non, mais j'aimerais comprendre... Pas plus tard que ce matin, tu m'as affirmé n'avoir encore trouvé aucune jolie fille au Canada !

— Eh bien, j'en ai trouvé une entre-temps... Je te présente Maryse... Maryse, ce petit plaisantin est Shepherd Masters, mon coéquipier.

— Enchantée !

— Moi aussi, mademoiselle ! s'écria Masters. J'imagine que c'est vous la raison du retour de notre ami au pays... Comment vous êtes-vous débrouillée pour le convaincre d'enfreindre autant de règles ?

— Il suit les règles, d'habitude ?

— Il en respecte au moins un certain nombre à la fois.

— Je ne lui ai pas demandé de l'aide : c'est lui qui m'en a proposé.

— Ça ne me surprend pas. C'est quelqu'un de très serviable. Surtout quand il voit une occasion de faire avancer son enquête sur Caleb Nank.

— Quel enchaînement subtil ! s'exclama Brooks sur un ton sarcastique.

— L'heure n'est pas à la subtilité, Small ! Je suis en train de risquer ma carrière pour te sauver la mise, et j'aimerais bien savoir ce qui se passe exactement.

Maryse prit la main de Brooks et murmura :

— Tu fais entièrement confiance à ton coéquipier, n'est-ce pas ?

— Oui.

— Alors moi aussi.

Sans lâcher la main de Maryse, Brooks se pencha vers son ami.

— Je t'exposerai la situation, mais explique-moi d'abord ce qui t'a amené à te porter à mon secours.

— Ce qui a transformé en voleur de taxi le flic parfaitement sain d'esprit que j'étais encore il y a quelques heures, tu veux dire ?

— Oui.

Masters enleva sa casquette et lissa ses cheveux poivre et sel avant de déclarer :

— Après notre conversation téléphonique de ce matin, je me suis mis à penser à ton retour.

— Tu te languissais de moi ?

— Laisse-moi parler !

— Oui, pardon... Continue !

— La longueur de ton exil québécois me turlupinait. Alors je suis allé voir le capitaine en fin d'après-midi, et je lui ai demandé quand tu reviendrais. Et, bizarrement, cette question l'a rendu nerveux. J'ai senti qu'il se tramait quelque chose, et j'ai donc ouvert grands mes yeux et mes oreilles tout en feignant de rédiger un rapport.

— Tu as espionné le capitaine ?

— Il le fallait.

— Je suis impressionné !

— Tu ne peux vraiment pas te taire pendant plus de dix secondes, hein ?

— Non. Tu vas devoir t'y réhabituer.

Brooks jeta un coup d'œil à Maryse. Elle souriait, visiblement amusée par les piques qu'il échangeait avec son coéquipier, mais il doutait que la suite de l'histoire la divertisse autant.

— Le capitaine a passé beaucoup de temps au téléphone, reprit Masters. Il avait l'air très stressé, et il a ensuite rassemblé l'élite de ses troupes.

— Catégorie à laquelle tu appartiens habituellement.

— En effet, mais pas aujourd'hui, et comme je ne voyais que toi comme raison de cette mise à l'écart, je suis allé parler à Patty la Fouine.

— C'est le surnom de l'une de nos secrétaires, expliqua Brooks à Maryse. Elle est toujours au courant de tout.

— Oui, c'est une mine de renseignements, confirma Masters. Et elle a pu m'en fournir quelques-uns. Elle m'a notamment appris que ce qui se préparait avait un rapport avec le Canada... et donc avec toi plus ou moins directement, en ai-je déduit.

— Je comprends, mais qui t'a appris que je revenais sur ce vol-là précisément ?

— Personne. Le capitaine est venu me dire de rentrer chez moi, et j'ai quitté le commissariat. Mais cette histoire me tracassait, et tu me connais : je ne supporte pas les cachotteries. Alors...

— Alors tu as volé un taxi.

— Non, j'ai exagéré, tout à l'heure : j'ai emprunté celui de mon cousin. J'ai ensuite attendu que le capitaine et sa petite troupe se mettent en route, et je les ai suivis. Je savais à l'avance qu'ils iraient à l'aéroport, mais pas à quelle heure. Et ce n'était pas toi que je pensais y trouver : d'après ce que j'avais entendu, ils devaient arrêter une femme. Le capitaine avait obtenu de la police de Las Vegas et de l'Agence de sécurité des transports l'autorisation de la coffrer.

— Il s'agit de Dee White, intervint Maryse.

— Vous la connaissez ?

— Oui, répondit Brooks.

— Mais ça ne colle pas avec ce qui s'est passé, observa Maryse.

— Non, convint Brooks.

— Pourquoi ? demanda Masters.

— Parce que des hommes de l'Agence de sécurité des transports ont embarqué cette femme avant le capitaine. Pourquoi auraient-ils fait ça si leur service avait donné à la police de Rain Falls l'autorisation de procéder à cette arrestation ?

Masters pianota pensivement sur le volant. Brooks étudia le problème de son côté et finit par dire :

— Je ne vois qu'une explication. Les hommes qui ont intercepté Dee White à sa descente d'avion n'appartenaient pas à l'Agence de sécurité des transports. Je ne sais pas comment ils se sont débrouillés pour passer les contrôles, mais ils y sont parvenus... Le capitaine doit être furieux !

— Qui sont ces hommes ? déclara Maryse.

— Des sbires de Caleb Nank, sûrement.

— Et il aurait été encore préférable pour nous qu'elle ait été embarquée par la police, n'est-ce pas ?

Brooks se passa une main nerveuse dans les cheveux.

— Ça dépend de ce qu'ils lui veulent, indiqua-t-il. Je pense qu'elle avait averti Nank de notre arrivée, alors étaient-ils là pour la protéger de nous ? Pour l'empêcher au contraire de prendre contact avec nous ? Ou bien avaient-ils réussi à connaître les plans du capitaine ? Et pourquoi ce dernier avait-il décidé d'arrêter Dee White, pour commencer ? Serait-il au courant de ton existence ?

— Ça fait beaucoup de questions sans réponse, remarqua Masters.

— Oui. On a besoin de se poser quelque part et de réfléchir.

— Tu te souviens de la planque que le commissariat possède près de Rain Falls ?

— Bien sûr !

— Elle est vide en ce moment. On peut aller s'y installer.

— Ce sera parfait.

— Si tu m'expliquais ce qui t'a amené à quitter inopinément le Canada, maintenant ?

— Ce qui a fait du flic célibataire en vacances forcées que j'étais ce matin un futur chargé de famille enquêtant en franc-tireur, tu veux dire ?

Masters se retourna si vivement que la voiture faillit atterrir dans le fossé. Dans d'autres circonstances, la surprise peinte sur le visage de son ami aurait amusé Brooks mais, là, rien n'avait le pouvoir de le divertir.

Il n'avait qu'une idée en tête : atteindre leur destination le plus vite possible afin de pouvoir analyser tranquillement les éléments qui l'aideraient à retrouver Camille.

17

Brooks fixait les Post-it collés au mur du séjour. Ils étaient là depuis une bonne heure mais ne lui avaient encore rien apporté. Le sang qui lui battait les tempes annonçait l'arrivée d'une migraine, et il avait pourtant besoin de toutes ses facultés... L'heure tournait et, à chaque seconde perdue, les ravisseurs de Camille s'éloignaient peut-être un peu plus de Las Vegas.

— On n'est pas plus avancés qu'avant, grommela-t-il en se laissant tomber sur le canapé.

Maryse s'écarta un peu pour lui faire de la place. Elle était silencieuse depuis qu'il avait raconté à Masters les circonstances de leur rencontre. Bien qu'il ait omis certains « détails », comme le fait que Maryse n'était pas la mère biologique de Camille et qu'il avait utilisé son frère comme indicateur, elle avait dû trouver dur le rappel des épreuves qui avaient jalonné sa journée.

Et les informations exposées sur le mur ne portaient pas non plus à l'optimisme. Il y avait toujours autant de questions sans réponse et, en cet instant précis, Brooks n'aurait su dire ce qu'ils devaient faire.

— On s'accorde une pause ? suggéra Masters.

— Non, on ne peut pas se le permettre.

— Ça me paraît pourtant nécessaire : il est 2 heures du matin, Maryse a l'air sur le point de s'écrouler, et toi aussi. Quant à moi, je n'ai pas dîné, et je meurs de faim !

— Il y a quelque chose qui nous échappe... Je ne comprends

pas le lien entre Dee White et notre commissariat. C'est pourtant l'une des clés de cette affaire, je le sens...

Un soupir, puis Brooks enchaîna :

— Mais ce qui s'est passé à l'aéroport permet au moins de ne plus suspecter le capitaine d'être à la solde de Nank : si c'était le cas, il n'y aurait pas eu deux groupes différents chargés d'une même mission — l'interception de Dee White.

— Tu soupçonnais le capitaine de corruption ?

— C'était une possibilité.

— Et moi aussi, tu me soupçonnais ?

— Bien sûr que non !

— Ce n'est pas si évident que ça... Tu débarques à l'improviste, accompagné d'une inconnue à qui tu fais les yeux doux...

— Les yeux doux ? répéta Brooks. Je croyais que plus personne n'utilisait cette expression depuis un siècle au moins !

— Peu importe... Ce que je veux dire, c'est que j'ai l'impression de ne plus te connaître, alors tu as peut-être été enlevé par des extraterrestres et remplacé par un robot.

Brooks leva les yeux au ciel et se tourna vers Maryse. Elle avait les paupières closes et, à en juger par sa respiration lente et régulière, elle s'était endormie.

— Je vais la coucher, annonça Brooks. Attends-moi là !

Il se mit debout, souleva la jeune femme dans ses bras et la porta dans une des chambres. Il serait volontiers resté avec elle, mais il devait continuer à chercher une piste susceptible de les mener à Camille.

Après avoir allongé et déchaussé Maryse, il rabattit la couette sur elle et, tout en sachant qu'elle ne pouvait pas l'entendre, il murmura :

— Avec un peu de chance, quand tu te réveilleras, j'aurai trouvé avec Masters le moyen de récupérer ta fille.

Une rapide inspection de la fenêtre — hermétiquement fermée —, puis il regagna le séjour. Son coéquipier se tenait devant le mur, une main dans la poche arrière de son pantalon, et l'autre sur le Post-it portant le nom de leur supérieur hiérarchique.

— Le capitaine t'a envoyé à Laval dans un but précis, dit-il sans se retourner.

— J'ai tiré la même conclusion des événements d'aujourd'hui, déclara Brooks, et c'est de là que venaient les soupçons de corruption.

— Mais pourquoi t'a-t-il caché ce but ?

— Je ne sais pas. Une opération secrète peut-être ?

— Peut-être.

La main de Masters se posa sur un autre Post-it.

— Dee White... C'est une indicatrice ?

— Cette idée m'a traversé l'esprit.

— Mais tu ne l'as pas retenue ?

— Elle ne colle pas avec le fait que c'est moi qui dirige l'enquête sur Nank depuis le début.

— Alors le capitaine a peut-être recruté cette femme dans le cadre d'une autre affaire, et le hasard a voulu qu'elle soit aussi impliquée dans les trafics de Nank.

— Je ne vois pas comment le capitaine aurait pu superviser et payer une indicatrice vivant dans un pays étranger sans que personne s'en rende compte.

— Bon, d'accord, Dee White n'est pas une indicatrice... Et si elle intéressait le capitaine pour une autre raison ? En tant que témoin, par exemple ? Tu m'as dit qu'elle travaillait à l'hôtel Maison Blanc de Laval depuis un an... Elle s'est peut-être réfugiée au Canada parce qu'elle en savait trop sur quelque chose ou sur quelqu'un ?

— Non, je ne pense pas. Si c'était le cas, elle ne serait pas revenue aux États-Unis de son plein gré.

Masters hocha la tête.

— Oui, tu as raison, admit-il. Si elle avait passé un accord avec le capitaine pour témoigner contre quelqu'un, il n'aurait pas monté une opération commando pour l'accueillir à l'aéroport.

— Reste à savoir pourquoi elle est revenue. Les hommes de Nank l'avaient laissée en vie, après lui avoir pris Camille. S'ils ne l'avaient pas tuée à ce moment-là, il y avait toutes les chances pour qu'ils ne le fassent jamais, et elle aurait donc pu reprendre le cours normal de son existence au Canada.

— La seule personne capable de nous éclairer, c'est le capitaine. Il t'a expédié à Laval, il voulait arrêter Dee White à son arrivée à

Las Vegas, et il est techniquement responsable de l'enquête sur Nank… Alors, puisque tu es sûr de son intégrité, pourquoi ne pas l'appeler et lui demander des explications ?

— Parce que ça mettrait Maryse et Camille en danger.

— Tu peux m'en dire un peu plus ?

— Non, je n'en ai pas le droit.

— D'accord, mais réfléchis ! Le capitaine ne sait pas que tu es ici : s'il t'avait vu à l'aéroport, il aurait envoyé un de ses hommes t'alpaguer. Ton retour sans son autorisation a tout pour lui déplaire.

C'était vrai, songea Brooks. Leur chef ne plaisantait pas avec la discipline. Et, s'il ne l'avait pas vu à l'aéroport, il n'avait pas repéré Maryse non plus.

— Appelle le capitaine comme si tu étais toujours à Laval, insista Masters, et pose-lui quelques questions ! C'est notre seul espoir de tirer rapidement cette affaire au clair.

Brooks hésita mais, quand son regard se posa sur le couloir qui menait à la chambre où Maryse dormait, il secoua lentement la tête.

— Non, je refuse de prendre le moindre risque de nuire à Maryse. Il faut trouver une autre solution.

Les deux hommes étudièrent les Post-it collés au mur pendant plusieurs minutes supplémentaires, puis Masters demanda :

— Tu n'as pas faim, toi ?

— Si, reconnut Brooks.

— Alors je vais aller acheter des pizzas. On réfléchira mieux le ventre plein.

— Entendu.

Brooks accompagna son ami jusqu'à la porte et ferma le verrou de sûreté derrière lui. Avant de regagner le séjour, il s'adossa au mur de l'entrée. Il avait besoin de souffler un peu. Peut-être, ensuite, y verrait-il plus clair mais, pour l'instant, il éprouvait un terrible sentiment d'impuissance. Maryse et lui s'étaient rapprochés physiquement de Camille, et cela ne leur servait à rien.

Pour la première fois, Brooks douta alors de pouvoir retrouver la fillette. Son enquête sur Caleb Nank, entamée huit longues années plus tôt, était la seule de toute sa carrière qu'il n'arrivait pas à boucler et, sans qu'il le sache au départ, c'était de nouveau à Nank qu'il avait affaire aujourd'hui.

Était-il condamné à toujours perdre face à ce malfaiteur aussi redoutable qu'insaisissable ?

Non ! se dit-il résolument. Il ne laisserait pas Nank gagner ! Maryse comptait sur lui pour l'aider à récupérer sa fille. Un échec n'était pas envisageable !

Au moment où il s'éloignait du mur pour aller se remettre au travail, il remarqua un rai de lumière, sous la porte de la chambre où il avait couché Maryse. Inquiet, il s'y rendit. La lampe de chevet était allumée, mais le lit était vide, l'oreiller traînait par terre, et les chaussures qu'il avait posées près de la table de nuit n'y étaient plus.

— Maryse ?

Pas de réponse.

Brooks parcourut la pièce des yeux, et son regard finit par s'arrêter sur la porte de la salle de bains attenante. Il s'en approcha, tourna la poignée...

La porte était fermée à clé.

Maryse était sûrement à l'intérieur, et pourtant l'inquiétude de Brooks ne se dissipait pas.

— Maryse ! appela-t-il de nouveau.

Toujours rien. Il colla son oreille au vantail et perçut soudain un bruit d'eau qui coulait.

La jeune femme était en train de prendre une douche ? À cette heure-ci ?

— Réponds-moi, Maryse, sinon j'enfonce la porte ! déclara-t-il.

La menace de Brooks fit frémir Maryse, et la pression de la lame du couteau posée en travers de sa gorge augmenta légèrement.

— Pas un bruit ! murmura Dee White, derrière elle.

— Je compte jusqu'à trois, reprit Brooks, et si rien ne se passe, j'enfonce la porte ! Un...

— Il va le faire, chuchota Maryse.

— Non. Il vous croit sous la douche.

— Ce n'est pas ça qui l'arrêtera.

— Ah bon ? Vous êtes intimes à ce point ?
— Oui.
— Deux..., cria Brooks.
La lame du couteau recula d'un demi-centimètre.
— Dites-lui que tout va bien, ordonna Dee. Et soyez convaincante !
— Brooks ?
— Oui ! Ça va ?
— Très bien. Je... Je suis sous la douche.
— Tu es sûre que ça va ?
Maryse se força à rire.
— Ça irait mieux si je n'essayais pas de me rincer tout en te parlant !
— Tu as donc bientôt fini...
— Oui.
— Masters est parti acheter des pizzas. Tu en voudras ?
— Volontiers !
Le silence revint, derrière la porte. Plusieurs secondes s'écoulèrent, pendant lesquelles Dee ne bougea pas, puis elle baissa son arme et annonça :
— On va sortir par la fenêtre.
— Sortir ?
— Oui. Vous pensiez qu'on allait rester là ?
— Je...
— Vous quoi ?
— Je ne sais pas.

Quelques minutes plus tôt, Maryse s'était réveillée avec un horrible sentiment d'anxiété. Elle l'avait attribué à un cauchemar dont le contenu se serait immédiatement évaporé, mais pas sa composante d'angoisse.

Ce devait être Brooks qui l'avait portée, endormie, dans une chambre, car elle ne se rappelait pas s'être couchée. Et il avait laissé une lampe allumée, s'était-elle dit en percevant de la lumière derrière ses paupières fermées.

Quand elle avait ouvert les yeux, cependant, une femme petite et menue était penchée sur elle...

C'était Dee White, mais Maryse ne l'avait pas tout de suite

reconnue. La queue-de-cheval blonde et les vêtements chauds qu'elle lui avait vus à l'aéroport de Las Vegas avaient cédé la place à des cheveux noirs coupés au carré et à une tenue élégante composée d'un pantalon en lin beige et d'un chemisier blanc. Un maquillage discret achevait de la faire ressembler à une femme d'affaires plutôt qu'à une criminelle endurcie...

Ce qui n'avait pas empêché Maryse d'ouvrir la bouche pour crier, mais elle n'en avait pas eu le temps : Dee lui avait posé la lame d'un couteau sur la gorge et ordonné de la suivre. En silence.

Que lui voulait-elle ?

Maryse n'avait pas pu le lui demander mais, en l'entendant maintenant parler de partir, elle sentit son estomac se nouer et jeta un regard désespéré vers la porte.

Un regard que Dee surprit.

— Votre ami n'est pas armé et, moi, je le suis. J'ai donc les moyens de le neutraliser définitivement, et je le ferai si vous vous montrez déraisonnable. Mais vous auriez tort, parce que je sais où votre fille est retenue prisonnière, et je suis disposée à vous y conduire. À condition que le lieutenant Small s'aperçoive de votre absence trop tard pour nous suivre.

— Vous savez...

— Où est Camille ? Oui.

— Comment puis-je être sûre que vous ne me mentez pas, ou que vous ne me tendez pas un piège ?

— Je vous propose un marché : je vais vous raconter mon histoire pendant le trajet et, si vous ne me croyez pas, je vous laisserai partir. Vous devrez rentrer à pied, mais je vous donne ma parole de mère que vous serez libre de vos mouvements.

— Vous avez des enfants ?

— J'en avais un.

La signification évidente de cet imparfait émut Maryse, mais moins que si Dee n'avait pas organisé l'enlèvement de Camille.

— Vos chaussures sont près du lavabo... Mettez-les, et suivez-moi ! Il ne nous reste plus que quelques minutes.

— Quelques minutes avant quoi ?

Dee ne répondit pas. Elle rangea son couteau dans un étui caché dans un de ses boots, se dirigea vers la fenêtre et grimpa sur le siège des toilettes sans un regard en arrière. Elle souleva le châssis de la fenêtre, se glissa dans l'ouverture et sauta dehors. Maryse attendit qu'elle l'appelle, mais aucun son ne lui parvint que le bruit de la douche. Dee était tellement sûre de l'avoir convaincue qu'elle ne jugeait pas nécessaire d'insister.

Et elle avait raison... Tout en sachant que lui faire suffisamment confiance pour partir avec elle en cachette était risqué, Maryse ne pouvait laisser passer aucune chance, aussi infime soit-elle, de retrouver sa fille.

Si seulement elle avait un tube de rouge à lèvres sous la main... Quelques mots écrits sur le miroir de la salle de bains auraient permis à Brooks de comprendre pourquoi elle lui avait faussé compagnie.

Et puis un souvenir lui revint. Elle sortit de sa poche la photo d'identité de Camille découverte chez Dee White et qu'elle gardait depuis sur elle, comme une sorte de talisman.

Le visage grave de la fillette, d'habitude si souriante, lui serra le cœur. Elle posa un petit baiser sur le cliché et le coinça ensuite dans un angle du miroir.

Brooks comprendrait, se dit-elle avant de mettre ses chaussures et de grimper à son tour sur le siège des toilettes.

Ce fut presque à quatre pattes qu'elle atterrit de l'autre côté de la fenêtre. Il y avait des cailloux sur le sol qui lui écorchèrent une main et un genou. Un gémissement de douleur s'échappa de ses lèvres et, bien qu'à contrecœur, elle prit la main que Dee lui tendait pour l'aider à se relever.

— Ça va ? lui demanda Dee.
— À votre avis ?
— Non, je voulais dire... Vous n'avez rien de cassé ?
— Je ne pense pas.
— Bien ! Suivez-moi, et ne faites pas de bruit ! Je n'ai pas envie que votre ami ait une raison d'aller regarder par la fenêtre et décide de voler à votre secours.
— D'accord.

Maryse emboîta le pas à Dee. Au bout de quelques mètres, cependant, son pied heurta un obstacle et, lorsqu'elle l'eut identifié, elle poussa un cri étouffé. C'était une santiag, dont le propriétaire — Shepherd Masters — gisait dans les buissons situés près de la maison. Maryse s'immobilisa, et Dee lui déclara :

— Ne vous inquiétez pas. Il est vivant.

— Que lui avez-vous fait ?

— Chloroforme.

— Quoi ?

— Il est juste endormi. Il aura mal à la tête quand il se réveillera, mais c'est tout... Allez, avancez !

Comment ce petit bout de femme avait-il pu neutraliser un homme dans la force de l'âge ? se demanda Maryse. En utilisant la ruse ou l'effet de surprise, sans doute...

Arrivée à la hauteur du taxi emprunté par Masters, Dee s'arrêta, sortit un trousseau de clés de sa poche et ouvrit la portière du conducteur.

— C'est votre dernière chance de changer d'avis, dit-elle à Maryse.

— Je ne comprends pas... Vous venez de menacer de me tuer, vous m'avez ensuite proposé de me conduire à ma fille et, alors que j'ai accepté, vous me donnez la possibilité de faire machine arrière ?

— Je vous ai menacée, mais pas de vous tuer. Et là où je vous emmènerai si vous êtes toujours d'accord pour me suivre, votre vie sera en danger.

— Elle l'est depuis ce matin, non ?

— Là, ce sera différent.

— Et Brooks ?

— Sa présence signerait votre arrêt de mort. Alors, que décidez-vous ?

— Je viens avec vous, répondit Maryse.

— Parfait ! Montez dans la voiture !

Bien que toujours méfiante, et plus déroutée que jamais, Maryse s'installa sur le siège du passager. Sa ceinture de sécurité n'était pas encore attachée que le véhicule démarrait.

— Pourquoi m'aidez-vous ? demanda-t-elle.

— Vous avez un portable sur vous ?

— Oui.

— Jetez-le !

— Pardon ?
— Jetez-le par la fenêtre !
— Mais...
— Écoutez, vous n'avez évidemment aucune raison de me faire confiance, mais vous avez besoin de moi, et il y a une chose dont vous pouvez être sûre : je sais mieux que vous comment procéder pour minimiser le danger que nous allons courir toutes les deux.

Après une légère hésitation, Maryse sortit son portable de sa poche, baissa sa vitre et lança l'appareil dehors.

— Bien ! déclara Dee. Maintenant, soyez attentive ! Je vais parler vite parce qu'on n'a pas beaucoup de chemin à faire avant d'endosser nos nouveaux rôles.
— Comment ça ?

Dee ignora la question.

— La première chose que vous devez savoir, c'est que je ne m'appelle pas vraiment Dee White, et que je ne suis pas une criminelle.
— Qui êtes-vous, alors ?
— L'important n'est pas qui je suis, mais ce que je suis.
— C'est-à-dire ?
— Une enquêtrice spécialisée dans les fraudes — mais sans doute plus pour très longtemps, parce que je ne suis pas sûre d'avoir encore un travail quand toute cette affaire sera terminée.

18

Fidèle à sa promesse, Dee entreprit de raconter son histoire à Maryse tout en conduisant.

— Avant d'être enquêtrice, j'ai dirigé une banque pendant presque dix ans. Il y a quelques années, mon mari a été victime d'une usurpation d'identité : quelqu'un lui a volé ses papiers. Il a porté plainte, fait refaire tous les documents officiels, prévenu tous les organismes susceptibles d'être sollicités par le coupable... C'était compliqué, mais sans réelle importance comparé à ce qui allait arriver... L'escroc a dupé des truands qui ont décidé de le punir. Ils sont venus à notre adresse, pensant que c'était la sienne, et ils ont tué mon mari et mon fils. Je serais morte moi aussi si j'avais été à la maison, mais une de mes amies avait organisé ce soir-là une soirée entre filles.

Maryse ressentit pour la première fois une compassion sincère pour cette femme — quel que soit son nom. Elle ne lui faisait toujours pas entièrement confiance, mais il était évident, à l'émotion qui perçait dans sa voix, qu'une partie au moins de son récit — la plus tragique — était vraie.

— Je suis désolée..., dit Maryse faute de mieux.

— Pas autant que moi, mais ce drame m'a donné envie de venir en aide aux victimes d'escroqueries.

— Vous êtes donc devenue une sorte de détective privée ?

— Oui. J'ai d'abord voulu entrer dans la police, mais ma candidature a été rejetée. On m'a dit de prendre le temps de savoir si je cherchais juste à me venger, ou si je m'étais découvert une vocation tardive pour ce métier. J'ai suivi une thérapie pour essayer d'y voir clair dans mes motivations, mais elle n'a fait que renforcer ma volonté d'aider les gens. J'ai de nouveau posé ma candidature pour entrer dans la police, et elle a de nouveau été refusée. Alors j'ai suivi une formation, obtenu un brevet, et une société spécialisée dans le genre d'enquête qui m'intéressait m'a engagée. J'ai commencé par travailler dans un bureau, et puis on m'a choisie pour une mission d'infiltration. L'hôtel Maison Blanc de Laval soupçonnait un de ses employés de voler les papiers des clients, mais sans avoir jamais pu le prendre en flagrant délit.

— Il s'agit de Greg ?

— Oui. C'était censé être simple : je devais lier connaissance avec lui, découvrir la façon dont il opérait, puis transmettre cette information à la direction de l'établissement.

— Mais... ?

— Mais les choses se sont révélées plus compliquées que prévu. C'était le frère et la belle-sœur de Greg les cerveaux du trafic. Ils organisaient notamment le transfert des documents volés — passeports, permis de conduire, etc. — du Canada aux États-Unis. J'ai mis trois mois à mettre Greg suffisamment en confiance pour qu'il me parle de ses activités illégales et, un jour, il m'a invitée à l'accompagner à un rendez-vous. J'en savais déjà presque assez sur eux trois pour les faire plonger, à ce moment-là, mais j'ai accepté de peur d'éveiller leurs soupçons. De plus, je pensais qu'on devait rencontrer la personne qui se chargeait de traverser la frontière avec les papiers volés, et identifier un quatrième membre du réseau n'était pas sans intérêt...

Les mains de Dee se crispèrent soudain sur le volant, et elle inspira profondément avant d'enchaîner :

— Mais, ce complice, je ne l'ai pas vu, parce que quelqu'un d'autre est arrivé avant lui...

— Caleb Nank ?

— Oui. Il venait demander des comptes au frère de Greg, qui marchait sur ses plates-bandes.

— Comment ça ?

— Nank s'attribue le droit exclusif au trafic de faux papiers, et il a sommé Greg et sa petite bande de travailler désormais pour lui. Je n'ai pas honte d'admettre que ça m'a effrayée : il a une telle réputation dans le milieu... J'ai eu envie de tout arrêter.

— Pourquoi ne pas l'avoir fait ?

— Nank se méfiait de Greg, de son frère, de sa belle-sœur, et finalement de moi, puisqu'il me prenait pour leur associée. Il nous faisait suivre vingt-quatre heures sur vingt-quatre et, un jour, la belle-sœur de Greg a disparu. Elle n'arrêtait pas de parler de se rendre à la police, ou de s'enfuir.

— Elle est peut-être allée s'installer à l'étranger.

— Non. On ne pouvait pas le prouver, mais on était tous les trois certains que Nank l'avait tuée. C'est un homme intelligent. Rien ne lui échappe.

Il y avait comme de l'admiration dans la voix de Dee, et puis elle frissonna, et Maryse se rappela que Brooks avait dit à peu près la même chose de Nank.

Dee s'éclaircit la voix et poursuivit :

— Je savais que, si je ne voulais pas finir comme la belle-sœur de Greg, je devais soit aller me cacher quelque part, soit faire tomber Nank lui-même. Mais c'était compliqué. Il est basé à Las Vegas, et après la « visite » qu'il nous a rendue, je ne l'ai jamais revu : il se contentait d'envoyer ses hommes chercher les papiers volés. J'étais désormais mouillée dans ce trafic jusqu'au cou, et je ne voyais pas comment quitter l'organisation de Nank sans le payer de ma vie.

— C'est là que ma fille entre en jeu, j'imagine ?

— Oui. Il y a environ un mois, Greg m'a annoncé qu'il pouvait nous débarrasser définitivement de nos liens de dépendance avec Nank. Il est resté vague et, même si j'avais un mauvais pressentiment, je ne m'attendais pas à ce qu'il m'amène une petite fille. Quand son frère et lui m'ont dit l'avoir kidnappée...

— Vous avez paniqué.

— Complètement ! Je me suis quand même débrouillée pour qu'ils me laissent un moment seule avec Camille. Je voulais vous la ramener.

— Mais vous ne l'avez pas fait... Pourquoi ?

— Je me suis dit que ça permettrait à Nank de savoir où vous habitiez, parce qu'il continuait de nous faire surveiller. Il aurait alors chargé quelqu'un d'autre d'enlever Camille — ou pire.

Dee marqua une pause. Elle avait les larmes aux yeux, et Maryse devina qu'elle pensait à son fils assassiné. Un nouvel élan de compassion la souleva, et elle déclara d'une voix douce :

— Merci d'avoir voulu protéger ma fille.

— Je ne l'ai malheureusement pas pu. Quand Greg m'a appelée pour me dire que vous étiez à l'hôtel Maison Blanc, j'ai compris que les choses se compliquaient, et j'ai envoyé son frère vous chercher.

— Mais il a été abattu.

— Oui, et ensuite, votre ami est intervenu. Je ne savais pas que c'était un policier... Greg était en train de perdre les pédales, et j'ai alors décidé de parer au plus pressé : il fallait emmener Camille à l'étranger.

— Pourquoi ?

— Pour la mettre hors de portée de Nank. Une fois dans un endroit sûr, je vous aurais contactée. J'ai donc commencé à nous fabriquer des passeports, mais les hommes de Nank sont venus prendre Camille. Je me suis battue contre eux, mais ils étaient évidemment plus forts que moi. J'ai tout de même réussi à leur échapper, je suis allée me cacher dans la remise et, le temps que je sois assez rassurée pour en sortir, votre ami était en train de fureter dans le jardin.

— Pourquoi ne pas nous avoir expliqué tout ça quand on vous a interrogée chez vous ?

— J'aurais dû, mais j'ignorais alors que votre ami était policier, je vous le répète. Et j'avais honte, en tant que mère, de ne pas avoir su protéger votre fille. Après vous avoir quittés, je me suis calmée, et j'ai regretté de ne pas vous avoir aidés.

— Alors vous nous avez suivis ?

— Je suis allée chercher Greg à l'hôtel, et je l'ai convaincu d'utiliser ses ressources pour obtenir le maximum d'informations à partir du numéro d'immatriculation de votre voiture. Je l'avais relevé en partant parce que c'était le seul véhicule garé à proximité de chez moi. Greg a appris que c'était une voiture de location, et il a accédé à la fiche de renseignements que votre ami avait remplie à l'agence. Son nom, sa profession et son numéro de portable y figuraient. Le système de géolocalisation nous a ensuite permis de vous situer. Dans mon esprit, nous avions pour seul but de vous retrouver et de vous dire tout ce que nous savions sur Caleb Nank.

— Mais Greg a sorti un pistolet... Son objectif à lui était de nous tuer.

— Je l'ignorais, je vous le jure ! Pour moi, c'était un voleur, mais pas un meurtrier... Vous avez réussi à vous échapper, ce qui m'a bien soulagée, et ensuite, comme la surveillance continuelle de Nank ne me permettait pas d'aller voir la police canadienne, j'ai pris contact avec le commissariat de Rain Falls, et j'ai supplié le chef de votre ami de venir me chercher à l'aéroport de Las Vegas. Nank l'a malheureusement appris, et ses hommes m'ont interceptée les premiers.

Maryse se laissa aller contre le dossier de son siège et ferma les yeux. Elle ne savait pas trop quoi penser de l'histoire que Dee lui avait racontée. Une partie au moins lui semblait d'une véracité douteuse, et elle avait relevé plusieurs incohérences. Mais, si cette femme pouvait vraiment la conduire à Camille, comment refuser de la suivre ? Ce n'était même pas envisageable !

— Et maintenant ? demanda Maryse en rouvrant les yeux.

— Je vous emmène voir Nank.

— Nank lui-même ?

— Oui. Il sait que vous recherchez votre fille en compagnie de Brooks, parce que Greg le lui a dit. Mais nous avons un avantage sur lui : il ignore qui je suis réellement. Il me prend toujours pour une voleuse de papiers d'identité qui a tenté de le rouler.

— Et qui veut se racheter à ses yeux ?

— Exactement ! Il croit que je vous ai séparée de votre ami policier sous la menace d'une arme pour vous conduire à lui.

— C'est bien le cas, non ?

— Oui, mais il ne sait pas que je suis dans votre camp. Il faudra donc le convaincre de ma soumission envers lui.

— Comment ?

— Vous devrez me laisser donner à votre enlèvement l'apparence de la réalité.

Maryse inspira plusieurs fois à fond, puis elle acquiesça de la tête. Il y avait quelque chose de bizarre dans toute cette histoire, mais elle n'avait d'autre choix que d'accepter de jouer la comédie que lui proposerait Dee.

Brooks arpentait le séjour depuis ce que lui semblait être une éternité. Il n'aurait pas été surpris de voir que ses pas avaient fini par creuser un sillon dans la moquette. Masters n'était toujours pas revenu avec les pizzas, et Maryse mettait un temps fou à sortir de la douche. L'eau devait être froide, maintenant !

Bien qu'il ait parlé à la jeune femme à travers la porte de la salle de bains, Brooks éprouvait une sourde angoisse. Il y avait quelque chose qui clochait, mais quoi ? Il ne parvenait pas à le déterminer.

Arrivé devant le mur aux Post-it, il s'arrêta au lieu de faire demi-tour comme les autres fois et fixa le papier sur lequel était écrit en lettres capitales le nom de Caleb Nank.

Quel genre de dette Jean-Paul Kline avait-il eu envers cet homme ? Pourquoi Nank considérait-il l'enlèvement de Camille comme une façon de solder cette dette — de façon posthume ?

L'explication de ce mystère était au cœur de toute cette affaire, Brooks le sentait, mais elle lui échappait. Il ne voyait pas plus de lien entre Nank et la fillette qu'entre Dee White et son supérieur hiérarchique.

Un petit bruit, du côté de la porte d'entrée, alerta soudain Brooks. Ce n'était pas celui d'une clé tournant dans la serrure. Il ne s'agissait donc pas de Masters, mais de quelqu'un qui testait la porte pour savoir si elle était verrouillée ou non. Ou bien qui frappait doucement dans l'espoir que quelqu'un vienne lui ouvrir.

Brooks hésita. Devait-il aller prévenir Maryse du danger ? Non, le mieux était d'empêcher le ou les intrus de s'introduire dans la maison.

Problème : il n'avait pas pensé à demander à son coéquipier de lui fournir une arme.

Le bruit reprit. Par malchance, la cuisine était située à l'arrière de la maison. Il y avait forcément dedans toutes sortes d'objets pouvant servir d'arme — couteaux, hachoir, rouleau à pâtisserie... Une simple poêle aurait été la bienvenue mais, le temps d'atteindre la cuisine, le ou les intrus seraient peut-être entrés.

Le séjour ne contenait que de gros meubles, mais en parcourant la pièce des yeux, Brooks trouva quelque chose qui lui parut convenir : des petits serre-livres en forme de cheval. Il alla en prendre un sur l'étagère d'une bibliothèque bien fournie — les gens qui se réfugiaient dans cette maison avaient des journées entières pour lire.

Apparemment en cuivre, le serre-livres était lourd, et il y avait entre les jambes du cheval la place de glisser un doigt, ce qui permettait de l'avoir bien en main.

Brooks sortit du séjour et s'approcha de la porte d'entrée sur la pointe des pieds. Il ne s'arrêta qu'une fois assez près du vantail pour pouvoir coller son œil au judas.

— Bon sang ! marmonna-t-il en se reculant si vivement qu'il faillit basculer en arrière.

La dernière personne qu'il s'attendait à voir dehors était son supérieur hiérarchique, le capitaine Fell !

La mort dans l'âme, il tira le verrou et ouvrit la porte.

— Brooks ? s'écria le capitaine. Qu'est-ce que tu fais là ?

— Et vous ?

Le regard du capitaine se posa sur le serre-livres.

— J'espère que tu ne comptes pas me crever les yeux avec ce truc ?

— Non. Je l'ai pris au cas où j'aurais dû me défendre.

— Contre qui ?

— Le livreur de pizzas... Non, je plaisante !

— Tu peux me dire... Peu importe, on verra ça plus tard... Où est-elle ?

Le cœur de Brooks bondit dans sa poitrine.

— Pourquoi ? demanda-t-il.

— Parce qu'elle est dans un sale pétrin.

— Mais encore ?

— Tu me laisses entrer ?

— Je n'ai pas vraiment le choix...

— En effet ! Cette planque appartient à la police, après tout !

164

Brooks s'effaça. Son chef franchit le seuil et lui ordonna :
— Passe devant !
— Attendez... Si j'ai bien compris, vous ne saviez pas que j'étais ici ?
— Non.
— Alors comment savez-vous, pour Maryse ?
— Pour qui ?
— La femme qui est dans un sale pétrin.
— De qui tu parles ?
— De Maryse LePrieur, la personne que vous êtes venu chercher.
— Non, la personne qui m'amène ici s'appelle Deanna Whitehorse.
— *Dea*nna *White*horse..., répéta Brooks.
— Oui, c'est ce que j'ai dit.
Dee White !
Une onde de terreur envahit Brooks.
— Cette femme..., reprit le capitaine.
Puis il s'interrompit, fronça les sourcils et enchaîna :
— Tu fais une drôle de tête... Qu'y a-t-il ?
Brooks ignora la question. Il s'élança vers la chambre de Maryse, s'y engouffra et alla tambouriner contre la porte de la salle de bains.
— Maryse ?
L'eau coulait toujours, dans la douche, mais personne ne répondit.
— Maryse ? répéta Brooks.
Cette fois, il n'attendit pas qu'elle réponde : il recula d'un pas, leva la jambe et envoya son pied frapper la porte, juste en dessous de la poignée. Le bois céda immédiatement, et non seulement le battant s'ouvrit, mais la violence du coup le projeta contre le mur.
La pièce était vide, et la fenêtre, ouverte.
— Zut, zut et zut ! hurla Brooks.
Il pivota sur ses talons... et faillit percuter le capitaine Fell, qui l'avait suivi.
— Mais qu'est-ce qui se passe ? s'exclama ce dernier.
— Elle est partie.
— Deanna Whitehorse ?

— Non, Maryse. Et il faut que je parte, moi aussi.

— Une minute ! s'écria le capitaine en refermant une main sur l'épaule de Brooks. Qui est cette Maryse ? J'ai reçu un tuyau anonyme disant que Deanna Whitehorse était ici, et qu'elle était disposée à se mettre à table si je venais seul. Il n'était question ni de toi ni d'une quelconque Maryse !

Brooks se dégagea, entra dans la salle de bains et la scruta à la recherche d'un indice. Il en trouva un quand ses yeux se posèrent sur le miroir : il y avait une photo coincée dans un angle...

Celle de Camille que Maryse avait découverte chez Dee White, vit-il en s'en approchant. Il la prit et alla la montrer à son chef.

— Regardez !

— Je ne comprends pas... Qu'est-ce que c'est ?

— Une pièce à conviction.

— Que tu es en train de couvrir de tes empreintes... Écoute, Brooks...

— Non, vous, écoutez-moi ! Je dois...

Un grognement, derrière les deux hommes, coupa court à leur altercation. Ils se retournèrent. Masters se tenait sur le seuil de la chambre, une main sur le front et l'air un peu groggy. Il adressa un petit signe de tête à Brooks, puis lança un coup d'œil nerveux à leur supérieur hiérarchique.

— Bonsoir, chef !

— Vous êtes mêlé à ça ? rugit le capitaine. Mais oui, bien sûr ! J'aurais dû m'en douter !

— J'ai été surpris, en sortant de la maison, par une femme toute petite et menue, mais assez vive pour arriver à me chloroformer et voler ensuite le taxi de mon cousin !

— Elle l'a enlevée, murmura Brooks, accablé.

— Qui ? lui demandèrent son chef et son coéquipier d'une même voix.

— Dee White, alias Deanna Whitehorse, a enlevé Maryse, et c'est elle qui vous a communiqué ce tuyau, capitaine, pour vous faire venir ici. Elle savait que vous tenteriez de m'empêcher de la poursuivre... Et cette photo est l'indice que Maryse a laissé derrière elle, au cas où je ne comprendrais pas tout seul ce qui s'était passé.

Sur ces mots, Brooks courut vers le couloir mais, quand il arriva à la hauteur de Masters, celui-ci l'attrapa par le bras. Contrairement à leur chef, il le tenait trop solidement pour lui permettre de se dégager.

— Attends un peu, Small ! On a des lacunes à combler, et le capitaine peut nous y aider. Il n'est jamais payant de foncer tête baissée, sans plan et avec des informations parcellaires ou inexactes.

— Lâche-moi ! Tu me fais perdre mon temps !

— Tu en perdras encore plus si tu pars comme ça... Cinq minutes !

— D'accord, cinq minutes, mais je vous préviens, capitaine, si vous m'interdisez ensuite de me lancer à la poursuite de cette Deanna Whitehorse, je démissionnerai sur-le-champ, et je continuerai l'enquête en tant que simple citoyen !

L'air de comprendre qu'il ne servirait à rien de protester, le capitaine écarta les bras en signe de capitulation.

— Il vous reste quatre minutes et quarante-cinq secondes ! lui annonça Brooks.

19

Assis sur le canapé du séjour, le capitaine Fell avait, pour la première fois depuis que Brooks le connaissait, l'air vieux et fatigué.

Et la révélation qu'il venait de leur faire, à Masters et à lui, l'avait laissé sans voix.

Au bout d'un moment, comme personne ne parlait, Brooks se décida à relancer la conversation :

— Vous êtes sérieux, capitaine ?
— Oui.
— Vous avez agi sur la foi d'une série de tuyaux anonymes ?
— Ils se sont tous révélés exacts, jusqu'ici.
— C'est quand même...
— Imprudent ? Je sais.
— Non, c'est carrément de la folie !
— Un policier se doit de tenir compte de toute information crédible.
— Oui, à condition de la consigner et de la porter à la connaissance des enquêteurs concernés.
— Je l'ai fait les deux premières fois. Il s'agissait de coups de filets dans le milieu des trafiquants de drogue.
— Des hommes de Nank ?
— Non, des rivaux de Nank.
— L'idée que l'information pouvait provenir de Nank lui-même, désireux d'éliminer la concurrence, ne vous a jamais traversé l'esprit ?

Le capitaine soupira.

— Si, bien sûr... Mais ces tuyaux permettaient à mon commissariat d'atteindre chaque année l'un des meilleurs taux d'efficacité de tous les services de police du Nevada.

— Et c'est tout ce qui compte ?

— L'essentiel, c'est qu'aucun des nôtres ne soit tué ou blessé au cours de ce genre d'opération. Notre tâche consiste à mettre les criminels hors d'état de nuire... Je n'ai enfreint aucune loi.

— Mais quelques règles déontologiques, peut-être.

— Peut-être.

— Maintenant, pour que tout soit bien clair, c'est en vous basant sur un de ces tuyaux anonymes que vous m'avez envoyé en vacances forcées au Québec ?

— Inutile de prendre ce ton mélodramatique !

— Mélodramatique ?

Furieux, Brooks serra les poings, et puis il se rappela que, sans le carriérisme de son chef, il n'aurait jamais rencontré Maryse.

— Bon, reprit-il, passons à Deanna Whitehorse, maintenant ! Quel est son rôle dans tout ça ?

— J'ai reçu en fin d'après-midi un appel disant qu'une fugitive de ce nom allait atterrir à l'aéroport de Las Vegas. On m'a donné son signalement, son heure d'arrivée, et j'ai obtenu de l'Agence de sécurité des transports l'autorisation de la cueillir dans la zone de récupération des bagages.

— Je vous y ai vu, en effet.

— Quand j'ai appris l'arrestation de cette femme, je me suis dit que l'Agence avait changé d'avis et envoyé une équipe à elle procéder à cette capture. Et c'est ce que j'ai cru jusqu'à la réception du message qui m'a amené ici.

— Vous avez encore été manipulé ! Je suis à peu près sûr que ce sont des sbires de Nank qui ont intercepté Deanna Whitehorse... Pourquoi est-elle recherchée ?

— Fraude, vol de papiers d'identité...

— Vous avez vérifié ?

— Évidemment ! J'ai entré son nom dans le fichier centralisé de la police... Elle a été arrêtée pour escroquerie il y a quelques années.

— Combien d'années ?

— Quelle importance ?

Brooks secoua la tête. Il ne savait pas lui-même pourquoi il avait posé cette question. Elle lui était venue spontanément à l'esprit, et il l'avait formulée tout aussi spontanément.

— Ça m'intéresse, se borna-t-il à répondre.

— Sept ou huit ans, peut-être ? Je ne me souviens pas de la date exacte.

C'était huit ans plus tôt que Jean-Paul Kline était venu lui proposer ses services sous le nom d'Elias Franco, songea Brooks en serrant de nouveau les poings. Et c'était à cette occasion qu'il avait entendu parler de Caleb Nank pour la première fois.

Simple coïncidence ?

Quelque chose lui disait que non, et un flot d'émotions l'assaillit. De la colère, de la peur, du désarroi, une méfiance généralisée proche de la paranoïa... Il s'efforça de les ignorer, de façon à pouvoir se concentrer sur l'essentiel : retrouver Maryse.

Une idée lui vint alors.

— Le taxi de ton cousin est équipé d'un émetteur GPS ? déclara-t-il à son coéquipier.

— C'est possible.

— Tu peux lui poser la question ?

— Oui, mais ça va m'obliger à l'informer du vol de son outil de travail... Ou à inventer une autre explication à ma demande...

— Je te fais confiance pour agir au mieux des intérêts de tout le monde.

— Espèce de flatteur !

— Non, je suis sincère !

— Bon, je vais téléphoner à mon cousin.

Masters sortit dans le couloir, son portable à la main, et Brooks se tourna vers leur supérieur hiérarchique.

— Vous allez me prêter votre véhicule et votre pistolet.

— Tu plaisantes, j'espère ?

Sachant ce à quoi le capitaine attachait le plus d'importance — sa carrière —, Brooks répliqua :

— Non, je suis tout ce qu'il y a de plus sérieux, et je n'hésiterai pas, si nécessaire, à utiliser le chantage pour obtenir satisfaction. Je peux très bien appeler le chef de la police de Rain Falls et lui apprendre que vous montez des opérations à partir de tuyaux anonymes d'origine douteuse...

— Tu ferais ça juste pour sauver cette Maryse ? Qu'est-elle donc pour toi ?

Brooks ne prit pas le temps de réfléchir.

— Tout, dit-il.
— Vraiment ?
— Vraiment !
— Où l'as-tu rencontrée ? Au Canada ?

Le retour de Masters dans la pièce créa une diversion bienvenue, car Brooks voulait éviter de fournir au capitaine Fell trop d'informations sur Maryse. Au lieu de lui répondre, il déclara à son coéquipier :

— Alors ?
— Bonne nouvelle : le taxi est équipé d'un émetteur GPS. J'ai dit que le commissariat songeait à moderniser ses véhicules de service, et que j'avais envie de tester ce système de géolocalisation. Mon cousin m'a donné le mot de passe nécessaire pour y accéder. Je vais télécharger l'application sur ton portable, Small, et tu pourras ensuite suivre la voiture à la trace.

— Parfait ! s'écria Brooks en tendant son portable à Masters.
— Tu veux que je t'accompagne ?
— Non. Il est naturel que je mette ma vie en danger pour sauver celle que j'aime mais, toi, tu as une femme et deux enfants... Ils ont besoin de toi. Passez-moi vos clés de voiture et votre arme, maintenant, capitaine !

Bien que visiblement à contrecœur, Fell obéit.

— Si cette affaire tourne mal, observa-t-il, on sera tous les deux révoqués.

— C'est un risque que je suis disposé à prendre.
— J'espère que ta Maryse en vaut la peine !
— Largement ! Et ne vous inquiétez pas : si j'arrive à faire tomber Nank du même coup, je m'arrangerai pour que tout le mérite vous en revienne.

Après avoir récupéré son portable et coincé le pistolet dans sa ceinture, Brooks se dirigea vers la porte d'entrée. Un petit bruit, dehors, le poussa à regarder par le judas avant de sortir, et il vit alors qu'un 4x4 s'était garé devant la voiture du capitaine. Il regagna le séjour et demanda :

— L'un de vous deux attend quelqu'un ?
— Non, dirent Fell et Masters à l'unisson.
— Quelqu'un sait où vous êtes ?

Même réponse.

— Alors je crois qu'on a un problème : il y a dehors des gens qui n'ont rien à faire ici.

Masters sauta aussitôt sur ses pieds et dégaina son arme. Brooks avait déjà à la main celle que lui avait « prêtée » le capitaine, et, habitués à travailler ensemble, les deux hommes entourèrent leur chef pour le protéger sans avoir à se concerter.

— Tu penses qu'on a le temps de filer par la porte de derrière ? demanda Masters à voix basse.

— Non. Les sbires de Nank ne sont pas idiots. L'un d'entre eux doit déjà surveiller cette issue... La maison comporte trois chambres, si je me souviens bien ?

— Oui, mais leurs fenêtres sont scellées. Impossible de les ouvrir.

— Et celle de la salle de bains ? C'est par là que Dee et Maryse sont parties.

— Elle est trop petite pour permettre à aucun de nous deux de l'utiliser pour sortir. Le capitaine est peut-être assez mince, en revanche...

— Allons-y !

L'intéressé commença de protester, mais Brooks le réduisit au silence en soulignant :

— Le temps presse ! Vous avez une chance de vous échapper, saisissez-la ! Rappelez-vous que le commissariat de Rain Falls ne peut pas se passer de chef !

Fell se leva, et Brooks et son coéquipier l'escortèrent, pistolet au poing, jusqu'à la salle de bains de la chambre où Maryse avait dormi. Là, Masters se posta devant la porte tandis que Brooks grimpait sur le siège des toilettes et jetait un coup d'œil à l'extérieur.

La fenêtre donnait sur une petite allée séparant la maison de celle d'à côté. Les buissons qui y poussaient permettraient au capitaine de se mettre à couvert si nécessaire, et la voie était libre.

Brooks descendit de son perchoir et déclara à son chef :

— Vous pouvez y aller. Une fois dehors, vous n'aurez que quelques mètres à parcourir pour être en sécurité.

— Tu ne veux pas que j'appelle des renforts, j'imagine ?

— Non. Laissez-nous une chance de sortir par nos propres moyens, et c'est nous qui vous servirons de renforts.

— Si vous ne vous faites pas tuer avant... On ne sait même pas à combien d'adversaires on a affaire !

— Un peu de temps, c'est tout ce que je vous demande.

— Ridicule..., grommela Fell.

Mais il monta à son tour sur le siège des toilettes et se glissa dans l'ouverture de la fenêtre. Brooks se mit à compter et, arrivé à trente, il estima que les choses s'étaient bien passées : si les hommes de Nank avaient repéré le capitaine, des coups de feu auraient éclaté. Il ferma donc la fenêtre et se tourna vers Masters.

— On met au point un plan d'action ? Mais il faut se dépêcher, parce que...

Du bruit en provenance du couloir l'empêcha de terminer sa phrase. D'un même mouvement, son équipier et lui se dirigèrent vers la porte de la chambre, mais des pas feutrés et un murmure de voix les stoppèrent net. Par chance, les intrus avançaient lentement. Ils devaient scruter chaque coin et recoin des lieux tout en s'efforçant de rendre leur présence indétectable.

— Ils sont au moins deux, chuchota Brooks. Impossible d'accéder à la porte d'entrée.

— On casse la vitre de la fenêtre ?

— Trop bruyant. Il n'est même pas sûr qu'un de nous deux ait le temps de s'échapper ensuite. Mieux vaut les attendre ici, en utilisant le matelas du lit comme bouclier. Ils seront ainsi plus vulnérables que nous pendant quelques instants au moins.

— D'accord.

C'était un plan boiteux, Brooks en avait conscience, mais ils n'en avaient pas d'autre... Au moment où son coéquipier et lui attrapaient le matelas chacun par un bout, cependant, il aperçut une trappe, au-dessus de la commode.

La maison comportait un grenier !

— On oublie le matelas, dit-il. J'ai une meilleure idée.

Dix secondes plus tard, il était debout sur la commode et soulevait la trappe. Dix de plus, et il s'était hissé à l'intérieur du grenier. Quand Masters l'eut rejoint, ils refermèrent la trappe... Juste à temps : un grincement leur annonça que la porte de la chambre s'ouvrait, puis une voix d'homme leur parvint :

— J'ai l'impression qu'il n'y a personne.

— Comment c'est possible ? déclara une deuxième voix d'homme — teintée, celle-ci, d'accent russe. Il y a une voiture garée devant la maison, un des murs du séjour est couvert de Post-it, et elle a dit qu'ils étaient là il y a à peine un quart d'heure.

Elle...

C'était forcément de Dee White qu'il s'agissait, et Brooks fronça les sourcils.

Que recherchait cette femme, à laquelle étaient imputables à la fois un trafic de papiers d'identité, l'enlèvement de Camille, la fausse information fournie au capitaine Fell, et maintenant cette intrusion ? Elle poursuivait un objectif, mais lequel ?

— Qu'est-ce qu'on fait ? demanda l'homme qui avait parlé le premier.

— On met le feu à la maison. Ces gens sont assez malins pour s'être cachés quelque part... Les flammes les obligeront à sortir de leur trou ou, mieux encore, ils brûleront vifs... Le coup de l'incendie a déjà fait ses preuves, non ?

Une bouffée de colère envahit Brooks. L'homme à l'accent russe se référait certainement à l'incendie criminel qui avait coûté la vie au frère de Maryse.

Trouver un moyen de s'échapper devenait cependant urgent. Une sortie par l'intérieur de la maison étant impossible, il ne restait plus que le toit.

Brooks activa la fonction lampe de son portable et promena le faisceau lumineux sur le plafond. Une lucarne lui apparut. Elle semblait assez large pour que Masters et lui puissent s'enfuir par là.

Veillant à marcher sur les poutres et non sur les lames de plancher, susceptibles de craquer, il s'approcha de la lucarne, l'ouvrit et passa la tête dehors. Le toit était assez pentu, mais un auvent faisait saillie en dessous et, de là, le sol n'était plus distant que de quelques mètres.

Une odeur de fumée parvint aux narines de Brooks au moment où il passait la tête à l'intérieur. Les deux malfaiteurs n'allaient donc pas tarder à sortir de la maison. Il fallait se dépêcher de partir, sinon Masters et lui se retrouveraient nez à nez avec eux.

Brooks enjamba le rebord de la lucarne, se retourna et réussit sans trop de mal à atteindre l'auvent. Là, il s'agenouilla, et il s'apprêtait à se suspendre à la gouttière, puis à se laisser tomber, quand une balle siffla à ses oreilles avant d'aller percuter le mur, juste au-dessus de lui.

Sachant que son coéquipier le suivait de près, Brooks lui cria un avertissement. Une deuxième balle fendit l'air et passa à quelques centimètres de sa tête... Il n'attendit pas la troisième : il sauta.

La réception fut rude : il tomba sur l'épaule gauche et, après avoir roulé sur lui-même pour ne plus s'appuyer dessus, il ne put s'empêcher de fermer les yeux tant la douleur était forte.

Un bruit de pas les lui fit cependant presque aussitôt rouvrir : le tireur s'approchait.

Incapable de se relever seul, Brooks chercha désespérément quelque chose pour l'y aider, et sa main finit par trouver une branche basse. Il s'y agrippa, réussit à se mettre debout et dégaina... Mais pas assez vite : le bruit caractéristique d'un pistolet mis en position armé lui parvint, tout proche. Il s'accroupit et se prépara à tenter une attaque surprise quand l'homme serait assez près de lui.

Il n'eut pas à le faire : sous son regard ébahi, son coéquipier sauta de l'auvent à pieds joints et percuta de plein fouet le malfaiteur, qui tomba à la renverse. Son pistolet lui échappa des mains, tandis que les quatre-vingt-dix kilos de Masters le plaquaient au sol.

Brooks se hâta d'aller ramasser l'arme et se retourna pour voir si son ami avait besoin d'aide, mais Masters maîtrisait la situation : il avait empêché le tireur d'appeler ses complices en lui enfonçant un mouchoir dans la bouche avant de l'allonger sur le ventre et de lui planter un genou dans le creux du dos.

— J'ai laissé mes menottes chez moi, déclara-t-il à Brooks d'un air piteux.

— Si on n'avait que ça comme problème...

— Tu crois qu'il acceptera de nous parler ?
— J'en doute.
— Qu'est-ce que tu veux faire de lui ?
— À terme, c'est la prison qui l'attend mais, dans l'intervalle, c'est la cabane de jardin que j'ai aperçue depuis le toit qui va lui servir de cellule.
— D'accord.

Quand Masters le força à se lever et le poussa vers l'appentis, l'homme se débattit, et ses gesticulations firent tomber un trousseau de clés de sa poche. Brooks le ramassa en espérant que c'était celles du 4x4 garé devant la voiture du capitaine Fell, puis il suivit le mouvement.

La cabane de jardin contenait des rouleaux de corde qui lui permirent d'attacher les poignets et les chevilles du malfaiteur pendant que son coéquipier le maintenait immobile.

Ils refermèrent ensuite sur lui la porte de l'appentis, mais la vue des volutes de fumée qui montaient de la maison les figea sur place.

— On appelle les pompiers ? demanda Masters.
— Tout à l'heure. Dans l'immédiat, on doit éviter de se faire tuer par les autres sbires de Nank, qui sont sans doute dehors, maintenant. Ils s'attendent sûrement à nous voir sortir ensemble par la porte principale, alors on va se séparer : tu contourneras la maison par un côté, et moi, par l'autre. Avec un peu de chance, l'effet de surprise nous permettra d'avoir le dessus et, une fois tirés d'affaire, on appellera les pompiers. Je veux être parti d'ici avant leur arrivée.

Les deux hommes gagnèrent chacun un angle du bâtiment. Brooks se plaqua contre le mur latéral et s'avança sans bruit jusqu'à son extrémité. Là, il s'arrêta, ramassa un caillou et le lança devant lui.

La réaction fut immédiate : des pas, furtifs mais tout de même assez perceptibles pour signaler l'approche de deux personnes, se dirigèrent vers lui. Il se colla de nouveau contre le mur et, dès qu'une chaussure apparut dans son champ de vision, il bondit, son pied gauche écrasa celui de son adversaire, et il projeta tout de suite après son genou droit dans l'entrejambe de ce dernier, qui s'écroula comme une masse.

Le deuxième individu poussa alors un juron, ce qui permit à Brooks de savoir d'où viendrait la prochaine attaque. Il tourna la tête dans cette direction et vit un petit homme en survêtement en train de pointer un pistolet sur lui. Il se jeta au sol, s'écarta de la ligne de mire du malfaiteur en roulant sur lui-même, leva son arme...

Qui aurait tiré le premier ? Brooks ne le saurait jamais, car Masters jaillit alors de l'angle opposé de la maison et abattit la crosse de son pistolet sur la tête de l'homme en survêtement. Celui-ci chancela, puis il tomba, inanimé. Son complice, lui, se tenait l'entrejambe en se tordant de douleur.

Brooks se releva, épousseta son jean et déclara :
— Merci ! Cabane de jardin ?
— Oui.
— On s'occupe d'abord des pompiers ?
— Ça vaut sans doute mieux.

Quelques minutes plus tard, les trois hommes étaient assis contre le mur de l'appentis, ligotés et bâillonnés. Masters avait appelé l'une de ses connaissances à la caserne des pompiers, qui avait promis d'envoyer un camion sans poser trop de questions, et Brooks avait téléphoné au capitaine Fell pour l'informer des derniers événements.

Les clés tombées de la poche du tireur étaient bien celles du 4x4 garé devant la maison, avait-il ensuite découvert, et il avait jugé plus simple et plus rapide de l'utiliser que de prendre la voiture du capitaine, bloquée derrière.

Son coéquipier et lui avaient maintenant pris la route et tentaient de se mettre d'accord sur la suite des opérations.

— Laisse-moi t'accompagner ! dit Masters. Tu sais très bien que mon aide te serait utile.
— Je le sais, en effet.
— Alors accepte-la.
— Non.
— Je ne peux tout de même pas rester sans rien faire pendant que tu risques ta vie !

Brooks pianota sur le volant. Masters s'était installé sur le siège du passager sans lui demander son avis, et il avait ensuite refusé d'en descendre. Ils suivaient le signal GPS du taxi, qui semblait se diriger vers le désert, et Brooks, à force de chercher un moyen de protéger son ami contre lui-même, finit par en trouver un :

— J'ai besoin que tu recueilles un maximum d'informations sur Deanna Whitehorse. Il y a quelque chose qui cloche. Tu es la seule personne à qui je puisse demander ce service, et c'est hyper-important.

— Bon, d'accord...

— Je te ramène au commissariat.

— Non, chez moi. J'y serai plus tranquille pour travailler.

Après avoir déposé Masters, Brooks se lança de nouveau à la poursuite du taxi. Un coup d'œil à l'écran de son portable lui apprit que le véhicule se dirigeait bien vers le désert.

— Ne t'inquiète pas, Maryse : j'arrive, murmura-t-il pour conjurer sa propre peur.

Car, comme tout policier expérimenté, il savait que les gangsters considéraient le désert comme l'endroit idéal pour supprimer les gêneurs.

20

Après avoir parlé de la nécessité de convaincre Caleb Nank de sa soumission envers lui, Dee White s'était tue, et Maryse s'en félicitait : ce silence lui permettait de mieux réfléchir.

Depuis six ans, elle avait tendance à se méfier de tout le monde, mais cela lui semblait particulièrement nécessaire en ce qui concernait Dee White.

Cette femme s'était glissée de façon convaincante dans la peau d'une concierge de grand hôtel, puis dans celle d'une criminelle experte dans le maniement de toutes sortes d'armes, et maintenant, elle jouait encore un autre rôle... Aucune de ses multiples facettes ne semblait réelle, alors qui était-elle vraiment ?

Cette question rendait Maryse nerveuse. Elle tirait machinalement sur le bracelet de Camille... L'élastique finit par casser, et une dizaine de petits cœurs en argent se retrouvèrent dans le creux de sa main.

Plongée dans ses réflexions, Maryse ne remarqua pas que le taxi ralentissait avant qu'il se soit presque complètement arrêté. Elle regarda par la vitre, à la recherche d'un point de repère, mais sans voir autre chose qu'une vaste étendue de terre désertique.

— Venez ! déclara Dee en ouvrant sa portière. On a un peu de marche à faire.

Désorientée et de plus en plus inquiète, Maryse sortit de la voiture. Un des petits cœurs tomba par terre quand elle hâta le pas pour rattraper Dee, partie sans l'attendre — et avec manifestement en tête une destination précise bien que l'horizon soit vide.

Peu de temps après, elles arrivèrent en haut d'une butte qui descendait en pente raide.

Comment Brooks pourrait-il la retrouver, maintenant ? se demanda Maryse.

L'angoisse lui fit crisper sa main sur les breloques, et une idée lui vint alors : elle en avait déjà laissé tomber une sans que Dee s'en aperçoive... Si elle semait les autres à intervalles réguliers, comme les cailloux du Petit Poucet ?

Cela valait la peine d'essayer... Après avoir légèrement ralenti, elle en lâcha une deuxième, puis une troisième, un peu plus loin. Dee ne se retourna pas, et Maryse continua de déposer une de ces balises improvisées tous les cinq ou six mètres.

La pente s'accentua encore. Dee avançait d'un pas assuré, mais Maryse n'avait pas le pied aussi sûr. Elle finit même par perdre l'équilibre, et ce fut sur le derrière qu'elle arriva en bas de la butte. Elle prit alors instinctivement appui sur ses mains pour se relever, et le reste des breloques se répandit sur le sol.

— Qu'est-ce que c'est ? questionna Dee.
— Mon bracelet s'est cassé.
— Votre bracelet ?

Se rappelant qu'elle avait trouvé la gourmette dans la maison de son interlocutrice, Maryse se hâta de rectifier pour ne pas éveiller ses soupçons :

— Non, celui de Camille. Je l'ai trouvé...
— Chez moi, je sais... Peu importe ! Laissez-le là ! On continue !

Soulagée, Maryse se remit debout et suivit Dee. Elles atteignirent, juste après, ce qui ressemblait à une station-service abandonnée.

Cet endroit aurait pu servir de décor à un film noir, et Maryse, apeurée, s'immobilisa. Dee comprit la raison de son malaise, car elle se retourna et lui dit en souriant :

— Rassurez-vous ! Si j'avais voulu vous tuer, ce serait déjà fait.

Maryse ne lui rendit pas son sourire. Elle se força à la rejoindre, puis à lui emboîter le pas. Dee passa derrière les vieilles pompes à essence, contourna la boutique désaffectée et se dirigea vers un bâtiment fermé par un rideau de fer — l'ancien atelier de la station-service, probablement. Là, elle tourna une manivelle, et le rideau se leva en grinçant.

Le local contenait une berline flambant neuve.

— Nank planque des voitures dans différents endroits, expliqua Dee, au cas où il devrait s'enfuir rapidement.

Une nouvelle vague de questions assaillit Maryse.

Comment Dee avait-elle su que ce véhicule était là, pour commencer ? Pourquoi était-elle au courant des plans d'urgence de Nank ?

Quand elle alla sans hésiter récupérer une clé sous le pare-chocs avant de la berline, cependant, la réponse devint évidente : elle tenait ces informations de Nank lui-même... Ce qui impliquait un degré inquiétant d'intimité avec cet homme

Un frisson parcourut Maryse.

— On est encore loin de notre destination finale, pour avoir encore besoin d'une voiture ? demanda-t-elle.

— Non, pas très loin, mais je ne commettrai pas l'erreur de sous-estimer votre ami policier. S'il arrive à échapper aux hommes de Nank, il trouvera un moyen de localiser le taxi.

— Les hommes de Nank sont en ce moment dans la maison où vous êtes venue me chercher ?

— Pourquoi étais-je si pressée d'en partir, à votre avis ?

— Je... Je ne sais pas, répondit Maryse, la gorge sèche.

Dee haussa les épaules, puis elle prit une corde accrochée au mur et déclara :

— Prête ?

— Vous allez me ligoter ?

— Oui, et vous mettre dans le coffre.

— Quoi ?

— Je vous avais dit qu'il fallait donner à votre enlèvement l'apparence de la réalité, non ?

La seule idée d'être enfermée dans un espace aussi exigu et confiné qu'un coffre de voiture donna des sueurs froides à Maryse.

— Je... Je ne peux pas, bredouilla-t-elle.

— Si vous refusez, vous risquez de ne jamais revoir votre fille.

C'était l'unique argument susceptible de convaincre Maryse.

Après avoir inspiré à fond, elle laissa Dee lui attacher les poignets, puis l'aider à monter dans le coffre.

— Ce ne sera pas long, lui promit Dee.

Mais, dès que le coffre se fut refermé sur elle, Maryse éprouva une sensation d'étouffement. Même si le reste du trajet ne prenait que cinq minutes, il lui semblerait durer une éternité.

Installé dans le porte-gobelet du tableau de bord, le portable de Brooks émit un bip qui l'arracha à ses sombres pensées. Il jeta un coup d'œil à l'appareil. Le système de géolocalisation lui faisait suivre la nationale en direction du sud depuis plus de trente minutes. Peut-être même pas loin d'une heure. Mais le petit point lumineux qui représentait le taxi s'était immobilisé. Et le message qui apparut soudain sur l'écran annonça à Brooks que la voiture émettrice ne bougeait plus.

Cela signifiait-il que Dee avait atteint sa destination ? Ou qu'elle s'était arrêtée momentanément, juste le temps de se débarrasser de sa passagère ?

Non ! Brooks refusait d'envisager cette dernière hypothèse. Son pied n'en enfonça pas moins la pédale d'accélérateur. La sonnerie de son portable retentit alors, et le nom de son coéquipier s'afficha.

— Oui ? dit Brooks après avoir ralenti et mis le haut-parleur.

— J'ai une mauvaise nouvelle.

— Je t'écoute !

— Ni Deanna Whitehorse ni Dee White n'existent vraiment.

— Comment ça ?

— Ces deux noms sont des pseudonymes.

— Le capitaine nous a pourtant dit que Deanna Whitehorse avait été arrêtée pour escroquerie, et qu'elle était encore recherchée par la police.

— Oui, parce que, après son arrestation, comme elle n'avait pas de casier judiciaire, elle a été libérée sous caution. Mais elle ne s'est jamais présentée au tribunal, ce qui fait d'elle une fugitive.

— Une fugitive d'autant plus difficile à retrouver qu'elle s'est ensuite créé une nouvelle identité : Deanna Whitehorse est devenue Dee White.

— C'est plus compliqué que ça : le nom de Dee White est apparu pour la première fois sur des documents officiels — passeport, carte de sécurité sociale et permis de conduire canadiens — il y a seulement treize mois.

— À peu près à l'époque où cette femme a commencé à travailler à l'hôtel Maison Blanc, donc.

— Oui. Deanna Whitehorse avait cependant disparu bien avant : cette identité-là était construite sur de faux papiers tout aussi bien faits, mais qui n'ont pas été utilisés très longtemps.

— Tu penses qu'elle a pris ensuite d'autres noms ?

— Je ne le pense pas, j'en suis sûr. En effectuant une recherche associant « Nank » et « White », je suis tombé sur une Anna White. Elle a été entendue comme témoin dans une affaire liée aux trafics de Nank avant de se volatiliser.

Brooks jura entre ses dents.

— Comment se fait-il que les autorités ne se soient jamais aperçues que trois personnes censément distinctes avaient les mêmes empreintes digitales ? observa-t-il.

— Je me suis posé la même question, et j'ai creusé. Les empreintes de Dee White et celles de Deanna Whitehorse ne figurent nulle part. Celles d'Anna White sont dans le fichier centralisé de la police, mais comme c'était un simple témoin...

— Personne n'a jugé utile de chercher une correspondance.

— Exactement. J'ai évidemment pris cette peine, moi, et ça a payé : Anna White a les mêmes empreintes digitales qu'une certaine Anne Black.

— Anne Black existe vraiment, elle ?

— Oui, je crois. C'est son nom d'épouse, mais il semble authentique. Il y a onze ans, Saul Black, son mari, s'est retrouvé dans le collimateur de la police pour trafic de papiers d'identité.

— Tiens, tiens...

— N'est-ce pas ? Et son histoire n'est pas banale... Il a appartenu pendant des années à une brigade spécialisée dans les escroqueries de ce type... avant d'être surpris à utiliser frauduleusement des informations provenant des affaires sur lesquelles il enquêtait. Il a été jugé, condamné à de la prison ferme, et il a fait la connaissance d'Anne par l'intermédiaire d'une association de correspondance avec les détenus. Il l'a épousée à sa sortie de prison et n'a plus fait parler de lui jusqu'à ce qu'un jeune homme soit arrêté pour usage de faux papiers et désigne Saul Black comme son fournisseur. Une perquisition a été organisée, mais les choses ont mal tourné : une fusillade a éclaté, dans laquelle Saul et le fils né de son mariage avec Anne ont été tués.

Le cœur de Brooks se serra.

— Quelle horreur ! s'écria-t-il.

— Oui, c'est vraiment triste.

— Anne Black a été poursuivie ?

— Non. Les enquêteurs n'ont rien trouvé qui la relie aux activités criminelles de son mari. Ils ont découvert au sous-sol de leur maison un atelier de fabrication de faux passeports, mais la porte était fermée à clé. Anne a affirmé n'y être jamais descendue et n'avoir jamais su ce que son mari y faisait... Ça me paraît douteux.

— À moi aussi, mais tu vois un rapport possible entre cette affaire et Maryse ?

— Pas encore. Je vais poursuivre mes recherches au commissariat. J'y aurai des outils d'investigation plus performants que chez moi.

— Merci. Appelle-moi si tu tombes sur quelque chose d'intéressant.

— Entendu.

Masters coupa la communication, et Brooks reporta son attention sur la route, mais son esprit continua d'analyser les informations fournies par son coéquipier. L'histoire qu'elles racontaient avait de toute évidence un lien avec le présent... Restait à découvrir la nature de ce lien.

Maintenant presque aussi frustré qu'inquiet, Brooks accéléra de nouveau. Le petit point lumineux, sur l'écran de son portable, était toujours au même endroit et, selon ses estimations, il lui faudrait un peu moins d'une demi-heure pour l'atteindre.

Maryse n'avait cessé de trembler depuis que le coffre de la berline s'était refermé sur elle, et elle poussa un soupir de soulagement quand le véhicule s'arrêta enfin. Le moteur continua de tourner pendant quelques instants, puis il se tut, et le coffre s'ouvrit.

Incapable d'en sortir seule à cause de ses poignets attachés, elle accepta l'aide que Dee lui offrit avec un mélange de reconnaissance et de rancœur. Une fois dehors, elle aspira une grande goulée d'air. Elle avait envie de s'enfuir, mais s'obligea à rester immobile et, quand ses yeux se furent habitués à la lumière, elle parcourut les alentours du regard.

Où diable était-elle ?

La réponse lui vint sous la forme d'un panneau fixé à la façade d'un bâtiment trapu.

« La Fabrique de papier », lut-elle.

C'était la société qui servait de couverture à l'organisation criminelle de Caleb Nank, l'ancien employeur de son frère.

Dee avait dû suivre son regard, car elle lui demanda :

— Vous connaissez cette entreprise ?

Ne voulant pas mentionner Jean-Paul, Maryse répondit prudemment :

— Brooks m'en a parlé.

— Il s'intéresse de près à Nank, en effet.

— Comment le savez-vous ?

— Il me l'a dit à Laval... L'endroit où nous sommes sert à entreposer les cartons de ramettes avant expédition. Le désert a plusieurs avantages : le terrain y est bon marché, et le climat sec protège le papier du risque de moisissure.

— Cette entreprise a donc de véritables activités commerciales ?

— Oui. Même si la fabrication de papier est loin d'être la seule, elle possède une usine dans le nord du Nevada et cinq autres entrepôts comme celui-ci... Maintenant, je m'en excuse à l'avance, mais je dois achever de rendre notre petite comédie crédible...

Avant que Maryse ait eu le temps de comprendre ce qui se passait, Dee lui donna une violente bourrade. Ses poignets entravés l'empêchèrent d'amortir sa chute, et elle tomba de tout son long. Elle voulut se redresser, mais un coup de pied dans les côtes, puis un deuxième, l'en dissuadèrent. Et quand elle tenta de se rouler en boule pour se protéger, Dee la cloua au sol en lui écrasant une cheville sous son pied.

Une douleur intense remonta du point d'impact jusqu'en haut de sa jambe, et elle leva vers Dee un regard d'incompréhension.

— Désolée, déclara cette dernière, mais il le faut, au cas où quelqu'un nous observerait.

Elle avait cependant l'air tout sauf désolé, si bien que Maryse craignait de nouveaux sévices, mais Dee se pencha alors, la prit par les épaules pour la relever et la poussa ensuite devant elle en disant :

— Allez, on se dépêche ! Nank n'aime pas attendre.

Malgré sa cheville endolorie, Maryse lui obéit. Elle avait d'ailleurs maintenant presque moins peur de Nank que de cette femme capable de frapper sans état d'âme une personne sans défense.

L'entrepôt était doté d'une porte en fer à deux battants. Quand Maryse l'atteignit, Dee l'écarta et tambourina sur le vantail ce qui ressemblait à un code.

Toc toc.

Toc toc.

Toc.

Et il s'agissait bien d'un code car, au bout de dix secondes, le même nombre de coups, et sur le même rythme, fut frappé de l'autre côté. Dee tapa ensuite deux fois du poing sur le vantail, et les portes s'ouvrirent tout de suite après.

Deux hommes en costume gris se tenaient derrière. Ils étaient jeunes, athlétiques, et ne semblaient ni l'un ni l'autre ravis de cette visite. Au moment où Maryse passait entre eux, elle vit qu'ils avaient chacun un gros pistolet fixé à la ceinture.

— Pourquoi elle boite ? demanda l'un d'eux à Dee.

— Elle résistait. J'ai dû employer la force.

— Moi, jamais je ne pourrais frapper une femme.

— C'est pour ça que vous n'êtes que vigile.

L'homme rougit mais ne répliqua pas. Un sourire sarcastique sur les lèvres, Dee poussa Maryse dans un couloir mal éclairé fermé par une autre porte à double battant.

— Votre frère travaillait lui aussi comme vigile pour Nank, dit-elle.

— Quoi ?

— Jean-Paul... Il remplissait les mêmes fonctions que ces deux hommes.

— Vous l'avez connu ?

— Oui. C'était un brave garçon.

La gorge de Maryse se serra. Son frère était un brave garçon qui avait mal tourné. Le fait d'apprendre qu'il s'était porté volontaire pour collaborer avec la police l'avait un peu réconfortée, même si c'était sans doute cela qui lui avait coûté la vie, six ans plus tôt.

Six ans ?

Maryse s'arrêta net.

— Vous avez connu Jean-Paul ?

— Je viens de vous le dire.

— À l'époque où il travaillait pour Nank ?

— Oui !

— Vous m'avez pourtant déclaré, dans la voiture, que vous aviez rencontré Nank pour la première fois au Canada, et dans le courant de l'année dernière.

— Non, je ne crois pas vous avoir donné ce genre de précision.

— C'est ce qui ressortait de votre récit, en tout cas.

— Vous avez extrapolé... Allez, avancez !

— Et si je refuse ?

— Admettons que vous arriviez à me fausser compagnie... Vous pensez que les deux vigiles, à l'entrée, vous laisseraient partir ? Et où iriez-vous, de toute façon ?

Maryse fut forcée de reconnaître qu'elle n'avait pas le choix. Il fallait juste espérer que Dee la conduisait vraiment à Camille.

La deuxième porte menait à un petit escalier en haut duquel se trouvait une troisième porte — mais en verre teinté, celle-ci. Quand Maryse l'eut franchie, elle découvrit derrière une galerie fermée qui faisait toute la longueur de l'entrepôt et surplombait une salle contenant des centaines, voire des milliers, de cartons. Une douzaine de personnes circulaient entre les rangées, un bloc-notes à la main. Elles devaient procéder à des vérifications avant expédition.

— Quatre-vingt-dix pour cent de ces employés effectuent un travail légal, expliqua Dee. Ils sont déclarés, bien payés, et bénéficient d'une bonne couverture sociale.

— Et les dix pour cent restants ? demanda Maryse.

— Ils en savent un peu plus et sont donc encore mieux lotis.

— Et vous, dans tout ça ?

— Vous poserez la question à Nank si ça vous chante. On est arrivées.

Elles étaient au bout de la galerie, devant une nouvelle porte. L'anxiété de Maryse avait maintenant atteint son paroxysme. Des filets de sueur commençaient de couler sur son visage, et ce fut à travers eux que, une fois la porte franchie, elle découvrit une pièce seulement meublée d'une grande table et d'un fauteuil de bureau.

Son angoisse céda alors la place à une profonde perplexité.

— Il n'y a personne ! s'exclama-t-elle.

Dee ferma la porte à clé, alla s'asseoir dans le fauteuil et souligna avec un sourire amusé :

— Si, nous.

— Je ne comprends pas...

— C'est moi.

— Pardon ?

— C'est moi qui ai kidnappé Camille.

— Vous ? s'écria Maryse, interdite. Vous savez pourtant ce qu'une mère éprouve quand son enfant disparaît, puisque ça vous est arrivé.

— En effet. À cause de votre frère.

— Il est mort !

— Je le sais mieux que personne.

— C'est vous qui l'avez tué ?

— Oui. Je pensais que ça me suffirait en guise de vengeance.

— Que vous avait-il fait ? Vous n'êtes tout de même pas la mère de Camille ?

— Non.

Le soulagement que cette réponse procura à Maryse fut vite balayé par une violente colère. Cette femme avait tué son frère, enlevé sa fille... Elle lui avait raconté des mensonges pour attirer sa compassion...

Sans réfléchir, Maryse s'élança. Elle voulait punir Dee de lui faire souffrir mille morts depuis un jour et demi.

Mais dans sa rage, elle oublia sa cheville blessée et ses mains entravées. La première lui fit perdre l'équilibre, et elle ne put se servir des secondes pour amortir sa chute. Son menton heurta la table de plein fouet, sa vision s'obscurcit.

Puis plus rien.

21

Quand Brooks aperçut le taxi, son cœur bondit dans sa poitrine mais, en s'en approchant, il se rendit compte que la voiture était arrêtée au milieu de nulle part et que les portières avant étaient grandes ouvertes.

Il s'immobilisa derrière, sortit de son véhicule et scruta les alentours.

Pas le moindre signe de Maryse ou de Dee White, alias Anne Black. Elles avaient de toute évidence continué à pied, mais le vent et la poussière avaient fait disparaître la trace de leurs pas.

Impossible, donc, de savoir quelle direction elles avaient prise.

Brooks n'était pas habitué à se sentir impuissant, et ce fut la mort dans l'âme qu'il finit par décider de remonter dans sa voiture. Un coup de téléphone à Masters lui apporterait cependant peut-être des informations utiles.

Au moment où il pivotait sur ses talons, un reflet métallique, à quelques mètres de lui, attira son attention. Il alla ramasser l'objet qui brillait...

C'était un petit cœur en argent.

Pourquoi avait-il l'impression de l'avoir déjà vu ? se demanda Brooks.

Et puis il se souvint.

— Le bracelet de Camille..., murmura-t-il.

Un examen attentif du sol lui permit de distinguer, un peu plus loin, un autre petit cœur...

Maryse avait semé les breloques pour lui indiquer le chemin !

Brooks retourna à sa voiture pour y récupérer son portable et son pistolet, puis il entreprit de suivre la piste intelligemment créée par la jeune femme. Elle le mena en bas d'une butte où il trouva plusieurs petits cœurs, des traces de pneus et une station-service abandonnée.

Sans trop y croire — il n'aurait sans doute pas de réseau, dans ce coin perdu —, Brooks sortit son portable de sa poche, et il eut l'heureuse surprise de voir cinq barres s'afficher sur l'écran. Il appela Masters, qui décrocha à la première sonnerie et lui demanda sans préambule :

— Bonne ou mauvaise nouvelle ?
— Bonne, j'espère. Tu es au commissariat ?
— Oui.
— Tu peux effectuer une recherche pour moi ?
— Bien sûr ! Que dois-je chercher ?
— L'endroit où je suis.
— Tu t'es perdu ?
— Très drôle ! Non, je suis en plein désert, mais mon téléphone capte aussi bien que si j'étais chez moi... Je veux que tu localises l'antenne-relais à l'origine de ce petit miracle, et que tu me dises ce qu'il y a d'autre dans les environs.
— D'accord. Ne quitte pas !

Pendant qu'il attendait, Brooks suivit des yeux la route à demi envahie par la végétation qui bordait la station-service. C'était là que se trouvaient les traces de pneus, mais la voiture concernée devait avoir ensuite rejoint une route plus importante.

Pour aller où ?

Les réflexions de Brooks furent interrompues par la voix de Masters :

— Small ?
— Oui ?
— Tu ne vas pas le croire !
— Quoi ? Qu'y a-t-il ?
— Tu es à environ six kilomètres à vol d'oiseau d'un entrepôt fraîchement construit de La Fabrique de papier.
— J'aurais dû m'en douter..., marmonna Brooks. Où est cet

entrepôt par rapport à moi ? Je suis face à une station-service désaffectée.

Un cliquetis de clavier, dans l'écouteur, puis son coéquipier demanda :

— Tu vois une route, devant la station-service ?
— Oui, mais elle est à peine praticable.
— C'est pourtant celle que tu vas prendre. Roule en direction de...
— Je suis à pied.
— Ah ! Zut !
— Comme tu dis !

Un nouveau cliquetis, suivi de la voix de Masters :

— Tu as de la chance, en fait, parce que le trajet par la route fait beaucoup de détours. À pied, tu peux aller tout droit en direction de l'ouest pendant environ trois kilomètres, jusqu'à l'antenne-relais qui te permet de capter aussi bien. Là, prends la direction du sud et, au bout de deux kilomètres, tu tomberas sur la route qui conduit à l'entrepôt. Tu seras alors presque arrivé.
— Parfait ! Tu as découvert autre chose sur Anne Black ?
— Non, pas encore. Désolé !
— Tant pis. Mais, si tu as du nouveau, n'hésite pas à m'appeler.
— Entendu.

Brooks raccrocha et resta un moment immobile. Un peu plus de cinq kilomètres de marche dans l'atmosphère chaude et sèche du désert l'attendaient. Il aurait besoin de s'hydrater.

Dans l'espoir de trouver de quoi boire dans la boutique de la station-service, il s'y rendit, mais sans rien y trouver que des présentoirs vides. Et, dans les toilettes attenantes, l'eau avait été coupée.

Il y avait une porte, derrière le comptoir de la boutique et, avant de renoncer, Brooks alla la pousser. Elle donnait sur un atelier où il détecta les signes d'une présence récente : une odeur d'essence et de gaz d'échappement y régnait.

Ce devait être là qu'était garée la voiture dont les pneus avaient laissé des traces dehors. Des jerricanes s'alignaient contre un mur, et Brooks vit dans un coin un vieux distributeur automatique de boissons — hors service mais ouvert sur le côté.

Plein d'espoir, il s'en approcha, et la chance lui sourit : une bouteille de soda était restée coincée dans les entrailles de l'appareil. Il l'en extirpa, la fixa dans la ceinture de son jean, près de son pistolet, puis ressortit de la boutique.

— Courage, Maryse ! murmura-t-il. J'arrive !

Maryse reprit connaissance si soudainement qu'elle sursauta. La seconde d'avant, rien ne l'atteignait, et voilà que, subitement, une multitude de sensations l'assaillaient : une odeur de papier et de transpiration, des douleurs un peu partout dans le corps, le contact d'une petite main dans la sienne...

Une petite main ?

Elle ouvrit les paupières et crut d'abord rêver : des yeux du même bleu que les siens la fixaient, et des cheveux blonds en bataille lui chatouillaient l'épaule.

Camille !

Quand Maryse essaya de parler, seul un son rauque sortit de ses lèvres. Elle referma les paupières et compta jusqu'à dix avant de les rouvrir. Elle était alors sûre que sa fille aurait disparu, mais non... Camille était toujours agenouillée près d'elle et lui tenait toujours la main.

— Ma chérie ? parvint-elle enfin à articuler.

La fillette se redressa, le visage rayonnant, et se mit à signer frénétiquement.

— *Tu es réveillée, maman ! Je suis fatiguée, j'ai faim et Bunny-Bun-Bun me manque mais, puisque tu es là, tout va s'arranger. Comme la dame qui m'a amenée ici ne connaît pas le langage des signes, elle n'a pas répondu à mes questions, et je ne sais donc pas pourquoi elle m'a amenée ici. J'étais dans une chambre, avant.*

Maryse interrompit la fillette en l'attirant dans ses bras. Elle la serra fort et laissa couler les larmes qui lui emplissaient les yeux. Au bout d'un moment, Camille se mit à se tortiller. Maryse la lâcha et l'examina de la tête aux pieds.

— *Quelqu'un t'a fait du mal ?* demanda-t-elle ensuite bien qu'aucun signe visible de maltraitance ne lui soit apparu.

— *Oui, toi ! Tu as failli m'étouffer.*

— *Je ne t'ai pas fait mal !* s'exclama-t-elle en riant.

— Comment tu le sais ?
— Je le sais parce que je suis ta maman.
— Ce n'est pas une raison suffisante.
— Ça l'est aujourd'hui. La dame qui ne connaît pas le langage des signes t'a fait du mal ?
— Non, mais elle m'a obligée à manger du porridge… C'était berk !

Rassurée mais consciente de la nécessité de trouver un moyen de s'enfuir, Maryse regarda autour d'elle. Une ampoule nue accrochée au plafond constituait le seul éclairage d'une petite pièce carrée dépourvue de fenêtres et remplie de cartons.

— Où on est ? signa Camille.

Maryse secoua la tête pour lui faire comprendre qu'elle l'ignorait. Elles étaient quelque part dans l'entrepôt, mais où ? Elle se mit debout afin de pouvoir mieux inspecter les lieux. Il y avait une porte, mais avant qu'elle ait eu le temps d'esquisser un pas dans cette direction, Camille lui dit :

— Fermée à clé.

Inutile d'aller tester la poignée : la fillette l'avait manifestement déjà fait. Elles étaient donc prisonnières, mais dans quel but Dee White les avait-elle réunies dans cette pièce ?

Tout en réfléchissant, Maryse tambourina distraitement sur le dessus d'un carton. À sa grande surprise, ce fut un son creux qu'elle entendit. Elle souleva le couvercle… Loin d'être rempli de ramettes de papier, comme elle le pensait jusque-là, le carton contenait juste une chemise portant sur le dessus un nom et une photo. Elle la prit, et Camille lui demanda aussitôt :

— Qu'est-ce que c'est ?
— Je ne sais pas trop, répondit-elle.

Un rapide coup d'œil à l'intérieur de la chemise lui fit cependant vite comprendre de quoi il s'agissait. Elle la remit à sa place, alla ouvrir un carton après l'autre… Ils contenaient tous la même chose : les documents nécessaires pour usurper l'identité de la personne dont le nom et la photo figuraient en couverture.

La Fabrique de papier recyclait des vies entières !

Le double sens du nom de l'entreprise apparut alors à Maryse, associé à l'horrible certitude que les gens concernés étaient morts. Assassinés.

Cela signifiait que Camille et elle ne devaient pas juste s'enfuir : elles devaient le faire tout de suite.

Terrifiée mais s'efforçant de ne pas le montrer, Maryse s'approcha de la porte et l'inspecta, à la recherche d'un point faible. Elle tira de toutes ses forces sur la poignée, mais le vantail ne bougea pas, et il s'ajustait si parfaitement au cadre qu'il ne laissait passer aucun rai de lumière.

Restaient les gonds.

Maryse n'eut conscience d'avoir signé ce dernier mot qu'en voyant Camille répéter :

— *Les gonds ?*
— *Oui.*

C'était une idée folle : la porte étant en métal, elle devait peser une tonne et, à supposer qu'il soit possible de la démonter, elle risquait de tomber bruyamment sur le sol. Même si cela n'alertait personne, il faudrait ensuite trouver le chemin de la sortie sans se faire prendre...

Ce plan n'avait pratiquement aucune chance de réussir, mais Maryse n'en avait pas d'autre. Elle se pencha donc pour examiner les gonds. Ils étaient munis de vis à tête plate.

Inutile d'espérer trouver un tournevis dans cette pièce... Il y avait bien des trombones, dans les cartons, mais ce n'était même pas la peine d'essayer de les utiliser : ils n'étaient pas assez solides.

Le regard de Maryse se posa alors sur la chaîne que sa fille portait en permanence autour du cou. Une petite plaque rectangulaire en acier inoxydable y était accrochée, signalant que la fillette était sourde-muette.

— *Tu peux me prêter ta chaîne ?* signa Maryse.
— *Pour les gonds ?*
— *Oui.*
— *D'accord.*

Camille détacha la chaîne, et Maryse approcha la tranche de la plaque de la rainure d'une vis. En constatant que les deux pièces s'ajustaient parfaitement, elle poussa un soupir de soulagement, mais le plus dur était à venir : desserrer le premier gond lui fit mal aux mains, et les choses s'aggravèrent avec le deuxième, puis le troisième. La douleur remontait maintenant le long de ses bras jusqu'à ses épaules, mais il n'était pas question d'abdiquer.

Continue, se dit-elle, *sinon on va toutes les deux mourir. Tu reverras jamais Brooks, il ne fera jamais la connaissance de Camille, et elle n'aura jamais l'occasion d'utiliser le toboggan de sa piscine.*

C'était jusqu'ici le visage de sa fille qui lui avait donné du courage, mais celui de Brooks le remplaça alors : ses yeux noisette remplis de sollicitude, ses lèvres douces et fermes à la fois, sa mâchoire énergique...

Elle le visualisait parfaitement, et ce que cet homme lui faisait ressentir était tout aussi présent dans son esprit. Quand elle était avec lui, elle avait l'impression de pouvoir enfin compter sur quelqu'un. De ne plus être seule au monde. D'être aimée.

Aimée ?

Maryse tourna ce mot dans sa tête. Dans d'autres circonstances, il lui aurait semblé trop fort, mais elle se rappela la chaleur et la tendresse avec lesquelles Brooks la regardait, sa volonté inébranlable de l'aider à secourir Camille...

Oui, c'était de l'amour.

Et cet amour était partagé.

Plongée dans ses réflexions, Maryse faillit ne pas remarquer que sa tâche était presque terminée. Et elle pouvait même s'arrêter là : la porte était moins lourde que prévu, et il lui suffit de la tenir d'une main et de tirer de l'autre pour qu'elle s'ouvre et lui permette de jeter un coup d'œil dans le couloir.

Vide !

La voie était libre pour le moment... Il fallait en profiter. Maryse se tourna vers Camille et lui fit signe de sortir. La fillette se mordit nerveusement les lèvres, puis elle acquiesça de la tête et se glissa dans l'ouverture. Maryse lâcha la porte avec précaution et la franchit à son tour.

Contre toute attente, la première partie de son plan avait marché C'était bon signe, songea-t-elle en prenant la main de Camille.

Mais elles avaient à peine fait deux pas que le bruit d'un pistolet mis en position armé retentit dans le couloir sombre et les stoppa net.

L'instant d'après, un petit cri inarticulé fut le seul avertissement qu'eut Maryse avant que sa fille lui soit ravie.

Accroupi derrière un panneau à quelques mètres de l'entrepôt de La Fabrique de papier, Brooks observait le bâtiment et réfléchissait à un plan d'action. Maryse était à l'intérieur, il en avait la conviction, mais comment y pénétrer sans risquer d'être immédiatement abattu ?

Pas par la porte principale : ce serait du suicide. Ni par l'arrière : il connaissait assez bien les habitudes des criminels pour savoir que c'était sans doute l'issue la mieux gardée.

Restait la porte latérale, et son attention se concentra sur elle.

Au bout de dix minutes, il avait vu trois hommes la franchir dans les deux sens. Le premier avait sorti une poubelle, le deuxième, fumé une cigarette, et le troisième, qui avait passé un long moment adossé au mur, le nez sur son portable, était retourné à l'intérieur.

Aucun ne semblait particulièrement dangereux : autant que Brooks ait pu s'en rendre compte, ils n'étaient pas armés. Et, plus important encore, ils n'avaient pas eu besoin de clé pour regagner le bâtiment.

Brooks vida sa bouteille de soda, s'en débarrassa en la posant par terre, et il s'apprêtait à s'approcher furtivement de la porte latérale quand son téléphone sonna. Il le sortit de sa poche et jeta un coup d'œil à l'écran.

Masters... Il décrocha.

— Tu y es ? lui demanda son coéquipier tout de go.

— Si c'est de l'entrepôt de La Fabrique de papier que tu parles, oui, j'y suis.

— J'ai des informations à te communiquer, et elles ne vont pas te plaire.

— Je t'écoute, mais fais vite : je suis pressé.

— Je t'ai dit qu'un jeune homme arrêté pour usage de faux papiers avait dénoncé le mari d'Anne Black, tu te souviens ?

— Oui.

— Ce jeune homme s'appelait Jean-Paul Kline.

Le frère de Maryse !

Masters poursuivit son récit. Une recherche à partir de ce nom lui avait appris que cet homme était mort dans un incendie criminel, six ans plus tôt, qu'il avait pour seule famille une sœur dont la police n'avait pas pu retrouver la trace, et que cette sœur se prénommait Maryse.

— Ce n'est pas une coïncidence, n'est-ce pas ? conclut Masters.

Brooks ne répondit pas. Il était trop occupé à reconstituer le fil des événements.

Onze ans plus tôt, Jean-Paul Kline avait dénoncé Saul Black.

La perquisition effectuée suite à cette dénonciation avait causé la mort dudit Saul et de son fils.

Quelques années plus tard, Jean-Paul avait une fille et, sachant leur vie menacée, il confiait l'enfant à Maryse.

Qui pouvait vouloir se venger de lui, sinon la femme qui avait perdu son mari et son fils lors de cette opération de police ?

Une femme qui, faute d'avoir pu assouvir complètement sa vengeance, avait aujourd'hui entrepris de la parachever en kidnappant l'enfant du délateur...

— Bon sang ! s'écria Brooks.
— Quoi ?
— Anne Black et Caleb Nank sont une seule et même personne !
— C'est ce que je viens de te dire !
— Désolé, je n'écoutais pas... Comment l'as-tu deviné ?
— Je me suis brusquement rendu compte que « Caleb Nank » était l'anagramme de « Anne Black ».

Le regard de Brooks se posa sur l'entrepôt. La femme de sa vie et Camille y étaient prisonnières de la personne la plus cruelle et la plus retorse qu'il lui ait été donné de poursuivre en douze années de carrière dans la police.

Il coupa la communication, remit le téléphone dans sa poche et s'élança vers le bâtiment.

Maryse tremblait de tous ses membres, et ses yeux allaient de sa fille à la femme armée d'un pistolet qui la tenait en joue.

— Vous avez ouvert les cartons de ma réserve spéciale,

j'imagine ? déclara Dee sur un ton moqueur. L'un d'eux contient toutes les informations nécessaires pour offrir une deuxième vie à la défunte mère de Camille... C'est drôle, non ?

Son persiflage était destiné à la faire réagir, comprit Maryse, mais elle ne mordit pas à l'hameçon. Certaine que Dee ne résisterait pas à la tentation de continuer à se vanter de ses « exploits », elle attendit ses explications en se disant que ce serait autant de temps gagné.

— Votre frère travaillait pour moi, mais sans le savoir. Je mûrissais déjà ma vengeance contre lui, alors, mais je n'étais pas pressée. Il croyait qu'avec cet emploi de vigile il était rentré dans le droit chemin et, quand il s'est aperçu que La Fabrique de papier n'exerçait pas que des activités légales, il est allé offrir ses services à votre ami Brooks. Je n'ai appris que trop tard sa collaboration avec la police. Il s'est tout de même cru malin. Plus malin que moi. La suite a prouvé que ce n'était pas le cas.

Maryse ne comprenait pas tout ce que disait son interlocutrice, mais le plus important, c'était de l'inciter à continuer à parler.

— Vous avez donc tué Jean-Paul, déclara-t-elle, et j'imagine que sa compagne a péri elle aussi dans l'incendie. Je ne sais pas pourquoi vous en vouliez à mon frère avant même que Brooks le recrute comme indicateur, mais sa mort ne vous a pas suffi en guise de vengeance, vous l'avez dit vous-même.

— Ma satisfaction n'a en effet duré que pendant la période où j'ai cru les avoir tués tous les trois, et donc avoir détruit sa famille comme il avait détruit la mienne.

— Que s'est-il passé ?

— J'ai découvert que sa fille était toujours en vie.

— Comment ?

— Par le plus grand des hasards. Je m'étais momentanément installée à Laval dans le but de développer mes activités au Canada et, un jour, je vous y ai vue avec Camille. Vous faisiez des courses, peut-être... Quoi qu'il en soit, j'ai tout de suite compris qui elle était : c'est le portrait craché de son père ! Ma vengeance n'était donc pas complète.

— De quelles activités s'agit-il ? demanda Maryse, déconcertée. Qui êtes-vous ?

Ce fut une voix d'homme, derrière elle, qui répondit :
— Caleb Nank.
Brooks !
— Anne Black de son vrai nom, poursuivit-il. Également connue sous les pseudonymes d'Anna White, Dee White, Deanna Whitehorse, et sans doute d'autres encore.

Maryse en demeura muette de stupeur... et de terreur. Elle sentit la main de Brooks se poser sur son épaule, mais cela ne suffit pas à la rassurer : la vie de Camille était toujours menacée. Seule consolation : la fillette n'entendait pas ce qui se disait.

— Pourquoi vous êtes-vous arrangée pour que mon chef m'envoie à Laval, Anne ? questionna Brooks.

— J'en avais assez de vous avoir à mes basques, et je pensais pouvoir vous faire tuer plus facilement au Québec qu'à Las Vegas.

— Pourquoi ne pas vous en charger vous-même ?

— Parce que je suis joueuse, lieutenant Small ! J'aime manœuvrer les gens comme des pions sur un échiquier, les regarder depuis les coulisses accomplir ma volonté, même si ça prend parfois du temps.

— Comme dans le cas de Jean-Paul Kline, que vous jugiez responsable de la mort de votre mari et de votre fils.

— Il l'était ! Il a dénoncé mon mari ! S'il s'était tu, Saul et notre fils seraient toujours en vie.

— Et maintenant, que va-t-il se passer ?

— Ça dépend. Je peux mettre un point final à toute cette histoire de façon simple et rapide... Si vous décidez de jouer les héros, en revanche...

La suite échappa à Maryse : son attention venait de se fixer sur Camille, qui s'était mise à lui parler en langage des signes — par tout petits gestes, pour ne pas alerter sa kidnappeuse.

— *Le monsieur qui est derrière toi ?*

Maryse haussa un sourcil interrogateur.

— *Il dit qu'il t'aime.*
— *Vraiment ?*
— *Oui.*
— *Et toi, tu l'aimes ?*

Le cœur serré, Maryse hocha affirmativement la tête.

— *Bizarre*, observa Camille.
— *Je sais.*
— *Il veut qu'on compte jusqu'à trois, et qu'on se couche ensuite par terre.*
— *Alors il faut lui obéir. Prête ?*
— *Oui. Un...*
— *Deux...*
— Trois, murmura Brooks.

Maryse et sa fille se jetèrent en même temps à terre. Une demi-seconde plus tard, une détonation retentit, et Dee White, alias Anne Black, tomba à la renverse. Brooks s'élança vers elle, pistolet au poing, tandis que Maryse se redressait, attirait Camille dans ses bras et lui posait la tête contre son épaule pour l'empêcher de voir le sang qui rougissait le chemisier d'Anne Black.

Un vrombissement se fit soudain entendre, venant du dehors...
Un hélicoptère ?

Au regard inquiet que Maryse lui lança, Brooks répondit avec un sourire :

— Masters a dû m'envoyer des renforts.

Et en effet, à peine quelques minutes s'étaient-elles écoulées que l'entrepôt grouillait de policiers. Un deuxième appareil amena ensuite une équipe médicale. Maryse avait alors perdu Brooks de vue depuis un moment et, avant qu'elle ait pu reprendre contact avec lui, un secouriste enveloppa Camille dans une couverture, fit de même pour elle et les mit toutes les deux à l'abri dans l'hélicoptère.

La fillette ne tarda pas à s'endormir. Malgré sa fatigue, Maryse était trop tendue pour l'imiter. Elle brûlait de retrouver Brooks, ne serait-ce que pour connaître les tenants et les aboutissants de toute cette affaire.

Et puis, alors qu'elle désespérait de le revoir, il monta dans l'appareil et s'assit en face d'elle.

— Comment ça va ? demanda-t-il.
— Pas trop mal. Toute cette histoire est terminée ?
— Non, j'ai encore beaucoup de travail devant moi : mon enquête sur Caleb Nank, alias Anne Black, ne sera bouclée qu'une fois son organisation entièrement démantelée, et ça prendra du temps.

— Ah !

— Mais une chose est sûre : vous ne serez pas séparées, Camille et toi. J'en ai obtenu la garantie.

Aucun mot n'ayant le pouvoir d'exprimer l'immensité de sa gratitude, Maryse opta pour la simplicité.

— Merci, dit-elle.

Les rotors de l'hélicoptère se mirent alors en mouvement, annonçant le décollage prochain de l'appareil. Ils faisaient tellement de bruit que Brooks choisit le langage des signes pour continuer la conversation :

— *Il y a une autre raison pour que cette histoire ne soit pas terminée. L'adorable petite personne endormie près de toi t'a transmis mon message, n'est-ce pas ?*

Maryse se sentit rougir jusqu'aux oreilles.

— *Celui qui nous demandait de compter jusqu'à trois et de nous coucher ensuite par terre ?*

— *Il y en avait un autre, avant. Il disait que je t'aimais.*

— *Oui, Camille me l'a transmis.*

— *Et ?*

— *Et je t'aime, moi aussi.*

— *Alors tu vois ? L'histoire n'est pas terminée... Elle ne fait même que commencer !*

Une joie immense gonfla le cœur de Maryse.

Pour la première fois depuis six ans, elle ne voyait plus aucune raison d'avoir peur du lendemain.

NICO ROSSO

Une héritière aux abois

Traduction française de
CATHY RIQUEUR

Titre original :
RENEGADE PROTECTOR

Ce roman a déjà été publié en 2019.

© 2018, Zachary N. DiPego.
© 2019, 2024, HarperCollins France pour la traduction française.

1

L'obscurité enveloppait Mariana Balducci qui venait de sortir de sa boutique par la porte de derrière et s'assurait qu'elle l'avait bien verrouillée. L'éclairage du parking de l'immeuble était en panne, et elle était la dernière occupante de la rangée de commerces à fermer. Depuis des mois, le bruit métallique de la serrure de la porte vitrée résonnait à ses oreilles comme un glas. Les clients fuyaient son enseigne, et les ventes étaient catastrophiques. Ce n'était plus qu'une affaire de semaines, voire de jours, avant qu'elle ferme une ultime fois et remette les clés à une personne étrangère.

L'apparition d'une silhouette, à une dizaine de mètres, la fit sursauter. À travers la porte vitrée, elle regarda l'homme qui se trouvait de l'autre côté de l'immeuble, devant sa vitrine en façade. L'ombre insondable qui la cernait l'avait rendue nerveuse, et cette présence de l'autre côté du bâtiment fit se figer l'air dans ses poumons. Grâce à la lumière jaunâtre du réverbère le plus proche, elle le reconnut. Il était venu à la boutique dans la journée.

Lorsqu'il était entré, elle avait songé à lui présenter ses produits bios à base de pomme ; les fruits provenaient du verger qui avait appartenu à quatre générations de Balducci avant elle. Toutefois, sa réserve suggérait qu'elle lui accorde une certaine tranquillité tandis qu'il découvrait les choses par lui-même. C'était un homme noir, séduisant, à la mâchoire carrée, rasée de près, et aux cheveux coupés ras. Aux épaules larges. Il devait avoir une petite trentaine d'années, à peu près comme elle, ou un peu plus.

Sans doute avait-elle été avisée de ne pas commencer à lui faire l'article car, au moment où leurs regards s'étaient croisés, un émoi inattendu l'avait envahie. Elle n'était parvenue à articuler qu'un simple : « Bonjour ».

La rougeur subite de sa peau avait persisté quand il était ressorti. Son regard attentionné avait capté le sien comme s'il la connaissait déjà et était au courant de ses problèmes. Comme s'il comprenait. Il n'avait pas dit grand-chose et, au lieu d'acheter quoi que ce soit, il avait passé la majeure partie de son temps à contempler les photographies anciennes, en noir et blanc, accrochées au mur. Elles lui venaient de ses ancêtres, des Italiens qui s'étaient installés en Californie, dans la baie de Monterey, ainsi que des familles mexicaines unies à eux par les liens du mariage. L'espace d'un moment, elle avait envisagé de lui raconter le peu qu'elle savait sur l'histoire de ces clichés et de l'inviter à prendre un café. Mais elle ne s'était pas encore senti la langue assez déliée et le moment était mal choisi pour flirter avec cet homme alors qu'elle croulait sous les problèmes.

Et maintenant, en le voyant là, elle se demanda s'il faisait partie de ses problèmes. En général, les hommes qui rôdaient près de sa boutique ou traînaient aux limites de sa propriété, à l'extérieur de la ville, arboraient une expression plus fermée. Leurs yeux étaient durs, exempts de toute compassion. C'étaient des prédateurs, envoyés par le groupe de développement immobilier Hanley pour intimider ses clients et la terroriser à seule fin qu'elle mette la clé sous la porte et leur vende ses terres. Ce maudit plan fonctionnait.

Tout en gardant un œil sur l'inconnu à travers les vitres de son magasin, elle rejoignit en toute hâte son pick-up. Pendant qu'elle sortait ses clés de son sac pour ouvrir sa portière, elle le perdit de vue. Un frisson de peur la parcourut, causé par un bruissement d'étoffe à proximité, beaucoup trop près d'elle. Un homme surgit de l'ombre, près du plateau du pick-up. S'agissait-il de celui qui se trouvait devant la vitrine ? Comment était-il arrivé là aussi vite ? Elle n'avait même pas entendu de pas !

— Partez.

Elle s'était forcée à adopter un ton sec et avait plongé la main dans son sac pour y prendre son spray au poivre.

— Vous, partez, rétorqua une voix sourde.

Une main lui arracha le sac.

— Partez de votre boutique. Partez de vos terres. Partez de ce comté.

L'ombre masquait les détails du physique de l'homme, mais le pas menaçant qu'il fit dans sa direction fut sans équivoque.

— Je sais qui vous envoie.

Il ne faisait aucun doute que le Groupe Hanley était derrière cela. Quelques mois plus tôt, il lui avait proposé d'acheter son verger et ses terres. Elle avait refusé. Les hommes de main avaient alors commencé à se montrer.

L'homme ricana.

— J'en doute.

Elle sentit ses muscles se contracter. Sa sommation n'avait pas suffi à régler le problème. Serrant les poings, elle tâcha de contrôler sa respiration. La panique ne réussirait qu'à faire d'elle une cible plus facile. Jusque-là, aucune menace n'avait été ouvertement physique. Mais soudain les règles changeaient, et elle ignorait totalement ce qu'il lui en coûterait de survivre à cette soirée. L'homme avança à nouveau, bras levés dans l'ombre. Elle devait se défendre.

Toute sa rage résultant du fait d'être harcelée, d'avoir peur, de se sentir impuissante se libéra dans un coup de poing visant la gorge de l'homme. Celui-ci se détourna au dernier moment et les articulations de ses doigts ripèrent sur le haut de son torse dur avant de heurter le côté de sa nuque. Il tressaillit. La secousse provoquée par le choc remonta le long du bras de Mariana et lui fit perdre l'équilibre.

L'homme se ressaisit rapidement et s'élança en aboyant :

— Espèce de petite...

Elle se protégea la tête de ses bras et se prépara à l'impact. Avant qu'elle soit atteinte, deux corps entrèrent en collision dans un grognement sonore. Son agresseur et un autre homme heurtèrent violemment le côté de son pick-up, ébranlant sa suspension grinçante. Le nouvel arrivant était également dissimulé par l'obscurité. Peut-être appartenait-il à la police locale. Pete, son ex, en faisait partie et il passait encore, parfois. Toutefois les policiers commençaient toujours par s'identifier.

Le seul moyen d'expression du nouveau venu était ses poings. Il en assénait à l'agresseur des coups d'une brutale efficacité. Les sifflements saccadés d'une respiration devenue pénible répondaient de la maîtrise du bon samaritain. Pendant que la voie était libre, elle se baissa et se mit à la recherche de son sac. Son assaillant était sans doute armé et elle avait besoin de tout avantage qu'elle pourrait se procurer. L'idée que l'homme qui avait volé à son secours puisse être blessé en lui portant assistance lui fit bouillir le sang. Elle trouva la bandoulière du sac et le tira jusqu'à elle. La bagarre se poursuivait près du pick-up. Le nouveau venu reçut un direct dans le flanc et riposta par un coup de genou.

La violence de l'affrontement la perturbait. Les bagarres auxquelles elle avait assisté au bar local opposaient des amateurs éméchés. Celle-ci était un combat âpre entre deux hommes qui savaient ce qu'ils faisaient. S'il durait trop longtemps, l'un d'eux mourrait.

Sa main se referma enfin sur le spray au poivre. Toujours accroupie, elle enleva la sécurité et le pointa en direction des deux hommes qui continuaient de lutter. Chacun d'eux tentait de prendre le dessus tandis qu'ils se projetaient l'un l'autre contre le côté de son pick-up. Si elle utilisait son spray maintenant, elle les atteindrait tous deux.

Au moins cela mettrait-il fin au combat.

Alors qu'elle posait l'index sur le bouton pressoir, une voiture débarqua soudain sur le parking dans un crissement de pneus. Peut-être la police intervenait-elle enfin. Mais sans aucun hurlement de sirène ? L'engin approchait à toute allure, sans ralentir. À la lueur des phares, elle distingua les combattants. L'un d'eux était l'homme noir qui était venu dans sa boutique. Elle ne reconnut pas l'autre, un blanc au crâne rasé qui affichait un rictus malveillant.

Leur mêlée s'immobilisa un instant dans la lumière éblouissante. Puis, d'une brusque poussée, l'homme noir se sépara de son adversaire et fonça vers elle. Malgré l'épaisse veste en jean qu'il portait, elle sentit à quel point les bras qui l'entourèrent étaient musclés. L'homme et elle s'affalèrent sur l'asphalte, le corps de l'inconnu absorbant la violence de l'impact. Il la garda serrée entre ses bras tandis qu'ils s'écartaient en roulant de la trajectoire de la voiture lancée à toute vitesse. Elle freina brusquement pour s'arrêter à la hauteur de l'agresseur. L'homme chauve sauta sur le siège arrière et le véhicule repartit, laissant derrière lui une odeur de gomme brûlée et d'huile de moteur.

Après être sortie en trombe du parking, la voiture bifurqua dans une rue latérale, laissant de nouveau Mariana dans l'obscurité. En compagnie d'un étranger qui la tenait contre sa poitrine.

— Êtes-vous blessée ?

Sa voix était grave et rauque.

Elle évalua promptement son état. Des contusions, assurément, mais aucune fracture ni saignement.

— Je vais bien.

Avec une grâce athlétique, il s'écarta d'elle et se leva. Elle accepta la main qu'il tendit pour l'aider, mais hésita avant de se remettre debout. Le contact de sa peau lui rappela le lien implicite qu'elle avait cru percevoir entre eux, plus tôt dans la boutique, quand leurs regards s'étaient croisés. Il l'avait alors fait s'empourprer. À présent, il faisait pulser un désir ardent dans ses veines. Mais sans doute était-ce dû à l'adrénaline générée par la bagarre et au fait d'avoir failli se faire écraser.

Elle finit par se lever et lâcha sa main afin de débarrasser ses paumes du gravier qui s'y était incrusté. Les picotements douloureux engendrèrent le rappel oppressant de la peur et du danger.

— Je vais bien, répéta-t-elle.

Elle tâtonna le sol du pied, cherchant le spray au poivre qu'elle n'avait pas eu conscience de lâcher. La colère lui noua tout à coup la gorge.

— Je ne vais pas bien.

Elle avait lancé ces mots dans la direction où la voiture avait disparu.

— Je suis furieuse.

Le bout de son pied rencontra le spray et elle le ramassa, contente d'être à nouveau armée.

— Je suis lasse d'être sous pression, menacée, agressée...

Les deux langues qu'elle parlait se bousculèrent dans sa tête alors qu'elle tentait d'expliquer pourquoi elle tremblait.

— *Solo estoy cansada.* Je suis tout simplement fatiguée. J'ignore qui vous êtes, mais vous dire merci est très loin d'exprimer à quel point je vous suis redevable.

Il fit un pas en avant, comme pour dire quelque chose, mais elle poursuivit :

— Vous venez de faire une chose incroyable.

— Je m'appelle Tyler Morrison.

Il maintenait une certaine distance entre eux et s'exprimait calmement.

— Appelez-moi Ty.

— Je ne vous remercierai jamais assez, Ty.

Elle aurait aimé qu'il y ait de la lumière pour étudier son visage.

— Il ne me reste plus qu'à disparaître et aller refaire ma vie là où personne ne m'aura dans le collimateur, ajouta-t-elle.

Si elle retrouvait son sac, elle pourrait y prendre ses clés et rentrer chez elle pour signer toute la paperasse nécessaire au transfert de l'acte de propriété de son verger au Groupe Hanley, qui devrait dès lors cesser de lui gâcher la vie.

— Je vais bien et vous pouvez retourner à vos vacances, votre voyage, ou quoi que ce soit qui vous a amené à Rodrigo.

— Je suis ici pour vous, Mariana Balducci.

Aussitôt, elle se sentit de nouveau en proie au danger. Elle brandit son spray anti-agression, prête à fuir.

— Qu'est-ce que ça signifie ?

Un faisceau lumineux balaya le sol. Ty tenait une petite lampe torche attachée à un porte-clés. Elle discerna les contours de son nez et de sa bouche sévère, mais son regard sombre demeura insondable. La lumière de la torche atterrit sur son sac et y resta. Ni lui ni elle ne bougèrent.

L'adrénaline continua de se décharger dans ses veines, étirant chaque seconde tandis qu'elle attendait sa réponse. Elle leva plus haut le spray.

— Expliquez-vous !

Il hocha la tête.

— En échange de l'aide que je viens de vous apporter, vous pouvez faire quelque chose pour moi.

— Donc, cette agression n'était qu'un subterfuge pour que vous surgissiez, jouant les héros, afin d'obtenir quelque chose en retour.

Pendant des mois, il y avait eu des coups de fil et des courriers menaçants, ainsi que des présences indésirables dans son magasin. Et voilà un homme de plus qui pensait pouvoir la manipuler.

— Ce n'était pas un simulacre. Ces hommes ne plaisantaient pas.

Son ton restait calme mais ferme.

— Voilà ce que vous pouvez faire pour moi : rester.

S'efforçant de déterminer le sens de ses paroles, elle plissa les yeux.

— Leur tenir tête, poursuivit-il, une ardeur passionnée enflant soudain dans sa voix. Rendre coup pour coup !

Elle laissa échapper un rire incrédule.

— J'ignore ce que vous croyez qu'il se passe ici, mais il me reste, en tout et pour tout, douze dollars. Je ne dors plus et je suis à bout de nerfs. Le plus sûr moyen de rester en vie me paraît être de vendre.

— Vous n'êtes pas seule à mener ce combat.

Sa mâchoire crispée trahissait sa détermination.

Elle abaissa le spray mais resta sur ses gardes.

— Effectivement, vous avez été présent pour moi à l'instant, mais cela dure depuis des mois. Resterez-vous dans les parages aussi longtemps ?

Elle pointa un doigt sur lui.

— Et qu'en retirerez-vous ?

Il esquissa un sourire.

— La satisfaction de savoir qu'une bonne personne a remporté son combat.

Elle ramassa son sac. L'homme semblait confiant, mais l'assurance seule ne suffirait pas à assurer la victoire.

— À vous entendre, ça paraît tout simple.

Sa lampe torche était à présent braquée sur la portière de son pick-up ; il baignait dans la lumière rouge qu'elle renvoyait.

— Je sais que ça ne l'est pas.

— Vous semblez savoir beaucoup de choses.

Il était insensé de puiser de l'espoir dans la conviction de cet inconnu.

— Et tout ce que je sais de vous, c'est le nom que vous m'avez donné.

Qui pouvait très bien être faux.

— Comment m'avez-vous trouvée ? Je n'ai parlé de tout cela à personne.

— Mais vous êtes allée voir la police quand le harcèlement a commencé. Et la plainte a été consignée.

— Donc, vous êtes policier ?

Cela pourrait clarifier certaines parties, mais pas l'ensemble. Ty Morrison possédait indéniablement une autorité naturelle, mais s'il était venu là en mission officielle, il aurait présenté une carte ou un insigne. Non qu'elle eût tellement confiance en la police les derniers temps. Pete s'était rallié à la ligne de conduite des autres membres de la police locale, lui expliquant qu'ils ne pouvaient rien faire en l'absence de preuve. Les hommes de main qui la harcelaient étaient trop malins pour se faire prendre.

Il baissa la voix comme s'il avait un secret à lui confier.

— Je fais partie d'une organisation...

Un bruit de verre volant en éclats l'interrompit. Il courut immédiatement dans la direction d'où il provenait. Sa boutique. Elle s'élança derrière lui vers l'arrière de l'immeuble. À nouveau, du verre fut fracassé, et une voiture s'éloigna à vive allure dans la rue longeant les façades des commerces.

Une lueur jaune se mit à vaciller dans son magasin, faisant bizarrement danser les ombres. Son éclat s'intensifia dangereusement, virant au rouge. La silhouette de Morrison s'y découpa alors qu'il s'arrêtait net devant la porte. Il se tourna vers elle l'air très sérieux.

— Appelez les secours.

Elle sortit ses clés et son téléphone de son sac et appuya sur la touche d'appel d'urgence. Il lui prit les clés, déverrouilla la porte et se rua à l'intérieur sans hésiter. Une onde de chaleur la frappa et elle dut se contenter de regarder le feu qui se propageait à toute la surface du sol. Au-delà apparaissait la vitrine brisée, béante, aux montants léchés par les flammes.

Le répartiteur des urgences lui répondit, et elle le supplia d'envoyer les pompiers aussi vite que possible. La silhouette de Morrison traversa à la hâte son champ de vision. Il alla ouvrir les tiroirs du bureau derrière la caisse enregistreuse.

— Où sont les papiers importants ? hurla-t-il pour couvrir le crépitement du feu qui se déchaînait.

Elle entra aussitôt en action et se précipita dans le bâtiment. Le poussant de côté d'un coup d'épaule, elle ouvrit le tiroir-classeur du bureau et en sortit le coffre ignifugé. Il contenait son permis d'exploitation, ses comptes rendus d'inspection et les documents d'archives qu'elle avait rassemblés sur le bâtiment historique que se partageaient les commerces. Il tendit vers elle une grande main.

— L'argent ?

Elle trouva la clé de la caisse et elle la lui tendit alors que la chaleur s'intensifiait et qu'une alarme incendie se mettait à hurler.

— Mettez-vous à l'abri.

Il lui désigna la porte du fond. Elle fonça vers la sortie tandis qu'il se tournait vers la caisse enregistreuse.

L'incendie prenait de l'ampleur. Les gicleurs se mirent enfin en marche. Elle sortit, posa le coffre par terre et se tourna pour voir la vapeur du brasier s'élever le long de ses présentoirs en bois. L'eau éteindrait le feu, mais rien ne pourrait étouffer la fureur qui l'habitait. L'intimidation l'avait minée pendant des mois, mais l'attaque de ce soir était directe. Son intégrité physique avait été menacée ; l'œuvre de sa vie se consumait.

Trempé, la tête rentrée dans les épaules, Ty la rejoignit, portant son tiroir-caisse qu'il lui tendit. Les flammes persistantes éclairaient son visage maussade.

— Napalm artisanal, expliqua-t-il. C'est sous forme de gelée. L'eau n'en viendra pas à bout.

Elle eut le sentiment que la rage allait la consumer elle aussi.

— Ça démontre à quel point ils souhaitent me voir partir.

— Mais ils ignorent à qui ils ont affaire. Et la réponse est toujours à l'intérieur.

Au lieu de fuir le brasier, il s'y précipita de nouveau.

Le bruit des sirènes retentit au loin. Elle raccrocha, laissa tomber le tiroir-caisse et courut à la porte. Elle vit Ty traverser les flammes, se protégeant le visage du bras. Elle n'aurait su dire ce qu'il voulait récupérer.

— Laissez cela ! lui cria-t-elle. Ce n'est pas important.

Sa marchandise était perdue et rien ne valait la peine qu'il risque sa vie. Il disparut complètement dans l'incendie. Elle ouvrit la porte. Malgré la fournaise, son sang se glaça dans ses veines.

— Ty !

Elle s'accroupit pour éviter de suffoquer en respirant la fumée. L'eau des gicleurs l'éclaboussa alors qu'elle avançait en direction des flammes. Il l'avait aidée, s'était investi dans son combat, elle ne pouvait pas l'abandonner.

Il surgit devant elle, et un profond soulagement l'envahit tandis qu'ils se repliaient vers la sortie. Une fois qu'ils furent dehors, elle vit qu'il tenait une pile des photos anciennes qui ornaient les murs. Celles qu'il avait examinées plus tôt dans la journée.

— C'est important, au contraire. C'est la raison pour laquelle vous devez continuer à résister.

Il sortit du lot un cliché du XIXe siècle montrant un groupe de cow-boys et d'habitantes de la Frontière de différentes ethnies ; ils posaient le long d'une crête, près d'un chêne immense.

Elle eut un rire sans joie. Sa boutique brûlait. L'épuisement la démoralisait.

— Je ne peux pas en supporter davantage.

Le hurlement des sirènes se faisait plus proche. Il jeta un regard dans la direction d'où il provenait.

— Vous le devez.

Il brandit la photo.

— C'est nous. C'est mon organisation.

Peut-être s'était-elle cogné la tête au cours de l'agression. Peut-être tout cela n'était-il qu'un rêve.

— Donc, vous êtes un cow-boy venu du passé pour m'aider ?

La lueur du feu sculptait les traits du visage grave de Ty Morrison ; il lui désigna l'un des hommes du groupe.

— Voici mon ancêtre. Ces personnes ont formé un groupe destiné à protéger tous ceux qui ne pouvaient faire entendre leur voix. Des personnes comme eux. Les déshérités. Les immigrants. Les femmes. Les ouvriers...

Il regarda à nouveau en direction du son des sirènes. Il avait affronté son agresseur, l'avait sauvée d'une voiture lancée à toute vitesse, s'était engouffré dans sa boutique ravagée par un incendie et pourtant il se tenait, solide, devant elle.

— Cette mission n'est pas terminée.
— Regardez ce qu'ils ont fait.

Des larmes lui brûlèrent les yeux tandis que les flammes dansaient comme pour se moquer d'elle. Enfin, un camion de pompiers arriva devant son magasin. Les soldats du feu en descendirent avant même qu'il soit complètement à l'arrêt.

— Je sais que vous êtes sous pression.

Il posa la main sur son épaule et son énergie irradia en elle.

— C'est la raison de ma présence ici.

Elle grimaça en entendant éclater du verre. Les pompiers les évacuèrent afin d'accéder à l'incendie.

— Je ne sais plus quoi faire.

Il soutint son regard.

— Nous allons renverser les rôles et engager le combat avec celui qui est à l'origine de tout ça.
— Pourquoi ?

Il devait y avoir une embrouille.

— C'est ce que nous faisons, répondit-il en lui tendant la photo du groupe de personnes. C'est ce que je suis.

Le gyrophare rouge et bleu d'une voiture de police apparut sur le parking. Ty plissa les yeux en la regardant approcher.

— Ne leur dites pas mon nom.
— Vous n'allez pas partir !

Elle tenta de le retenir. Il avait été le seul élément positif de cette horrible soirée. La seule chose bénéfique qui lui soit arrivée depuis le début de ce calvaire.

Il plongea son regard dans le sien.

— Je serai à vos côtés jusqu'au bout. Jusqu'à ce que ce soit terminé.

Il redressa ses larges épaules ; il respirait la puissance à l'état pur.

— Vous n'êtes pas seule.

La voiture de police s'arrêta et son projecteur balaya l'arrière de la boutique avant de s'arrêter sur elle. Elle cligna des yeux. Ty avait disparu. Comme s'il n'avait jamais été là. Cependant, l'incidence de sa présence était indéniable. Il l'avait protégée, sauvant ce qu'il pouvait, y compris la photo ancienne qu'elle tenait. Les personnes aux visages austères immortalisés sur le cliché la fixaient avec une force et une détermination identiques à celles de Ty. Mais il s'était fondu dans l'obscurité.

Elle avait besoin qu'il revienne, pour se nourrir de sa force si ce combat devait se poursuivre. Et pour retrouver cette connexion fugace qu'elle avait perçue dès le premier regard qu'ils avaient échangé. Un curieux lien les unissait dans cette affaire. Pour la première fois depuis longtemps, elle ne se sentait plus seule.

2

Ty avait les poumons en feu, les articulations de ses doigts saignaient, et sa veste trempée faisait frissonner ses muscles endoloris. Malgré cela, il tenait toujours à traquer ces salauds et à leur faire payer ce qu'ils venaient d'infliger à Mariana Balducci.

Il lui avait été plus difficile de la laisser sur ce parking que de se précipiter dans son magasin dévoré par les flammes, mais il n'était pas prêt à s'expliquer auprès de la police locale. Mieux valait qu'il reste inconnu de tout le monde jusqu'à ce qu'il comprenne mieux qui exactement faisait planer une menace sur Mariana et sa propriété.

Il avait retenu un détail de cette soirée : l'homme chauve savait se battre. Sa technique lui venait de la rue et était destinée à causer le plus de dégâts possible. Il ne doutait pas que Mariana soit coriace pour diriger seule sa propriété et son magasin, mais si le chauve lui avait mis la main dessus... Il préféra ne pas envisager cette éventualité.

Il l'observa tandis qu'elle discutait avec les deux policiers, rassuré par sa posture ferme, par ses gestes trahissant plus la colère que la résignation. Tapi dans l'ombre, entre un vieil arbre et un mur de parpaings, à l'autre bout du parking, il échappait à la vue de tous.

L'inspection que les policiers firent sur l'asphalte à l'aide de leurs torches ne fut pas aussi minutieuse qu'il l'aurait souhaité. S'il avait été dans sa juridiction, il aurait déployé tous les moyens pour ratisser ce parking ainsi que le local commercial, une fois l'incendie maîtrisé. En l'occurrence, son insigne de San Francisco ne lui vaudrait probablement pas davantage qu'une invitation à prendre un café avec le chef du commissariat local, et à peine plus d'informations que n'en contiendrait un communiqué de presse.

Aux yeux des autorités du comté et de la ville, sa présence à Rodrigo n'avait rien d'officiel. Mais pour ce qui était de l'organisation secrète qu'il s'employait à mettre sur pied, il était en mission commandée. La cible en était Mariana et il aurait aimé avoir l'occasion de lui expliquer vraiment qui il était et pourquoi il était venu l'aider.

À son entrée dans sa boutique, il avait regretté de ne pas être en ville pour une autre raison. L'odeur des pommes et des épices embaumait, teintant de sensualité le moment où il avait capté son regard. Les données qu'il avait recueillies via le rapport de police et ses recherches sur Internet ne l'avaient pas préparé à l'impact de sa présence. Il savait que cette femme subissait des manœuvres d'intimidation depuis des mois, et pourtant elle n'était pas brisée. La façon dont elle l'avait rapidement jaugé révélait un esprit affûté. Elle était méfiante, certes, mais aussi prête à assimiler le monde qui l'entourait. Et il y avait cette étincelle dans son regard. De l'ardeur, plus en retrait. Il avait eu envie de savoir ce qui éclairait ainsi ses yeux bruns. Mais il était là pour la mission, pas pour s'enquérir de l'éventualité d'un lien avec une femme qu'il venait de rencontrer. Au lieu de sonder les secrets de son âme, il avait passé la soirée à jouer des poings avec un autre homme et à foncer, la tête la première, dans un brasier.

Les policiers terminèrent leur fouille superficielle et invitèrent d'un geste Mariana à les accompagner à l'avant de l'immeuble. Quelques flammes dansaient encore dans la boutique, mais les pompiers semblaient sur le pont d'en venir à bout. Ty se raidit en regardant Mariana s'éloigner et disparaître de sa vue. Il grimaça. Cette attirance magnétique qu'il éprouvait pour elle devait être le fruit de son instinct protecteur de policier. Ces criminels s'en étaient déjà pris à elle à deux reprises ce soir-là. Ils recommenceraient forcément.

Une fois qu'il fut seul sur le parking désert, il sortit son téléphone, se félicitant d'avoir opté pour une coque waterproof. Ce ne fut que lorsqu'il tenta d'entrer son code qu'il remarqua que ses doigts tremblaient, sans doute sous l'effet de l'adrénaline qui continuait à le pousser à l'action. Son envie d'en découdre augmenta encore quand il tapa un bref message résumant ce qui s'était passé. Ces salauds s'en étaient pris à Mariana, et s'il n'avait pas été présent…

Il envoya le SMS à son organisation naissante. Vincent et Stephanie relaieraient l'information si nécessaire. Aider Mariana était sa priorité absolue. Son but secondaire devrait attendre qu'il ait évalué la gravité du problème. Mais il n'abandonnerait pas. Il se l'était promis avant de se présenter à Rodrigo. Le fait de voir son ancêtre sur cette photo au mur de la boutique avait affermi sa résolution. Postés le long de la crête se trouvaient les hommes et les femmes qui avaient fondé « Justice pour la Frontière » cent vingt ans plus tôt. Ils s'étaient unis pour aider les personnes abandonnées, oubliées et méprisées que le système excluait. Justice pour la Frontière devait être ressuscitée. La vie de Mariana en dépendait.

Bien que l'incendie soit enfin éteint, le problème était loin d'être réglé. Debout devant la vitrine détruite de son commerce, Mariana respirait l'odeur âcre du bois et du plastique calcinés et humides. Deux policiers, dont Pete, son ex, se tenaient à proximité. Professionnel et attentif pendant l'interrogatoire, il demeurait néanmoins sur la réserve, en réaction au fait qu'elle ait rompu avec lui l'année précédente. Ce n'était même pas lui qui lui avait fourni la couverture posée sur ses épaules mouillées. Jones, son collègue, s'en était chargé avec un regard contrit. À l'intérieur du local, les pompiers pataugeaient dans les flaques, là où étaient censés déambuler ses clients. Des larmes de colère lui emplirent les yeux. Son travail, sa vie et son passé étaient réduits à néant. Ty lui avait demandé de faire front et de se battre, mais maintenant qu'il avait disparu, emportant son assurance, elle n'était pas certaine de savoir comment s'y prendre.

— Venez voir.

Miguel, le capitaine des pompiers, leur fit signe de les rejoindre dans le magasin. Rodrigo était une petite ville. Mariana était sortie diplômée du lycée en même temps que Miguel et Jones, Pete avait un an de plus qu'eux.

Il était ridicule d'ouvrir la porte d'entrée alors que les vitres étaient en mille morceaux, mais elle devait préserver une certaine normalité. Flanquée de Pete et de Jones, elle alla jusqu'à l'endroit indiqué par Miguel. Il désigna un objet long et foncé.

— On a probablement d'abord lancé ça pour briser la vitre. C'était un pied-de-biche.

— Ensuite est arrivé ceci avec le combustible.

Le verre fondu évoquait une bouche lançant un cri.

— Il s'agit vraisemblablement d'un bocal à conserve avec une sorte de mèche. Il y en a un autre plus loin.

Il fit un geste en direction du sol à quelques mètres de là, près de l'un de ses présentoirs calcinés.

Jones sortit son téléphone et prit des photos.

Le pompier s'adressa alors à Mariana.

— Vous devriez vous aussi prendre des photos. Pour l'assurance.

Bien que mouillé, son téléphone fonctionnait toujours. Elle fit donc la mise au point sur le pied-de-biche et le verre fondu par terre. Une larme roula le long de sa joue et elle ne l'essuya pas. Sa boutique était devenue une scène de crime. Si Ty n'était pas intervenu, quelqu'un serait sans doute en train de prendre des clichés d'elle, étendue sur l'asphalte du parking. Un frisson glacé courut le long de sa colonne vertébrale. Elle se força à rester concentrée et prit, à la suite de Jones, des photos de tout ce que Miguel avait relevé. Pete garda ses distances.

La couverture ne la réchauffait guère. La présence apaisante de Ty aurait été la bienvenue, mais il avait déguerpi comme un criminel. Et quelle était cette organisation à laquelle il avait dit appartenir ? Elle était en lien avec les photographies anciennes qu'il avait sauvées du feu.

Une voix de femme s'éleva dans la rue.

— Mariana ! Mariana ?

Elle se retourna et vit son amie Sydney qui tendait le cou pour regarder dans la boutique ravagée par l'incendie.

— Je suis là.

Ayant pris toutes les photos qu'elle pouvait, elle se dirigea vers la sortie.
— Tu vas bien ?
Le visage de la femme noire était marqué par l'inquiétude. Elle resserra contre sa poitrine une veste enfilée à la hâte et n'hésita pas à marcher dans les flaques du trottoir avec ses baskets aux lacets déliés.
— Je vais bien.
En faisant cette réponse à Ty après l'agression, elle avait déjà travesti la vérité. Elle s'efforça de feindre la même sincérité afin de rassurer son amie.
— J'ai entendu les sirènes et je me suis aussitôt renseignée auprès des gens du quartier. Ils avaient l'adresse grâce au scanner radio.
Laissant le pompier et les policiers à leurs occupations, Mariana étreignit son amie en exhalant un long soupir, ce qui relâcha un peu sa tension.
— C'était eux.
Sydney la serra plus fort dans ses bras.
— Les promoteurs ?
— Il ne peut s'agir que d'eux.
Elle s'écarta et regarda Sydney.
— Un homme m'a agressée... sur le parking.
L'inquiétude se mêla à la fureur dans le regard de Sydney.
— Je vais leur arracher la tête.
— Quelqu'un m'a aidée, chuchota Mariana.
— Qui donc ?
Sydney lança un regard méfiant à Pete. Elle doutait qu'il s'agisse de lui ou du service de police : ils n'avaient tenu aucun compte des ennuis de Mariana en raison de l'absence de preuve exploitable.
— Je l'ignore. Enfin, je veux dire que je ne connais que son nom, rien d'autre.
— Il n'est pas d'ici ?
Sydney regardait autour d'elles, comme si elle craignait qu'on les épie.
— Certainement pas.
Si elle l'avait vu avant qu'il entre dans sa boutique ce jour-là, elle se le serait rappelé.

— Mais il n'est pas resté, conclut Sydney sans chercher à cacher son scepticisme.

— Il est comme qui dirait... plutôt louche.

Voyant son amie sur le point d'exprimer ses réserves, Mariana lui prit la main et poursuivit :

— Mais il est resté là jusqu'au bout. Et il a bravé les flammes pour sauver des choses dans mon magasin.

Sydney exerça une pression sur sa main, tout en contemplant la façade dévastée de la boutique.

— Je suis vraiment désolée de ce qu'ils t'ont fait subir.

Elle regarda, de l'autre côté de la rue, son propre commerce de bougies, de miel, et d'autres produits dérivés de son activité d'apicultrice. Mariana comprit. N'importe qui aurait pu être la cible de ces attentats. Mais elle avait été la seule, et c'était pour ses terres.

Jones s'approcha respectueusement.

— Nous en avons terminé ici pour l'instant. Pouvez-vous venir au commissariat afin de faire votre déposition ?

Mariana hocha la tête et lâcha la main de son amie.

— Bien sûr.

— Je t'accompagne, dit Sydney.

— Tu es venue ici et c'est exactement ce dont j'avais besoin, lui dit-elle. Tu peux rentrer, à présent. Je vais bien.

Miguel fut le dernier à sortir de la boutique ; il referma la porte derrière lui.

— Moretti Construction a vingt-quatre heures pour condamner les fenêtres. Je vais les appeler.

— *Gracias, Miguel.*

Mariana lui serra la main.

— Merci pour tout.

Il retint un peu plus longtemps la sienne.

— Je suis vraiment désolé de ce qui est arrivé.

— Nous les retrouverons.

Jones semblait sûr de lui, mais son assurance ne la convainquit pas. Cette racaille s'était montrée jusque-là trop habile pour laisser une piste concrète. Que pourrait faire la police à présent ?

Miguel lâcha sa main et rejoignit le camion de pompiers. Mariana tapota l'épaule de Sydney.

— Je t'assure que je vais bien.

L'inquiétude de son amie ne s'atténua pas. Elle agita son téléphone portable.

— N'hésite pas à m'appeler.

— Tu sais que je le ferai.

Mariana la salua d'un sourire, sans être sûre qu'il soit vraiment rassurant. Elle sentit le regard de son amie sur elle tandis qu'elle s'éloignait en compagnie de Jones et de Pete.

En tournant au coin de l'immeuble, elle fut soulagée de ne plus voir la lueur des gyrophares des camions de pompiers. Une angoisse nouvelle l'envahit cependant lorsqu'ils atteignirent le parking obscur.

Elle était encore sous le choc des événements ; un frisson de peur la parcourut.

— Peut-être, maintenant, pourrons-nous convaincre la ville de réparer l'éclairage ici.

La tension avait percé dans sa voix. Si seulement elle pouvait voir Ty, le savoir dans les parages, elle se sentirait mieux. Elle eut la sensation qu'il l'observait, prêt à passer à nouveau à l'action, mais sans doute n'était-ce que le fruit de son imagination, un délire provoqué par son agression.

— Oui, fut tout ce que lui répondit Pete.

Jones ouvrit la portière de la voiture de police.

— Nous vous suivrons jusqu'au poste.

Il alluma les phares, illuminant son pick-up et une bonne partie du parking. Si Ty avait été tapi dans l'ombre, il n'aurait eu que peu de possibilités de se cacher. Elle scruta les alentours aussi discrètement que possible. Aucun signe de lui.

Elle avait pu constater son aptitude au combat et ne doutait pas de sa capacité à disparaître s'il le voulait. Mais elle ne savait que penser de sa déception de ne pas le voir. Ce pouvait être une simple question de sécurité — il avait été son sauveur, ce soir —, mais il y avait quelque chose de plus. Une aspiration singulière à en apprendre davantage sur l'homme mystérieux qu'il était.

Le geste machinal de prendre ses clés dans son sac la ramena à ce moment. Celui où sa soirée avait changé. Elle déverrouilla les portières puis alla jusqu'à l'endroit où ce qui avait été sauvé de sa boutique était toujours éparpillé au sol. Tout s'empila aisément, les photographies sur le dessus. L'air grave et déterminé, les personnes figurant sur le cliché ancien la regardèrent regagner le pick-up et les déposer sur le siège passager.

Elle se retrouva au volant, mais ne put effacer ce qui s'était passé. Le moteur se mit en marche et de la musique pop, beaucoup trop entraînante, jaillit de la radio. Elle l'éteignit et démarra, abandonnant son magasin calciné et abîmé par l'eau. La voiture de police quitta le parking derrière elle, mais elle ne vit pas d'autre véhicule les suivre, même à distance. Ty lui avait promis qu'il l'accompagnerait à chaque étape ; son absence la laissait transie.

Sept pâtés de maisons plus loin, elle se gara devant le commissariat et y entra avec Pete et Jones. Sa peau était si glacée sous ses vêtements mouillés que l'épaisse couverture dans laquelle elle était drapée n'y changeait plus rien. Le café brûlant n'y remédia pas et l'inconfort de la chaise en plastique près du bureau de Jones n'arrangea pas les choses. L'éclairage de la vaste salle située derrière l'accueil était tellement vif qu'on ne pouvait dire si c'était le jour ou la nuit. Jones s'installa devant l'ordinateur, et Pete prit place à côté de lui. À mesure qu'elle faisait le récit des événements de la soirée, tous deux lui posèrent des questions. Maintenant qu'elle n'était plus debout, l'épuisement la terrassait.

— J'ignore qui c'était. Il ne l'a pas dit.

La plupart des questions survinrent quand elle mentionna l'homme qui l'avait aidée.

— Il faisait trop sombre sur le parking pour que je puisse le voir vraiment.

Le détail qu'elle négligea de mentionner fut que Ty était venu dans sa boutique et que son regard intense lui avait inspiré un émoi qui, contre toute attente, l'avait fait rougir.

— Et dans l'incendie ? s'enquit Pete d'un ton cassant.

— J'étais légèrement préoccupée, rétorqua-t-elle.

Jones regarda son écran.

— Donc, nous avons un homme noir, mesurant plus d'un mètre quatre-vingts, et c'est tout.

— Par contre, je sais que l'individu qui m'a agressée sur le parking était blanc, âgé d'une vingtaine d'années, et qu'il avait le crâne et le visage rasés.

Pete inclina la tête et lissa les cheveux blonds sur sa nuque, geste indiquant chez lui la frustration. Avant qu'il ne pose la question, elle répondit :

— Les phares de la voiture qui a tenté de m'écraser ont plutôt bien éclairé cet homme, mais pas celui qui m'a aidée.

Il parut sceptique. Jones intervint.

— Je pense que nous avons tout ce dont vous vous souvenez.

Il prit une carte professionnelle sur le bureau et la lui tendit.

— S'il vous revient quelque chose, appelez n'importe lequel d'entre nous. Nous travaillons tous sur cette affaire, Mariana.

— Merci, Jones.

Ses jambes lui semblèrent rouillées lorsqu'elle se leva. Elle fit un geste de la main et adressa un signe de tête à Pete, qui la salua de la même façon.

Jones la raccompagna à l'entrée.

— Voulez-vous qu'on vous escorte jusque chez vous, qu'on inspecte les lieux ?

Elle secoua la tête.

— Là-bas, j'ai Toro.

— Un chien ?

— Un chien méchant, répondit Pete.

Mariana réprima un rire. Toro était plus doué qu'elle pour juger les gens, et il avait toujours grogné quand la voiture de Pete remontait la longue allée menant à sa maison.

Elle sortit du bâtiment, Jones toujours derrière elle.

— Vous êtes sûre que ça ira pour repartir ?

Une voiture passa dans la rue, devant le commissariat. Ty la conduisait ; il roulait en direction de sa propriété. Un sentiment de soulagement, mêlé à une pointe d'excitation à l'idée de le revoir bientôt, l'envahit. Il ne lui adressa pas un regard. Qui que soit Ty, quelle que soit la véritable raison de sa présence en ville, elle allait le savoir sous peu.

Elle se tourna vers Jones, s'assurant que Pete puisse l'entendre.
— Tout ira bien.

3

En sortant de la ville, Ty grimaça. Il aurait aimé pouvoir gagner tous feux éteints les collines vallonnées entourant Rodrigo, mais l'obscurité était telle qu'il dut laisser ses phares allumés. Machinalement, il vérifia la présence de son automatique dans l'étui à sa ceinture. Il n'avait pas eu le temps d'enfiler des vêtements secs alors qu'il pistait Mariana jusqu'au commissariat, mais il s'était muni de son pistolet qui lui assurait une protection supplémentaire après l'agression et la bombe incendiaire. Si quelqu'un le suivait, son véhicule offrait une cible facile.

Le verger Balducci était situé à l'extrémité d'Oak Valley Road, une route à deux voies menant directement aux collines en longeant fermes, élevages de chevaux et vignobles. Au loin, quelques fenêtres éclairées lui évoquaient les yeux jaunes de prédateurs. Hormis cela, il baignait surtout dans le gris et le noir. Des nuages bas masquaient la lune et les étoiles. Transformé en monstre par la lumière crue des phares, un chêne surgit puis disparut aussitôt ; cette vision lui rappela les visites qu'il rendait l'été à ses grands-parents dans leur ranch à l'intérieur des terres de la baie. Enfant, il était effrayé par la pénombre et les innombrables animaux qui pouvaient rôder à la lisière de l'aura lumineuse de la fenêtre de la cuisine.

Il ne craignait plus ces créatures. Dans le cadre de son métier de policier à San Francisco, il avait rencontré le pire chez l'humain. Il l'avait vu ce soir-là et en avait encore le poing et la mâchoire crispés.

D'après le GPS de son téléphone, il avait dépassé la dernière intersection. Il éteignit les phares et roula au pas. Les détails du terrain émergèrent alors que ses yeux s'adaptaient à l'obscurité. La route s'incurva, montant légèrement. D'autres chênes flanquèrent l'asphalte, s'adossant à des clôtures en bois vieillissantes. En parvenant au sommet du monticule, il aperçut la première section des vergers de Mariana. Ils s'étendaient sur un autre coteau et embrassaient une vaste clairière abritant la maison et ses dépendances.

Il baissa sa vitre, tâchant de saisir le moindre son suspect par-dessus le bruit du moteur. S'avancer ainsi vers la maison plongée dans l'obscurité, à l'affût du danger, avec uniquement la lumière naturelle pour le débusquer, le rapprocha plus qu'il ne l'aurait imaginé de son ancêtre. Jack Hawkins avait sillonné ces terres à cheval au cœur de la nuit et à une époque dangereuse, avec un calibre .45 à la hanche et à la conscience une soif de justice.

La route donna sur une simple allée. Son arrivée à proximité de la maison provoqua les aboiements d'un chien. Il avait lu tous les rapports de police, étudié les plans sur Internet et consulté les médias sociaux citant Mariana et son verger, mais il n'y avait été fait aucune mention d'un chien. Il se gara sur une bande de terre à l'écart et coupa le contact. Le chien continua d'aboyer mais resta à proximité de la maison. Ty descendit de voiture et le regretta aussitôt. L'été touchait à sa fin et l'océan Pacifique, distant de quelques kilomètres, balayait les collines d'un vent froid et humide qui traversa sa veste mouillée.

— Bon chien, lança-t-il au gardien des lieux.

Les aboiements ne cessèrent pas. Le chien était aussi noir que la nuit, ce qui empêchait de déterminer sa taille. Ce pouvait être n'importe quoi entre le mastiff et le loulou de Poméranie. Se basant sur l'environnement rural et la qualité sonore des aboiements de mise en garde, Ty estima qu'il représentait une menace sérieuse et ne prit pas le risque d'approcher davantage.

— Au moins, tu fais ton boulot.

Si quelqu'un d'autre rôdait dans les environs, le chien l'aurait accueilli de la même façon.

Une pause dans les aboiements avertit Ty d'un changement de

situation. De son poste d'observation surélevé, il vit un véhicule emprunter la route en direction du verger. Le pick-up de Mariana. Il se le rappelait aisément pour avoir été projeté violemment contre lui. Il éprouva un profond soulagement en constatant qu'elle n'était pas suivie. Ni par les criminels ni par la police. Elle et lui avaient trop de choses à mettre au clair, en tête à tête.

À en juger par son aisance dans les virages, il était évident qu'elle avait emprunté cette route toute sa vie. Quelques minutes plus tard, elle arriva et s'arrêta à sa hauteur. À la lueur du tableau de bord, son visage trahissait son épuisement. Ses cheveux noirs étaient toujours relevés en queue-de-cheval et elle n'avait pas changé de vêtements. Il eut envie de remplacer la couverture qui lui enveloppait les épaules par une autre, sèche et propre. Son regard méfiant le tint à distance.

Le chien continua à aboyer, exprimant la défiance que Ty voyait en elle. Elle le lui désigna d'un mouvement de tête.

— Vous avez fait la connaissance de Toro.

Ty acquiesça.

— Il me plaît. Il veille sur vous.

Un petit sourire éclaira son visage, puis disparut.

Ty fit un pas hésitant en direction de son pick-up.

— Vous devriez mettre quelque chose de chaud avant que ce froid devienne trop pénétrant.

L'espace d'un instant, elle le dévisagea, l'expression indéchiffrable.

— Laissez votre voiture là. On se retrouve à la maison.

Elle roula jusque chez elle ; Toro la suivit en bondissant. Dans la lumière des feux arrière de Mariana, il vit que le chien était un berger croisé athlétique, de taille moyenne.

Ty sortit un sac marin du coffre de sa voiture et parcourut à pied les quarante mètres le séparant de la maison. Lorsqu'il l'atteignit, plusieurs pièces étaient éclairées et la porte d'entrée, ouverte. Toro déambulait de l'autre côté, tête baissée, les yeux rivés sur lui. Mieux valait marquer une pause sur la large terrasse longeant toute la façade.

La voix de Mariana s'éleva de l'intérieur.

— Toro, laisse-le entrer.

Le chien s'écarta sans rompre le contact visuel. Ty franchit le seuil et entra dans un salon confortable aux meubles dépareillés, allant d'antiquités en bois sombre à des pièces minimalistes récentes. Mariana se tenait de l'autre côté de la pièce, près d'une armoire à fusils en cèdre ouverte. Son regard recelait la même méfiance que celui de Toro un peu plus tôt. Elle tenait une carabine à levier.

Ty posa le sac par terre avec précaution et lui montra ses paumes. Le canon n'était pas pointé sur lui, mais il suffirait d'un rien pour qu'elle vise sa poitrine.

— Je suis content que vous ayez cela, dit-il, remarquant que la carabine n'était pas armée. Pour l'instant.

— Vous comptez rester ? demanda-t-elle en posant un regard inquisiteur sur son sac.

— J'aimerais me changer. Les gicleurs m'ont arrosé alors que je traversais le feu pour sortir vos objets de valeur du magasin.

Elle baissa le canon de la carabine vers le sol et poussa un soupir tremblant, ses épaules se détendant légèrement. Toro s'assit à côté d'elle.

— Désolée.

Elle relâcha son étreinte sur l'arme.

— Je suis seulement...

— Je comprends. J'étais présent.

Il se retourna et referma derrière lui.

— Le verrou, fit-elle avec un geste vers la porte.

Il le tira en songeant qu'il ne considérerait la maison comme totalement sûre que lorsqu'il serait passé de pièce en pièce.

— Leur avez-vous dit mon nom ? Ou quoi que ce soit me concernant ?

— Je leur ai seulement donné une vague description.

Elle s'avança dans un coin de la pièce vers un petit bureau sur lequel était posé un ordinateur portable. Toro la suivit.

— J'ai dit que je ne vous avais jamais vu avant aujourd'hui.

— Bien. Merci.

Il sortit lentement le portefeuille contenant son insigne de sa poche arrière et l'ouvrit pour le lui montrer.

— Je suis lieutenant de police pour la ville de San Francisco, hors de ma juridiction, et techniquement en congé.

Tenant toujours la carabine d'une main, elle s'avança et lui prit le portefeuille.

— J'ignore comment vous fonctionnez, là-bas, mais vous n'êtes pas doué pour les vacances.

— Je ne veux pas en prendre.

Sa veste mouillée moulait son torse.

— Je veux vous aider.

— Et je ne sais toujours pas pourquoi, répliqua-t-elle en ouvrant l'ordinateur.

— Laissez-moi d'abord me sécher.

Il poussa son sac du bout du pied.

Elle lui désigna un large couloir ; un escalier menant à l'étage en occupait la moitié.

— La première porte est celle de la salle de bains de la chambre d'amis.

Il ramassa son sac et s'enfonça dans la maison, le parquet craquant sous ses pas. Un parfum de savon féminin venait de l'étage supérieur où devait se trouver la chambre principale. Au bout du couloir se trouvait la cuisine, mais il bifurqua dans la salle de bains avant de pouvoir l'inspecter et sans examiner les photos accrochées aux murs lambrissés.

Une fois à l'intérieur, la porte fermée, il tendit l'oreille. Une chaise déplacée au salon. Le bruit léger des touches du clavier de l'ordinateur. La queue de Toro battant le tapis... Du moins Mariana ne l'attendait-elle pas dans le couloir avec la Winchester. Il ôta sa veste, sa chemise et les empila dans l'étroite douche. Une rapide inspection dans le miroir ne révéla aucune plaie ouverte résultant de la bagarre.

Une douche chaude aurait été divine, mais cela aurait été abuser de son hospitalité. Il délaça rapidement ses chaussures, se débarrassa du reste de ses vêtements mouillés et en enfila d'autres, secs, tirés du sac. Une fois son couteau et son pistolet en sûreté sous une chemise en jean ouverte sur un T-shirt, il mit ses clés dans sa poche et retourna dans le salon.

Mariana lui parut moins méfiante tandis qu'il s'approchait

d'elle. Sur l'écran de l'ordinateur, il reconnut un article concernant une jeune fille kidnappée qu'il avait aidé à retrouver.

— L'article ne précise pas ce qu'il est advenu de son père et de son oncle.

— Ils ont été incarcérés, dit-il en saisissant son portefeuille qu'elle lui tendait.

Pendant un instant, elle ne le lâcha pas. Tous deux hésitèrent quelques instants. Il avait clairement perçu le pouvoir de son corps quand ils étaient tombés sur le sol dur du parking, mais ce moment, dans son salon, était plus intime. Leurs regards se rivèrent l'un à l'autre. À cette distance, il voyait les paillettes d'or dans ses yeux bruns et eut envie d'en explorer les profondeurs. Elle lâcha enfin le portefeuille.

— Un verre, lieutenant Morrison ?

Elle s'éloigna en direction d'une desserte garnie de bouteilles d'alcool, et y prit deux verres qu'elle remplit d'un liquide ambré.

C'était tellement tentant. De la chaleur dans un verre...

— Je vous en prie, appelez-moi Ty.

— Aimez-vous la tequila, Ty ?

— Je ne vous ferai pas l'affront de refuser, Mariana.

Il prit le verre qu'elle lui offrait.

— Madame Balducci.

L'embarras le fit s'empourprer.

— Désolé si j'ai utilisé votre prénom, je...

Faire mention de tout ce qu'il avait lu sur elle n'aiderait pas à rattraper sa maladresse.

Elle afficha un sourire espiègle.

— Je plaisantais ! s'exclama-t-elle. Vous avez tant fait. Bien sûr, vous pouvez m'appeler Mariana.

Elle leva son verre et il trinqua avec elle.

— À une soirée de plus à laquelle j'aurai survécu.

Leurs regards fusionnèrent à nouveau. Ty oublia la tequila tandis qu'il tirait une ardeur nouvelle du lien qu'il avait commencé à tisser avec Mariana dès qu'il l'avait vue dans sa boutique. Quoi qu'il en soit, son objectif ne pouvait être une relation avec une femme qu'il ne connaissait que depuis quelques heures. Ce ne serait juste ni pour elle ni pour sa mission. Il cligna des yeux et but d'un trait la tequila. La brûlure ne fut pas assez forte pour lui faire oublier le feu qui pulsait dans ses veines du simple fait de se tenir aussi près d'elle.

Elle vida rapidement son verre et le posa sans plus croiser son regard.

— Je dois me changer.

L'arme à la main, elle gagna le couloir et monta l'escalier suivie de Toro. Il l'entendit fermer une porte à l'étage et pousser le verrou.

Ty posa son verre et alla se poster au pied de l'escalier, écoutant les craquements provoqués par ses mouvements. Son esprit d'enquêteur concevait toujours des représentations et des scénarios fondés sur les détails qu'il recueillait, mais il s'en distanciait généralement afin de pouvoir observer avec objectivité. La vision que lui offrit son imagination de Mariana ôtant ses vêtements mouillés dans sa chambre n'était pas du tout professionnelle. Il chassa ces images de sa tête et revint à sa mission.

— L'un des policiers agissait de façon négligente.

Il avait parlé fort, espérant qu'elle l'entendrait à travers la porte.

— Vraiment ?

Sa voix n'était pas très étouffée. L'isolation de la vieille maison laissait à désirer.

— Il était dispersé, comme s'il avait l'esprit ailleurs.

Cela le rendait encore furieux de songer à la manière dont l'enquête initiale avait été bâclée.

— Se pourrait-il qu'il soit impliqué dans le harcèlement ?

— Quel policier ?

Les pas de Mariana se rapprochèrent de sa porte.

— Le plus grand. Blanc. Blond. Bâti comme un joueur de base-ball. Un lanceur.

La porte au sommet de l'escalier s'ouvrit, laissant apparaître Mariana. Ses cheveux étaient détachés, ce qui lui donnait une allure juvénile tandis qu'elle descendait l'escalier. La lumière du rez-de-chaussée révéla peu à peu qu'elle portait un jean et une chemise en flanelle. Toro était resté à ses côtés et elle tenait toujours la carabine.

— C'est Pete, dit-elle, avec un sourire narquois. Mon ex.

Tout s'expliquait.

— Voilà la distraction.
— Il était troisième base.

Ses cheveux foncés encadraient son visage à la peau mate. Elle était magnifique.

— Quelle position occupiez-vous ?

Comme Toro s'approchait finalement de lui, il lui donna à renifler le dos de sa main.

— Receveur éloigné sur le terrain de football, ailier au basket-ball.
— Double menace.

Elle observa son interaction avec Toro puis entra dans le salon, appuya la carabine contre la desserte et versa deux autres verres de tequila.

— Je ne touchais pas au base-ball.

Il se risqua à caresser la tête de Toro qui se prêta à son geste.

— Vous étiez meneuse de jeu, n'est-ce pas ?

Cela ne figurait dans aucun des dossiers qu'il avait lus. Elle haussa les sourcils comme pour lui demander de s'expliquer.

— Je vois que vous aimez tout gérer. Votre verger, votre maison, votre carabine.

Elle afficha un sourire en coin.

— Vous devriez poser la question à Pete.
— J'aimerais lui demander pourquoi il n'a pas passé deux heures de plus à ratisser ce parking en quête d'indices.

Même s'ils avaient rompu, ce n'était pas une excuse pour bâcler le travail de police.

— C'est une petite ville.

Elle haussa les épaules.

— Ils ignorent comment gérer ce genre de chose.

Son visage s'assombrit.

— Ou alors, ils n'en ont pas envie.

Elle lui tendit son verre.

— Je vends ma propriété au promoteur, il y implante un complexe hôtelier, la valeur de l'immobilier augmente, les taxes foncières aussi, la ville y trouve son compte et la police également.

— C'est trop cher payer.

Il attendit qu'elle ait pris une gorgée de tequila pour boire la sienne. Le feu liquide ne parvint pas à prendre le pas sur la colère qu'il lui inspirait sa situation.

Elle regarda au loin, impassible.

— Vous avez faim ?

Sans attendre sa réponse, elle reprit la carabine et se rendit dans la cuisine, Toro sur ses talons. Ty les y suivit. C'était une vaste pièce, avec un large îlot central couvert d'un billot de boucher en bois. Une cuisinière surmontée d'une hotte aspirante s'étendant jusqu'au haut plafond occupait l'un des murs. Après avoir posé la carabine sur le coin du billot, Mariana prit deux pommes dans un grand saladier trônant sur l'îlot.

— Nous avons des tas de pommes. Je ne peux en vendre aucune sans cueilleurs ni clients dans la boutique.

Elle prit un couteau sur un bloc, coupa les pommes en quartiers et en poussa quelques-uns dans sa direction. Il vit qu'elle avait les yeux fixés sur sa hanche. Sur son pistolet.

— Pourquoi n'en avez-vous pas menacé cet homme sur le parking ? demanda-t-elle.

— Je ne la portais pas.

Il prit un morceau de pomme.

— J'ignorais que ça se passerait aussi mal.

— Moi aussi.

Ils mangèrent des morceaux de pomme et burent la tequila en silence. Toro les regardait à tour de rôle comme pour savoir qui lui en donnerait un quartier.

Mariana désigna celui qu'il tenait.

— Vous aimez ?

Il mangeait machinalement et ralentit pour le déterminer. Déguster le fruit de cette façon renforça le lien qu'il s'était senti partager avec elle toute la soirée. Son travail, une part d'elle, intime et proche, se trouvait dans sa bouche. Une pomme n'avait jamais fait pulser ainsi son sang dans ses veines.

— Elle est... salée.

Une saveur étonnante où s'équilibraient le sucré et l'aigre.

Un sourire éclaira son visage.

— Nous ne sommes qu'à quelques kilomètres du Pacifique.

La brume arrive de la baie de Monterey, apportant le sel marin. Il n'existe pas d'autres pommes comme celles-là.

— C'est la raison de ma présence ici.

Ce n'était que l'une d'elles mais, pour l'instant, elle n'avait pas besoin d'en savoir plus.

— Vous avez tellement à perdre. Votre vie est ici. L'histoire de votre famille. Et si vous voulez rester, je vous aiderai.

— Avec ces fantômes surgis du passé ?

Elle fit un mouvement de tête en direction du salon où les photos anciennes étaient posées sur une table.

— Après la guerre de Sécession, l'Ouest s'est développé. Les gens ont tenté de se construire une vie. Mais la loi n'était pas toujours de leur côté.

Il se sentit envahi par la honte et la révolte, conscient, bien qu'étant policier, que la même injustice se produisait encore.

— L'argent avait le pouvoir. Mon ancêtre s'est joint à d'autres pour former un groupe ayant pour vocation de protéger ceux qui ne pouvaient se défendre seuls. Les Justiciers. Ils sillonnaient surtout la Californie. Noirs, Chinois, Amérindiens. Mexicains. D'autres immigrants. Hommes et femmes. Ils se sont fait appeler « Justice pour la Frontière ».

Mariana soutint son regard.

— Vous ne pouvez pas être policier et justicier.

Il la regarda plus intensément avec l'espoir qu'elle percevrait son implication.

— Je le peux si ça reste un secret. Je le dois si personne d'autre ne vous aide.

Elle le dévisagea, circonspecte.

— Vous arrive-t-il de mentir ?

— Oui.

Il ne prétendait pas être un superhéros.

Elle relâcha sa posture, appuyant la hanche contre l'îlot.

— Si vous aviez dit non, je ne vous aurais pas cru.

Il appuya les coudes sur le billot de boucher.

— Nous vivons dans un monde complexe.

Malgré son attitude désinvolte, l'expression de Mariana traduisait toujours une certaine dureté.

— Mentez-vous en ce moment ?
— Non.

L'obscurité et le silence régnaient de l'autre côté des fenêtres de la cuisine. En cet instant, ils étaient seuls au monde. Dans sa maison. Partageant une alchimie inattendue.

— Et vous allez m'aider.

Elle se pencha vers lui, et il sentit un frisson de désir lui traverser la poitrine. Le percevait-elle, elle aussi ?

— Sans que ça m'engage à quoi que ce soit ? Sans autre motivation que la justice ?

— Oui.

Ce n'était pas un mensonge. Ce n'était pas toute la vérité.

Elle baissa les yeux sur ses mains et sembla se débattre avec une pensée. Elle lança un regard à sa carabine, puis à Toro, et exhala un long soupir. Puis elle serra le poing, le rouvrit, et le regarda à nouveau droit dans les yeux.

— Restez cette nuit.

Bien qu'il sût que l'invitation ne concernait que sa sécurité, les paroles prononcées de sa voix sourde, dans cette cuisine silencieuse, attisèrent le feu qui courait dans ses veines. Il s'efforça de penser aux raisons de sa présence chez elle pour étouffer le brasier, sans y parvenir totalement. Cette mission consistant à la protéger lui avait d'abord paru importante à cause des liens avec son ancêtre. Maintenant qu'il se tenait là, aux côtés de Mariana, sentant combien il lui était difficile de demander de l'aide et sachant à quel point elle en avait besoin, elle était devenue un enjeu très personnel.

4

Mariana n'avait encore jamais emporté la carabine dans sa chambre pour la nuit. Elle avait fermé la porte à clé, et Toro était pelotonné près du lit. Assise au bord d'un fauteuil, elle était très consciente de la présence de Ty dans la chambre du dessous. L'arme ne visait pas à la protéger de lui. Aussi délirante que soit son histoire, il lui avait prouvé qu'elle pouvait compter sur son aide. Quant à savoir s'il pourrait vaincre le Groupe Hanley, c'était une autre affaire.

D'une voix fatiguée et tremblante, elle laissa un message à son agent d'assurances, lui résumant les dégâts causés par les bombes incendiaires avant de lui demander quelles démarches effectuer. Puis elle raccrocha et laissa glisser le portable sur le tapis.

Très professionnelle, Brenda lui indiquerait les étapes à suivre pour la déclaration du sinistre. Elle n'avait aucun souci à se faire de ce côté. Malheureusement, cela n'eut aucun effet sur la poigne d'acier qui lui enserrait la nuque.

Ty avait influé sur ce stress. Il connaissait la violence de ce monde. Et il semblait la comprendre, elle. Cette troublante perception dont il faisait preuve avait le don de se jouer de ses défenses. Sans doute, en cet instant même, devait-il fixer le plafond et la voir se tordre les mains en tentant d'évacuer la tension.

Cela faisait des mois que la chambre d'amis n'avait plus été utilisée. Depuis le soir où Sydney avait apporté une bouteille de vin spéciale pour le dîner et où elles avaient veillé beaucoup trop tard. Pour inviter Ty à rester, elle avait dû faire appel à toute sa volonté. Après tout ce qui s'était produit ce soir-là, se retrouver dans une maison vide n'aurait fait qu'intensifier son angoisse. Cependant, elle s'était rendu compte, en lui montrant la chambre, à quel point les silences entre eux étaient devenus intimes.

Leur discussion concernant ce que Justice pour la Frontière avait été et ce que Ty voulait qu'elle redevienne lui occupait l'esprit à la manière d'un puzzle inachevé. Pourquoi les photographies anciennes étaient-elles en possession de sa famille alors qu'aucune des personnes y figurant ne faisait partie de ses ancêtres ? Elle soupira. L'heure n'était pas au questionnement. Toute information supplémentaire aurait été une surcharge pour son cerveau.

Elle ramassa son téléphone et alla vers le lit, ressassant malgré tout ce que Ty lui avait confié pour savoir si elle pouvait en tirer des conclusions concernant sa famille. La branche originaire du Sud de l'Italie avait lancé sa propre exploitation de produits de son terroir natal après que ses membres eurent commencé à travailler comme ouvriers agricoles. Ils n'avaient pas tardé à nouer des liens avec des Mexicains de Californie et à se marier dans des familles anciennes et établies. Leurs voix l'entouraient, s'élevant de la terre du verger. Ses parents avaient retiré force et fierté de ce passé, mais ils ne lui avaient transmis que quelques récits avant de lui être arrachés lors d'un accident de la route durant sa première année d'université. Elle s'était tellement affairée à grandir qu'elle n'avait appris ce que ces terres représentaient que lorsqu'elle était revenue y travailler.

Ty semblait au fait de ces liens. Ses propres ancêtres et leur combat pour la justice lui importaient. Il le perpétuait, se lançant pour elle dans la bataille et bravant les flammes pour sauver son héritage.

L'agression et l'incendie hantaient ses pensées, nouant ses muscles endoloris. Son esprit lui interdit de ruminer. Une autre vision s'imposa.

La bouche de Ty. Mangeant la pomme qu'elle avait cultivée, cueillie et tranchée. Il avait pris son temps, lui offrant amplement l'occasion de le regarder réfléchir et déguster le fruit. Elle avait presque eu l'impression de l'embrasser. Elle savait que, si elle l'avait fait, elle sentirait encore le pouvoir de cet homme sur ses lèvres.

Lorsqu'elle s'assit sur le lit, le matelas grinça. Elle eut conscience qu'il devait l'avoir entendu, lui aussi, et fut saisie à la pensée de ce que l'extraordinaire perception de Ty décèlerait s'il portait son attention sur son corps. En général, les gens étaient incapables d'identifier ce qui rendait si uniques les pommes de son verger. Lui avait détecté le sel. Il pourrait sans doute dénicher dans son corps des plaisirs qu'elle n'avait jamais découverts.

Elle refoula cette pensée. Sans doute était-il en couple, ou marié, bien qu'il ne portât pas d'alliance. Elle avait constaté son intégrité. Il serait donc illogique, s'il avait quelqu'un dans sa vie, qu'il la fixe aussi intensément. Ou peut-être prenait-elle ses désirs pour la réalité. Elle se glissa sous les couvertures en T-shirt et pantalon de survêtement, ses chaussures et son arme à proximité. La perspicacité de Ty était dangereuse. Elle tenta de se réconforter en songeant plutôt quel atout il serait dans son combat pour garder son verger. Probablement dormait-il déjà, ne pensant qu'à la justice. Elle éteignit. Malgré tous ses efforts, il restait très éveillé dans son esprit. Tout ce qu'il lui avait dit ne s'était pas encore décanté. Mais c'était surtout contre les silences entre Ty et elle qu'elle ne pouvait rien.

Les étoiles brillaient derrière la fenêtre. Ty se trouvait dans sa maison. Dormir lui parut impossible. Elle ferma les yeux et se sentit rouler dans ses bras tandis qu'il la soustrayait au danger sur l'asphalte du parking. Quand elle se le remémora en train de manger dans sa cuisine, son pouls adopta un rythme plus sensuel. Le sommeil ne l'envahit enfin que lorsqu'elle se représenta le lent processus de cueillette manuelle des pommes sur les arbres.

Elle se réveilla la gorge nouée par la peur. Le ciel était toujours d'un noir d'encre, et Toro se tenait en position d'alerte au milieu de la chambre, les yeux rivés sur la fenêtre. Le danger inconnu lui éclaircit rapidement les idées. Elle se leva et s'empara de son arme.

Un pas fit craquer le plancher et la voix de Ty s'éleva discrètement du rez-de-chaussée.

— Une voiture à l'arrêt sur la route menant chez vous.

Elle s'accroupit et s'approcha de la fenêtre. Le véhicule était sur son côté de la route, au sein du paysage familier s'étendant au pied de sa maison et de son verger. De petites bouffées de gaz d'échappement indiquaient que le moteur tournait au ralenti. Elle l'entendit alors vrombir au loin comme un insecte furieux coincé entre quatre murs.

— Peut-on accéder à votre maison par l'arrière ?

Elle se hâta d'aller ouvrir la porte de sa chambre.

— Les routes coupe-feu, répondit-elle en retournant surveiller la voiture.

Ty monta rapidement l'escalier. Toro était si concentré sur la fenêtre qu'il ne le regarda même pas lorsqu'il entra dans la chambre et alla vers l'autre fenêtre, qui offrait une vue sur la colline à l'arrière de la propriété.

— Sont-elles praticables ?

— Elles sont bloquées par des barrières, des chaînes et des ruisseaux asséchés.

La voiture demeura immobile, trop éloignée pour que l'on puisse voir combien il y avait de passagers et ce qu'ils faisaient.

— Seuls les quads et les chevaux peuvent les emprunter.

Il quitta son poste et vint s'accroupir près d'elle. Sa présence intense acheva de la réveiller.

— La voiture a éteint ses phares deux kilomètres avant de s'arrêter, lui murmura-t-il.

La colère fit s'étrangler la voix de Mariana.

— Elle est garée sur ma propriété, au-delà de ma clôture.

Comme si l'agression de ce soir-là ne suffisait pas, il avait fallu qu'ils reviennent.

— Sont-ils déjà venus aussi près ?

— Oui, dit-elle, la mâchoire crispée.

Alors seulement, elle remarqua le pistolet dans sa main.

— Êtes-vous un aussi bon tireur ?

La voiture se trouvait à plusieurs centaines de mètres.

— Il se pourrait qu'ils ne soient pas seuls, lui répondit-il, l'air sombre.

Un frisson la parcourut.

— Toro deviendrait fou.

Le chien restait figé, regardant par la fenêtre.

Ty baissa son pistolet.

— C'est une bonne chose que la campagne soit aussi silencieuse. En ville, je ne les aurais pas entendus arriver avant qu'ils soient tout près.

— Vous les avez entendus arriver ?

Elle ne pouvait déterminer exactement ce qui l'avait réveillée, mais ce n'était pas le bruit du moteur.

Il haussa les épaules.

— Je ne dormais que d'un œil.

— Trop calme pour un citadin ?

— Mes grands-parents possédaient un ranch à l'est de la baie, et nous avions coutume d'y passer l'été.

Un sourire transparaissait dans sa voix.

— À couper du bois. À nous balancer d'une corde dans un trou d'eau pour nous baigner. À pourchasser les poulets.

— C'est ce que j'essayais de fuir quand je suis allée à l'université. Je n'en ai compris la valeur que lorsque je suis revenue faire ma vie ici.

— C'est la raison pour laquelle je ne les laisserai pas vous l'enlever, affirma Ty avec détermination.

— Qu'est-il arrivé au domaine de vos grands-parents ?

Était-ce en rapport avec sa résolution à l'aider ?

— Les jeunes générations ont emménagé en ville et la gestion de la propriété est devenue trop lourde pour eux. Ils l'ont vendue et sont allés vivre dans une jolie petite maison.

Il se radoucit à nouveau.

— Je vois encore les gens portant les ceintures que mon grand-père fabriquait. Il ne les vendait pas, il se contentait de les offrir avec plein de conseils gratuits. Et ma grand-mère donnait des cours à tous les gamins du coin qui en avaient besoin.

Elle commençait à comprendre d'où il tenait ses valeurs.

— Ils faisaient partie de Justice pour la Frontière.

Il secoua la tête.

— Pour autant que je sache, cette organisation s'est dissoute aux alentours de la Première Guerre mondiale. Mes grands-parents étaient seulement…

— Des gens bien.

Elle lui effleura la main.

— Comme vous.

Il lui jeta un coup d'œil puis reporta son attention sur la voiture.

— Je m'y emploie.

Sa dérobade aida Mariana à relativiser. D'accord, il s'appliquait à l'aider, mais se faisait-elle des idées ?

— Que pense votre petite amie du fait que vous passiez la nuit chez moi ?

— Je n'ai pas de petite amie. Ni d'épouse.

Il continua à regarder droit devant lui.

— Vous êtes marié à votre insigne ?

Un sourire narquois lui étira les lèvres.

— Je vais vous donner le numéro de ma mère. Elle pourra vous renseigner sur tous les faux pas de ma vie amoureuse.

— Je ne dirais pas cela, Ty. Je trouve que vous prenez d'excellentes initiatives.

Elle aussi regarda devant elle, mais eut l'impression d'avoir la tête posée sur son épaule bien qu'ils soient à distance l'un de l'autre.

— Vous n'hésitez pas à vous battre, à braver un incendie, tout cela à seule fin de vous introduire dans ma chambre.

Il eut un mouvement de recul, comme surpris.

— Je pistais seulement cette voiture. Si vous ne voulez pas de moi ici…

Son regard alla du lit jusqu'à elle.

Ce qui était parti d'une plaisanterie devint sérieux. Elle n'avait même pas remarqué qu'il ne portait qu'un débardeur et un short d'athlétisme. La faible lueur des étoiles sculptait les longs muscles de ses bras. Il était mince, bien bâti, mais à bon escient, pas pour frimer.

— Je vous ai laissé entrer, lui répondit-elle.

À l'extérieur le bruit du moteur changea. La condensation des gaz d'échappement s'éleva en volutes et la voiture avança. Ty se tapit, l'arme à la main, prêt à intervenir. Elle saisit sa carabine et s'efforça de calmer les battements de son cœur. Sa voix se mit à trembler.

— Je n'ai jamais tiré sur quelqu'un…

— Vous avez de la chance, murmura-t-il, le visage fermé. Rappelez-vous que vous n'avez pas cherché ça. Ces salauds s'en prennent à vous et vous ne faites que défendre votre maison et votre vie.

Elle eut les paumes des mains moites à l'idée de devoir en arriver à se battre pour survivre. Toutefois, les événements de la soirée ne laissaient aucun doute à ce sujet.

En voyant la voiture remonter la route, elle retint son souffle. Ty restait étrangement calme. Après quelques mètres, le véhicule effectua un brusque demi-tour sur le bitume. Les pneus crissèrent dans la nuit. Les phares se rallumèrent et il s'éloigna à toute allure, ayant fait passer son message.

Un profond soulagement l'envahit tandis que la tension s'évacuait de ses membres tremblants. Elle posa la carabine contre le mur et s'assit par terre. Ty resta encore quelques instants à la fenêtre avant de la rejoindre en poussant un soupir. Toro se blottit à ses pieds.

Bien que la menace ait disparu, la voix de Ty était toujours empreinte d'une ferme résolution.

— Le Groupe immobilier Hanley, n'est-ce pas ?
— Ce sont eux qui ont tenté une approche pour m'inciter à vendre.

Cela lui avait paru terriblement impersonnel et professionnel. Deux commerciaux étaient venus à sa boutique, lui avaient exposé leur projet d'hôtel sur ses terres et étaient repartis après une courtoise poignée de main quand elle avait décliné leur offre.

Ty tapota le parquet des articulations de ses doigts.

— Nous allons leur rendre visite.
— Il faut d'abord que je règle quelques formalités. L'assurance, entre autres.

Elle devait aussi mettre son site à jour et annoncer la fermeture, peut-être permanente, de son magasin, sur les médias sociaux.

— Ne tardons pas trop.

Il se leva.

— S'ils vous attaquent, nous devons riposter.

Sa main tendue attendait qu'elle la prenne.

Elle sentit son pouls s'accélérer en voyant sa peau si proche.

Elle pouvait se lever seule, mais elle prit sa main. Ce contact fit bouillir son sang. Comme si un arc électrique les reliait. À la manière dont sa poitrine se gonfla, elle sut que lui aussi le sentait. Il enroula fermement ses doigts autour des siens. Elle banda ses muscles et se mit debout. *Plus près*, exigeait son corps. Elle serrait toujours sa main, elle pourrait donc s'appuyer contre lui, l'attirer à elle. Amener sa bouche contre la sienne.

Il posa sur elle un regard langoureux. Cet homme avait déboulé dans sa vie. En quelques heures à peine, il lui avait rappelé qu'elle avait oublié comment vouloir quelque chose pour elle-même. Mais avoir envie de ce baiser, de ce contact physique, et en prendre l'initiative étaient deux choses différentes.

Elle laissa retomber sa main.

Il recula respectueusement d'un pas et l'atmosphère voluptueuse se dissipa autour de lui.

— Bonne nuit, Mariana.
— Merci...

Combien de fois pouvait-elle le remercier en une journée ?

— ... d'avoir le sommeil léger.

Un sourire en coin inopiné illumina son visage.

— Tout le plaisir est pour moi.

Elle fut tentée de lui demander de rester dans sa chambre, de la même façon qu'elle lui avait demandé de passer la nuit chez elle. Cependant sa motivation n'était pas le besoin d'être en sécurité. La présence de Ty dans sa chambre ne serait en aucun cas un gage de sûreté.

— Bonne nuit, Ty.

Il hocha la tête et se retourna pour sortir. Toro se leva, le suivit, puis s'arrêta lorsqu'il descendit l'escalier. Elle ferma la porte sans la verrouiller, puis posa la carabine près du lit sur lequel elle s'assit. Toro se lova à ses pieds et poussa un soupir satisfait, son travail accompli pour la nuit.

Se rendormir n'allait pas être facile. Le moindre craquement du parquet au rez-de-chaussée lui parvenait comme amplifié. Ty avait regagné la chambre d'amis. Sa présence la faisait se consumer de désir. Mais, aussi puissant que soit ce désir, elle jugea plus avisé de ne pas y céder. Cette attirance n'était que la conséquence indirecte de toute la tension de cette soirée.

Elle se glissa sous les couvertures et fixa le plafond. Oui, s'efforça-t-elle de se convaincre. Son corps était en proie à l'excitation à cause de l'adrénaline, et il était facile de concentrer cette énergie sur Ty. Il était intervenu alors que personne d'autre ne l'avait fait. À présent que son corps s'enfonçait dans le matelas, l'épuisement l'entraînait dans une obscurité accueillante. *Mais*, objecta son esprit, *il t'a subjuguée dès qu'il est entré dans la boutique. Avant les problèmes.* Ty représentait un problème. Elle savait cela. Et lorsqu'elle s'assoupit, le désir, si longtemps resté en sommeil, continua de brûler en elle.

Après s'être réveillée en sursaut toutes les dix minutes lui sembla-t-il, Mariana finit par renoncer à essayer de dormir à l'approche de l'aube et quitta son lit. Il n'y avait pas eu d'autre menace durant la nuit. Toro se leva, beaucoup plus fringant qu'elle. Elle suivit sa routine matinale, s'arrêtant de temps à autre pour tendre l'oreille aux mouvements de Ty au rez-de-chaussée. Tout y semblait silencieux.

Elle s'habilla et descendit. Le soleil coiffait les collines lointaines. Une lumière jaune filtrait à travers les fenêtres latérales. Une belle journée s'annonçait, même si elle ne pouvait prédire ce que leur réservaient les prochaines heures.

Dès qu'elle atteignit le bas de l'escalier, Ty sortit de la chambre d'amis. Vêtu d'un jean et d'un sweat-shirt à capuche, il paraissait aussi frais et dispos que s'il avait dormi douze heures après une journée au spa.

Son corps fatigué réagit à sa présence par une bouffée d'énergie. Leur lien n'avait pas été exploré la nuit précédente et une part d'elle souhaitait découvrir où exactement il mènerait. Elle préféra néanmoins garder ses distances et son équilibre.

Ty regarda la carabine qu'elle tenait.

— Vous comptez aller chasser pour le petit déjeuner ?
— Oui.

Elle hocha la tête et se dirigea vers la cuisine.

— Du chorizo de cerf de Californie.

— Exactement comme le faisait ma mère.

Il lui emboîta le pas jusqu'à l'îlot.

— C'est juste que je me sens plus en sécurité en l'ayant dans la pièce, dit-elle en posant son arme contre le côté du meuble.

Ce même sentiment qu'elle avait découvert avec Ty.

— Je comprends.

Il se tourna pour lui montrer son pistolet dans l'étui à sa ceinture.

— Vous avez réussi à dormir ?

— Qui a besoin de sommeil quand il y a du café ?

Elle rassembla de quoi en préparer.

— Depuis combien de temps êtes-vous levé ? Je ne vous ai pas entendu.

Il consulta sa montre.

— Environ une heure.

Elle sentit son regard la détailler alors qu'il suivait ses mouvements.

— J'ai repéré la plupart des lames de plancher qui grincent et je les ai contournées.

— Furtif.

Elle trancha un pain croustillant acheté chez un boulanger local.

— Vous auriez fait un bon cambrioleur.

— Que croyez-vous que je faisais avant d'être policier ?

— Vraiment ?

Elle commença à le considérer sous un jour totalement différent.

Il sourit et secoua la tête, plus détendu qu'elle ne l'avait vu jusque-là.

— Non. J'ai travaillé dans quelques restaurants pendant mes études.

Il prit deux tranches de pain et les mit dans le grille-pain.

Des mois durant, le rituel matinal de Mariana avait été le même. Toast-café. Travail au verger et travail dans la boutique. Tout était différent, ce matin. La présence de Ty modifiait tout.

Il trouva les assiettes pour les toasts dans un placard et les prépara.

— L'une des fenêtres de la chambre d'amis ferme mal. Il y a un léger courant d'air, mais ce n'est pas un problème.

— Vraiment ?

Il lui sembla que tout s'effondrait autour d'elle alors qu'elle s'échinait à ne pas craquer.

— Je suis désolée. Je n'ai pas eu le temps d'entretenir la maison. Ni les moyens.

— Ce n'est pas votre faute si cette racaille s'en prend à vous.

Il sortit son téléphone et le posa sur l'îlot.

— J'ai lu les commentaires et avis concernant votre boutique ce matin.

— Oh ! Mon Dieu...

Elle leva les yeux au ciel, saisie d'un frisson.

— Tous ces faux témoignages me dénigrant.

Le café était prêt, elle posa deux mugs près de la cafetière.

— Ils ont influencé les cueilleurs. Personne ne veut venir travailler ici.

— Et votre police locale n'a rien fait.

La colère grondait dans la voix de Ty.

Elle versa le café dans les mugs et son arôme l'aida à s'ancrer davantage dans le présent.

— Ils ont continué à dire qu'ils n'avaient rien de concret sur quoi s'appuyer.

Ty finit de griller le pain et apporta les assiettes.

— Les événements d'hier soir remédieront à cela, mais je ne pense pas qu'ils aient recueilli beaucoup d'indices exploitables.

Sa déception face à l'inertie du service de police n'était pas aussi cuisante que d'habitude. Ty était là, apportant Justice pour la Frontière, une organisation extérieure au système établi.

— Crème et...

Le téléphone de Mariana se mit à sonner. Le nom de son agent d'assurances s'afficha à l'écran et elle répondit aussitôt.

— Merci de me rappeler aussi rapidement, Brenda.

En entendant la voix pétrie de sollicitude de la femme, elle comprit que Brenda l'avait rappelée dès son réveil. L'agent d'assurances s'appliqua néanmoins à lui expliquer les prochaines étapes et elles convinrent de se retrouver à la boutique une heure plus tard.

Après avoir raccroché, Mariana rapporta leur conversation à Ty.

— Je ne vous accompagnerai pas dans cette démarche. Moins on me verra, mieux cela vaudra.

Elle but une gorgée de café, espérant que cela la préparerait à ce que lui réserverait la journée.

— Vous êtes ici uniquement pour l'action.
— À moins que vous ne me disiez de partir...

Il trouva un crayon et un bloc sur un plan de travail et griffonna un numéro.

— Je ne serai jamais bien loin. Appelez-moi, et j'arriverai.

Il parcourut la distance qui les séparait pour lui apporter le feuillet. Le corps de Mariana s'abreuva de la chaleur qui émanait de lui.

— D'habitude, je suis beaucoup plus près que ça.

Elle prit le papier et s'écarta pour entrer le numéro dans son téléphone. Maintenant qu'elle savait devoir rencontrer Brenda, le temps lui était compté. Ty et elle rassemblèrent leurs affaires et quittèrent la maison. Sa confiance en ce qu'il venait de lui promettre avait chassé son appréhension à l'idée de mener seule ce combat. Mais tandis qu'elle se rendait en ville, suivie par Ty, une question non résolue la tourmentait. À quel point le voulait-elle plus proche d'elle ?

5

Bien qu'une heure se soit écoulée, Ty ressentait encore l'effet de la proximité du corps de Mariana. Le trajet jusqu'en ville n'avait pas aidé à le calmer. Feindre d'être intéressé par un présentoir pivotant de bandes dessinées en devanture de la petite librairie locale n'y parvint pas davantage. Elle se tenait à l'autre bout de la rue, devant son magasin barricadé. La courtière en assurance et elle y étaient entrées, en étaient ressorties, et à présent elles discutaient des documents que tenait Brenda.

Même à cette distance, l'émoi qui lui avait étreint la poitrine dans la chambre de Mariana persistait. Il l'avait pris au dépourvu. Il avait été tellement concentré sur le danger à l'extérieur qu'il n'avait pas eu le temps de se préoccuper de savoir dans quelle pièce il se trouvait et de ce que cela pourrait impliquer. Cependant, une fois la voiture partie, l'intimité générée par le fait de se tenir aussi près de Mariana, dans sa chambre, l'avait assailli, torride. Il était venu chez elle afin de la protéger. Il représentait Justice pour la Frontière, et céder à l'attirance qu'il éprouvait était tout sauf une bonne idée, d'autant qu'il n'avait aucune certitude que ce soit réciproque. Néanmoins, la façon dont elle avait laissé sa main s'attarder dans la sienne quand il l'avait aidée à se relever l'avait vraiment encouragé à le penser.

Son sommeil léger dans la chambre d'amis ouverte aux courants d'air avait calmé son corps, mais pas ses pensées. La hardiesse des attaques du Groupe Hanley ainsi que la manœuvre d'intimidation qui avait suivi prouvaient qu'il allait être ardu de dissuader les promoteurs d'obtenir ce qu'ils voulaient. Il devait protéger Mariana. Et, pour cela, il devait garder l'esprit alerte. Y parviendrait-il ?

Les questions continuèrent de le tarauder tandis qu'il l'observait à travers la vitrine de la librairie. L'agent d'assurances concluait le rendez-vous en donnant une poignée de main et une accolade à Mariana. Ty prit une bande dessinée dans le présentoir et l'apporta à la caisse.

La libraire derrière le comptoir afficha un sourire franc.

— J'aime bien celle-là. Elle est sombre.

Elle encaissa et lui rendit sa monnaie.

— Super.

Il empocha la monnaie et lui adressa un signe avec la BD en sortant. D'après ce qu'il avait vu jusque-là de la petite ville de Rodrigo, il n'avait perçu aucune hostilité envers Mariana. Les habitants étaient dans l'ensemble ouverts et sympathiques.

Il s'empressa de traverser la rue pour la rejoindre. Elle quitta des yeux Brenda qui s'éloignait dans la direction opposée et se tourna vers lui. Il vit qu'elle était épuisée, mais qu'elle demeurait forte. Bien qu'il eût envie de mettre son bras autour de ses épaules afin qu'elle puisse s'appuyer sur lui, il ne voulut pas prendre le risque d'envahir son espace personnel. Il la soutiendrait donc comme il le pourrait.

— Vous êtes incroyable.

Son sourire fut quasiment imperceptible.

— Ce n'est pas beau à voir.

— Je peux jeter un coup d'œil ?

Elle hocha la tête et ouvrit la porte avec un soupir.

— Il n'y a pas de courant, nous devrons utiliser des torches.

Le sol était encore mouillé et la pièce empestait la fumée et la cendre humide. Il laissa de côté la BD et se servit de la lampe torche de son porte-clés pour balayer l'espace. Tout ce qu'il vit était soit brûlé, soit trempé.

— Le réfrigérateur a cessé de fonctionner, reprit Mariana d'une voix tremblante. Tout le beurre de pomme et les tartes sont à jeter.

Elle toussa, mais il se rendit compte que cela masquait un sanglot.

Aussitôt, il fut à ses côtés, lui offrant autant de lui qu'elle le voudrait.

— J'ai vu toutes les pommes qu'il reste sur vos arbres. Tout peut être remplacé.

Elle ferma les yeux et s'appuya contre lui.

— Il n'y a personne pour les récolter.

— Ça va changer.

Une froide détermination l'envahit.

— Nous allons faire reculer le Groupe Hanley.

Il détestait la voir persécutée ; la sentir si près d'être vaincue le mit en fureur.

— Ils auront tellement peur de vous qu'ils ne mettront plus jamais les pieds dans ce comté.

Elle rouvrit les yeux et le scruta.

— Vous feriez bien de dire la vérité.

— Ce n'est pas un mensonge, assura-t-il, la mâchoire crispée.

Elle referma sa main sur la sienne. Il la tint serrée, espérant tout exprimer via ce contact.

— Dites-le-moi encore une fois, murmura-t-elle.

— Je serai avec vous jusqu'au bout.

Il se moquait de savoir si l'électricité qui circulait entre eux était une réalité ou le fruit de son imagination. Qu'elle se rapproche de lui ou pas, sa résolution était prise. Il était impatient de donner un coup de pied dans la fourmilière du Groupe Hanley et de le mettre en déroute.

— Vous avez plutôt intérêt à le penser.

Une rage contenue animait sa voix.

— Parce que si nous nous lançons dans la bataille, je vais les détruire, ajouta-t-elle.

La fougue de Mariana fut communicative.

— Jusqu'au dernier.

Tous deux étaient sur le fil du rasoir. Ils avaient dit tout ce qu'ils pouvaient exprimer avec des mots. Il éprouva le besoin de goûter à sa force. L'attirait-il à lui ou faisait-elle un pas vers lui ? Elle posa les yeux sur sa bouche et entrouvrit les lèvres. Bien que conscient que ce n'était pas une bonne idée, il refusa de s'arrêter. Leurs visages se rapprochèrent.

La porte d'entrée de la boutique s'ouvrit et le soleil inonda l'espace. Mariana et lui se séparèrent immédiatement, et il porta instinctivement la main à son arme. Quelqu'un entra d'un pas prudent. Une fois leurs yeux adaptés à la lumière, il vit l'expression intriguée de la femme noire dont le regard faisait la navette entre eux.

— Sydney !

Mariana s'avança aussitôt vers elle. Ty se rappela l'avoir aperçue la veille au soir alors qu'il observait la façade du magasin et les pompiers qui finissaient d'éteindre l'incendie.

— J'espère que je ne tombe pas mal. Je t'ai vue dans le coin...

Sydney parcourut le local dévasté par le feu et l'eau d'un regard empreint de sollicitude et de douleur, puis fit glisser sa main le long du bras de Mariana.

— Pas du tout, assura Mariana en exerçant une pression sur l'épaule de son amie.

La porte d'entrée resta ouverte, éclairant les deux femmes manifestement unies par un réel attachement.

— Je te présente Ty.

Mariana s'était tournée vers lui. Il les rejoignit et serra la main de Sydney, qui l'inspecta minutieusement.

— C'est vous qui l'avez aidée, hier soir ?
— En effet.

Il était facile de deviner que la perspicacité de Sydney ne lui permettrait pas de tenter d'éluder la question.

— Saviez-vous qu'elle allait avoir des ennuis ?

L'air méfiant, elle pencha la tête. Mariana se tenait près d'elle, observant.

— Je savais qu'il y avait des problèmes depuis un moment, mais j'ignorais que ce serait aussi grave.

La femme le jaugea de la tête aux pieds. Il savait son pistolet invisible sous sa veste ; néanmoins, elle lui demanda :

— Vous êtes policier ?
— À San Francisco. Mais, ajouta-t-il aussitôt, je suis ici en vacances.

— Vous savez vraiment comment vous détendre, répliqua-t-elle avec un rire léger.

Elle pénétra plus avant dans la boutique.

— Dans quel commissariat de San Francisco ?

Elle connaissait manifestement les rouages de la ville.

— Tenderloin.

— Un quartier chaud, observa-t-elle, haussant les sourcils.

— C'est là que j'ai grandi.

Cela avait beaucoup changé depuis.

— Je suis allée au collège à Oakland.

Il vit ses épaules se détendre.

— J'y ai une cousine.

Sydney regarda une table à demi calcinée couverte de denrées que Mariana avait espéré vendre.

— Toute votre famille vit là-bas ?

— En Californie.

— Et avant cela ?

Elle reporta les yeux sur lui, creusant un passé qu'ils avaient en commun.

— Géorgie.

— Alabama, répondit-elle.

À présent qu'ils avaient couvert l'essentiel, elle s'adressa à Mariana, s'intéressant de nouveau au présentoir.

— J'ai débarrassé une table dans mon magasin. Nous la remplirons de tout ce que tu peux encore vendre.

— Ce serait une perte de ventes pour toi. Je ne peux pas...

— On a incendié ton commerce, l'interrompit-elle. C'est le moins que je puisse faire.

Tous trois se retrouvèrent bientôt à faire le tri des marchandises. Ils en remplirent trois bacs en plastique qu'ils emportèrent chez Sydney.

— Si tu as besoin d'autre chose, fais-le-moi savoir. Si la police locale ne se montre pas utile et que nous devons engager un détective privé...

— Ty va rester pour m'aider.

Sydney lui adressa un regard interrogateur.

— Je vous pensais en vacances.

— Officiellement.

À quel point devrait-il se livrer à elle pour qu'elle lui confie son amie ?

— Ce n'est pas très légal.

Elle secoua la tête mais, heureusement, en resta là.

— C'est la voie qu'ils ont choisie, intervint Mariana. Par conséquent, il faudra en passer par là pour les arrêter.

Sydney jeta un coup d'œil à l'extérieur, comme s'ils étaient surveillés.

— Vous pouvez compter sur moi.

Ty constata qu'elle avait une excellente vue sur la boutique de Mariana.

— Pouvez-vous établir un relevé détaillé de toutes les personnes suspectes rôdant aux abords de la boutique de Mariana ? Date et heure, vêtements, morphologie, voiture, comportement.

Sydney sortit son téléphone.

— Je vais créer un document en ligne que je partagerai avec Mariana. Elle pourra vous y donner accès.

— J'aime votre manière de penser, lui dit Ty.

Mariana étreignit son amie.

— Merci pour tout.

Après qu'ils eurent quitté Sydney, Ty marqua une pause sur le trottoir. La boutique de Mariana était le seul des cinq commerces occupant le bâtiment en briques à avoir été touché par l'incendie.

— Quelqu'un du coin trouverait-il un intérêt à ce que vous soyez forcée de partir ?

Elle réfléchit un moment, observant les alentours.

— Je ne vois personne. Nous sommes tous solidaires. Et il y a de nombreux emplacements disponibles plus loin dans la rue, si quelqu'un veut développer son affaire.

Ils regagnèrent sa boutique, et Ty se rendit d'emblée à l'arrière.

— Je vais inspecter le parking.

Cependant, lorsqu'ils sortirent, il s'aperçut que personne n'en avait bloqué l'accès et que plusieurs voitures y étaient déjà garées. Il grinça des dents. La frustration lui donna envie d'abandonner les recherches, mais il se ressaisit et entreprit de scruter le sol tout en l'arpentant. Mariana fit de même en se concentrant sur l'espace où avait été son pick-up.

— Des traces de pneus.

Il lui fit signe de venir. Des traces noires marquaient le sol là où la voiture avait redémarré en trombe après être passée prendre l'homme chauve. Tout espoir s'évanouit. Les caractéristiques des traces susceptibles de définir la marque et le modèle du véhicule avaient disparu sous le pneu d'une voiture garée là.

— Bon sang !

Elle se passa les mains dans les cheveux.

— Je n'ai rien trouvé.

— Quelqu'un devrait se faire virer pour ça.

Le manque d'expérience de ce genre de crime n'excusait rien. Mariana laissa échapper un rire ironique.

— J'en doute.

Il ne put déterminer si elle se méfiait des policiers en général ou de Pete, celui qu'elle avait identifié comme étant son ex. Elle donna un coup de pied dans un caillou, l'air sombre.

— Que faisons-nous à présent ?

— Nous passons à la partie la plus importante d'une enquête.

Elle lui lança un regard interrogateur, et il poursuivit.

— Le déjeuner. Vous choisissez. Je paie.

Ils fermèrent la boutique et Mariana le conduisit jusqu'à un petit restaurant voisin de la librairie. Dès qu'ils entrèrent, tous les regards se braquèrent sur elle. Un homme et une femme de près de cinquante ans portant tous deux un T-shirt avec le logo en forme de soleil stylisé du restaurant s'avancèrent vers elle, le regard empli de sollicitude.

La femme arriva la première.

— *¿Estás bien, Mariana? Estábamos tan preocupados...*

— *Gracias, Lam.*

Mariana serra la main de la femme pour la rassurer.

— *Todavía estoy de pie.*

L'homme secoua la tête.

— Nous n'arrivions pas à le croire quand nous avons appris la nouvelle.

— Pouvons-nous en parler plus tard ? C'est encore un peu la folie.
— *Por supuesto.*

Lam les invita d'un geste à prendre place à une petite table contre le mur. Ty se réserva le siège faisant face à la porte.

Mariana s'assit, la mine sombre.
— Merci.

Elle se plongea dans la lecture du menu.
— Ça va ? demanda-t-il.

Ty se concentra sur elle plutôt que sur les différents choix.
— Je vais bien.

C'était aussi ce qu'elle lui avait dit sur le parking après l'agression, avec autant de hargne. Son expression se radoucit quand elle le regarda.
— Je... J'en ai simplement assez d'être la victime. Tout le monde me regarde.
— Ils tiennent à vous.

Lui aussi tenait à elle, bien qu'il s'efforçât de se convaincre qu'il ne s'agissait que d'une mission de Justice pour la Frontière. Pour toute réponse, elle reporta son attention sur le menu. Il s'intéressa lui aussi aux spécialités végétariennes issues du circuit court. Dans une tentative pour alléger l'atmosphère, il demanda :
— Parlez-vous d'autres langues ?

L'entendre parler espagnol avec une telle aisance révélait une autre facette de Mariana.
— Seulement l'espagnol. La branche italienne de la famille était totalement californienne lorsque je suis née.

Elle posa son menu.
— Je n'ai même jamais mis les pieds en Italie.
— Aimeriez-vous y aller ?

Cela ressemblait trop à une invitation. L'imagination de Ty l'emporta dans une chambre d'hôtel inondée de soleil, avec des rideaux blancs gonflés par la brise, effleurant Mariana qui buvait du vin blanc, debout à la fenêtre. Il s'immergea dans la lecture du menu.
— Je n'ai pas pris de vacances depuis... une éternité.

Son sourire mélancolique ne le laissa pas indifférent.

— J'aimerais y visiter des vergers anciens.

Soudain, la fenêtre imaginaire à laquelle elle se tenait fit partie intégrante d'une villa surplombant des rangées de pommiers.

— C'est une bonne idée.

Par chance, le retour de l'homme venu prendre leur commande l'arracha à son rêve éveillé avant qu'il soit tenté de s'enquérir du prix du billet d'avion pour l'Italie. Mariana et lui firent leur choix puis le silence retomba entre eux. Son humeur nostalgique persista tandis qu'elle regardait plusieurs photographies en noir et blanc de la rue principale de Rodrigo accrochées au mur.

— Mes parents sont morts avant que je sois prête à écouter tous ces récits.

— Je parie que nous pourrions en apprendre beaucoup des personnes présentes ici.

Cette ville semblait avoir un profond sens de l'histoire.

— Votre instinct d'enquêteur est toujours en éveil.

Sa nostalgie sembla se dissiper. Le regard qu'elle posa sur lui devint intensément chaleureux puis elle fronça les sourcils.

— Qu'y a-t-il ? demanda Ty.

Pete, le policier et ex de Mariana, était entré dans le restaurant et fonçait droit sur eux.

— Que lui disons-nous ? s'enquit-elle en le voyant, à nouveau perturbée.

— La vérité, en partie.

Il lui adressa un bref clin d'œil, espérant la rassurer.

— Nous verrons ce qui en ressortira.

Sans demander la permission, Pete tira une chaise jusqu'à leur table et s'assit.

— Tu vas bien, Mariana ?

— Très bien, merci, répondit-elle froidement.

À présent qu'il avait montré le strict minimum d'intérêt pour son bien-être, il porta son attention sur Ty.

— Nous ne nous connaissons pas.

Ty garda les mains posées sur la table. La remarque de Pete n'avait rien de mondain. Les muscles dorsaux contractés et le cou tendu, il était pétri d'arrogance. Et il portait l'intégralité de sa tenue de policier : uniforme et ceinturon lourdement chargé d'une arme de poing, d'un Taser et d'une matraque rétractable.

— Ty, répondit-il.

Cela ne suffit manifestement pas à Pete et une moue autoritaire fit s'affaisser les coins de sa bouche.

— C'est vous qui avez aidé Mariana hier soir ?

Ty garda une expression neutre.

— Je ne pouvais pas rester à ne rien faire.

— Mais ensuite vous êtes parti.

— Tout le monde est arrivé. Je n'étais plus d'aucune utilité.

Pete contracta la mâchoire. À l'évidence, il ne faisait pas preuve de patience lors les interrogatoires.

— Vous auriez pu rester pour nous parler.

— De quoi ?

Ty savait qu'il n'était pas raisonnable de titiller l'homme, mais il était furieux du peu d'aide qu'il avait apportée à Mariana.

Le policier parla entre ses dents.

— De ce que vous avez vu. Des détails qui auraient pu faire progresser l'enquête.

— Je n'ai presque rien vu.

Ty s'adossa à sa chaise et reporta son attention sur Mariana. Elle se tenait très droite, tendue.

— Il faisait super sombre, n'est-ce pas ?

Elle hocha la tête.

— Je t'ai déjà dit qu'on n'y voyait pour ainsi dire rien, Pete.

— Mais je suis formé à cela, Mariana.

Pete irrita aussi Ty avec son ton didactique.

— Et quelque chose qui te paraîtrait insignifiant pourrait se révéler important.

La fierté professionnelle fit se raidir le dos de Ty. Il lutta pour conserver une apparence calme.

— Très juste.

Pete ne sembla pas percevoir le fiel dans la voix de Ty. Il continua d'essayer de recueillir des indices.

— Donc, Ty, ici présent, disparaît et réapparaît au déjeuner.

— Je l'ai vu ce matin dans la rue alors que je faisais du ménage dans ma boutique. Le moins que je puisse faire est de lui offrir un repas.

Pete se concentra sur Ty.

— Et vous avez passé la nuit... ;?

— À l'hôtel, fut tout ce qu'il lui concéda.

Pete pinça les lèvres et inspira longuement par le nez avant de tenter de sourire.

— Ça pourrait être beaucoup plus simple si je voyais une pièce d'identité.

Mariana écarquilla les yeux.

— Vous n'avez pas à lui en montrer.

Plusieurs clients du restaurant épiaient la conversation. Ils avaient dû sentir monter la tension. Les propriétaires du restaurant se tenaient près du comptoir, attentifs. Pete garda son sourire, technique d'intimidation décontractée. Ty resta de marbre. Lentement, afin de ne pas mettre le policier en alerte, il sortit son portefeuille de sa veste, l'ouvrit et le posa sur la table, l'insigne bien en vue.

Pete détendit la mâchoire. Son regard fit la navette entre le visage de Ty et la carte de police.

Avant qu'il puisse l'interroger, Ty expliqua sèchement :

— Je suis en vacances.

D'autres questions se bousculèrent dans le regard de Pete. Ty reprit son portefeuille et le remit dans sa poche.

Pete trouva enfin quelques mots pour former une phrase.

— Je suis sûr que le capitaine Phelps aimerait connaître votre sentiment sur ce qui s'est passé hier soir... lieutenant.

Ty le fixa avec le genre de regard qu'il utilisait pour tétaniser les nouvelles recrues.

— Peut-être pourra-t-il m'expliquer pourquoi personne n'a ratissé ce parking centimètre par centimètre.

Pete rougit. Il l'avait blessé dans son amour-propre de policier, lui refusant toute excuse.

— Je viendrai après le déjeuner, ajouta-t-il d'un ton qui n'admettait pas de réplique.

Comme s'il était pour quelque chose dans cette décision, Pete hocha la tête et se leva.

— Très bien. Je vais en informer le capitaine.

Il adressa un petit signe à Mariana avant d'ajuster son ceinturon.

— À bientôt, Mariana.

Elle sourit faiblement, mais il avait déjà tourné les talons et quittait le restaurant. Les gens le suivirent des yeux puis reportèrent leurs regards curieux sur Ty et Mariana. Heureusement, Lam apporta deux verres d'eau à leur table, ce qui détourna leur attention.

— Tout va bien ? demanda-t-elle.

— Oui.

Le sourire de Mariana était sincère.

— Merci.

Lam les laissa seuls et Mariana se pencha vers Ty.

— Est-ce que tout va bien ?

Une série de jurons défila dans l'esprit de Ty, mais ils se trouvaient dans un restaurant respectable.

— Je vais bien.

Il lui renvoyait ses propres paroles. Elle comprit et poussa un long soupir.

— Adieu l'incognito, marmonna-t-il.

— Vous y avez renoncé quand vous avez affronté cette ordure sur le parking.

Une pensée la troubla et elle inclina la tête.

— Quel était votre plan si ces malfrats ne m'avaient pas agressée ?

Si elle n'avait pas été harcelée par des criminels. S'il n'était pas venu là en mission pour Justice pour la Frontière. S'il avait par hasard flâné dans sa boutique en étant simplement en vacances.

— Je comptais vous inviter à prendre un café.

Son visage devint très sérieux et elle s'écarta de lui.

— Pas si je vous l'avais demandé la première.

Il se pouvait qu'elle soit en train de flirter avec lui et il le souhaita ardemment. Mais ils avaient eu leur chance. Quand il était entré dans sa boutique, il n'avait pas été question de Justice pour la Frontière ou du Groupe Hanley. Il aurait pu ne s'agir que d'eux, cédant au lien qui les électrisait. Hélas ! L'agression avait changé cela. À présent, la police savait qui il était. Les complications s'enchaînaient. Les rendez-vous autour d'un café, les doux flirts et les premiers émois étaient beaucoup trop fragiles pour l'environnement hostile dans lequel ils évoluaient. Son cœur se serra et il en perdit l'appétit. Mariana et lui avaient laissé passer leur chance.

6

Mariana était le point de mire de tous les regards. Durant tout son déjeuner avec Ty, elle se sentit observée. Chaque client qui entrait dans le restaurant la fixait, parfois avec sympathie et éventuellement un signe de la main, ou la dévisageait tout simplement. C'était ce que voulait le Groupe Hanley. L'exclure de sa communauté. La stigmatiser.

Mais elle n'était pas seule. La résolution de Ty dans son engagement à l'aider n'avait pas faibli. Même après qu'ils eurent compris avoir échoué à saisir l'occasion d'explorer le lien qui les unissait. L'ambiance était restée morne, la nourriture lui semblait insipide. Encore une chose dont le Groupe Hanley la privait. La détermination de Ty avait dû déteindre sur elle car, au lieu de se sentir vaincue, elle était remontée et prête à riposter enfin.

Cela devrait toutefois attendre. Après le déjeuner, Ty la quitta pour se rendre au commissariat et elle retourna à la boutique de Sydney. Elle vit les gens dans la rue regarder les planches condamnant son magasin. Même si elle parvenait à reconstruire sa vie, elle ne serait plus jamais la même. Son corps portait les cicatrices de son apprentissage à gérer seule la pommeraie. Une chute d'une échelle sur une scie d'élagage avait laissé une longue trace à l'arrière de son bras gauche. L'agression de la veille au soir scarifiait sa vie même.

— Est-ce qu'il plaît à Toro ?

Sydney disposait des bâtonnets de miel près de la caisse.

Mariana s'attarda près de la table couverte de ses marchandises comme si elle pouvait protéger ces vestiges de son commerce.

— Il semble bien le tolérer. Je ne peux pas dire, en revanche, que Pete l'apprécie.

Pourtant, en ce moment même, Ty se trouvait de son plein gré au commissariat. Elle sentit son estomac se nouer. Il avait gardé son calme avec Pete au déjeuner, mais il pourrait être sous pression à présent. Et s'il s'attirait des ennuis avec son propre capitaine ? Cela pourrait mettre brusquement un terme à l'aide qu'il lui apportait.

— L'opinion de Pete n'a guère de poids ici.

En dépit de la pique, le ton de Sydney avait été léger.

Mariana détacha le regard de sa devanture dévastée et revint vers son amie.

— Ta famille vit ici depuis longtemps. T'a-t-elle déjà parlé d'un groupe dénommé Justice pour la Frontière ? Au XIXe siècle. Après la guerre de Sécession.

— Oui.

Sydney fixa le plafond, rassemblant ses souvenirs.

— Un récit revenait constamment à propos de quelqu'un qui avait essayé de chasser mes ancêtres. Une période sanglante.

Elle regarda au-dehors, les yeux dans le vague.

— Puis un groupe d'hommes armés, de hors-la-loi ou que sais-je, nommé Justice pour la Frontière a pris part au combat. Et y a mis fin.

Elle reporta son attention sur Mariana.

— Que sais-tu d'eux ?

— J'en ai vaguement entendu parler.

Il ne lui paraissait pas correct d'associer Ty à Justice pour la Frontière sans lui en avoir fait part.

— Mes parents n'en ont pas vraiment fait mention.

Ou peut-être n'y avait-elle pas prêté attention à l'époque.

— Je demanderai aux miens quelles autres anecdotes ils connaissent.

Sydney haussa les sourcils.

— Tu penses les appeler à la rescousse ? demanda-t-elle avec ironie.

Mariana baissa la voix.

— Je crois qu'ils sont intervenus d'eux-mêmes.

Toute trace d'humour disparut de la voix de Sydney.

— Pardon ?

Consciente d'en avoir déjà trop dit, Mariana chercha comment s'expliquer sans trahir la confiance de Ty.

— Ils sont partis pendant un temps, mais ils reviennent...

Dieu merci, son téléphone lui sauva la mise en se mettant à sonner.

Elle imagina que c'était Ty, mais l'écran indiquait un appel masqué, bien qu'elle l'ait ajouté à ses contacts. Cependant, l'homme avait de la ressource et possédait probablement plusieurs appareils destinés à différents usages.

— Allô ?

— Avez-vous envie de mourir ?

Ce n'était assurément pas la voix de Ty.

— Nous n'avons que faire de l'aide que vous obtiendrez.

Un froid glacial l'envahit ; le sang se figea dans ses veines.

— Vous pensez avoir gagné parce que vous avez remporté une petite bataille ?

Sydney avait dû déchiffrer son langage corporel, car elle se hâta de venir près d'elle, murmurant :

— Qui est-ce ?

— Nous ne nous en tiendrons pas là, poursuivit la dure voix masculine. Vous avez tout intérêt à déguerpir.

Une colère noire fit se ressaisir Mariana. Justice pour la Frontière avait aidé la famille de Sydney, et Ty en perpétuait à présent l'action.

— Si vous vous approchez trop, rétorqua-t-elle, vous sentirez mes mains autour de votre gorge.

L'homme ricana. Elle sentit sa rage sur le point d'exploser.

Il ajouta avec mépris :

— Votre petit ami est de retour.

Ty apparut sur le trottoir devant la vitrine. Elle se précipita dehors pour le rejoindre.

— L'un d'eux est quelque part ici.

Elle scruta la rue, mais personne n'accrocha son regard.

— Je l'ai au téléphone.

L'homme avait raccroché. Ty la poussa doucement vers la façade, lui faisant un rempart de son corps. Puis il examina les alentours, prêt à dégainer son arme.

— Qu'a-t-il dit ?
— Il a proféré d'autres menaces.

Bien qu'envahie par des émotions violentes et contradictoires, elle s'efforça de garder son sang-froid. Ty irradiait la force et le calme.

— Ensuite, il a dit que vous arriviez, juste avant que je vous voie.
— Les toits.

Ty inspecta à nouveau les environs du regard avant de se tourner vers elle.

— Vous allez bien ?
— J'ai hâte de ne plus avoir à répondre à cette question.

Elle brandit son téléphone.

— Appel masqué, pas de numéro.
— Le contraire m'aurait étonné.

Sydney ouvrit timidement la porte près d'eux.

— Un problème ?
— L'un des harceleurs a fait son petit numéro et il a disparu, pesta Ty. Et la police locale s'intéresse un peu trop à moi. Ils ont même contacté mon capitaine. Je dois faire profil bas pendant un temps. Nous allons devoir remettre cette « conversation » avec le Groupe Hanley à demain.

Il serra les poings en prononçant le mot « conversation ».

Sydney sortit et inspecta, elle aussi, le secteur.

— Vous devez faire attention.
— Nous n'y manquerons pas, la rassura Mariana.
— Même chose pour vous, répondit Ty à Sydney. Vous êtes nos yeux ici mais, au moindre incident, vous décampez.

Sydney hocha la tête. Il se tourna vers Mariana.

— Avez-vous autre chose à faire au magasin ?
— Nous avons sauvé ce que nous pouvions. L'assurance organisera l'intervention de l'équipe de nettoyage.
— Il y a trop d'endroits où se cacher en ville, reprit-il, toujours aux aguets. Il faut que j'arpente vos terres. Partons d'ici.

Ils prirent congé de Sydney et firent un dernier passage à la boutique de Mariana.

Ty récupéra la BD qu'il y avait laissée le matin.

— Donc...

Il se gratta la nuque.

— Ce policier, Pete...

Elle avait cessé de se faire des reproches, et eut un geste désinvolte.

— Il travaillait beaucoup. Je travaillais beaucoup. C'était parfait quand nous nous voyions à peine. Ça a ensuite dégénéré quand il a voulu que j'emménage en ville pour mener son genre de vie.

Ne trouvant rien d'autre à prendre, elle ferma le magasin et ils restèrent un moment sur le trottoir. Ty balayait les alentours du regard en permanence et, chaque fois qu'il posait les yeux sur elle, son corps était en proie à un nouvel émoi. Le lien entre eux persistait, même s'ils semblaient s'être résignés à avoir laissé passer leur chance. Mais une part d'elle mourait d'envie que ce regard se focalise exclusivement sur elle. Afin qu'il puisse apprendre à la connaître, qu'il découvre à quel point l'isolement l'avait fait se renfermer dans sa coquille.

Ils convinrent qu'il la suivrait dans sa voiture et se séparèrent. Elle connaissait tous les arbres, chemins et recoins du verger familial. Ce serait à la fois sécurisant et troublant. Car elle serait de nouveau seule avec Ty.

Pendant qu'il perdait son temps à ne rien apprendre de nouveau, assis dans le bureau du capitaine Phelps, chef de la police de Rodrigo, ces salauds harcelaient Mariana au téléphone ! Ty fulminait. Et maintenant, son propre supérieur savait qu'il s'était trouvé mêlé à un incident local au cours de ses « vacances ». Aider Mariana en restant invisible lui aurait déjà été assez difficile. Désormais, chacun de ses mouvements serait épié.

Tout en la suivant jusque chez elle, il tenta de trouver du réconfort dans le fait de quitter la ville. Les abords étaient en grande partie visibles du verger, et la maison était située en surplomb. En théorie, ce devrait être plus simple là-bas ; en réalité, ça ne le serait pas. Plus il passerait de temps avec Mariana, plus tout deviendrait compliqué. Les manœuvres d'intimidation sur sa maison et ses terres. La mission fixée par Justice de la Frontière. Tout cela mêlé avec, de surcroît, le désir qu'il éprouvait quand il plongeait son regard dans le sien et qu'il y décelait sa force, son intelligence et sa souffrance.

Il avait failli perdre son sang-froid en voyant la peur sur son visage quand elle était sortie du magasin de Sydney, son téléphone à la main. Si ce salaud avait encore été en ligne, il l'aurait volontiers provoqué en duel dans la rue pour voir qui était la plus fine gâchette. Mais l'homme aurait fini à la morgue et lui aurait eu un tas d'ennuis.

Il se surprit à trop appuyer sur l'accélérateur et faillit coller au pick-up de Mariana. Il leva le pied et tâcha de reprendre son calme. Peut-être pourrait-il tenter de tout résoudre en présentant au Groupe Hanley des arguments pertinents. Les chances que cela fonctionne s'amenuisaient cependant à chaque nouvelle escalade dans les exactions de ses sbires.

Et voilà qu'ils remettaient ça ! La berline menaçante qu'ils avaient vue la nuit précédente fonçait sur Mariana depuis une route latérale sur leur droite. L'avait-elle vue ? Elle arrivait à toute allure, sans ralentir. Il klaxonna sans relâche et accéléra pour la rattraper. Elle le regarda dans le rétroviseur et il lui désigna la voiture noire.

Il la vit agripper le volant, les épaules tendues. Son pick-up avança plus rapidement. Toutefois, elle risquait encore d'être emboutie.

La berline rebondit sur une ornière, soulevant un nuage de poussière, et se retrouva entre eux. Mariana accéléra tandis qu'il freinait brusquement. La berline dérapa, mais son conducteur parvint à rectifier sa trajectoire et s'élança en avant, pas très loin derrière le pick-up.

Durant une fraction de seconde, Ty songea à dégainer son arme pour tenter d'abattre les agresseurs, mais tirer de la main gauche tout en roulant était une très mauvaise idée. De plus, Mariana se trouverait dans la ligne de tir. Il accéléra et percuta l'arrière de la berline qui fit un bond en avant. L'impact ébranla la voiture et il sentit s'entrechoquer ses os. Il lutta pour garder le contrôle de sa voiture.

La chaussée était bordée de chaque côté par de profonds fossés d'irrigation puis par des clôtures en bois et métal. Les arbres défilaient à toute allure. S'il s'encastrait dans l'un d'eux, tout serait terminé. Mariana continuait à filer, mais son pick-up semblait avoir atteint sa vitesse maximale et zigzaguait légèrement tandis que la berline se rapprochait. Ils n'auraient guère de difficulté à lui faire quitter la route.

Ty écrasa l'accélérateur, la mâchoire contractée, les muscles des bras et du torse tendus comme s'il pouvait inciter sa voiture à rouler plus vite. La berline rattrapait Mariana et commençait à déboîter pour se porter à sa hauteur. Elle allait la faire partir en vrille. À cette vitesse, elle ferait des tonneaux et...

Il ne voulut même pas l'envisager. Il devait les arrêter.

Alors que les assaillants alignaient leur véhicule avec le pick-up, il s'approcha de leur pare-chocs. Toute erreur de calcul pourrait les projeter plus violemment contre elle. C'était le moment ou jamais. Il braqua et accrocha l'arrière de la berline. Les pneus se mirent à hurler et elle fit une embardée.

Les sbires du promoteur perdirent de la vitesse et Mariana gagna du terrain, mais la berline resta sur la route. Alors qu'elle se redressait, son aile arrière heurta l'avant de la voiture de Ty avec un bruit de métal froissé.

Il profita du fait que la berline ait été propulsée en avant pour accélérer brutalement et l'emboutir à nouveau. Cette fois, il enfonça la portière arrière du côté passager. Sous l'effet du choc, sa voiture glissa jusqu'au bord du fossé, sur le côté droit de la chaussée.

Cependant il était assez près d'eux pour se servir de son arme sans mettre Mariana en danger. Maladroitement, de sa main gauche, il dégaina son pistolet, conduisant de la droite au péril de sa vie. Un seul coup de feu suffirait à décider de l'issue de cette mission, mais ces ordures n'abandonneraient pas avant que quelqu'un soit tué.

Il tendit le bras par la fenêtre. Le conducteur réagit immédiatement en faisant un écart. Il tira. La vitre arrière, du côté passager, vola en éclats. Il ne vit personne à l'arrière. La berline freina brusquement, fit un tête-à-queue, et accrocha l'arrière de sa voiture.

Le paysage se mit à tourner autour de lui. Il jeta son pistolet sur le siège passager et se servit de ses deux mains pour redresser. L'arrière continua de chasser et l'entraîna dans l'un des fossés de drainage. Du gravier jaillit tout autour de lui.

La voiture finit par s'arrêter. Il était parvenu à éviter qu'elle se renverse, mais l'avant était tout de même très surélevé. Quand la poussière se dissipa, il aperçut la berline noire qui s'éloignait vers la ville à toute vitesse. Le pick-up de Mariana, qui avait fait demi-tour, pila non loin et elle en descendit d'un bond.

— Ty ! Ty !

Elle avait les traits crispés par la peur.

Il ouvrit la portière d'un coup d'épaule et sortit.

— Je vais bien.

Quoique le sol ne lui parût pas très stable.

— Et vous ?

— Très bien.

Elle dut marcher de côté pour descendre la pente escarpée.

Il rit de sa réponse.

— Moi aussi, je vais très bien.

Du moins arrivait-elle à sourire.

— Ça craignait.

— Oh oui !

Il reprit son pistolet et le rengaina.

— Vous les avez touchés ? demanda-t-elle en regardant dans la direction où ils s'étaient éloignés.

— Il n'y avait personne à l'arrière.

La berline avait depuis longtemps disparu. Il examina l'arrière de sa voiture. Appeler une dépanneuse attirerait encore plus sur lui l'attention de la police locale.

— Mais le message était clair.

Mariana observait elle aussi la voiture endommagée.

— J'ai deux courroies dans le pick-up. Je devrais pouvoir vous sortir de là.

— Merci.

Il s'efforça de calmer les effets de la décharge d'adrénaline.

— Ces salauds vont mettre la voiture à la casse et ils n'avaient pas de plaques d'immatriculation.

Il savait toutefois qu'il ne serait pas trop difficile de les retrouver car, à coup sûr, ils reviendraient. Pour l'instant, il fallait dégager sa voiture du fossé. Ils attachèrent les deux larges courroies aux deux véhicules. Cela devrait faire l'affaire. Du moins l'espéra-t-il.

— Cette section de la route vous appartient, n'est-ce pas ?

Il ne se rappelait pas s'ils avaient franchi la limite de ses terres.

— Oui, c'est une propriété privée ; aucune instance officielle n'a donc à se mêler de ce qui s'y passe.

Elle essuya ses mains couvertes de poussière sur son jean.

— Mais je vais probablement devoir répondre à quelques e-mails curieux de mes voisins.

Il se prépara à remonter dans sa voiture.

— Dites-leur que vous vous entraînez pour un derby de démolition.

— Je leur dirai qu'un policier rebelle est apparu et qu'il passe son temps à me sauver la vie.

Aucun d'eux ne bougea. Durant un moment, ce fut comme s'ils étaient seuls au monde. Ni incendie, ni menaces, ni coups de feu. L'espace qui les séparait vibrait d'ondes les unissant l'un à l'autre. D'un magnétisme capable de l'emporter dans les airs jusqu'à elle. Comme s'il pouvait la rejoindre, la sentir entre ses bras en échappant à la pesanteur. Ou au danger. Rien qu'elle et lui, se repaissant l'un de l'autre.

Mais le monde autour d'eux était bien trop réel. Il monta dans sa voiture et elle regagna son pick-up. Leurs moteurs vrombirent à l'unisson. Elle entreprit de la tracter. Les pneus de la voiture peinèrent à adhérer au sol. Après avoir glissé de côté sur deux mètres, elle trouva enfin prise dans la terre et fit un bond en avant. Mariana accéléra légèrement. La voiture remonta lentement la pente et revint sur la chaussée.

Les deux véhicules s'arrêtèrent le temps de détacher les courroies que Mariana jeta sur le plateau du pick-up. Le reste du trajet jusqu'à la maison se déroula sans encombre. Ty se gara à côté d'elle, et Toro les accueillit aussitôt. Il se mit à danser joyeusement autour de Mariana en remuant la queue. Comme elle lui caressait la tête et le grattait derrière les oreilles, le chien sembla sourire.

Mariana tendit la main devant elle. Elle tremblait.

— Comment faites-vous ?

Sa voix aussi tremblait encore.

— Ne vous mésestimez pas.

Il lui tendit la main. Hésitante, elle y posa la sienne. Les tremblements cessèrent. Il la sentit frémir à son contact.

— Vous en faites autant, reprit-il. Vous survivez sous la pression.

Elle posa sur lui un regard chaleureux. Puis elle le remercia, clignant lentement des paupières, et retira sa main.

— Tequila ?

— Je préfère éviter.

Au lieu de se diriger vers l'entrée de la maison, il entreprit de la contourner.

— Je dois garder les idées claires à présent que l'intimidation monte en puissance, lança-t-il par-dessus son épaule.

Comme elle le suivait, accompagnée de Toro, il attendit qu'elle le rattrape.

— Vous avaient-ils déjà appelée ?

— Non.

Elle ramassa une petite branche et s'en servit pour lui indiquer un chemin menant au verger derrière la maison.

— Et ils n'avaient pas tenté de me faire quitter la route.

— Ils se sentent menacés.

Gravir la pente réveilla les jambes de Ty et lui permit d'apaiser un peu la tension résiduelle de la course-poursuite.

— Nous avons riposté et ils passent au niveau supérieur.

— Jusqu'où cela ira-t-il ?

À l'aide du bâton, elle tapota une rangée de pommes sur une branche basse. L'une d'elles retint son regard et elle s'arrêta pour la cueillir. En bruissant, les feuilles libérèrent un arôme végétal acidulé. Elle lança la pomme à Ty et en prit une pour elle.

C'était la pomme la plus réelle qu'il ait jamais eue en main. Sa peau était lisse en certains endroits, rugueuse à d'autres. Réchauffée par le soleil. Comme si la vie de l'arbre pulsait toujours en elle.

— Ils iront jusqu'au bout.

Lui cacher la vérité ne ferait que rendre les choses plus dangereuses pour elle.

Ils reprirent leur marche à travers le verger à flanc de coteau. Il le parcourut du regard à la recherche de lieux où se cacher et des voies d'accès les plus aisées. Les arbres ne masqueraient pas totalement une présence humaine. Un intrus devrait se servir de la remise, plus haut sur la gauche. Une vieille barrière décatie ralentirait la progression de toute personne choisissant d'éviter le chemin sur la droite.

Bien sûr, on pourrait la franchir à cheval. Mais il serait ensuite impossible, à cause des branches basses, de continuer sans mettre pied à terre. Ce combat, s'il avait lieu, se déroulerait au sol.

Le soleil éclaboussa à nouveau son visage. Ils quittèrent le verger. Devant lui, Mariana avançait sur le chemin qui serpentait. Elle évoluait avec souplesse, ses épaules et ses hanches s'inclinant dans l'ascension.

Elle s'arrêta au sommet de la crête et mordit dans sa pomme. Toro s'assit de façon à s'appuyer contre sa jambe. Ty la rejoignit et vit les collines vallonnées qu'elle contemplait. À quelques kilomètres de là s'élevaient des montagnes.

— La route coupe-feu est là-bas.

Elle tendit la main qui tenait la pomme où se dessinait la marque de ses dents.

— Cette clôture délimite-t-elle votre domaine ?

— Oui. Au-delà s'étendent trois immenses parcelles rachetées par le Groupe Hanley. Je l'ai découvert en consultant le cadastre après le début du harcèlement. Aucune d'elles n'est constructible, contrairement à mes terres. Ils ont déjà investi des millions et ne peuvent rien faire, sauf s'ils me forcent à partir.

L'assaut qu'il avait imaginé plus tôt se matérialisa à nouveau. Leurs assaillants ne seraient guère à couvert après avoir quitté la route coupe-feu. Mais il ne leur faudrait pas longtemps pour se fondre dans le paysage confus du verger. La colline, à gauche comme à droite, était trop escarpée. Toute incursion surgirait de là où il se tenait.

Ty mordit dans la pomme. Aigre-douce, avec cette pointe de sel qu'il avait sentie la veille au soir. Le fruit représentait le travail de Mariana, sa vie. Il était aussi la raison de sa venue en ce lieu. Son ancêtre avait dû se tenir sur cette même crête, inspectant le paysage. Tous deux portaient une arme. Tous deux connaissaient la déconvenue et savaient à quel point il était difficile de voir régner la justice.

Ty ne savait pas grand-chose de la vie de cet homme. Aussi déterminé fût-il, son propre cheminement n'était pas tout à fait clair. Chaque fois que la présence de Mariana embrasait ses sens, les complications devenaient indescriptibles.

Elle finit sa pomme et jeta le trognon au sol. Il roula et rebondit sur la pente raide. Ty imagina des hommes à cheval, le visage en partie dissimulé derrière un bandana, montant à l'assaut, l'arme au poing. Il aurait pu lui raconter sur sa propriété des choses qu'elle-même ignorait. Mais avec tout ce qui pesait déjà sur elle, mieux valait l'éviter.

— Je ne peux pas les laisser me prendre tout ça.

Elle secoua la tête et redressa les épaules.

— Ça n'arrivera pas.

Était-ce la même promesse qu'avait faite son ancêtre ?

Elle redescendit vers le verger, Toro la précédant.

— Nous ne sommes pas des êtres supérieurs.

Sa voix était lointaine. Elle embrassa du regard le sommet des arbres devant elle.

— Nous sommes de simples participants.

Le fait d'avoir grandi au cœur de la ville ainsi que son expérience de policier avaient ouvert les yeux de Ty sur de nombreuses choses. Bonnes et mauvaises. La perception qu'avait Mariana du monde qui les entourait l'impressionnait. Lui s'attachait aux détails. Elle communiait avec lui.

Ils retraversèrent le verger où elle cueillit une feuille qu'elle froissa entre ses doigts. Une autre forme de communion. Le soleil disparaissait progressivement à l'horizon, faisant s'étirer les ombres en travers du chemin. Durant un moment, sa maison ressembla à une photographie en noir et blanc, semblable à celles qu'elle avait accrochées aux murs de sa boutique. À ceci près qu'une extension qu'il n'avait pas remarquée jusque-là, à l'arrière, déparait l'architecture ancienne. Elle ne semblait pas remonter à plus de cinquante ans.

— Cette pièce est-elle uniquement accessible de l'extérieur ?
— Il y a une porte qui communique avec la cuisine. Elle me sert de local de stockage, de marchandises pour ma boutique surtout.
— Pas de produits inflammables ?

Si une attaque était lancée de la crête, à l'arrière, ils devraient s'attendre à ce que ce problème s'y ajoute.

— Je les stocke dans une armoire à l'épreuve du feu, dans la grange.

D'un geste du pouce, elle désigna le bâtiment situé à une centaine de mètres de la maison. De nouvelles inquiétudes assombrirent son regard. À l'évidence, elle prenait la mesure du danger qu'il cherchait à minimiser.

Tout était inflammable. Le feu pouvait se propager à tout moment, détruisant ses terres ou mettant un terme à sa vie. Les hommes qui la menaçaient étaient plus dangereux que jamais.

— Nous aurons raison d'eux, la rassura-t-il.

Il avait tiré le premier coup de feu. Il devait se tenir prêt à tirer le dernier.

7

La quiétude qu'elle avait partagée avec Ty procura un bien-être profond et persistant à Mariana. D'ordinaire, quand elle parcourait ses terres en compagnie de quelqu'un, les propos étaient incessants, comme les vents balayant en permanence les collines. Sydney s'épanchait sur les aléas de l'entrepreneuriat ou s'extasiait sur la vue. Quand Pete l'accompagnait là-haut, il envisageait la construction d'une cabane qui lui servirait de repaire et de base opérationnelle pour son activité de vététiste. Ty avait observé son verger et les collines au-delà. Il s'était imprégné du lieu. Elle avait senti son regard sur elle, aussi.

Son intérêt avait été en partie stratégique. La récente attaque en présageait d'autres. Cependant, elle sentait aussi chez lui une véritable appréciation de cet environnement. Il tendait l'oreille, de la même façon qu'elle le faisait quand le temps allait changer. Tout comme il l'écoutait quand elle parlait. Il n'attendait pas seulement qu'elle ait terminé, il assimilait, il apprenait.

Ils firent le tour de la maison. Il poursuivit son inspection et elle eut l'occasion de noter toutes les réparations nécessaires. Une ou deux gouttières s'affaissaient. Quelques bardeaux de plus sur le toit ne seraient pas un luxe. Le rebord supérieur de la fenêtre de la chambre d'amis pendait d'un côté, laissant un espace vide au-dessus. Elle se sentit dépassée. Sa boutique était en ruine. Ses fruits n'étaient pas cueillis. Même si elle trouvait le temps de réparer toutes ces choses, elle n'en aurait pas les moyens.

« Nous aurons raison d'eux. » Le silence de Ty conférait

beaucoup de force à ses paroles. Ils se tenaient à présent à l'avant de la maison. La route sinueuse se perdait dans le lointain devant eux, au-delà du lieu de l'attaque. L'air s'était rafraîchi. Le brouillard commençait à monter de la côte, estompant les contours des collines et transformant les arbres en créatures fantasmagoriques.

— Je mènerai le combat à vos côtés, dit-elle.

La brume avait réduit son engagement à un murmure.

Ty fit un pas de côté vers elle ; leurs épaules se touchèrent.

— Ils vont regretter de s'en être pris à vous.

Elle aurait aimé tenir à nouveau sa carabine.

— Sans peur et sans reproche, n'est-ce pas ?

— La peur est une bonne chose. Elle nous garde en alerte et assure notre sécurité. C'est la panique qui est délétère.

Elle n'avait pas une idée très claire des prochaines étapes, mais il n'y avait personne d'autre avec qui elle ait davantage envie de trouver une solution à cette situation létale.

— J'ai examiné les voies d'accès, j'ai quelques idées pour y limiter la marge de manœuvre d'un assaillant.

Il jeta un coup d'œil en direction du verger.

— Nous garderons la route principale sous surveillance. Et demain, nous établirons le contact avec le Groupe Hanley.

— Nous devons donc nous atteler à la seconde partie la plus importante d'un plan tactique.

Elle se tapota la jambe et Toro accourut près d'elle.

— Qui est ?

— Le dîner.

Toro et elle se tournèrent vers la maison.

— Avoir failli sortir de la route m'a fait brûler toutes les calories de mon déjeuner, ajouta-t-elle.

— Affronter les méchants est un excellent exercice physique.

Ty contracta les épaules. Elle profita de cette occasion pour admirer sa silhouette en V se terminant par des fesses bien faites et des jambes musclées.

— Comment croyez-vous que je garde la forme ?

Après s'être humecté les lèvres, elle s'éclaircit la voix.

— En pourchassant les criminels sur les collines escarpées de San Francisco.

Elle l'imagina aisément remontant un trottoir à toute allure, l'air furieux, tous ses muscles en parfaite coordination.

Un souvenir amer assombrit brièvement son regard.

Il le chassa et gravit les marches à côté d'elle.

— Comment puis-je vous aider pour le dîner ?

— En vous chargeant de la lessive, lui répondit-elle.

Une fois dans la maison, elle alla rassembler ses vêtements de la veille encore humides et orienta Ty vers le lave-linge installé dans une alcôve de l'entrée. Quelque chose d'aussi normal semblait presque futile après les récents événements. Mais la normalité était exactement ce dont elle avait besoin. Une petite partie du traumatisme de la veille serait ainsi évacuée.

Avant de poursuivre son chemin jusqu'à la cuisine, elle lança un regard furtif à ses fesses alors qu'il se penchait pour remplir la machine. Elle sortit un couteau, posa des oignons sur la planche à découper, puis resta immobile. Ty s'acquittait de sa tâche dans l'alcôve, mais elle sentait son énergie comme s'il était debout près d'elle à l'îlot de la cuisine. Comme si son corps était pressé contre le sien.

Elle espéra qu'émincer les oignons effacerait ces pensées et s'y employa donc, essuyant ses larmes de son avant-bras sans pour autant parvenir à annihiler le désir qui l'attirait vers lui. Il était plus profondément enraciné en elle qu'elle l'aurait cru. Elle tenta de le justifier en y voyant la conséquence indirecte du soutien qu'il lui avait apporté durant toutes ces épreuves. Bien sûr, elle s'était sentie proche de l'homme qui avait repoussé son agresseur sur le parking et lui avait évité une sortie de route. Mais la quiétude qu'ils avaient partagée sur la colline la faisait vibrer plus encore.

— Comment puis-je vous être utile à présent ?

Sa large carrure s'encadrait dans l'entrée de la cuisine.

La première réponse qui lui vint à l'esprit n'avait rien à voir avec les tâches ménagères. Elle se reprit.

— Pouvez-vous préparer le riz ?

Il la rejoignit en se grattant la mâchoire.

— Je suis plus doué pour la purée de pommes de terre, mais je peux travailler à partir d'une recette.

— Je vais vous expliquer.

Elle pointa son couteau en direction d'une étagère garnie d'ustensiles de cuisine sous l'îlot.

— Commencez par prendre cette casserole.

Bon sang, même ces tâches ordinaires étaient chargées d'émotion ! Voir ses mains autour de la casserole lui permit de constater à quel point elles étaient grandes.

Il s'immobilisa ; de toute évidence, il l'avait surprise à fixer ses mains.

— Le riz ? demanda-t-il quand elle eut reporté les yeux sur son visage.

En revenir à la marche à suivre l'aida à s'éclaircir les idées.

— Dans ce placard. Nous le rincerons d'abord.

Elle lui détailla la recette tout en rassemblant ce dont elle avait besoin pour le reste du repas.

Une fois le riz en train de cuire, elle s'avança vers la cuisinière avec sa planche à découper couverte d'oignons, de carottes, de poivrons et de fines herbes. Ty continua de l'aider, égouttant les haricots à faire réchauffer.

Elle n'avait encore jamais cuisiné avec un homme. Les rares fois où Pete et elle avaient partagé un repas fait maison, l'un ou l'autre s'était mis aux fourneaux. Elle, en général. Ty se déplaçait aisément auprès d'elle alors qu'il suivait ses instructions. Un simple dîner de riz et de haricots se transformait en festin pour les sens.

Une fois le repas prêt et la table mise, elle ouvrit le placard pour y prendre des verres.

— Du vin ?

— De l'eau.

Ce rappel à la réalité jeta un léger froid dans la pièce. Le danger était toujours réel.

Elle remplit deux verres d'eau et les porta jusqu'à la petite table du coin cuisine. Le soleil s'était couché, transformant la fenêtre en miroir. Elle y vit le reflet de Ty qui approchait avec les plats. Elle sentit son pouls s'accélérer en le voyant près d'elle, comme si elle regardait deux autres personnes qui ignoraient qu'on les observait. Et, à en juger par le regard ardent qu'il posa sur elle, elle eut le sentiment d'assister au prélude de quelque chose de très érotique.

Mais ce n'était qu'un dîner. Elle se le répéta, alors qu'ils prenaient place à table et commençaient leur repas.

— Bravo, pour le riz ! lui dit-elle.

Il lui porta un toast avec son verre d'eau.

— J'ai seulement suivi vos instructions.

— Ajoutez-le à votre répertoire.

Les haricots aux épices apportèrent un calme plus intense.

— D'où tenez-vous la recette de la purée ?

— De ma mère.

Il afficha un sourire chaleureux.

— Elle m'a entraîné jusqu'à ce que je la réussisse avant que je parte à l'université.

— Ceci aussi est une recette de famille. Elle me vient de ma mère qui la tient de ma grand-mère et de qui sait plus loin encore.

— C'est bon.

Il mangea plus lentement et se concentra sur la nourriture.

— C'est excellent.

L'approbation sincère dont il fit montre l'amena à prêter une attention nouvelle à la nourriture.

La sensualité des épices évoquait le berceau familial.

— Ce n'est pas trop simple ?

— Ce n'est pas simple du tout.

Il posa le regard sur son visage et elle sentit sa peau irradier.

— C'est vous, dit-il.

Une onde de chaleur naquit dans le creux de ses reins, remontant jusqu'à sa poitrine. Pendant un moment, tous deux mangèrent dans un silence tout aussi éloquent que les mots. Ty observa la cuisine, et elle le regarda s'imprégner de ses détails.

— Je suis désolé pour vos parents, dit-il à voix basse. J'ai appris ce qui leur était arrivé en lisant le dossier de l'affaire.

La douleur de la perte ne disparaîtrait jamais, mais elle avait appris à ne pas la laisser la dévaster.

— Merci. Vos parents sont...

— Toujours en vie.

Son sourire réapparut.

— À Daly City. Mon père donne des cours d'histoire et d'éducation civique au lycée. Et ma mère a un emploi de bureau dans une association à but non lucratif œuvrant pour les enfants à risque.

— Toujours la justice.

Elle commençait à mieux le cerner.

— Une recette de famille, commenta-t-il avec un petit rire.

Son regard se concentra sur autre chose. Le passé ou le futur ? Sa bouche toujours aussi expressive afficha une moue songeuse. La vue de ses lèvres charnues éveilla en elle une faim qui n'avait rien à voir avec la nourriture.

— Un dessert ?

Elle avait inconsciemment employé le ton de la séduction.

Il croisa son regard.

— Que proposez-vous ?

Vit-elle réellement son désir ou n'était-ce que la projection de ce qu'elle avait envie de percevoir chez lui ?

— De l'*apple pie*, bien entendu.

Elle se leva.

Il prit les assiettes et les porta à l'évier.

— J'en prendrai une part.

À présent, elle n'était plus du tout sûre qu'il faisait allusion au dessert. Ce n'était pas non plus ce qu'elle avait fait...

— Sydney les prépare avec les pommes que je lui donne.

Elle coupa deux grosses parts du gâteau que son amie lui avait offert deux jours plus tôt. Deux jours seulement. Avant que tout cela ne se produise. Avant l'apparition de Ty.

Il n'eut pas besoin qu'elle lui rappelle où trouver les assiettes. Il en apporta deux petites avec des fourchettes propres.

— Sa boutique exhale une odeur incroyable.

Sans s'arrêter, il sortit de la cuisine.

— Je dois mettre le linge à sécher.

Elle posa les parts de tarte dans les assiettes et les emporta.

— Nous prendrons le dessert au salon.

Elle le rattrapa dans le couloir.

— Je suis sûre que mes voisins ont envoyé des mails, il faut que je leur réponde.

— Délit de fuite. Probablement une virée entre ados ou une voiture volée.

Il resta à la traîne.

— Le coup de feu était le bruit d'un pneu qui a éclaté, mais je l'ai réparé et tout va bien.

L'explication, inspirée par son expérience de policier, semblait assez plausible.

— Ça devrait les convaincre.

Arrivée au salon, elle posa sa part de gâteau près de l'ordinateur. Ty prit place sur le canapé, son assiette à la main. La première chose qui s'afficha à l'écran lorsque le portable s'alluma fut l'article qu'elle avait trouvé sur son travail de policier. Il était doué dans sa partie. Elle tâcha d'en retirer de l'assurance pour affronter ce qui les attendait.

— Félicitations, vous avez fait incarcérer ces criminels.

— Ça ne se termine pas toujours aussi bien.

Il n'avait pas touché à son *apple pie*.

— Parfois, je trouve les preuves, je résous l'affaire, et ces ordures restent en liberté. Le pouvoir de l'argent.

Sa voix se teinta de colère.

— Des innocents souffrent pour que quelqu'un puisse continuer à faire du profit.

Avant même de l'avoir décidé, elle se retrouva à aller vers lui. Il paraissait trop seul, assis là. Même Toro s'approcha prudemment. Debout derrière le canapé, elle posa la main sur l'épaule de Ty. Son immobilité lui causa un choc. Il poursuivit.

— Je connaissais une famille propriétaire d'une supérette. Bien située. Trop bien pour ne pas susciter la convoitise d'une chaîne. Quelqu'un a cassé la jambe du père dans un « accident » avec délit de fuite.

Elle grimaça et exerça une pression sur son épaule.

— J'ai appréhendé le conducteur, j'ai même mis au jour la connexion entre la chaîne de magasins et lui. Mais les avocats ont conclu un accord. Le conducteur a écopé d'une tape sur la main et les commanditaires n'ont jamais été inquiétés.

Un profond soupir fit se lever puis s'affaisser ses épaules.

— Et ils ont obtenu l'emplacement.

— Il n'y a pas de justice.

Il posa une main sur la sienne et leva les yeux vers elle.

— Ça viendra.

La conviction se lisait sur son visage.

— Mais on ne le verra pas dans les journaux.

Par moments, il semblait dur comme le roc, toutefois elle voyait — sentait — à quel point il était humain. Un être de chair et de sang. Et un homme de cœur.

Il retira sa main et prit sa fourchette.

— Maintenant, je vais déguster cette *apple pie*.

Elle retourna à l'ordinateur et, bien sûr, il y avait deux mails de ses voisins évoquant le problème survenu sur la route. L'explication trouvée par Ty parut tout aussi plausible à l'écran. Une fois les messages envoyés, elle emporta sa part de gâteau jusqu'au canapé. Ty n'avait toujours pas goûté à la sienne. Il répondit à son regard interrogateur par un haussement d'épaules.

— Vous ne pensiez pas que j'allais la manger sans vous.

Il en porta un morceau à sa bouche.

Elle dut détourner le regard au moment où il le glissait entre ses lèvres, les yeux fermés. À cette simple vue, un brasier ardent avait envahi sa poitrine et son ventre. L'usage que faisait Ty de ses sens pouvait s'avérer tellement... sensuel.

— Êtes-vous toujours un tel gentleman ?

¡Dios! Il la surprit à le contempler lorsqu'il rouvrit lentement les yeux ; elle y décela une lueur malicieuse.

— Pas toujours.

— Tant mieux.

Un gentleman ne serait pas capable d'éliminer la racaille qui s'en prenait à elle. Ni d'alimenter la fièvre qui la consumait. Elle n'était pas non plus obligée de se battre à la loyale. Consciente qu'il l'observait, elle prit son temps pour déguster sa bouchée.

Il se lécha les lèvres, le désir animant son regard.

— C'est vraiment délicieux.

— Vous aimez ? demanda-t-elle d'une voix rauque.

Le canapé se creusa par le milieu, les attirant l'un vers l'autre. Leurs genoux se touchèrent.

— Je ne pense pas que j'en aurai assez, dit-il d'une voix vibrante.

Elle posa son assiette sur la table basse.

— J'en veux plus.

Il fit de même, puis se tourna pour lui faire face. La respiration de Mariana ralentit et son cœur s'emballa. Il reporta les yeux sur son visage. Des doigts brûlants se mêlèrent aux siens. Elle se pencha vers lui et posa sa main libre sur son torse. L'air entre eux se chargea d'électricité. Il plongea son regard dans le sien, sans bouger. Elle hocha la tête pour l'inciter à s'avancer.

Une vague de passion la submergea lorsqu'il s'approcha. Le monde sombra dans les ténèbres alors qu'elle fermait les yeux. La proximité de son corps suffit à lui apprendre tout ce qu'elle avait besoin de savoir. La bouche de Ty épousa la sienne et elle perçut immédiatement sa volupté. Ses lèvres, d'abord légères, se firent plus pressantes. L'intensité de son désir n'avait d'égale que sa propre avidité.

Le goût épicé des pommes était mêlé à la saveur boisée et fumée qui le caractérisait. Elle fit glisser sa main plus haut sur son torse jusqu'à ce qu'elle rencontre son cou puissant. Elle la promena sur sa mâchoire puis sur les boucles serrées de ses cheveux. Il émit un gémissement contre sa bouche et l'attira contre lui. Ses doigts lui effleurèrent la tempe avant de s'enfouir dans ses cheveux.

Leurs corps n'en formèrent plus qu'un. La langue de Ty se fraya un chemin entre ses lèvres qu'elle entrouvrit, l'accueillant et la titillant. Ils se frottèrent l'un contre l'autre, partageant sans mot dire leur fougue. Leurs mains étaient toujours jointes. Leur étreinte se resserra. Le corps de Mariana en réclama davantage. Ses tétons se durcirent, l'ardeur s'accumula entre ses jambes. Satisfaire cette pulsion risquait de tout réduire à néant.

Elle interrompit le baiser et reprit son souffle. Leurs corps restèrent soudés. Il posa le front contre le sien. Elle sentit son pouls battre à tout rompre, propulsant des ondes de chaleur jusque dans les zones les plus intimes. Un frisson naquit entre ses épaules et courut le long de ses bras. Sa relation avec Ty était trop intense, trop lascive.

Il dut lire en elle, car il dégagea doucement ses doigts de ses cheveux. Elle lui lâcha la nuque. Sa main effleura son torse ferme lorsqu'elle la retira.

Cet homme solide semblait être la réponse à des envies qu'elle avait depuis longtemps oubliées. Mais une fois que celles-ci auraient toutes été assouvies, que resterait-il ?

Une guerre faisait rage entre son corps et son esprit. Le chaos s'insinuait partout. Attaques, bombes incendiaires, courses-poursuites et accidents de voiture. Justice secrète. Ty qui se battait pour elle et embrasait ses sens. Elle réussit enfin à parler.

— Il me reste à vous souhaiter une bonne nuit.

Il cligna lentement des yeux. La même intensité continua d'animer son regard tandis qu'il prenait conscience de ses motivations. Il se leva et recula d'un pas. Elle se leva elle aussi et chacun prit son assiette. Ils retournèrent dans la cuisine, maintenant entre eux une distance respectable ; malgré cela, elle sentait toujours les vibrations qui émanaient de lui.

Ty se posta au pied de l'escalier. Toro la devança en direction de la chambre. Elle avait déjà gravi la moitié des marches quand elle entendit Ty lui murmurer :

— Bonne nuit.

Elle s'enveloppa de ses mots comme d'une chemise imprégnée de la chaleur de son corps. Elle était encore ébranlée par leur baiser. Le désir était toujours inscrit sur son visage. Leurs regards demeurèrent un instant rivés l'un à l'autre puis se détachèrent. Il actionna l'interrupteur et disparut dans l'ombre. Elle se rendit seule dans sa chambre.

Par la fenêtre de la chambre d'amis, Ty contempla pendant quelques instants le paysage recouvert par la brume marine. Elle conférait à la nuit un caractère paisible. Pour sa part, il ne se sentait pas du tout paisible. Après un lourd soupir, il alla se coucher et huma l'air salé entrant par le vide au-dessus du bord supérieur de la fenêtre en essayant de se concentrer sur sa BD. C'était la deuxième fois qu'il la lisait.

Malgré ses efforts, le goût sucré des pommes et du miel, leur saveur sur les lèvres de Mariana, continuait d'enfiévrer son esprit. Le contact torride de ses mains, de son corps, lui tenait compagnie. Il ne serait satisfait que lorsqu'il la tiendrait à nouveau serrée dans ses bras, respirant son odeur tandis qu'elle enfoncerait les ongles dans son dos.

Il jeta la BD sur la table de chevet et éteignit la lampe. Le brouillard de l'extérieur sembla se rapprocher, noyant les détails de la chambre plongée dans l'obscurité. Il avait l'impression de sentir Mariana irradier de désir au-dessus de lui.

Elle avait eu raison de mettre un terme à ce baiser. Cette attirance, cette envie compliquaient tout. La menace persistait et il ignorait encore ce que cela impliquerait de l'éradiquer. L'avenir le lui dirait. Mais dans l'immédiat...

Mariana se trouvait en position de vulnérabilité et il refusait d'en profiter. Céder à ce désir ne faisait pas partie de la mission. Il fit glisser l'étui de son pistolet plus près de lui sur le matelas. Il se battrait pour elle jusqu'à la fin. Il en était tombé irrémédiablement amoureux.

8

Mariana s'éveilla au lever du soleil. Elle resta allongée, immobile, l'oreille tendue. Il ne semblait pas y avoir de problème ; Toro sommeillait tranquillement sur le tapis. Elle fut stupéfaite d'avoir réussi à dormir. Une fois la lumière éteinte, les papiers d'assurance, la course-poursuite et ce baiser avec Ty s'étaient bousculés dans son esprit. Elle avait dû être plus épuisée qu'elle ne le pensait pour trouver le repos au milieu de tout cela.

Le chien s'étira et se leva lorsqu'elle posa les pieds sur le sol. Il était toujours au même endroit quand elle sortit de la salle de bains pour enfiler un jean et un T-shirt. Tous deux descendirent l'escalier.

Elle se figea en entendant un léger bruit métallique dans la cuisine et regretta d'avoir laissé sa carabine dans le placard de la chambre. Cependant, Toro resta calme et trotta en direction de sa gamelle. Elle s'avança discrètement dans le couloir et passa devant la porte fermée de la chambre d'amis. Un nouveau bruit dans la cuisine. Un mouvement.

Et l'arôme du café.

Un profond soulagement l'envahit et elle adopta un pas plus ferme. Du seuil, elle vit Ty prendre deux mugs dans l'égouttoir et les poser près de la cafetière. En jean et sweat-shirt à capuche, il paraissait parfaitement à l'aise dans sa maison. Peut-être n'aurait-elle pas dû interrompre le baiser. Se réveiller pour le trouver occupé à préparer le café ressemblait au commencement du genre de vie qu'elle avait envie de mener.

Le renflement de l'arme à sa ceinture inhiba cet espoir. La réalité délétère resurgit.

Il l'aperçut et lui sourit.

— Bonjour.

Ses mains continuèrent de s'affairer à préparer le petit déjeuner.

— Je vous ai regardée faire hier, et je crois avoir retenu votre recette.

— On dirait que vous avez décrypté le code.

Elle remplit la gamelle de Toro et rejoignit Ty.

— Des toasts ?

— Volontiers.

Une hésitation nouvelle tempéra son énergie. L'intimité de leur baiser avait appris tant de choses à Mariana. Et elle-même avait exprimé à Ty ses envies. Mais son interruption avait laissé entre eux une sorte de défiance.

— Avez-vous pu dormir ? lui demanda-t-il.

— Mieux que je l'aurais espéré.

Cela n'avait pas résolu tous ses problèmes mais lui avait donné l'énergie nécessaire pour les affronter.

— Et vous ?

— J'ai fini par y arriver.

Ce fut tout ce qu'il lui répondit. Après leur baiser interrompu, beaucoup d'hommes auraient été renfrognés. Pas lui. Non que l'attirance ait disparu. Elle dut prendre sur elle pour ne pas s'appuyer contre lui alors qu'elle se tenait à son côté devant l'îlot. Il versa le café.

— Ça va nous préparer à nous mesurer au Groupe Hanley.

Soudain, le café brûlant lui sembla moins tentant. La tension fit trembler sa main alors qu'elle prenait un toast pour le mettre dans le grille-pain.

— Mais rien...

Il s'exprimait avec une conviction tranquille.

— ... ne pourra les préparer à vous rencontrer.

Le sourire assuré qu'elle s'efforçait d'afficher s'évanouit. Elle ignorait même à quoi s'attendre.

— Allons-nous forcer l'entrée, les armes à la main ?

— Ils nous ouvriront leur porte avec plaisir, car ils penseront que vous voulez vendre.

Il s'appuya négligemment contre l'îlot, dégustant son café.

— Une fois à l'intérieur, nous recueillerons un maximum de détails. Peut-être découvrirons-nous ce qui les effraie et pourrons-nous l'utiliser pour riposter.

Avoir un plan établi l'aidait à se détendre un peu. Avoir Ty à ses côtés l'aidait... en tout.

— C'est aussi simple que tomber d'une échelle.

— Ça ne m'est jamais arrivé, reconnut-il.

— Je ne le recommanderais pas.

Elle releva sa manche et lui montra la cicatrice à l'arrière de son bras.

— Bon sang !

— Scie d'élagage.

Il recula et baissa le col de son sweat-shirt. Une cicatrice barrait sa peau en haut de l'un de ses muscles pectoraux.

— Un type qui jouait les gangsters a trouvé que j'avais besoin d'un rafraîchissement avec son coupe-choux.

L'envie impérieuse de le toucher, comme si ses doigts pouvaient supprimer la douleur, la poussa vers Ty. Elle resta cependant sur place, embarrassée par ce besoin de contact et de communication.

— Je n'ai vu ce type de rasoir que chez des antiquaires.

Même dans les vitrines, ils semblaient dangereux.

Il rajusta son sweat-shirt.

— Certains punks les apprécient parce qu'ils sont faciles à dissimuler. Celui-là a dû attendre que son bras cassé guérisse avant de pouvoir de nouveau raser quoi que ce soit.

Une arrogance subtile émanait de lui.

Elle se nourrit de cette assurance. Sa chute de l'échelle ne l'avait pas tuée. Les crotales qui traversaient son verger ne l'avaient jamais mordue. Le Groupe Hanley n'était après tout composé que d'hommes.

Ty se dirigea vers le couloir.

— Pouvez-vous finir les toasts ? Je dois me changer.

Elle hocha la tête et il quitta la cuisine. Toutefois, au lieu de se rendre dans la chambre d'amis, elle l'entendit qui sortait de la maison pour aller chercher quelque chose dans sa voiture. Nullement gêné par toute cette activité, Toro s'éclipsa par la chatière de la cuisine pour sa ronde matinale.

Durant un moment, les toasts accaparèrent l'attention de Mariana. Elle s'aperçut néanmoins que Ty était revenu s'enfermer dans sa chambre. Quelques minutes plus tard, un homme différent entra dans sa cuisine. C'était bien lui — même démarche volontaire, même corps mince et musclé — mais il portait un costume bleu foncé. Une cravate aux motifs or et terre d'ombre contrastait avec une chemise blanche impeccable.

La bouche sèche, elle s'humecta les lèvres.

— Quelle élégance !

Il tira sur ses manchettes et pivota vivement sur ses talons. La veste s'entrouvrit dans le mouvement, montrant qu'il portait son arme, mais celle-ci disparut lorsqu'il lui fit face à nouveau. Il s'avança vers elle et elle décela cette rare lueur malicieuse dans son regard. Elle trouva ses propres vêtements beaucoup trop fonctionnels. Il aurait été mieux qu'elle soit complètement nue alors qu'il était ainsi vêtu. Elle s'éclaircit la voix et tenta de conserver sa lucidité.

— Vous, lieutenants de la ville, êtes raffinés.

Les longs doigts de Ty ajustèrent sa cravate.

— Vous avez vu ce que je porte habituellement. J'ai acheté ce costume pour le mariage de ma sœur.

— Les demoiselles d'honneur ont dû se battre pour vous.

Sa remarque fut un peu aigre-douce ; il était toutefois évident que personne ne pourrait ignorer sa présence sur une piste de danse.

— Seulement pour danser.

Le contexte du mariage calma sa jalousie. Elle n'avait d'ailleurs aucun droit d'éprouver ce sentiment. Ty était dans sa vie depuis moins de trois jours, ils s'étaient embrassés une fois, puis elle lui avait souhaité bonne nuit.

— J'opterai pour une tenue plus adéquate après que nous aurons mangé.

— Vous avez un couteau que vous pourrez emporter ? Pour le cas où vous auriez besoin de vous sentir plus en confiance.

Son entrain disparut soudainement.

— Avec une lame de moins de dix centimètres, ça n'a rien d'illégal.

— Oui, j'en ai un.

Une ambiance grave régna sur le reste du repas et affadit le goût de la nourriture.

À l'étage, aucun de ses vêtements classiques ne lui parut à la hauteur pour la confrontation. Le meilleur compromis qu'elle trouva fut l'association de son plus beau jean foncé avec un top en soie et une veste simple. Elle sortit un couteau pliant de son pantalon de travail et le glissa dans sa poche de devant. Des bottes hautes stylées complétèrent la tenue.

L'espace d'un instant, elle songea à relever ses cheveux en chignon ou en queue-de-cheval, mais elle écarta cette idée. Ces salauds tentaient déjà de la contrôler. Elle laisserait ses cheveux italo-mexicains lâchés.

Le malaise qui lui nouait l'estomac augmenta à chaque marche menant au rez-de-chaussée. Ty sortit du salon pour la rejoindre. Il examina rapidement ses vêtements. Le désir embrasa son regard et cela la rassura sur le fait qu'elle n'était pas la seule à continuer d'en éprouver.

— Cette coiffure vous va très bien.

— Merci.

Bien qu'elle rougît, elle sentit sa nervosité s'estomper.

Elle palpa le couteau dans sa poche.

— C'est certainement le plus étrange rendez-vous auquel je me sois jamais rendue.

Avec galanterie, Ty se dirigea vers la porte d'entrée et la lui ouvrit.

— Je sais comment le mener, d'accord ?

Elle s'assura que Toro était paré pour la journée, puis sortit en compagnie de Ty et ferma la porte à clé.

— Comment est-il possible que vous soyez encore célibataire ?

C'était une plaisanterie sans en être une.

Des lunettes de soleil cachaient les yeux de Ty.

— Si les criminels cessaient d'enfreindre la loi, je pourrais lever le pied.

Ou alors il pourrait trouver une femme qui le suive.
— Stupides criminels.
Des clés cliquetèrent dans la main de Ty.
— Je conduis. Vous m'indiquez le chemin.
Ils montèrent dans sa voiture, cabossée mais pratique.

La maison et le verger disparurent du rétroviseur extérieur lorsqu'ils s'engagèrent sur la route principale. Elle fut tentée d'y retourner. C'était son foyer. L'histoire de sa famille était profondément enracinée dans ces terres.

Elle se concentra sur le Groupe Hanley.
— Dès que j'ai senti qu'ils faisaient pression sur moi, j'ai entré leurs coordonnées dans mon téléphone.

Elle afficha l'itinéraire et lui indiqua la première étape. Des collines mordorées se mirent à défiler de chaque côté de la route. Elle se renfonça dans son siège pour observer le paysage changeant, émaillé de bâtiments agricoles.
— Je n'ai jamais l'occasion de vraiment regarder.
Ty lui lança un coup d'œil interrogateur.
— Je conduis toujours.
— Profitez-en jusqu'à ce que nous arrivions à San José.

La route décrivit une large courbe et le Pacifique apparut à leur gauche. Dans le ciel sans nuages, l'horizon semblait avoir été découpé à l'aide d'un rasoir.

Après quelques kilomètres, ils s'éloignèrent de l'océan en empruntant une autre route qui sinua entre les collines couvertes de pins. La circulation s'intensifia, adoptant une fébrilité plus urbaine. Les éraflures sur la glissière centrale en béton étaient les stigmates de tous les accidents. Certaines semblaient très récentes. La route tortueuse n'était pas bénéfique pour ses nerfs à fleur de peau.

Ty négociait les virages avec fluidité, laissant passer les voitures plus rapides et leurs conducteurs casse-cou.
— Je connais un policier en ville, Benny, dit-elle. Il est très intimidant. Peut-être pourrait-il se joindre à nous ?
— Vous n'avez pas besoin de lui pour vous faire entendre.
Il semblait sincère.
— Une agricultrice, qui n'a pas de diplôme universitaire.

Et ce n'était pas sa taille qui enverrait quelqu'un se réfugier derrière son bureau.

— Une femme qui taille des arbres. Qui sait comment la terre et le climat se combinent pour créer de la nourriture.

Il la regarda elle, plutôt que la route, pendant un peu trop longtemps.

— Personnellement, vous me faites peur.

— Je ne le crois pas, répliqua-t-elle d'un ton moqueur.

Il secoua la tête.

— Je pourrais vous dire un tas de choses pour vous booster avant de forcer leur porte. Voici la vérité : les hommes que nous allons rencontrer n'ont aucune idée de qui vous êtes. Et ça va les terrifier.

Se passant la main dans les cheveux, elle rassembla son courage.

— Et puis j'ai mon couteau.

Elle préféra cependant ne pas penser à ce qui pourrait la pousser à s'en servir.

— Et vous m'avez, moi, ajouta-t-il en souriant.

Ce qui était à la fois rassurant et compliquait plus encore la situation. Il n'y avait personne d'autre que Ty à qui elle ferait confiance pour l'accompagner alors qu'elle avait la sensation de se jeter dans la gueule du loup. Mais ce baiser ne cessait de la hanter. Et le voir en costume n'arrangeait rien. Le défilement des arbres faisait clignoter le soleil sur son profil et sa mâchoire volontaire.

La route dévala les collines et se transforma en voie rapide. La banlieue les cerna. Ils passèrent à vive allure devant des centres commerciaux, récents ou anciens, des immeubles de bureaux et des maisons en stuc. Des entrepôts et des zones industrielles bordèrent de longues sections de la route.

Ty adopta une conduite plus agressive pour s'adapter à la circulation. Les automobilistes semblaient doubler et changer de voie sans se soucier des conséquences. À maintes reprises, elle appuya sur une pédale de frein invisible.

— On ne peut pas se permettre de conduire comme ça dans une petite ville ! s'exclama-t-elle. Tout le monde sait qui vous êtes.

— Tuer ou être tué, telle est la devise des voies rapides.

Elle ignorait comment il parvenait à garder son calme.
— Ça devrait s'améliorer en ville, ajouta-t-il.
Voilà quel était le monde dans lequel elle se ruait.
— Ça n'a rien à voir avec le verger.
— Savez-vous à quel point les cols blancs que nous allons rencontrer seraient terrifiés à l'idée de passer la nuit au milieu de vos arbres ?
— Le cri du grand-duc d'Amérique glacerait le sang de n'importe qui.

Elle connaissait tellement bien les chemins du verger qu'une torche lui suffisait, même par la nuit la plus noire.
— Vous exceptée.

Il haussa un sourcil au-dessus de ses lunettes de soleil.

Exact. Savoir que le chasseur veillait sur ses terres la rassurait.
— Nous avons un accord.

Son téléphone lui indiqua la direction suivante. Ty et elle se redressèrent alors qu'ils quittaient la voie rapide à San José. Ils furent d'abord entourés d'entrepôts et elle se demanda si l'itinéraire était le bon puis, au détour d'une rue, ils tombèrent sur une rangée d'immeubles flambant neufs. Puis un quartier mêlant habitations et commerces s'étendit jusqu'à la chaussée, laissant peu de place aux piétons.
— Nous y sommes.

Ty ralentit. L'adresse était située un peu plus loin sur leur gauche : un immeuble de vingt étages alternant des strates de verre et de béton.

Elle inspira profondément pour se détendre. Le Groupe Hanley ne possédait pas tout le bâtiment. Il louait seulement la suite 1550 alors qu'elle était, pour sa part, propriétaire de ses terres.

Ty s'engagea sur un parking desservant plusieurs immeubles, près d'un supermarché haut de gamme, et se gara entre deux luxueux SUV. Ils se fondirent ensuite dans le flot des clients avant de s'en extraire pour rejoindre la rue.

Le béton, le métal et le verre amplifiaient la lumière du jour. Elle plissa les yeux pour distinguer les détails du passage piéton et de l'immeuble. Une fontaine basse ovale arrachait au soleil des milliers de reflets éblouissants sous l'arc accueillant de la façade. Ty passa devant tout cela en restant à sa hauteur tandis qu'ils franchissaient les portes coulissantes du hall d'entrée.

Le premier réflexe de Mariana fut de se présenter au poste de sécurité à l'opposé, mais Ty se dirigea droit vers les ascenseurs. Plusieurs autres personnes suivaient le même chemin et elle s'avança comme si elle faisait partie du groupe. Ty enleva ses lunettes de soleil et lui adressa un clin d'œil discret en les glissant dans la poche de sa veste. Son cœur se mit à battre plus vite. Était-ce parce qu'ils s'apprêtaient à affronter le Groupe Hanley ? Ou la raison en était-elle l'attention constante qu'il lui portait et le fait qu'il semblait toujours savoir ce dont elle avait besoin ?

— Quinzième, s'il vous plaît.

La voix grave de Ty était nettement plus chaleureuse que l'intérieur en acier inoxydable de l'ascenseur. Une femme proche des portes appuya sur le bouton et celles-ci se refermèrent. La montée fut trop lente pour les nerfs de Mariana. Elle s'occupa l'esprit en songeant à la taille d'hiver de ses arbres. Suivant les lignes des branches, cherchant le flot d'énergie le plus puissant à travers le bois...

— C'est le nôtre.

D'un doux murmure, Ty la ramena à la réalité. Ils se frayèrent un chemin parmi les personnes restées dans l'ascenseur et sortirent de la cabine.

— Droit devant.

Le même logo que celui de la carte professionnelle du Groupe de développement immobilier Hanley qu'elle avait d'abord reçue était gravé dans le métal et le verre près d'une double porte grise.

La porte s'ouvrit avec un bruit feutré sous la main de Ty. Il s'effaça pour la laisser passer et la suivit tel un ange gardien. Le hall était décoré dans des tons gris avec des plans de projets immobiliers sur les murs latéraux et une autre double porte dans celui d'en face. Elle se dirigea vers la banque d'accueil où une femme d'une vingtaine d'années lui sourit poliment.

— Bonjour. En quoi puis-je vous aider ?

Il était étrange de penser que le même argent qui la rémunérait payait également l'homme chauve qui avait lancé des bombes incendiaires dans sa boutique.

Après s'y être préparée pendant le trajet, Mariana se sentait prête à se lancer. Elle marqua une pause afin de ne pas paraître agressive.

— Je souhaiterais voir M. Herbert.

La secrétaire ébaucha un sourire et tapa à l'ordinateur.

— Avez-vous rendez-vous, madame...

Mariana se pencha sur le comptoir.

— Mariana Balducci.

Elle s'attendit à déceler chez la jeune femme un signe indiquant l'importance de ce que cela impliquait, mais il ne se passa rien.

Le regard de la secrétaire se reporta sur elle.

— Je ne vois pas de rendez-vous, dit-elle en jetant un coup d'œil à Ty.

Celui-ci affichait un sourire nonchalant, mais pas chaleureux.

— Asseyez-vous, je vous en prie. Je vais voir s'il est disponible.

D'un geste, elle leur indiqua des sièges dans l'angle opposé et se remit à taper avec diligence.

Les chaises stylées à l'assise en cuir paraissaient confortables, mais ils se contentèrent de rester debout à proximité.

— Elle n'a pas bronché, murmura-t-il. La basse besogne n'est pas commanditée via son bureau.

À tout moment, l'homme chauve ou son partenaire pourraient surgir. Mariana faillit sursauter lorsque la secrétaire reprit d'un ton enjoué :

— Il dispose de quelques minutes, veuillez patienter un instant.

Elle sentit son pouls s'accélérer. Ty posa une main apaisante sur son dos. Il sourit pour elle uniquement ; son regard demeura glacial.

Quelques instants plus tard, la porte du mur d'en face s'ouvrit et l'homme qui au début l'avait approchée dans sa boutique apparut.

— Madame Balducci. Quelle agréable surprise de vous revoir !

Il paraissait sincère.

— Entrez.

Il lui fit signe d'avancer. Lorsque Ty lui emboîta le pas, le sourire d'Herbert s'effaça.

— Et vous êtes ?

— Ty Morrison.

Ty lui serra la main, gardant une expression neutre.

— Nous allons nous installer dans la salle de conférences.

Herbert se dirigea d'un pas vif vers la porte découpée dans un mur vitré laissant voir une longue table entourée de chaises et la tint ouverte.

— En toute honnêteté, je ne pensais pas avoir de vos nouvelles.

— Mais vous n'aviez pas abandonné tout espoir.

Elle resta debout au lieu de prendre place sur la chaise qu'il lui offrait.

Le sourire d'Herbert s'estompa.

— Non, bien sûr. Votre propriété présente de nombreux avantages pour nous, et je suis certain que nous pourrions conclure un accord qui profiterait à tout le monde.

Il était impossible d'estimer si cet homme était à l'origine des manœuvres d'intimidation ou si, à l'instar de la secrétaire, il n'en avait même pas connaissance. Mais quelqu'un dans ces bureaux était au courant, et la nouvelle de son arrivée allait se répandre. La nervosité qui l'avait habitée jusque-là se mua en une colère noire.

— Mon verger occupe ces terres depuis plus de cent cinquante ans. Votre hôtel tiendra-t-il aussi longtemps ? Respectera-t-il les coteaux ou les détruira-t-il ?

— Je suis désolé...

Debout derrière l'une des chaises à roulettes, Herbert les regarda à tour de rôle. Ty resta silencieux.

— N'êtes-vous pas venue discuter de notre proposition ?

— Je suis en effet venue pour discuter de votre proposition.

Elle s'avança vers lui avec détermination.

— J'ai appris que vous avez acheté les parcelles situées au nord de ma propriété avant de me contacter.

M. Herbert recula.

— Vous deviez savoir que ces collines ne sont pas constructibles. Avez-vous considéré comme acquis le fait que je vendrais ?

— Bien... sûr que non, balbutia Herbert.

Le voir sur la défensive accentua son envie de lui sauter à la gorge, d'empoigner sa chemise et de lui dire qu'elle ne vendrait jamais, quoi qu'ils lui proposent. Cependant Ty lui avait expliqué que cette rencontre n'était qu'un premier pas visant à mettre au final un terme à l'intimidation.

Elle se pencha vers son interlocuteur, les mains à plat sur la table.

— Dans ce cas, peut-être auriez-vous dû attendre ma réponse avant de vous approprier les autres terrains.

Le regard que lui lança alors M. Herbert lui donna un avant-goût de ce dont elle avait besoin. Une lueur de frayeur dans ses yeux. Loin cependant d'être aussi forte que celle qu'ils lui avaient fait éprouver. À travers la cloison en verre, il lança un regard à un homme plus âgé qui s'était approché, sans doute l'un de ses associés. Celui-ci, vêtu d'un coûteux costume gris, haussa les épaules comme s'il lui demandait quel était le problème. Toutefois, lorsqu'il posa les yeux sur elle, la réponse lui apparut et sa posture se raidit. Il fit demi-tour pour remonter le couloir, changea d'avis et s'éloigna dans une autre direction.

La voix posée de Ty s'imposa dans la pièce.

— Après avoir investi des millions dans des terres non constructibles, votre associé pourrait ne pas apprécier que vous cessiez de convoiter la propriété de Mme Balducci.

Il fit un geste dans la direction où l'autre homme avait déguerpi.

— M. Innes ?

Herbert sembla saisi du même trouble qui avait envahi Innes.

— Il n'est pas impliqué...

Ty se posta à côté de Mariana puis s'adressa lentement et calmement à Herbert.

— Vous ne devrez plus la contacter. *Personne* ne devra plus la contacter.

C'était une bonne chose qu'il soit de son côté, songea Mariana, car il était glacial et terriblement intimidant.

— Mais... Enfin, bafouilla Herbert. Je ne pense pas que vous ayez à vous soucier de cela.

D'une main tremblante, il leur désigna la porte. Ty l'ouvrit pour Mariana et ils sortirent en empruntant le chemin par lequel ils étaient venus. Innes avait disparu.

La femme à l'accueil leur sourit.

— Devons-nous fixer un autre rendez-vous ?

Mariana secoua la tête et passa devant elle sans s'arrêter. Son cœur battait à tout rompre comme si elle venait de se bagarrer.

— Vous avez été parfaite, la félicita Ty alors qu'ils attendaient l'ascenseur.

— Vous êtes vraiment effrayant quand vous devenez glacial.

L'ascenseur s'ouvrit sur quelques cadres d'affaires, la plupart au téléphone. Durant la descente, elle se calma peu à peu. Chaque phrase résonnait encore et encore dans sa tête, soumise à une analyse détaillée. Peut-être aurait-elle dû en dire plus. Ou obtenir davantage d'informations. Dans la salle de conférences, son cerveau avait été totalement en ébullition.

Lorsqu'ils arrivèrent au rez-de-chaussée, Ty laissa les autres personnes les devancer puis se pencha vers elle.

— Herbert ne sait rien. Innes, par contre...

Il se tut et regarda devant eux.

Elle sentit son pouls s'accélérer à nouveau. Deux agents de sécurité en uniforme bleu marine étaient postés dans l'entrée, les yeux posés sur eux, prêts à intervenir. Ty plongea la main dans sa veste. Mariana et les deux hommes se tendirent. Elle fut la seule à se détendre lorsqu'il sortit ses lunettes de soleil et les mit.

Les gardes s'avancèrent lentement. Ty leva la main en guise de mise en garde.

— Inutile de nous escorter. Nous partons.

Tandis qu'il détournait l'attention des gardes, elle sortit discrètement son couteau de sa poche et le garda plié. Les gardes semblaient taillés dans le roc, assez durs pour briser la lame. Sans prêter attention à la remarque de Ty, ils continuèrent d'avancer. Plus que quelques pas et ils l'auraient rejointe. Bien qu'elle ne vît d'arme sur aucun d'eux, cela n'excluait pas qu'ils en aient. Ty portait un pistolet, mais dans quelle mesure la situation devrait-elle dégénérer pour qu'il le dégaine ?

Les deux gardes s'arrêtèrent face à eux. Ty poursuivit tranquillement sa marche et, par conséquent, elle aussi. Ils contournèrent les deux hommes qui se mirent à les suivre. Les muscles de la mâchoire de Ty tressaillirent. Il leur lança :

— Qu'est-ce que je viens de vous dire ?

Les hommes continuèrent de l'ignorer. Mariana leur jeta un

coup d'œil et vit l'un d'eux glisser le pouce dans son ceinturon, près d'une matraque rétractable dans son fourreau. Sa main se crispa sur son couteau. Ty demeurait remarquablement calme. Il ralentit le pas à l'approche des portes vitrées. Les gardes ne réglèrent pas leur allure sur la sienne et se rapprochèrent. Sans se démonter, il se tourna vers eux. Sa veste s'entrouvrit juste assez pour leur montrer l'arme à sa ceinture.

— Ne la touchez pas.

Ils se figèrent.

À elle seule, l'expression menaçante de Ty aurait fait battre en retraite n'importe qui. Il lui ouvrit la porte puis la suivit dans la rue baignée de soleil.

— Nous avons fait tous les dégâts que nous pouvions. Quittons la ville.

Elle sentit le regard des agents de sécurité continuer de peser sur elle tandis qu'ils se dirigeaient vers le parking.

Une fois installée dans la voiture, elle exhala un profond soupir.

— Vous tenez toujours votre couteau, lui fit gentiment remarquer Ty.

Ses doigts engourdis se déplièrent.

— Qu'est-ce que c'est que ça ? lui demanda-t-il, surpris.

Elle ouvrit le couteau à la lame recourbée en bec d'aigle.

— Une serpette.

En le refermant, elle ajouta :

— C'est le seul couteau de moins de cinq centimètres de large que je possède.

Impressionné, il émit un petit rire.

— S'ils l'avaient vu, je n'aurais pas eu à leur montrer mon pistolet. Personne n'osera vous chercher si vous avez ça à la main.

Il démarra et s'empressa de quitter le parking. Une part d'elle s'attendait à voir les gardes et toute une unité d'élite les attendre dans la rue, mais tout paraissait normal.

Les hauts immeubles lui semblaient prêts à s'effondrer sur elle, dans une pluie d'éclats durs et acérés. Elle avait l'impression qu'elle contractait ses muscles depuis des heures, mais les détendre la rendrait trop vulnérable.

— Emmenez-nous loin d'ici.

— C'est comme si c'était fait.

Conduisant de manière plus agressive, il se fraya un chemin dans la circulation et s'engagea sur la voie rapide sans un regard en arrière. Ils se fondirent dans le flot de véhicules. Elle se sentit comme privée de repères jusqu'à ce qu'ils atteignent le sommet des collines et se trouvent face au Pacifique.

Elle voulait rentrer chez elle. Elle voulait que sa propriété soit de nouveau un lieu sûr, mais elle ignorait si ce que Ty l'avait aidée à faire ce jour-là y suffirait.

9

Il y avait eu assez de discussion. Tandis qu'il les ramenait vers la côte, Ty sentit Mariana décompresser lentement à côté de lui. Se repasser la scène et l'analyser l'épuiserait. Il l'emmena donc dans un restaurant qu'il connaissait, situé dans l'une des petites villes au nord de Rodrigo. Leur silence au cours du repas ne fut ni gêné ni chargé d'émotions confuses. Il était nécessaire. Il prit quelques minutes pour transmettre par SMS le résumé du rendez-vous à Vincent et Stephanie, ses partenaires intervenant en première ligne pour Justice pour la Frontière, mettant en exergue le nom d'Innes. L'homme avait pratiquement pris ses jambes à son cou dans le couloir en voyant Mariana. Herbert n'était pas impliqué. Innes l'était.

Après le déjeuner, ils allèrent se promener le long des falaises surplombant une plage. Le regard de Mariana se perdit au loin. Elle ressassait toujours, mais elle était bien campée sur ses jambes et marchait d'un pas sûr. La force qu'il avait vue, sentie en elle s'était manifestée dans cette salle de conférences. Il s'était demandé combien d'arguments il devrait avancer, mais c'était la force de Mariana qui avait envoyé le message. Dire qu'il était impressionné était un euphémisme. Il était même plutôt sidéré. Sa fureur contenue avait semblé capable de détruire tout l'immeuble.

Elle s'arrêta devant une vieille clôture en séquoia et contempla l'océan.

— Est-ce que ça a servi à quelque chose ?

Il se campa près d'elle.

— Nous avons obtenu un nom. Innes.
— Mais ils reviendront malgré tout.
— Oui. Jusqu'à ce que nous trouvions le commanditaire à qui envoyer le bon message.

La situation lui était à présent trop familière pour qu'elle se laisse prendre à sa diversion.

— Aujourd'hui, nous nous en sommes pris aux cols blancs.

Il pressa son épaule contre la sienne.

— Vous avez vu la réaction d'Innes.

Cela amena un sourire sur ses lèvres.

— Ça m'a fait du bien.

Elle resta appuyée contre lui.

— Nous allons lui faire perdre les pédales.

Il glissa les doigts sur son poignet et referma la main sur la sienne. Trop intime. Une fois le contact amorcé, un profond désir de fusionner avec elle l'envahit.

Elle répondit à son étreinte.

— Je ne sais comment vous remercier.

L'air marin instilla son murmure en lui.

— Je n'ai envie d'être aidée de personne d'autre que vous.

Elle se tourna et l'attira à elle. Elle leva la tête et il s'abandonna au baiser. Ses dernières paroles étaient encore sur ses lèvres ; il en savoura la sincérité. Leurs bouches s'épousèrent tendrement. Elle s'ouvrit à lui et le baiser s'intensifia. La passion le submergea. Le lien qu'il avait tenté de réfuter était indéniable. Il ferait n'importe quoi pour l'aider. Ce qui avait commencé comme une mission était devenu une affaire de cœur.

Le baiser prit fin et il rouvrit les yeux sur le soleil radieux. Ils restèrent sur la falaise pendant quelques minutes encore. L'océan miroitant déferlait sur la plage en contrebas, comme une respiration paisible. Mais leur travail consistant à les protéger, son domaine et elle, n'était pas terminé et il était temps de repartir. Elle le comprit et le suivit sans protester jusqu'à la voiture.

Le trajet jusqu'à Rodrigo contribua à relâcher ce qui restait de tension après leur confrontation avec le Groupe Hanley. Mariana trouva une station de radio universitaire locale et ils écoutèrent une musique inédite pour eux. De retour en ville, elle retrouva toute sa concentration.

— Je veux passer à ma boutique et aller voir Sydney.

— Puis-je vous y déposer ? Je dois faire une course à la quincaillerie.

Elle hocha la tête.

— C'est seulement à quelques rues d'ici.

L'après-midi allongeait les ombres et multipliait les cachettes possibles. Il se gara devant sa boutique. Sans doute lut-elle l'inquiétude sur son visage.

— Je vais me dépêcher et j'irai ensuite directement chez Sydney.

— Je vous retrouverai là-bas.

Comment se salueraient-ils ? Par un baiser ? Une poignée de main, comme des partenaires d'affaires ? Il ne l'avait pas quittée depuis la veille au matin. Elle se pencha vers lui pour lui donner un rapide baiser. Un instant plus tard, elle était descendue de voiture.

Il garda un œil sur elle dans le rétroviseur aussi longtemps qu'il le put avant de bifurquer en direction de la quincaillerie. Bien qu'il ait été furtif, le baiser eut un impact persistant. Le fait que leur relation soit si naturelle, décontractée, l'ébranlait. Il avait déjà vécu des passions fugaces, mais il n'en demeurait rien. Son travail interférait toujours et la fièvre initiale s'étiolait jusqu'à ce que, d'un commun accord, la décision de se séparer soit prise. Sa passion pour Mariana semblait d'un autre ordre. Elle s'enracinait à son insu.

Le parking de la quincaillerie-scierie était rempli de pick-up ainsi que d'hommes et de femmes aux chaussures couvertes de sciure. La voiture cabossée de Ty fit se tourner quelques têtes, mais personne ne lui fit de remarque quand il en descendit et entra dans le magasin.

En plus de la quincaillerie proprement dite, le commerce proposait tout ce qui pouvait être utile dans une maison. Huile de paraffine, matériel de mise en conserve, jouets et ustensiles de cuisine. Son ancêtre avait probablement fréquenté le même genre d'établissement dans la région, bien qu'il n'y ait pas vu les réfrigérateurs à deux cents dollars ou les grils au propane. Ty prit un panier, passa devant les articles ménagers et se dirigea vers les matériaux bruts au fond du magasin.

Parcourant mentalement sa liste de courses, il évolua dans les rayons, rassemblant les articles dont il avait besoin. Un compte à rebours s'égrenait dans sa tête. La menace planait toujours sur Mariana. Et il éprouvait un sentiment de... complétude quand il était à ses côtés.

En voyant un homme s'avancer vers lui dans l'étroite allée, il comprit que son passage à la quincaillerie ne se résumerait pas à un rapide aller et retour. Pete s'approchait, portant son uniforme et tout son équipement. Ty se fit la réflexion que le petit sourire qu'affichait le policier devait se vouloir amical ; en réalité, il évoquait plutôt un rictus autoritaire. Et le regard était froid.

— Ça ne ressemble pas à des souvenirs de vacances, commenta-t-il en regardant dans le panier de Ty.

La raillerie tomba à plat.

— Vous avez l'œil.

Ty posa le panier et le regarda bien en face.

— Vous pourriez devenir enquêteur.

Le policier se redressa.

— Vous ne vous rappelez pas de nouveaux détails concernant l'autre soir, je suppose.

— Je vous tiendrai au courant.

Il devait y avoir des caméras de sécurité dans chaque allée du magasin. Quelqu'un les regardait-il se défier ?

— Votre service a-t-il découvert quelque chose ?

Pete regarda par-dessus l'épaule de Ty comme s'il lisait un prompteur.

— Nous examinons encore les indices et nous avons lancé un appel à témoins.

Ty réprima un rire narquois.

— Ceci n'est pas une conférence de presse.

— Et ce n'est pas votre affaire.

Il glissa les pouces dans son ceinturon.

— Vous logez en ville ?

— À proximité.

Ty était pressé de partir. Pete le policier n'avait été d'aucune

305

aide. Pete l'ex était l'une des dernières personnes à qui il ait envie de parler.

Pete eut une soudaine révélation ; il plissa les yeux.

— Chez Mariana ?

— Existe-t-il une loi l'interdisant dans cette juridiction ?

Il enfonçait le clou, mais il n'allait pas reculer devant Pete. Sélectionnant délibérément l'un des articles accrochés au mur, il s'empara d'un câble à châssis et le jeta dans le panier.

Pete tressaillit à la vue du câble évocateur. Sa mâchoire se crispa. Il le regarda avec plus d'animosité qu'auparavant.

— Peut-être pourrez-vous la convaincre de vendre cette maison. Elle tombe en ruine.

La colère gagna Ty.

— Peut-être vais-je l'aider à la réparer.

Il ramassa le panier, indiquant qu'il partait. Si Pete tentait de l'en empêcher, la situation allait dégénérer. Le policier garda le torse bombé pour la forme, mais s'écarta.

Toujours furieux, Ty fonça droit vers la caisse. La caissière se montra enjouée, mais il avait du mal à partager son enthousiasme. Si Pete et la police avaient écouté Mariana depuis le début, elle ne se trouverait pas dans cette situation. Elle aurait pu être blessée ou tuée, et la réaction de Pete était de l'inciter à vendre ! Elle était toujours en danger, mais ce qui préoccupait le plus le policier était de savoir qu'il logeait chez elle !

Après s'être un peu détendu pour discuter quelques instants de tout et de rien avec la caissière, Ty la vit regarder fixement derrière lui avec une certaine fébrilité. Il rassembla ses sacs, la remercia et sortit de la quincaillerie. Un coup d'œil en arrière lui confirma qu'il s'agissait de Pete qui, du fond du magasin, le transperçait d'un regard dur et insistant.

Pendant qu'il regagnait sa voiture, Pete devait être en train de le dénigrer auprès de la caissière, se faisant une alliée pour garder un œil sur lui. C'était mesquin et pas du tout professionnel. Il aurait mieux fait de s'activer à renforcer la communauté autour de Mariana et de toute autre personne qui pourrait être menacée.

Quelques minutes plus tard, Ty se gara devant la boutique

de Sydney et il les trouva, Mariana et elle, derrière le comptoir, visiblement tracassées.

— Vous en avez déjà entendu parler ? demanda-t-il.

Mariana plissa le front.

— De quoi ?

— De ma conversation amicale avec Pete à la quincaillerie.

Sydney poussa un soupir contrarié. Mariana contourna le comptoir pour le rejoindre, l'air inquiet.

— Ça s'est mal passé ?

— Il ne fait pas le poids.

La colère ne s'était toutefois pas totalement dissipée.

— Il vient de me dire que vous devriez vendre.

— Quel fils de… Mais je n'ai pas de temps à perdre avec lui.

Contrariée, Mariana se passa les mains dans les cheveux. Après un soupir tremblant, elle se ressaisit et se tourna vers Sydney.

— Dis-lui ce que tu as vu.

Sydney jeta un coup d'œil par la fenêtre et répondit à voix basse :

— Un homme blanc au crâne rasé de plus d'un mètre quatre-vingts. Jean foncé, grosses chaussures, veste sur un T-shirt. Il est passé devant la boutique de Mariana à plusieurs reprises et a regardé à travers la porte vitrée en façade.

La description pouvait correspondre à l'homme avec lequel il s'était battu sur le parking.

— À quelle heure ?

Sydney consulta un Post-it posé sur le comptoir.

— À 11 h 38 et à 12 h 22.

— C'est pendant que nous étions chez le Groupe Hanley.

Ty s'efforça de préciser l'information.

— Pendant que nous y étions et après que nous en sommes repartis.

Quel était donc le lien entre l'homme chauve et les promoteurs ?

— Merci d'avoir surveillé la boutique, Sydney.

Même s'il ne voyait pas comment tout cela s'agençait, le fait de disposer de pièces supplémentaires du puzzle lui serait utile.

— Tout est consigné sur un document en ligne. Je ne l'ai vu ni arriver ni repartir, je n'ai donc pas d'immatriculation.

— C'est déjà très bien, la rassura Ty. Vous sentez-vous en sécurité ?

Il serait injuste qu'elle soit exposée alors qu'elle les aidait.

— Avez-vous besoin de quelque chose ici ?

Elle le remercia d'un sourire.

— Warren passera me prendre après le travail.

— Très bien.

Il se dirigea vers la porte.

— Du travail m'attend au verger.

Mariana étreignit Sydney puis le rejoignit. Bientôt le soir tomberait, et il avait besoin de la lumière du jour.

Dans la voiture, elle lui expliqua que rien n'avait changé à sa boutique. La police n'avait pas progressé et l'expert de la compagnie d'assurances procédait encore à certaines vérifications avant d'autoriser le nettoyage.

Le chemin menant au verger lui devenait plus familier.

Il mourait d'envie de voir le soleil couchant se refléter dans les yeux bruns de Mariana. Ils avaient l'aspect de la pierre polie, de quelque chose de mystérieux, extrait des entrailles de la terre. Elle regardait par la vitre, alerte. Indomptée, même après tout ce qu'elle avait traversé.

Il se gara devant sa maison ; elle descendit de voiture et scruta la longue route.

— Pas d'embuscade.

Toro surgit de derrière la maison. Sa queue tambourina contre la voiture alors qu'il se prêtait à ses caresses.

Ty sortit les sacs de la quincaillerie du coffre et se dirigea vers la maison.

— Je suis assuré pour la voiture, mais je ne dois pas risquer d'abîmer ce costume.

Mariana ouvrit la porte d'entrée et ils entendirent les griffes de Toro crisser sur les marches de l'escalier qu'il montait et descendait, allant de l'un à l'autre, tandis qu'ils enfilaient des vêtements de travail. Ty garda son arme.

De retour à l'extérieur, le chien régla son allure sur la leur, marchant entre eux pour monter dans le verger. Vêtue d'un jean, d'un T-shirt et de bottes, Mariana marchait avec plus d'assurance qu'elle l'avait fait à San José. Une fois sur place, Ty sortit des sacs trois rouleaux de fil de fer épais.

— Est-ce que ça endommagera les arbres si j'enroule ceci autour d'eux ?

Elle examina le fil de fer.

— Pas si c'est temporaire.

Si le problème avec le Groupe Hanley n'était pas rapidement réglé, ils ne pourraient pas l'emporter. Cette société disposait de plus d'argent, de plus de moyens. Un assaut prolongé contre la maison avec seulement Mariana et lui pour la défendre viendrait à bout de leur résistance.

Il s'immobilisa pour observer le côté du verger. Les arbres ne quadrillaient pas parfaitement le terrain et les espaces entre eux formaient des sentiers. Il déroula une longueur de fil de fer et l'enroula autour d'un arbre à environ cinquante centimètres du sol.

— Je vois.

Mariana prit le rouleau, tendit le fil de fer et alla en entourer un pommier de l'autre côté.

— Vous avez acheté une pince coupante ? Sinon j'en ai une dans la grange.

Il trouva la nouvelle pince dans un sac et la lui lança. Les muscles de son avant-bras se tendirent tandis qu'elle sectionnait le fil. Elle ramassa le rouleau, et Ty lui désigna les deux arbres suivants. Une fois ceux-ci reliés, ils montèrent plus haut sur le coteau et continuèrent.

Quand ils arrivèrent au sommet, il lui expliqua :

— Si une personne descend par ce chemin, elle se prendra les pieds dans les fils de fer et tombera dans cette direction. Elle sera alors une cible facile et ça ralentira son approche.

— Une cible, répéta-t-elle dans un soupir.

Elle laissa errer son regard sur le verger et la maison en contrebas.

— *Si* quelqu'un vient.

Il posa doucement la main sur son épaule. Elle se reprit.

— Avez-vous déjà eu recours à ça ?

Elle alla jusqu'à l'arbre suivant et se mit à y enrouler le fil de fer.

— À quelque chose qui y ressemblait.

Il prit le rouleau et piégea un nouvel espace.

— Au détour d'un couloir, dans un hôtel. Ça nous a permis de cueillir un suspect qui est tombé entre nos mains de l'étage supérieur.

Elle lui lança la pince et il coupa le fil dûment serré.

Le rouleau était presque vide ; il en entama donc un nouveau pour les arbres suivants. L'air songeur, Mariana ralentit l'allure.

— Justice pour la Frontière y a-t-elle déjà eu recours ?

— Pas depuis un moment.

Saper son assurance en lui dévoilant trop la vérité ne les aiderait pas à remporter ce combat.

Elle s'arrêta, sans prendre le rouleau pour tendre le fil.

— Pas depuis combien de temps ?

Il ne gagnerait rien à mentir. Le regard sagace de Mariana le percerait à jour.

— Une centaine d'années.

Il s'attendait à de la fureur, mais n'eut droit qu'à un sourire ironique. Elle ramassa le rouleau et s'attela à la tâche.

Après quelques autres paires d'arbres, elle s'immobilisa à nouveau, comme si elle prenait soudain conscience d'une chose.

— Pete sait que vous logez ici.

— Concernant cela, il s'est appliqué dans son travail d'enquêteur.

Ty ne pouvait oublier l'expression du visage du policier quand il avait regardé dans son panier.

— Est-ce un problème ?

Au bout d'un long moment, elle écarta la question d'un haussement d'épaules.

— Qui se soucie de ce qu'il pense ?

Son corps reprit ses mouvements fluides et tous deux progressèrent à travers le reste de la pommeraie. La réserve de fil de fer s'épuisa alors que le soleil se couchait sur le Pacifique rougeoyant.

Un vent marin froid se mit à souffler, faisant bruire les feuilles autour d'eux. Ils rassemblèrent leur matériel et redescendirent vers la maison. Mariana lança d'un ton ironique :

— Laissez-moi deviner… Tous les hôtels du coin sont complets et vous allez devoir passer la nuit ici.

— C'est inutile. Je réside sur mon yacht, dans la baie.

Elle eut un petit rire puis reprit son sérieux.

— Vous restez jusqu'à ce que le calme soit revenu ?

La question résonna en lui, l'ébranla. Il avait promis à Mariana de rester à ses côtés aussi longtemps qu'elle aurait des problèmes. Mais ensuite ? Son esprit n'avait pas la réponse. Il n'existait pas de bonne manière de se projeter aussi loin dans l'avenir. Toutefois, il fut très tenté, en son for intérieur, de lui répondre qu'il resterait tant qu'elle voudrait de lui.

Le téléphone de Mariana se mit à sonner.

— Appel masqué.

Il hocha la tête et elle répondit en tenant l'appareil entre eux.

— Allô ?

La voix de l'homme était assez forte pour que Ty y discerne son mépris.

— Je n'arrive pas à déterminer si vous êtes entêtée ou stupide.

Il la sentit se tendre près de lui. Elle pinça les lèvres et sa main se mit à trembler. La rage s'empara de Ty. Si ce salaud se tenait là, au lieu de se cacher derrière un téléphone, il le tabasserait. L'individu poursuivit :

— Que faudra-t-il pour que vous compreniez qu'il n'existe qu'une issue ? Une solution simple qui remplira votre compte en banque.

Elle s'exprima d'un ton glacial.

— Si vous étiez un être humain, vous comprendriez pourquoi je ne vendrai jamais.

— Mais je ne le suis pas.

L'homme se mit à rire.

— Je suis l'un de ces cauchemars que vous ne pouvez tuer.

— Dans ce cas, pourquoi avez-vous pris peur et vous êtes-vous enfui, hier ?

Son interlocuteur garda le silence. Constatant qu'elle avait marqué un point, elle se détendit un peu. Puis il répliqua enfin :

— Je savais où vous...

Conscient que l'assurance de l'homme avait été mise à mal, Ty l'interrompit en saisissant l'appareil.

— Ils ne vous paient pas assez pour mettre votre vie en péril, dit-il.

— C'est sa vie qui est en danger.

Pour la première fois, l'émotion fit vibrer la voix de l'homme alors qu'il tentait de les convaincre.

— Ainsi que la vôtre, si vous vous tenez trop près. Vous ne serez pas seulement blessé.

Ty ne se laissa pas impressionner.

— Vous pensez que ce serait facile. Mais cette femme n'est pas facile à intimider. Et moi non plus.

Silence à l'autre bout de la ligne.

— La prochaine balle sera pour vous, conclut Ty avant de raccrocher.

Mariana rempocha son téléphone et pivota sur elle-même, scrutant l'obscurité naissante.

— Vous croyez qu'il est ici ?

Il secoua la tête.

— Ce genre de type ne raterait pas l'occasion de s'en servir pour nous effrayer. Il l'aurait dit, s'il nous voyait.

Elle frissonna.

— Quelle racaille !

Ty sortit son téléphone.

— Il ne restera pas longtemps silencieux. Je vais appeler les autres.

Il espérait qu'ils pourraient se libérer et arriver à temps.

— Je leur demande de venir au plus vite.

Il avait rédigé la moitié de son message lorsque l'immobilité de Mariana attira son attention.

Des larmes brillaient dans ses yeux tandis qu'elle regardait ses arbres.

— Vous savez jusqu'à quel point ça va dégénérer ?

— Je me prépare au pire.

Il aurait donné n'importe quoi pour détourner la tempête qui s'apprêtait à s'abattre sur son domaine.

— Nous devons sauver ce lieu.

Elle semblait en faire la promesse aux terres qui les entouraient. Il avait eu une raison cachée de vouloir préserver le verger et la maison ; elle lui parut insignifiante alors qu'il regardait son profil volontaire se découper sur les collines plongées dans la pénombre. Ce qu'il ferait désormais, il le ferait pour elle.

10

La colère fit taire la peur. Ou alors c'était l'eau chaude qui lui martelait le dos dans la douche. Après la confrontation avec le Groupe Hanley et le coup de fil menaçant, la tension nouait toujours les membres de Mariana, mais elle apprenait à la canaliser. À force d'observer Ty attendant le bon moment pour déchaîner sa fureur, elle commençait à prendre conscience de son propre pouvoir dans ce combat. Herbert et Innes avaient été tellement secoués qu'ils avaient appelé la sécurité.

Non que les ennuis soient terminés. Elle n'était pas naïve.

La tuyauterie se mit à grincer autour d'elle. On était loin de la douche d'un hôtel chic. Toutefois, ces salles de bains luxueuses se ressemblaient toutes. La sienne était unique. Dès qu'elle coupa l'eau, elle l'entendit se mettre à couler dans la salle de bains du rez-de-chaussée. Les tuyaux ne restèrent silencieux qu'un instant avant d'émettre un bruit métallique évoquant celui d'un train peinant au loin à atteindre une gare. Ty se trouvait sous ce jet d'eau.

Sa peau était chaude après la douche. Elle le devint plus encore lorsqu'elle se représenta ses muscles fins luisant sous l'eau. Elle l'imagina faisant glisser le savon sur son torse puis sur ses abdos et plus bas... Elle se sécha avec vigueur, comme si cela pouvait la distraire du désir ardent qui l'habitait.

Elle enfila un jean ordinaire sur un slip de tous les jours puis passa un T-shirt et un sweat-shirt pratiques et confortables. Puis elle se brossa les cheveux et tenta de s'immerger dans la routine, mais rien ne semblait normal. Chaque fibre de ses vêtements excitait ses nerfs à fleur de peau. La brosse dans ses cheveux ravivait le souvenir de la main de Ty posée là pendant qu'il l'embrassait.

Leur premier baiser. Et celui qu'ils avaient échangé aujourd'hui. Si différents et faisant néanmoins partie intégrante de la communication silencieuse établie entre eux. Elle commençait tout juste à prendre conscience de ce lien. L'idée de le perdre lui serrait le cœur. Toutefois, à la perspective de s'abandonner à ce sentiment, elle se sentait perdue. C'était une voie sombre, inconnue.

Quoi qu'il en soit, elle devait passer à l'étape suivante.

L'eau avait cessé de couler au rez-de-chaussée. Elle quitta sa chambre et descendit tout en s'efforçant d'interpréter les sons produits par Ty en s'habillant. Une boucle de ceinture cliqueta. Il devait enfiler son jean.

Lorsqu'elle passa devant la chambre d'amis dont la porte était grande ouverte, une inquiétude soudaine l'alerta. Quelque chose était différent. Un problème ? Pourtant Toro se comportait normalement. Elle s'arrêta sur le seuil et inspecta la pièce du sol au plafond, cherchant ce qui avait attiré son attention. La nuit était tombée, et les rideaux n'étaient pas tirés. Elle devait être parfaitement visible de l'extérieur.

Elle trouva enfin : le châssis supérieur de la fenêtre était bien en place, sans vide apparent au-dessus. Sa tension retomba, remplacée par une énergie nouvelle quand Ty sortit de la salle de bains attenante. Il portait un débardeur sous son sweat à capuche. La fermeture Éclair en partie remontée laissait voir les tendons de son cou.

— Vous l'avez réparée ?

Il vint vers elle d'une démarche fluide.

— C'est le moins que je puisse faire en tant qu'invité.

Plus il approchait, plus la confiance de Mariana s'affermissait. Elle se serait attendue au contraire, mais son désir pour cet homme transcendait le chaos de sa vie. Chercher à être reliée à Ty n'était pas une complication. C'était une réponse.

— Je n'ai pas envie que vous dormiez dans la chambre d'amis ce soir.

Le regard de Ty gagna en intensité. L'air autour d'eux s'électrisa et sembla crépiter lorsque Ty s'approcha. La peau de Mariana irradia, avide de ce contact. Sa première caresse fut un murmure.

— J'ai envie de toi.

Ses paroles lascives glissèrent le long du corps de Mariana. Pour ses nerfs déjà branchés sur sa fréquence, ce fut comme une coulée de lave. Il fallait qu'elle se consume à son contact, qu'elle franchisse l'espace qui les séparait.

— Moi aussi, lui dit-elle, empoignant son sweat-shirt. Moi aussi.

Elle plaqua sa poitrine contre son torse et renversa la tête.

— Maintenant.

Le mot se termina dans un baiser. Ty la dévora et elle s'offrit à lui sans réserve. Elle se nourrit de son désir.

Il fit remonter ses mains le long de son dos tandis qu'elle se collait à lui, s'embrasant à son contact. Il enfouit une main dans ses cheveux, sa chaleur contrastant avec leur fraîcheur humide. Elle entrouvrit les lèvres en une invite sans équivoque. Il l'embrassa à pleine bouche et l'entoura de son bras. Ils s'agrippèrent l'un à l'autre.

L'espace ordinaire du couloir se transforma en l'antre de la passion. Elle n'avait pas été surprise par l'escalade du désir, mais elle le fut par son caractère pressant. Comme si le danger pouvait resurgir à tout moment et lui arracher Ty.

Sa peau se mit à brûler, le feu se répandant jusqu'entre ses jambes. À en juger par l'érection gonflant son jean, Ty éprouvait la même chose. La fougue avec laquelle il l'embrassait le lui confirmait. Sa langue glissait contre la sienne, la titillant, éveillant une envie primaire.

Elle enfonça les ongles dans son torse à travers son sweat-shirt et interrompit le baiser le temps de murmurer :

— Montons.

Il hocha la tête et sa barbe naissante lui râpa légèrement la joue. Même les plus infimes textures de son corps lui donnaient l'envie folle d'en découvrir plus. Ils relâchèrent leur étreinte pour gravir l'escalier. Elle le précéda et il fit glisser ses mains sur sa taille et ses hanches. Lorsqu'elle atteignit la chambre, il l'attira, le dos contre son torse. Elle caressa l'avant de ses cuisses. Ty promena ses mains sur son ventre, puis plus haut. Elle laissa échapper un gémissement au moment où il lui déposa un doux baiser dans le cou.

Son gémissement s'amplifia quand il lui effleura le sein de sa paume. Elle se cambra, se prêtant à cette sensation. En titillant son téton dressé, il fit monter la pression tout en continuant de l'embrasser dans le cou. Elle lui caressa la joue. Il murmura des paroles sensuelles contre sa chair.

Toutes ces sensations l'étourdirent et menacèrent de faire se dérober ses jambes. Elle n'eut qu'à faire un mouvement en direction du lit pour que Ty réagisse. Il la fit se retourner et la souleva sans effort, lui permettant d'enrouler les jambes autour de sa taille et de poser les bras sur ses épaules. Elle sentit la forme de son arme, mais refusa de laisser ce rappel inopiné de la réalité la priver de ces instants. Seule la petite lampe posée sur sa table de chevet était allumée, projetant dans la chambre une lumière rose diffuse qui dessinait les traits du visage de Ty. Elle brillait dans ses yeux aussi, quoique seulement en surface. Leur tréfonds demeurait insondable.

La lueur disparut quand elle se pencha pour l'embrasser à nouveau. Lovée contre lui, légère comme une plume dans ses bras, elle était plus libre que jamais. Leurs lèvres s'épousèrent, ouvertes et sans complexe. Son corps se resserra autour de lui. Ses hanches se plaquèrent contre les siennes. Il émit un gémissement contre sa bouche.

Elle flotta, portée par les jambes puissantes de Ty tandis qu'il la menait jusqu'au lit. Il l'y déposa doucement puis s'allongea près d'elle. Ses longs doigts glissèrent dans ses cheveux à un rythme hypnotique. Elle descendit la fermeture Éclair de son sweat-shirt et explora son torse. Les muscles étaient fermes et ses abdominaux frémirent lorsqu'elle y posa la main. Le même frisson la parcourut.

Ses vêtements, qui lui avaient paru si confortables lorsqu'elle les avait enfilés, la gênaient à présent.

Elle dégagea l'une des épaules de Ty.

— Enlève ça.

Il obtempéra, lui offrant le spectacle de ses bras puissants. Elle saisit l'ourlet de son propre sweat.

— Retire-moi ça.

Il afficha un sourire concupiscent et l'aida à s'en débarrasser. Ses yeux semblaient prêts à brûler le reste de ses vêtements.

Il commença à lever son débardeur puis fit une pause.

— Et ça ?

Elle hocha la tête et en un éclair il eut disparu. Il avait une musculature de guerrier. Elle avait vu la cicatrice près de sa clavicule ; il y en avait d'autres, rappels muets des combats qu'il avait menés et remportés.

Il posa alors les mains sur sa cage thoracique et agrippa son T-shirt.

— Et ça ?

Sa voix ardente trahissait son désir, mais il attendit qu'elle acquiesce. Elle ôta le T-shirt et se retrouva en soutien-gorge. Depuis sa séparation d'avec Pete, elle n'avait plus été aussi dénudée en présence d'un homme. Même habillée, elle se sentait plus exposée en compagnie de Ty qu'elle ne l'avait jamais été avec Pete. Car Ty la voyait.

Et, à en juger par le souffle lent qui soulevait sa poitrine, il aimait ce qu'il voyait. Il la caressa de son regard puis de ses mains, contact intime de deux peaux brûlantes. Elle s'en délecta sans toutefois assouvir sa soif. Elle dégrafa son soutien-gorge et s'abandonna plus encore à ses caresses. L'attention que lui prêtait Ty lui arracha un gémissement avide, d'abord lorsque sa main effleura le pourtour de son sein, puis quand sa bouche trouva son téton. Elle ferma les yeux et se concentra sur la nuée de sensations qu'il provoqua. Ses ongles lui griffèrent le dos et elle le sentit frissonner.

Il l'embrassa entre les seins puis ses lèvres remontèrent jusqu'à sa gorge, son menton et enfin sa bouche. Leur étreinte les amena peau contre peau. Les sensations se précisèrent, ardentes. L'érection de Ty fit se tendre son jean.

Il était si puissant, si fort, et pourtant elle avait le pouvoir de l'émouvoir. Elle en poursuivit la démonstration en faisant glisser sa bouche sur la barbe naissante de sa joue et en refermant ses lèvres sur le lobe de son oreille. Il gémit de plaisir et resserra son bras autour d'elle.

Elle effleura ensuite son ventre plat jusqu'à la ceinture de son jean. La respiration de Ty se ralentit ; la sienne s'accéléra. Pendant un moment, elle se bagarra sans succès avec la boucle de sa ceinture, mais il prit rapidement le relais. Le métal céda. Elle savoura le plaisir de défaire le premier bouton de son jean puis dit :

— Tu n'as pas besoin de tout ça.

Il enleva ses chaussures et ses chaussettes avant de se dépouiller de son pantalon. Quand il revint vers elle, il ne portait plus qu'un caleçon laissant voir à quel point il était excité.

— De quoi n'as-tu pas besoin ? lui demanda-t-il avec un sourire espiègle.

Elle sourit en retour et se débarrassa de son jean. Il fit remonter ses mains le long de ses jambes comme s'il la modelait, tel un sculpteur. Elles s'arrêtèrent sur ses hanches, au-dessus de son slip.

— De quoi *as-tu* besoin ?

Le sourire avait disparu, remplacé par la fièvre.

Un frisson rappela à Mariana combien c'était nouveau pour elle. Il ajouta à l'excitation de finalement céder à son désir ardent pour Ty.

— J'ai besoin de toi.

Il glissa les doigts sous l'élastique de son slip et le tira vers le bas. Elle s'en dégagea. Elle était maintenant complètement nue, mais nullement effrayée. Elle tira sur son caleçon, et il l'enleva. Aucun d'eux n'avait d'endroit où se cacher. La passion sincère qu'elle lut dans son regard lui indiqua qu'il n'avait pas envie de se cacher. Quant à elle, elle souhaitait qu'il concentre toute son attention sur son corps.

Le regard fixé sur son visage, il fit lentement remonter sa main sur l'intérieur de sa cuisse. Elle comprit qu'il cherchait à s'assurer qu'elle était à l'aise avec chaque nouveau geste. Cette attention eut pour effet d'intensifier son désir pour lui. Puis ses doigts rencontrèrent la moiteur entre ses jambes et éveillèrent en elle une ardeur renouvelée. Elle referma la main sur son érection. Avec un gémissement, il se prêta à son étreinte. Leurs corps se mirent à tanguer tandis qu'ils partageaient la même volupté.

Avant que le souffle vienne à lui manquer, elle ralentit le

rythme de ses doigts et fit un signe de tête en direction de la table de chevet.

— Préservatif.

Il s'écarta le temps de s'exécuter puis, après s'être protégé, il la reprit dans ses bras.

Il les entraîna plus loin sur le lit, se retourna afin qu'elle soit à califourchon sur lui, et lui agrippa les hanches. Leurs regards se rivèrent l'un à l'autre. Elle se pencha vers lui et l'embrassa. Leurs lèvres se caressèrent alors qu'elle le prenait en elle. Aucun d'eux ne bougea. Elle se délecta de ce plaisir incommensurable. Celui-ci s'intensifia encore lorsqu'elle amorça le mouvement de va-et-vient.

Elle sentit les doigts de Ty s'enfoncer dans la chair de ses hanches et vit ses lèvres s'incurver en un sourire carnassier. Elle se cambra contre son torse et le chevaucha plus vivement, l'incitant à la pénétrer en rythme. Son désir atteignait son paroxysme ; seule la jouissance l'assouvirait. L'orgasme se profila. Il se précisa tandis que son pouls s'accélérait et que sa respiration devenait saccadée. Il était proche, tellement proche.

— Mariana, oui.

Ty lisait en elle et avait dû comprendre qu'il lui suffirait de l'entendre prononcer son prénom de cette voix rauque pour atteindre l'extase. Elle fut submergée par l'orgasme. Elle cria son prénom, sa voix emplissant la chambre tandis que les vagues du plaisir déferlaient.

Ses bras tremblants ne la soutinrent pas plus longtemps et elle s'écroula sur son torse. Il l'enlaça et la serra contre lui alors qu'elle reprenait son souffle et ouvrait les yeux. Elle tenta de lui exprimer d'un baiser tout le plaisir qu'elle venait d'éprouver. Il grogna et les retourna afin qu'elle repose sous lui sur le lit.

Elle sentit tous ses muscles tendus autour d'elle. Il y avait un tel désir dans ses yeux ! Pourtant, il attendait. Elle hocha la tête et lui enfonça les ongles dans les épaules. Il plongea en elle. Elle accrocha ses jambes aux siennes et l'encouragea. Il accéléra le mouvement, une intensité accrue se lisant sur son visage. Elle tangua avec lui. Un autre orgasme se profila, plus ardent encore.

Si seulement elle pouvait le lui dire, elle pourrait le précipiter.

— Ty..., gémit-elle, à bout de souffle.

Il s'enfonça plus profondément en elle. Elle jouit, fusionnant avec lui. Il se figea et jouit à son tour, longuement. Ses muscles étaient durs comme la pierre, son visage tendu. La puissance de son orgasme fit se disperser celui de Mariana jusque dans les moindres fibres de son corps.

Lentement, il se remit en mouvement et se pencha pour l'embrasser. Elle sentit son goût de sel, respira son odeur. Il s'écarta d'elle ; tous deux se retrouvèrent allongés sur le dos. Elle tira alors les couvertures sur eux. Leurs corps pressés l'un contre l'autre, elle chercha sa main et leurs doigts s'entremêlèrent.

Elle se tourna pour observer son profil. Son front était serein, mais ses yeux fixaient le plafond.

— Que vois-tu ?
— Le passé.

Il reporta son regard sur elle.

— La détermination.

Roulant sur le côté, il lui caressa les cheveux de sa main libre.

— Je vois une femme incroyable qui mérite de se sentir bien. De s'épanouir dans tout ce qu'elle désire.

— Voilà ce que je désire.

Elle fit glisser ses doigts sur sa joue et l'amena à se pencher vers elle. Ils s'embrassèrent et, bien que la passion soit pour l'instant assouvie, l'ardeur en était toujours aussi vive. Elle continuait de lui embraser les sens. Elle cessa de l'embrasser, mais ses doigts s'attardèrent sur son visage. Il y avait tant d'autres choses qu'elle mourait d'envie d'apprendre à son sujet ! Malheureusement, le temps ne serait sans doute pas leur allié. Elle écarta ses sombres pensées et s'efforça de savourer l'instant présent.

— Et je désire aussi dîner.

Il sourit.

— J'aime ta manière de penser.

Ils se levèrent et elle rassembla ses vêtements tandis qu'il se débarrassait du préservatif et se rhabillait. Son corps disparut sous le jean et le débardeur, mais elle en sentait encore la résonance en elle.

Elle pensait qu'une intimité telle que celle qu'ils venaient de partager ne pouvait exister que dans la chambre, mais celle-ci les suivit dans l'escalier puis la cuisine. Il prit un moment pour lui donner un baiser sur la joue pendant qu'ils s'affairaient autour de l'îlot. Il coupa des tranches épaisses de pain et elle les tartina de beurre de cacahuètes et de confiture de framboises.

— C'est le meilleur sandwich au beurre de cacahuètes et à la confiture que j'aie jamais mangé, assura-t-il en riant entre deux bouchées.

Elle leva le petit doigt tout en tenant son sandwich.

— On ne trouve que les mets les plus raffinés au ranch Balducci.

La passion se raviva dans ses yeux quand il la regarda.

— Le raffinement me convient.

Il se rapprocha d'elle, appuyant sa jambe contre la sienne. Elle fit glisser son genou le long de sa cuisse et fut récompensée par un son guttural montant de sa poitrine. Ils finirent leur repas côte à côte.

De retour dans la chambre, elle arrangea les oreillers et ajouta une serviette dans la salle de bains. Ty ôta son jean et ses chaussures et les déposa au pied du lit. Elle n'avait jamais exécuté cette danse intime avec quiconque mais curieusement, avec Ty, elle en connaissait les pas.

Quand elle sortit de la salle de bains, elle le vit poser son pistolet sur la table de chevet la plus proche de la porte. La musique silencieuse sur laquelle elle dansait s'interrompit. Elle alla chercher sa carabine dans le placard et la posa contre le mur près du lit.

Ty se glissa près d'elle entre les draps et l'enlaça. Elle posa la tête sur sa poitrine. Le rythme régulier de son cœur aida le sien à s'apaiser. Quoi que le Groupe Hanley intente contre elle, il ne pourrait lui enlever ce qu'elle ressentait en cet instant avec Ty. Lorsqu'il glissa les doigts dans ses cheveux, elle fit le vœu que le temps s'arrête afin qu'elle puisse s'imprégner de toutes ces sensations. Le sommeil la gagna, et elle sentit la panique l'envahir. Elle avait envie de rester éveillée, de continuer d'étreindre Ty. Ce que lui réserverait le monde à son réveil, elle n'en avait aucune idée.

11

Ty regarda le ciel passer du noir au pourpre puis au bleu lavande et ne put empêcher le jour de se lever. Il était étendu dans le lit de Mariana, baignait dans sa chaleur, s'en repaissait. Il conservait précieusement chaque souvenir de la nuit. La confiance et la passion de Mariana l'avaient ému. Il n'aurait jamais cru pouvoir entretenir un lien aussi fort. La voir s'endormir avec ses cheveux déployés sur son torse lui semblait être une scène de la vie de quelqu'un d'autre. Il chérit le son de sa respiration en cet instant.

Et tout cela pouvait être anéanti en un instant. Le Groupe Hanley avait accusé le coup, mais il n'avait pas renoncé. Clouer le bec du harceleur au téléphone lui avait fait du bien, mais ça n'avait pas clos le débat.

Mariana remua et demanda d'une voix ensommeillée :

— Le soleil est levé ?

— Pas encore, lui répondit-il dans un murmure.

Elle fit glisser une main chaude le long de sa cuisse, puis la fit remonter jusqu'à son épaule, nouant son bras au sien.

— Bonjour.

Ses ongles lui griffèrent doucement la peau.

— Bonjour.

Il changea de position pour l'embrasser sur le front.

Toro, qui avait dormi sur le tapis, se redressa et tous deux se raidirent. Ty guetta tout bruit inhabituel dans le monde qui s'éveillait autour d'eux. Son pistolet était à portée de sa main. Toro se mit alors à bâiller et se gratta l'oreille de la patte arrière, détendu. Ils respirèrent plus librement, mais la quiétude absolue s'était évanouie.

Mariana s'arracha à son étreinte et se déplaça vers le bord du lit.

— Je pense que je suis à court de provisions. Tu veux prendre le petit déjeuner en ville ?

— Bonne idée.

Rester en un même lieu ferait d'eux des cibles plus faciles. Il se leva et sortit son portable de son jean. Aucune nouvelle des autres membres de Justice pour la Frontière.

Les minutes suivantes auraient pu ressembler à celles de la matinée d'un couple ordinaire occupant à tour de rôle la salle de bains puis s'habillant, si l'on exceptait le fait que Mariana rangea la carabine dans le placard et que Ty attacha l'étui de son pistolet à sa ceinture. Il lui sembla plus lourd que d'habitude.

Toro reçut son repas avant qu'ils quittent la maison. Ty s'accorda une minute pour écouter les sons du jour naissant. Pépiement d'oiseaux fusant dans les arbres. Grondement du matériel agricole en contrebas de la propriété. Grincement d'une planche branlante, agitée par le vent sur le toit de la terrasse couverte... Rien d'insolite. Il déplaça son arme sous sa veste, la tenant prête.

Mariana regarda ses arbres.

— Je dois faire récolter ces pommes.

— Une fois la pression relâchée, les cueilleurs reviendront.

Hélas ! Il lui était impossible de prédire quand et comment exactement cela se produirait. Ils avaient porté un coup au Groupe Hanley et se trouvaient à présent dans la position frustrante consistant à attendre de voir quelle serait la riposte des criminels. À moins que Justice pour la Frontière déniche des informations préjudiciables à Innes. Il aspirait à obtenir quelque chose lui permettant d'aller de l'avant.

— Je conduis.

Mariana ouvrit la portière de son pick-up. Ty monta avec elle. Il déplaça quelques outils au sol afin de faire de la place pour ses pieds. Il inspecta chacune des voitures qu'ils croisèrent en se rendant en ville, mais rien ne lui parut suspect. Au lieu de s'en trouver rassuré, plus les choses se déroulaient normalement, plus il devinait nerveux. Le prochain affrontement aurait bientôt lieu, mais quand ?

Ils prirent le petit déjeuner dans un modeste snack-bar qui n'avait probablement pas changé au cours des cinquante dernières années. Assise dans leur box en bout de rangée, Mariana contemplait son café plus qu'elle ne le buvait. Il avança son pied jusqu'à ce que leurs jambes se touchent et elle leva les yeux vers lui. Elle s'efforça de sourire, sans succès.

— Comment résistes-tu à la pression ?

— Nous sommes capables de survivre à beaucoup de choses.

Il avait vu des personnes surmonter des événements horribles.

— Nous devons tout bonnement nous convaincre que nous allons y arriver.

— C'est tout simple, commenta-t-elle ironiquement.

— Je sais que ça ne l'est pas.

Il fit glisser sa main sur la table, elle posa la sienne dessus. La passion de la nuit et le calme serein du petit matin lui revinrent.

— Ces salauds sont convaincus qu'ils vont gagner.

Des hommes au comptoir les regardèrent et il baissa la voix.

— Mais rien ne garantit qu'ils y parviendront. Ce qui signifie que nous le pouvons.

— Tu as la conviction que nous y arriverons ?

L'émotion qu'il perçut dans sa voix lui indiqua qu'elle ne parlait pas seulement de sauver ses terres.

Il savait comment monter un dossier contre un criminel. D'infimes détails s'accumulaient pour le désigner. Il était capable de saisir sa logique, de la retourner contre lui et de l'appréhender. Dans un combat, il savait tirer avantage de la situation pour prendre le dessus, même s'il n'était pas plus fort que son adversaire. Mais que savait-il en matière de relation amoureuse ? Seulement qu'il se sentait davantage lui-même quand il était près de Mariana et que l'idée de ne pas la revoir lui causait une douleur dans la poitrine.

— Je serai là pour toi aussi longtemps que tu voudras de moi.

Elle prit sa main dans la sienne.

— Ne me laisse pas.

— Jamais.

La table et le fait d'être en public l'empêchèrent de l'embrasser comme il l'aurait voulu. Une lueur dans le regard de Mariana lui apprit qu'elle éprouvait la même chose.

Ils terminèrent leur repas puis se rendirent au supermarché afin de réapprovisionner la cuisine. Une menace potentielle les guettait au détour de chaque allée. Il fut frappé de constater comme il lui semblait normal d'être à l'affût du danger et par contre tellement étrange de discuter en toute décontraction avec elle de ce qu'ils prépareraient pour le déjeuner.

La caissière adressa un sourire amical à Mariana.

— Omar parle de libérer une table pour tes produits, si tu as des pommes.

— Je n'en manque pas.

Elle emballa ses courses dans des sacs.

— J'en apporterai.

Lorsqu'il vint l'aider, cela retint l'attention de la caissière. Pete avait-il mis toute la ville en garde contre lui ? En la voyant le regarder, Mariana lui expliqua :

— Ty me donne un coup de main sur ma propriété.

La caissière hocha la tête.

— Comme homme à tout faire ?

— Je répare tout ce qui en a besoin.

Il prit les sacs tandis que Mariana payait et ils sortirent ensemble. Le trajet du retour jusque chez elle se déroula dans un silence aussi inquiet que celui qui avait pesé sur la matinée. Quand ils arrivèrent en vue de la maison, elle ralentit. Deux véhicules, un SUV et une berline racée, étaient garés à côté de sa voiture.

— Qu'est-ce qu'on fait ? demanda-t-elle avec un regard anxieux.

Il posa la main sur son bras crispé.

— C'est bon. Je les connais.

Le pick-up reprit de la vitesse, roulant à présent sur la partie privée de la route.

— Justice pour la Frontière ?

— C'est un début.

Le fait que les renforts soient là raffermit son assurance.

— Vincent Solaris et Stephanie Shun. Il fait partie du FBI. Elle… a certains contacts.

— Formulé ainsi, ça semble plutôt suspect pour quelqu'un qui est du bon côté de la barrière.

— Elle est des nôtres parce qu'elle a quitté l'entreprise familiale.

Au cours de ses enquêtes à San Francisco, il s'était à plusieurs reprises frotté au cartel dirigé par le père de Stephanie.

Mariana se gara devant chez elle, près des autres véhicules, et descendit de son pick-up en scrutant les alentours d'un air méfiant. Il la rejoignit ; les autres étaient toujours invisibles.

Une conversation se tenait derrière la maison, mais il n'en saisit pas les propos. Au bout d'un moment, Vincent et Stephanie apparurent. L'Amérindien Chumash d'une trentaine d'années afficha un large sourire tandis que la femme sino-américaine gardait une certaine réserve bien que souriante elle aussi. Toro restait à distance, mais n'aboyait pas.

— Cet endroit est stupéfiant.

Vincent s'avança, la main tendue, vers Mariana. Il portait un jean, des bottes de cow-boy et une simple veste. Cela ne se voyait pas, mais Ty savait qu'il portait son arme.

— Vous devez être madame Balducci.

Elle lui serra la main puis Ty fit les présentations.

Stephanie jeta un regard au verger.

— J'avais envie de goûter l'une de vos pommes, mais je n'ai pas osé.

Mariana se dirigea vers les arbres et fit signe aux autres de la suivre. Ty accepta volontiers l'un des fruits qu'elle leur offrit.

— Elles ont un goût de sel, dit-il après avoir mordu dedans.

Stephanie hocha la tête tandis qu'elle mâchait lentement. Vincent arbora un sourire médusé lorsqu'il y goûta. Pendant quelques instants, le seul son fut celui des pommes qu'ils croquaient. Puis Ty en vint à leur affaire.

— Du nouveau sur Innes ?

— Je me suis renseignée, mais le nom et la description n'évoquent rien parmi mes contacts.

D'un doigt, Stephanie repoussa la frange de sa coupe au carré.

Vincent redressa ses larges épaules, ressemblant plus à un agent du FBI que lorsqu'il savourait la pomme.

— Pas de casier. Il a dirigé plusieurs sociétés qu'il a déclarées en faillite, mais ce n'est pas inhabituel chez les acteurs financiers. Quelques « donations » à des entreprises douteuses. Des sociétés écrans, probablement, mais je n'ai pas eu le temps de les tracer informatiquement. Elles remontent très loin.

Ty envisagea plusieurs éventualités.

— Il pourrait s'agir de paiements pour des marchandises ou des services. Ou d'un moyen de rembourser des dettes. Peut-être joue-t-il ou a-t-il fait de mauvais investissements ?

Dubitative, Stephanie fronça les sourcils.

— S'il était aussi endetté, j'ai le sentiment que mon réseau l'aurait dans son radar.

Vincent passa la main sur son visage rasé de près. Il semblait ne pas avoir beaucoup dormi.

— Je travaille sans mandat. La moindre recherche me prend trois fois plus de temps parce que je dois couvrir mes traces. Je n'ai pas encore pu compulser son passé bancaire. Il est très complexe.

Stephanie, pour sa part, semblait aussi fraîche que si elle venait de rentrer de vacances en Méditerranée.

— Les choses sont-elles montées en puissance ici ?

Son regard alla de Ty à Mariana sans exprimer quoi que ce soit et il n'aurait su dire si elle spéculait sur ce qui avait pu changer depuis la veille au soir.

Mariana répondit :

— Pas depuis un appel téléphonique désagréable reçu hier.

— Nous avons rembarré l'individu, mais je ne pense pas que ça suffise à les dissuader, ajouta Ty.

— Donc, jusqu'à ce que nous puissions trouver quelque chose sur Innes, nous nous contenterons d'attendre qu'ils bougent ?

La voix tendue de Stephanie trahissait son impatience.

Ty éprouvait la même chose. Il était plus que prêt à en découdre avec l'homme chauve et ses comparses, juste pour en finir.

Vincent inspira profondément et observa les alentours.

— Au moins, nous sommes ici.

— Merci beaucoup d'être venus, dit Mariana en posant une main sur son cœur.

— Nous le devions, répondit Stephanie.

Vincent se tourna et il regarda la maison.

— Oui. Merci pour ce que vous faites.

Ty sentit son estomac se nouer. Avant qu'il puisse détourner la conversation, Mariana demanda :

— Qu'est-ce que je fais ?

— Cette maison, reprit Vincent avec révérence. Nous sommes revenus ici.

Stephanie, elle aussi, contemplait l'habitation.

— Là où tout a commencé.

— Comment ça ?

La méfiance gagna Mariana et elle s'écarta d'eux.

Ty aurait voulu franchir la distance qui les séparait, mais il savait que cela ne la forcerait qu'à reculer plus encore.

— Je ne te l'ai pas dit.

Le regard froid, elle pinça les lèvres.

— Ça ne va pas me plaire.

Incrédule, Stephanie les regarda à tour de rôle.

— Tu ne le lui as pas dit ?

Vincent ajouta seulement :

— Oh ! Bon sang !

Ty soupira, complètement démoralisé. Il n'avait pas d'excuse valable et la tension était déjà tellement forte qu'il savait que s'expliquer maintenant se retournerait contre lui.

— Je n'ai pas trouvé le bon moment.

Ses paroles sonnèrent creux.

— Nous nous consacrions à l'urgence.

— Ainsi qu'à d'autres choses, répliqua Mariana. Alors, dis-le-moi, à présent.

Il fit un geste en direction de la maison.

— C'est là qu'est née Justice pour la Frontière, Mariana. Cette maison a été son premier lieu de rassemblement.

Elle garda un visage de marbre.

— Ma famille a bâti cette maison.

Bien qu'ils connussent l'histoire aussi bien que lui, Stephanie et Vincent gardèrent le silence. En général, raconter cette partie du passé le stimulait. Cependant, alors qu'il parlait, il comprit que cela contribuait seulement à creuser l'abîme entre Mariana et lui.

— Ta famille faisait partie des membres fondateurs de Justice pour la Frontière. D'après ce que j'ai découvert, un propriétaire de ranch tentait de la forcer à partir d'ici. Certaines personnes, incluant nos ancêtres...

Il désigna Vincent et Stephanie.

— ... sont venues l'aider. Elles ont renversé la situation, se sont rassemblées dans la maison et ont créé Justice pour la Frontière.

Mariana ferma les yeux, le front plissé. Quand elle le regarda de nouveau, il eut l'impression d'être un étranger pour elle. Quelqu'un en qui elle n'avait pas confiance.

— Alors, qu'est-ce que je fais maintenant ?

Toro s'empressa de la rejoindre et, d'un regard, tint en respect Ty et les autres. Elle s'adressa aussi à Vincent et Stephanie.

— Vous m'avez remerciée d'avoir fait quelque chose, mais, pour autant que je sache, j'essayais seulement d'empêcher qu'on me tue ou que quelqu'un construise un hôtel sur mes terres.

— L'idée était...

Une douleur amère envahit la poitrine de Ty.

— ... que nous repartions de l'endroit où était née Justice pour la Frontière. Nous aurions utilisé cette maison comme base opérationnelle.

— Ma maison ? s'écria-t-elle d'une voix vibrante de chagrin.

Ce chagrin dévasta Ty.

— Seulement si tu nous l'avais permis.

Mariana devint dangereusement calme.

— Tu es venu ici avec des projets pour ma maison.

Sa fureur semblait pouvoir consumer les collines et il souhaita presque être, au passage, réduit en cendres.

— Exactement comme ces promoteurs. Toutefois, au lieu de me menacer, tu t'es présenté en superhéros. Tu es devenu proche de moi.

Des larmes brillèrent dans ses yeux.

— C'était ça, ton plan ?

Ce dernier mot fit à Ty l'effet d'un couteau qu'on lui enfoncerait dans le cœur.

— Non.

Sa voix s'étrangla.

Vincent et Stephanie observaient prudemment, en silence. Ty

sut qu'ils percevaient leurs émotions à vif et devinaient ce qui s'était passé. S'expliquer davantage ne fournirait qu'une piètre excuse, mais il devait essayer.

— Mon plan était de t'aider. Je ne m'attendais pas... au reste.
Elle grimaça.
— J'allais te dire..., reprit-il. La maison ne compte plus autant pour moi. La décision te serait de toute façon revenue.
Elle cracha avec ironie :
— Merci de me laisser faire mes propres choix.

La situation échappait à son contrôle, et il ignorait totalement comment y remédier. Son ancêtre avait créé sur ces terres un groupe de défense des opprimés, mais aurait-il su quelle attitude adopter dans la même situation ?

— Je n'ai jamais voulu te prendre quoi que ce soit.
Mariana semblait aussi enracinée que l'un de ses arbres.
— Quittez ma propriété.
Il sentit son sang se figer.
— La menace est toujours présente, hasarda Vincent.
Elle posa sur lui un regard incendiaire.
— J'ai un chien et une carabine. Et aussi un téléphone pour appeler la police officielle en cas de problème.

Avant qu'il puisse dire autre chose, Stephanie posa la main sur son bras et l'entraîna en direction des voitures. Ils y montèrent, mirent le contact et attendirent. Mariana ne bougea pas. Ty comprit qu'il n'y avait rien qu'il puisse faire. Il avait menacé ce qu'elle défendait depuis le début. Il regagna sa voiture. Elle le suivit des yeux, le visage fermé. Cette femme, dont il avait été si proche, était à présent tellement distante.

Il monta dans sa voiture et s'engagea sur la route, ouvrant la voie à Stephanie et Vincent. Mariana et sa maison rapetissèrent dans son rétroviseur. La route sinua et, lorsqu'il regarda à nouveau en arrière, la propriété avait disparu. Chaque respiration le faisait souffrir, comme si ses côtes avaient été broyées et que leurs fragments déchiquetés le réduisaient en charpie de l'intérieur. Mariana était partie.

12

La fureur qui bouillonnait en Mariana la rendait insensible. Elle devait se raccrocher à cette colère car, si elle la laissait lui échapper, la douleur serait dévastatrice. Ty s'était joué d'elle. Tandis qu'il s'immisçait dans sa vie, lui faisant l'amour, une part de lui trahissait sa confiance. Il voulait sa maison. Tout le monde la convoitait.

Elle porta les sacs de courses jusque dans la cuisine. Justice pour la Frontière avait été fondée sous ce toit, et alors ? Cela ne donnait à aucun d'eux le droit de venir la réclamer. Et si sa famille avait participé à la création du groupe, ça lui conférait l'autorité de leur ordonner à tous de disparaître.

Les sacs s'avachirent sur l'îlot, déversant en partie leur contenu. Ses parents ne lui avaient-ils jamais parlé de Justice pour la Frontière parce qu'elle n'avait pas été prête à l'entendre ou parce qu'ils en ignoraient l'existence ? Elle lança un chapelet de jurons espagnols que sa mère utilisait, mais cela n'apaisa pas la rage et l'angoisse qui la tenaillaient. Elle ne parvint qu'à effrayer Toro, qui se réfugia de l'autre côté du meuble, la queue basse.

Avant de ranger ses provisions, elle devait effacer les traces de la veille au soir. Elle enleva les miettes de la planche à découper et la posa dans l'évier. Puis elle glissa le couteau à pain dans le bloc et prit appui sur le plan de travail. La maison et le verger au-dehors semblèrent se mettre à tourner autour d'elle. Elle ne pouvait échapper au souvenir du visage de Ty. La dernière chose qu'elle ait vue avant de s'endormir et sa première vision de la journée. Et elle le vit torturé, alors qu'il tentait de s'expliquer. Une part d'elle avait eu envie de lui tendre la main, mais cet accès de compassion avait été éclipsé par son tourment.

Elle rangea distraitement les courses tout en se repassant en boucle leur confrontation. Des larmes lui brûlaient les yeux. Elle venait de le trouver et l'avait sans doute définitivement perdu. Se battait-il pour sauver sa maison pour lui ou pour elle ? Peu lui importait. Il était parti.

Toro se mit à grogner et sortit précipitamment par l'arrière de la cuisine. Elle sentit son cœur se serrer en pensant que Ty pourrait revenir. La défiance latente et la peine étaient plus fortes que toute malencontreuse excitation à l'idée de le revoir. Elle sortit par la porte latérale et arpenta la terrasse jusqu'en façade.

Son poste d'observation surélevé lui montra une route déserte. Toro aboya. Il se trouvait derrière la maison. Un frisson glacé lui parcourut le dos. Elle espéra qu'il s'énervait contre un cerf dans le verger, mais ce n'était pas l'heure où ils s'y montraient.

La carabine était dans le placard de sa chambre, à l'étage. Elle s'avança avec précaution jusqu'à l'endroit où se tenait Toro. L'échine hérissée, le regard concentré sur la colline, le long de la route coupe-feu, entre les sections d'arbres où Ty et elle avaient travaillé la veille, il ne cessait d'aboyer. Ne voyant rien d'anormal, elle le rappela. L'animal, d'ordinaire obéissant, refusa de bouger d'un pouce.

Entre deux vocalises d'avertissement du chien, un bourdonnement s'amplifia à l'arrière de la propriété. Les arbres n'étaient pas en fleur ; les abeilles de Sydney n'avaient donc aucune raison d'y essaimer. Alors que le son se rapprochait, il varia. Il n'était pas naturel, mais mécanique.

Les jambes de Mariana se mirent en mouvement avant même qu'elle sache où elle allait. Les muscles brûlants, elle escalada la colline, se ruant droit sur l'origine du bruit, Toro à ses côtés. Elle s'arrêta juste avant la crête et rampa jusqu'au sommet pour jeter un coup d'œil. Quatre hommes vêtus de noir fonçaient en direction de sa propriété sur des motos tout-terrain. Ils bifurquèrent sur la route coupe-feu et s'engagèrent à vive allure dans la vallée précédant la colline d'où elle les observait.

— Toro, viens, chuchota-t-elle.

Elle courut aussi vite qu'elle le put vers la maison. Son téléphone était dans la cuisine. En dévalant la colline, elle vit une voiture sur la route menant à sa propriété. Ce n'était ni Ty ni l'une des autres personnes présentes ce jour-là.

Le bruit des moteurs s'intensifia en surplomb derrière elle. Elle perdit la voiture de vue quand elle atteignit la maison et se précipita dans la cuisine. Saisissant son téléphone, elle s'élança en direction de l'étage. Heureusement, Toro se réfugia dans la chambre avec elle plutôt que d'aller s'en prendre aux intrus.

Elle attrapa la carabine et la chargea aussitôt. De sa fenêtre en façade, elle vit que la voiture avait pénétré sur sa propriété et continuait à rouler en direction de la maison. Elle courut à la fenêtre de derrière, ne vit aucun signe des motocyclistes, mais entendit hurler leurs moteurs.

Debout au milieu de la chambre, elle tenta de garder un œil à la fois sur la fenêtre à l'avant et celle à l'arrière. Qui arriverait en premier ? Son cœur battait la chamade. La panique menaçait de la tétaniser, mais elle ne périrait pas sans se battre. Justice pour la Frontière avait été fondée dans cette maison.

Elle tint son arme d'une main et composa le numéro de police secours de l'autre. Avant que l'opératrice réponde, la berline noire s'arrêta dans un crissement de pneus devant sa maison. Quatre hommes en sortirent, l'arme au poing.

— Service de police. Quel problème rencontrez-vous ? demanda calmement une femme.

Elle posa le téléphone par terre et elle ouvrit la fenêtre en façade.

— Mariana Balducci. J'habite à l'extrémité d'Oak Valley Road. Il y a au moins quatre hommes sur ma propriété...

Elle pointa la carabine par la fenêtre et fut rapidement repérée par les assaillants. Ils se replièrent derrière les portières ouvertes de leur voiture. Trois d'entre eux braquèrent leur pistolet sur elle. L'un d'eux parlait dans un talkie-walkie.

La voix de l'opératrice était devenue lointaine.

— Madame ? Madame, vous êtes là ? Pouvez-vous parler ?

Les motos rugirent derrière Mariana. Elle s'accroupit et fila à la fenêtre, arrivant à temps pour voir les quatre engins amorcer la descente de la colline. Mais les hommes à l'avant pourraient atteindre sa maison plus vite encore. Elle repartit à cette autre fenêtre pour les voir s'écarter de leur voiture et progresser vers l'avant.

La peur lui noua la gorge. Elle épaula la carabine et posa le canon sur l'appui de la fenêtre ouverte. Les hommes l'aperçurent et battirent de nouveau en retraite. Elle visa l'avant de la voiture et pressa la détente. Le projectile ricocha sur le pare-brise sans le transpercer.

Vitre blindée.

Dans son dos, le rugissement des motos se rapprochait.

Elle se força à parler, priant pour que l'opératrice de la police entende sa voix étranglée.

— Je vous en prie, envoyez-moi de l'aide !

Cependant, personne ne pourrait arriver à temps. Elle n'avait que les balles dans la carabine et celles que contenait la boîte du placard.

L'un des hommes en contrebas se risqua au-dessus de sa portière à la vitre baissée pour pointer son pistolet sur elle. Elle lui tira dessus dans l'espoir au moins de le décourager ou de détourner son tir. Sa balle frappa la portière avec un bruit sourd. L'homme se baissa vivement, puis se ressaisit rapidement et se prépara à faire feu.

Soudain, elle sentit l'air se figer dans ses poumons. Elle avait été tellement concentrée sur les individus en contrebas qu'elle n'avait pas remarqué qu'une nouvelle voiture arrivait. C'était celle de Ty. Peut-être s'était-il garé sur une petite route latérale, dissimulé derrière un bosquet plutôt que de partir. Elle s'était retournée pour rentrer chez elle avant qu'il disparaisse. Le regarder s'éloigner l'aurait anéantie.

Un tir claqua et l'angle supérieur du cadre de la fenêtre vola en éclats. Les occupants de la voiture étaient trop focalisés sur elle pour voir venir Ty. Une autre balle brisa une vitre. Elle riposta, espérant qu'ils ne se retourneraient pas.

Des coups de feu résonnèrent derrière elle. Des balles entrèrent en sifflant par la fenêtre à l'arrière et se fichèrent dans le plâtre du plafond. Les hommes à moto tiraient sur elle. Le soulagement initial provoqué par l'arrivée de Ty céda la place à une peur soudaine. Si elle devait repousser les motocyclistes à l'arrière, elle ne pourrait pas lui prêter main-forte en façade. Elle jeta un coup d'œil par la fenêtre brisée et vit qu'ils s'étaient arrêtés au sommet du verger pour faire feu. Tout le fil de fer que Ty et elle avaient installé serait inutile s'ils ne s'aventuraient pas plus bas.

L'un d'eux dut l'apercevoir, car il tira. La balle passa juste au-dessus de sa tête tandis que deux autres fusaient de l'avant. La mort menaçait de toutes parts dans sa chambre.

Elle jeta la descente de lit sur les morceaux de verre devant la fenêtre en façade et s'agenouilla pour viser les hommes en contrebas. Ceux-ci se mirent à couvert, l'un d'eux parlant à nouveau dans son talkie-walkie. Ty arrivait à toute allure dans la dernière côte. Il ne ralentit pas et sa voiture décolla du sol avant de percuter l'arrière de la berline noire.

Le métal fut broyé. Verre et plastique volèrent en éclats. La berline glissa vers l'avant et la voiture de Ty pencha de côté. Son airbag se déploya, le dissimulant à la vue de Mariana. La terreur lui serra la gorge. L'homme le plus proche de la collision gisait au sol, inconscient. Les trois autres s'étaient dispersés, mais ils se ressaisirent.

L'un d'eux braqua son pistolet sur la voiture de Ty. Mariana arma vivement sa carabine et tira sur lui. Le coup de feu le rata, soulevant un nuage de poussière à un mètre de lui, mais cela suffit pour qu'il coure se mettre à couvert. Il avait à peine fait deux pas qu'un autre tir l'envoya rouler au sol.

Ty s'était extirpé de sa voiture et prenait les assaillants pour cibles. Elle fut rassurée. Il ne semblait pas blessé et progressait avec une précision létale. Après deux tirs, il se mit à couvert derrière sa voiture. Recroquevillé dans la poussière, le premier homme qu'il avait touché se tenait le côté. Son pistolet était tombé trop loin pour qu'il l'atteigne.

Elle engagea une nouvelle cartouche dans la chambre et chercha du regard les autres individus. À eux deux, Ty et elle devraient être capables de les repousser.

Des tirs provenant de la colline coupèrent court à ses pensées et la forcèrent à se jeter à terre. Les motocyclistes avaient ajusté leur angle de visée et les balles passaient par la fenêtre pour s'écraser contre le mur d'en face. Si elle avait été debout, elle serait morte.

Toro se tapit dans le coin de la chambre, probablement l'endroit le plus sûr. Mais elle ne pouvait pas se cacher. Elle s'accroupit et appuya de nouveau son arme contre la fenêtre. Ty se risqua un instant à découvert et lui désigna l'arrière de la maison.

— Retiens-les ! cria-t-il.

Il mit ensuite en joue l'un des hommes qui tentait de changer de position près de la berline.

Celui-ci riposta frénétiquement. Ty garda son calme et le fit une fois encore se replier.

— Le verger ! hurla-t-il à l'adresse de Mariana.

Il semblait avoir acculé les attaquants en façade, mais elle était réticente à l'idée de le laisser livré à lui-même.

Une autre salve de tirs traversa la fenêtre et arrosa le mur, cette fois plus près d'elle. Si elle ne les arrêtait pas, les motocyclistes cribleraient sa chambre de balles. Rampant jusqu'à la fenêtre du fond, elle prit au passage un oreiller sur le lit et l'utilisa afin de dégager le verre brisé pour se ménager un espace d'où elle pourrait tirer.

Les hommes étaient assez proches pour qu'elle distingue les sortes de talkies-walkies fixés à leurs casques. Ils communiquaient et coordonnaient leurs assauts. Tous quatre faisaient feu en même temps. Elle serra les dents et tira à quatre reprises aussi vite qu'elle le put. Son intention était d'en destiner une à chacun d'eux. Mais le temps qu'elle arrive au quatrième, son angle de visée était tellement décalé qu'elle ne toucha même pas la colline.

Ils prirent néanmoins sa contre-attaque très au sérieux et s'enfoncèrent à vive allure entre les arbres. Elle tenta de les pister dans le viseur de son arme, mais ils zigzaguaient trop rapidement.

Jusqu'à ce que l'un d'eux heurte un fil de fer. L'avant de la moto fut brutalement stoppé et l'arrière se souleva, projetant l'homme par-dessus le guidon. Il roula, se tordant de douleur, jusqu'au pied d'un arbre. Les autres se retournèrent pour voir ce qui s'était passé et ralentirent, traversant plus prudemment la pommeraie.

L'un d'eux abandonna sa moto et se mit à couvert derrière un arbre. Un autre fut réorienté sur le chemin principal, exactement comme l'avait prévu Ty. La moto constituait une cible plus imposante et elle lui décocha une balle. Elle fut récompensée par un bruit métallique, mais ne put dire si l'engin était endommagé. L'homme fonça sous le couvert des arbres, mais il rencontra l'un des fils de fer et perdit l'équilibre.

Elle tira à nouveau sur la moto, qui produisit cette fois un vrombissement saccadé ; celui-ci gagna en intensité puis cessa brusquement. Le conducteur détala, laissant sur place l'engin devenu inutile. Mettant le fuyard en joue, elle fit feu à nouveau. Le casque étouffa son cri de douleur. L'homme se jeta derrière un arbre, traînant derrière lui une jambe blessée. Elle sentit son estomac se révulser. On l'avait poussée à recourir à la violence et elle détestait être à l'origine de cette blessure.

L'autre homme, qui avait délaissé sa moto, la prit pour cible. Des éclats de bois se mirent à pleuvoir du cadre de la fenêtre. Elle le visa et appuya sur la détente. *Clic.* L'arme était vide.

Ty réprima la panique qui menaçait de l'envahir. Les deux hommes étaient toujours accroupis de l'autre côté de la voiture blindée. Il pouvait les tenir en respect pour l'instant, mais s'ils lançaient une attaque des deux côtés, il devrait abattre l'un d'eux et s'exposer à l'autre.

Plus préoccupant que cela, le son de la carabine de Mariana au premier s'était tu. Et les tirs de pistolet continuaient de crépiter sur la colline à l'arrière. Les balles touchaient la maison et brisaient des vitres. Était-elle blessée ?

Il refusait d'envisager cette éventualité. Il ne pouvait l'imaginer perdant son sang. Le fait que son intuition lui soufflant de ne pas quitter des yeux la propriété de Mariana ait été prémonitoire le rendait furieux. La chose à faire aurait été de respecter son intimité et de s'en aller. Mais le Groupe Hanley n'avait que faire de ses problèmes personnels et il ne pouvait se contenter de disparaître en la laissant se battre seule. Il avait compris que sa décision de se cacher dans un bosquet avait été avisée quand la berline noire était arrivée.

Deux de ses quatre passagers étaient à présent hors de combat. Les autres lui bloquaient l'accès à la maison et à Mariana. Elle pouvait le détester ; il pourrait vivre avec ça. Si elle voulait qu'il disparaisse à jamais, il obtempérerait. Mais pas avant de la savoir saine et sauve.

Il concentra sa peur et sa colère sur les deux hommes, à peine visibles près de l'avant de la voiture. Se risquant à découvert, il fit feu sur eux pour qu'ils gardent la tête baissée puis piqua un sprint en direction de la portière du côté conducteur restée ouverte malgré le choc.

L'un des hommes se redressa et tira sur lui. Il se baissa vivement. La vitre blindée arrêta l'une des balles et l'autre ricocha sur le toit de la berline. Ty se redressa à son tour et riposta. L'homme s'effondra, mort. Avant que Ty puisse le mettre en joue, son complice gravit les marches du perron et se cacha à l'angle de la maison.

Dans la chambre, la carabine demeurait silencieuse. Il restait un homme entre Mariana et lui.

Le cœur battant, Mariana s'aplatit au sol. Poussant l'arme vide devant elle, elle rampa vers le placard en proférant tous les jurons qu'elle connaissait en espagnol et en anglais. Une nouvelle salve de balles provenant de la colline la poursuivit. Alors qu'elle passait devant le téléphone, elle entendit l'opératrice.

— Madame ? Madame, êtes-vous blessée ? La police est en route.

Elle aboya :

— Envoyez une ambulance !

Pour atteindre la réserve de munitions sur l'étagère, elle devrait se lever. Elle attendit qu'un autre coup de feu frappe la maison puis se força à se redresser. Une paire de chaussures et un vieux coussin dégringolèrent alors qu'elle cherchait la boîte à tâtons. Enfin, elle finit par la saisir et se replia au sol. D'une main tremblante, elle tenta de charger la carabine. Les deux premières balles lui échappèrent. Elle réussit à en insérer une et trouva son rythme pour le reste. La fusillade s'intensifia devant la maison puis le silence régna.

Elle fut saisie de terreur. Ty avait été abattu ! Elle s'empara de la carabine et jeta un coup d'œil par la fenêtre.

— *Dios*, soupira-t-elle.

À l'abri derrière la portière du conducteur de la berline, il visait le côté de la maison.

Il l'aperçut et se frappa la poitrine de soulagement.

— Ça va ? lui lança-t-il.

— Oui, répondit-elle. Et toi ?

Il se tendit comme s'il voyait quelque chose devant lui. Elle tendit le cou et aperçut une voiture sur la route. Le SUV de Vincent approchait à vive allure. La police, quant à elle, n'était pas encore en vue. Des coups de feu retentirent sur la colline, mitraillant sa maison. Ty pointa le doigt dans cette direction.

— Occupe-toi d'eux !

— Mais tu...

Il coupa court à son inquiétude en ramassant un pistolet qui se trouvait sur le sol non loin de lui puis se rua vers la maison. Il allait disparaître de sa vue, dissimulé par le toit de la terrasse, lorsqu'un coup de feu claqua en même temps qu'il se jetait au sol. Quelqu'un lui avait tiré dessus et l'avait manqué. Vif comme l'éclair, il se releva en faisant usage de ses deux armes. Un cri de douleur retentit.

Il courut ensuite vers le côté de la maison tout en lui criant :

— L'arrière !

Elle rassembla son courage et regagna la fenêtre du fond. Un seul motocycliste conduisait encore son engin près du sommet du verger. Il zigzaguait, ce qui faisait de lui une cible presque impossible à atteindre. Son premier comparse à avoir chuté contre les fils de fer était toujours au sol, hors de combat. Les deux autres s'abritaient derrière les arbres et la canardaient.

Elle tira sur l'homme à la jambe blessée. Il se replia derrière son arbre. De l'autre côté du verger, l'homme qui avait abandonné sa moto se mit à découvert pour riposter.

Dehors, au pied de la maison, la voix calme de Ty ordonna :

— Lâche ton arme !

L'homme ne bougea pas.

— Lâche ton arme ! répéta-t-il, apparaissant sur la gauche en contrebas.

Il s'avança d'un pas, ne tenant plus qu'un pistolet.

— Ne...

L'homme tourna son arme vers lui, Ty tira plusieurs coups en rafale. Sa cible était à bonne distance, mais une des balles le toucha. Il tomba à la renverse. Mariana reporta son attention sur l'autre homme dans le verger au moment précis où il se préparait lui aussi à tirer sur Ty. Provenant du côté droit de la maison, une seule balle eut raison de lui. L'arme au poing, le bras tendu, Vincent se dirigea avec précaution vers la colline.

À son sommet, le motocycliste souleva une traînée de poussière alors qu'il accélérait pour disparaître de l'autre côté de la crête. Tandis que le vrombissement de son moteur s'estompait, celui des sirènes au loin commença tout juste à résonner aux oreilles de Mariana. Épuisée, elle tenait à peine debout. Toro était toujours tapi dans son coin.

— Tout va bien, *amigo*.

Elle eut du mal à reconnaître sa propre voix rauque et tremblante.

La porte de la cuisine s'ouvrit au rez-de-chaussée, et elle entendit un bruit de pas rapides. Peu après, les marches de l'escalier grincèrent. Elle resserra son étreinte sur la carabine.

— Mariana ?

C'était Ty. Elle baissa l'arme, souhaitant ne plus jamais avoir à s'en servir.

Il apparut sur le seuil de la chambre, le visage marqué par l'inquiétude. Une coulée de sang séché lui barrait le côté du front jusqu'au sourcil.

Elle tendit la main puis hésita.

— Tu es blessé ?

Il avait dû suivre son regard, car il porta les doigts à sa tête et les retira tachés de sang.

— Ce n'est pas grave. Ça a été causé par la collision.

Il s'avança vers elle. Des cartouches vides roulèrent à ses pieds.

— Tu as été touchée ?

Elle n'avait pas eu le temps de s'en inquiéter et prit conscience du fait qu'elle tremblait toujours. Elle prit un moment pour évaluer son état sans détecter de douleur inhabituelle.

— Je ne pense pas.

Son inspection s'étendit au-delà d'elle-même et elle regarda les impacts de balle dans les murs et le plafond de sa chambre. Les fenêtres avaient toutes deux été fracassées ; leur encadrement avait en grande partie volé en éclats.

Ty examina lui aussi l'espace, le regard plein d'émotion.

— Je suis vraiment désolé, Mariana.

— Merci d'être revenu.

Elle avait été tellement assourdie par la fusillade qu'elle ignorait si elle murmurait ou si elle criait.

Il se tenait si près d'elle... Elle eut envie de sentir son corps contre le sien, la rassurant quant au fait qu'ils étaient tous deux sains et saufs. Elle ne bougea pas.

Une expression de profonde souffrance traversa le visage de Ty.

— Ce n'est pas ainsi que j'aurais voulu revenir.

La douloureuse colère qui avait marqué leurs adieux assaillit Mariana. Elle était trop fatiguée pour y faire face. L'effet de l'adrénaline s'était dissipé, et toute la pesanteur du monde l'accablait. Tous deux regardèrent par la fenêtre en façade les deux voitures de police qui approchaient de la propriété, sirènes hurlantes et gyrophares allumés.

Elle ramassa son téléphone et reprit sa conversation avec l'opératrice.

— La police est presque arrivée. Nous allons bien. Merci.

Après avoir raccroché, elle fit un signe de tête en direction des voitures de police.

— Qu'allons-nous leur dire ? demanda-t-elle à Ty.

Il sortit son insigne.

— Vincent va prendre les commandes. Il leur expliquera qu'il poursuivait ces hommes et qu'ils l'ont mené jusqu'ici, mais qu'il ignorait quel était le problème.

— Et Stephanie ?

Mariana venait de la voir en compagnie de Vincent, près de son SUV. Elle rangeait un pistolet dans son sac à main.

Il haussa les épaules.

— Il dira qu'elle est son informatrice ou quelque chose de ce genre. Il inventera quelque chose pour les enfumer.

Mariana se retourna vers le verger à l'arrière de la maison. Trois hommes y gisaient, dont deux morts. Un sanglot se forma dans sa gorge. Elle posa la carabine contre le mur, là où elle s'était trouvée quand Ty et elle s'étaient endormis ensemble dans ce lit la nuit précédente. Tout avait changé.

13

Ty serra puis desserra les poings à plusieurs reprises, mais la tension refusait de s'évacuer. Il avait déjà fait feu sur des hommes auparavant. Il avait déjà tué. Un blanchisseur d'argent acculé avait fait usage de son arme pour éviter d'être arrêté et ne lui avait pas laissé le choix. La situation actuelle était différente. Mariana avait failli mourir. Il aurait suffi de l'une des dizaines de balles tirées.

Il souffrait le martyre. Elle était en vie, assise sur les marches de sa maison, Toro blotti contre elle. Il resta à l'écart, près de sa voiture accidentée. Elle ne le laisserait sans doute jamais revenir sur sa propriété. Une fois qu'il la saurait en sécurité, il disparaîtrait. Et il ne serait plus jamais le même.

La police locale, Pete inclus, les avait déjà interrogés séparément. Il devait reconnaître que ce dernier était resté très professionnel. Les ambulances étaient venues chercher les blessés et les morts. À présent, Vincent discutait avec Pete et les autres policiers, leur désignant différents secteurs de la propriété, tel un chef d'orchestre. Son autorité était évidente, et les hommes hochaient la tête en suivant ses explications.

Stephanie était assise sur le siège passager du SUV de Vincent, portière ouverte. Elle partageait son attention entre la scène de crime et son téléphone. Elle capta durant un moment le regard de Ty et haussa les sourcils en guise d'interrogation au sujet de Mariana. Il secoua la tête. Il n'avait pas la réponse.

Une dépanneuse arriva pour emporter la berline noire,

interrompant le débriefing entre Vincent et les policiers. Alors que ces derniers s'occupaient de la voiture, l'agent du FBI s'avança vers la maison. Stephanie et Ty se joignirent à lui et tous s'approchèrent de Mariana, qui se leva.

Vincent parla au nom du groupe.

— Je suis sûr de pouvoir relier ces types à une affaire en cours et la placer sous l'autorité du FBI.

Il se tourna vers Ty.

— Il faudra que tu contactes ton capitaine afin de mettre les choses à plat.

Ty n'était pas pressé de passer cet appel.

— Dans l'heure.

Le visage de Mariana était impassible.

— Mes terres sont-elles une scène de crime ?

— Non.

Ty détestait tout ce qui lui avait été imposé. Y compris par lui.

— C'est chez toi.

Vincent acquiesça.

— Entre mon insigne et celui de Ty, nous avons le pouvoir d'arranger ça.

Stephanie adressa un regard compatissant à Mariana.

— Mais vous n'êtes pas obligée d'être seule ici, si vous n'en avez pas envie. Je peux rester.

Mariana crispa la mâchoire.

— Ils n'en ont pas fini.

— Il semblerait.

Vincent regarda la berline que l'on chargeait sur la dépanneuse.

— À présent, ça paraît plus personnel que professionnel.

La colère fit étinceler le regard de Mariana.

— Je ne vais pas rester là à attendre qu'ils reviennent. Donnez-moi Innes. Donnez-moi tout ce que vous avez sur lui et je lui ferai savoir qu'il ne touchera plus jamais à cet endroit.

Stephanie brandit son téléphone.

— J'ai déjà mis plus de monde sur lui.

— Et je m'en chargerai dès que je serai sur l'ordinateur, renchérit Vincent.

Il fit la grimace en regardant la voiture de Ty. Le pneu avant gauche était presque à plat.

— Tu n'iras nulle part là-dedans, objecta Ty.

D'un geste désinvolte Stephanie écarta le problème.

— J'ai des amis dans le secteur automobile. Nous t'en trouverons une autre.

— Je suis policier, tu t'en souviens ? dit Ty.

Il avait déjà pris beaucoup de risques avec tout ce qui venait de se passer.

— Il faut que ce soit légal, ajouta-t-il.

— Je sais comment trafiquer les papiers, répliqua Stephanie avec un clin d'œil.

Mariana s'adressa à Ty comme s'ils étaient seuls.

— Je veux être présente quand vous confondrez Innes.

Une centaine d'arguments pour l'en dissuader lui vint à l'esprit, mais avant qu'il puisse en formuler un seul, son portable se mit à sonner. Il consulta l'écran.

— Mon capitaine.

Il s'éloigna pour prendre l'appel. Son supérieur avait le sens de l'écoute et commença à l'interroger d'un ton égal. Il lui répondit aussi honnêtement que possible, énumérant dans l'ordre chronologique les événements de la journée. Il occulta son lien avec Justice pour la Frontière, Vincent et Stephanie, comme s'ils venaient de se rencontrer.

Il reporta les yeux sur Mariana qui discutait toujours avec eux. Leur entretien n'était pas particulièrement chaleureux, mais elle n'était pas aussi glaciale que lorsqu'elle les avait chassés de sa propriété. Il éprouvait un pincement au cœur chaque fois qu'il y repensait.

Son capitaine parut satisfait de ses réponses et il conclut la conversation en lui conseillant gentiment d'éviter les problèmes durant le reste de ses congés. Au lieu de rejoindre le groupe, il contempla la pommeraie à flanc de coteau. Les corps avaient été enlevés. Le bruit sec des détonations était à présent remplacé par celui du vent de l'après-midi apportant la brume marine. Son ancêtre était parvenu à braver sa propre tourmente et à sauver cette terre. À l'époque aussi, des hommes étaient morts. Il ne se libérerait jamais de la culpabilité d'avoir appuyé sur la détente, mais ces hommes étaient venus dans l'intention de tuer et c'était le seul moyen de les arrêter.

Il rangea son téléphone et retourna vers Mariana et les autres. Elle parlait à Vincent, montrant l'autre côté de la maison.

— Ça a été un tir prodigieux, avec un pistolet.

Sur le moment, Ty avait été trop shooté à l'adrénaline pour être impressionné, mais en effet ça devait bien faire soixante-dix mètres dans une situation de pression intense.

— Vous avez raison, répondit Vincent avec un petit sourire.

Enfin, la dépanneuse emporta la berline. Pete vint leur annoncer que ses collègues et lui avaient terminé. Dès qu'ils eurent quitté les lieux, Vincent demanda à Ty :

— Tout est réglé avec ton supérieur ?
— Ça s'est passé aussi bien que possible.

Un détail l'ennuyait.

— Pourquoi le chef de la police locale n'est-il pas venu ?

Stephanie émit un rire ironique.

— Quelque chose devait être plus important qu'une fusillade dans sa juridiction.

La question sans réponse de Ty méritait d'être creusée.

— Je vais enquêter sur lui.
— Je t'y aiderai, ajouta Mariana.

Elle carra les épaules comme si ce qu'elle venait de dire n'était pas l'une des dernières choses qu'il s'attendait à entendre. Elle le provoqua.

— Tu ne pensais tout de même pas relancer Justice pour la Frontière sans moi.

Il fut sidéré. Son cœur bondit de joie à cette idée, mais la prudence doucha son enthousiasme. Il restait des complications à résoudre.

— Seulement si tu le veux.

Il souffrait toujours au souvenir de sa colère lorsqu'il avait trahi sa confiance.

— Je le veux, assura-t-elle d'une voix empreinte d'émotion.
— Je t'aurais toujours laissé le choix.

Le fait qu'elle se joigne à lui dans ce combat était un incroyable atout. Cependant, le lien qui les unissait était peut-être perdu à jamais.

Elle se tourna alors vers Vincent et Stephanie.

— Merci d'être revenus. Merci de tout ce que vous avez fait.

Vincent inclina la tête.

— Je vous en prie.

— Pas de quoi, dit Stephanie en souriant.

— Je dirigerai l'enquête et je vous informerai de ce que je trouverai, reprit Vincent. Il y a quelques pistes...

Un regard éloquent de Stephanie l'interrompit. Elle attira son attention sur le SUV puis la route. Il sourit d'un air entendu.

— Appelez et nous arriverons.

Il serra la main de Ty, qui fit un signe d'au revoir à Stephanie. Un moment plus tard, Mariana et lui regardaient le SUV descendre la colline en direction de la ville.

Sans détacher les yeux de la route, Mariana lui dit :

— Tu peux rester.

— J'y suis obligé.

Sa voiture en piteux état se trouvait quelques dizaines de mètres devant eux.

Elle eut un petit rire puis redevint sérieuse.

— Tu voulais ma maison.

— J'avais une *idée* concernant ta maison, précisa-t-il. Je leur en avais parlé.

Le SUV n'était plus qu'un point au loin.

— Avant de savoir ce qui se passait ici. Avant de te rencontrer.

Cela avait tout changé.

— C'est donc comme ça que tu as eu connaissance de mes problèmes. Tu te renseignais sur ma maison.

Elle ne lui faisait toujours pas face.

— Je creusais aussi loin que possible sur Justice pour la Frontière. Les récits anciens transmis oralement, les rumeurs, les fragments du passé...

Cela avait été comme tamiser du sable afin de trouver assez de clous rouillés pour construire quelque chose.

— Cette propriété était mentionnée à plusieurs reprises, ainsi que le combat mené pour la défendre. Il n'y avait pas de récits antérieurs. J'ai donc su que ça avait commencé ici.

— Et tu as voulu relancer son action.

Il y avait eu un léger tremblement dans sa voix, un écho de la souffrance qu'il lui avait infligée.

— Oui. En enquêtant sur cette propriété, j'ai vu les plaintes que tu avais déposées et j'ai compris que je devais faire quelque chose.

— Que tu devais sauver la maison.

Elle ne bougea pas, mais il la sentit s'éloigner.

— Pour toi.

Le regard qu'elle tourna alors vers lui montrait qu'elle doutait toujours.

— Ce que je voulais pour cet endroit n'a jamais été en contradiction avec cela. Et je n'aurais jamais essayé de te prendre quoi que ce soit. C'était seulement une possibilité.

L'expression de Mariana se radoucit légèrement.

— Ça l'est toujours.

Ensemble, ils gravirent la colline et s'engagèrent dans la pommeraie. Elle s'approcha d'un arbre et marmonna un juron.

— *Lo siento, amigo.*

Elle fit glisser ses doigts sur l'écorce jusqu'à deux impacts de balle.

— Survivra-t-il ?

Elle continua d'inspecter le pommier.

— Probablement.

Quelque chose au sol arrêta sa progression ; elle s'en écarta. Des pommes écrasées ainsi que des feuilles tombées de l'arbre étaient maculées de sang.

Il tendit la main vers elle mais hésita à la toucher.

— Ce n'est pas la première fois que le sang aura été versé pour défendre ces terres.

— Cet homme...

Elle recula jusqu'à lui.

— C'était celui que tu... Je n'arrive pas à imaginer que tu...

Elle se retourna et lui prit la main.

Le soleil couchant se refléta dans ses yeux brillants.

— Est-ce que ça va ?

Une vague de chaleur l'envahit à ce simple contact. Sa sollicitude lui inonda le cœur.

— Je vais bien, merci.

Mais où cela les mènerait-il ? Il l'ignorait encore.

— Et si tu m'emmenais acheter des matériaux à la quincaillerie ? Je vais t'aider à remettre ta chambre en état.

Sans lui lâcher la main, elle rebroussa chemin en direction de la maison puis s'arrêta.

— Les mails d'abord. Je suis sûre que les voisins paniquent.
— Ne leur donne pas de détails.

Ils reprirent leur marche.

— Dis-leur que tu vas bien et que les autorités concernées sont sur l'affaire. Tu ne peux rien dévoiler de plus avant la fin de l'enquête.
— Je donnerai la même version à tout le monde en ville.
— Il y aura beaucoup de regards curieux.

Elle haussa les épaules.

— J'y suis habituée, maintenant.
— Ce sera différent. Il y aura plus de peur, comme si tu attirais la violence.

Elle ralentit le pas.

— Tu seras à mes côtés ?
— Aussi longtemps que tu le voudras.

Une confiance hésitante s'établit entre eux. Fragile, comme si le plus léger doute pouvait la faire s'évanouir.

— Plus de surprises ? demanda-t-elle.

Elle soutint son regard.

— Tu sais tout à présent.

Et il avait envie d'en apprendre plus sur elle.

Elle s'arrêta devant sa maison.

— Je le pensais, quand je disais que tu pouvais rester.

Il se sentit libéré du poids de l'incertitude. Son corps était autorisé à se rapprocher de celui de Mariana. Ils s'enlacèrent étroitement.

— Tu es en sécurité, lui dit-il, se rassurant lui-même.

Car, avec elle, lui aussi se sentait en sécurité.

Ty avait vu juste. À la quincaillerie, la peur se lisait dans les regards des habitants. Un seul d'entre eux eut le courage de venir demander de ses nouvelles à Mariana. Elle lui assura qu'elle était indemne et lui donna, quant aux détails, la même réponse standard qu'elle avait envoyée à ses voisins.

Elle resta également vague dans ses messages à Sydney, mais l'incita à demeurer vigilante et à ne pas se déplacer seule. En remontant la longue route menant à sa propriété, elle expliqua à Ty en quoi l'histoire des ancêtres de son amie l'avait poussée à rejoindre Justice pour la Frontière.

— La même chose pourrait se reproduire avec le Groupe Hanley.

De loin, ils virent qu'il y avait de l'activité devant sa maison, mais c'était seulement la dépanneuse que Stephanie avait fait venir pour enlever la voiture de Ty.

— Même si nous les repoussons chez moi, ils trouveront d'autres personnes à intimider pour les faire vendre.

— C'est le but.

Ty scruta le paysage crépusculaire autour d'eux.

— Arrêtons-les ici. Faisons-leur comprendre qu'ils ne peuvent plus user de leurs tactiques, et ce où que ce soit.

Ils franchirent la limite de sa propriété et gravirent la colline. Chaque mètre parcouru, chaque seconde de silence partagé contribuaient à restaurer la confiance entre eux. Il s'était confessé et elle croyait à présent ce qu'il lui disait.

À leur arrivée, le dépanneur finissait d'arrimer la voiture de Ty. Celui-ci prit le reçu, serra la main du dépanneur et n'eut pas même un regard pour la voiture que l'on enlevait. Avant de décharger le pick-up, il contrôla le périmètre de la maison en compagnie de Mariana. Ils firent une pause tous les quelques mètres, tendant l'oreille. Ils n'entendirent que le battement de la queue de Toro contre sa jambe et des chants d'oiseaux portés par le vent du soir. Aucun danger dans l'immédiat.

De retour au véhicule, ils sortirent les outils et les matériaux achetés à la quincaillerie. Ty les transporta dans la chambre tandis que Mariana donnait son dîner à Toro. Elle avait encore les oreilles qui bourdonnaient et se sentait un peu tendue en montant l'escalier. Voir Ty dans la chambre au lieu des balles qui fusaient conféra une nouvelle dimension à l'espace.

Elle le trouva occupé à balayer les débris de verre, les éclats de bois et les douilles pour les jeter dans un seau. Ses mouvements calmes et fluides étaient presque hypnotiques. Elle s'avança dans la chambre et il lui heurta la hanche de la sienne. À ce simple contact, son corps s'éveilla, lui rappelant ce que ce lieu avait signifié pour eux peu de temps auparavant. Il retira avec précaution les éclats de verre restés dans les cadres de fenêtre.

— Quand nous aurons nettoyé ça, nous remplacerons les vitres.

Elle mit le matelas à nu et roula la literie en boule. Toro monta à l'étage, mais ne franchit pas le seuil. Penchant la tête d'un air curieux, il regarda Ty découper le verre à la taille requise et le mettre en place. Elle changea le lit et contourna Toro pour aller chercher les oreillers de celui de la chambre d'amis au rez-de-chaussée.

Quand elle revint, la fenêtre en façade était terminée et elle regarda les vitres noires qui les reflétaient, Ty et elle, l'un près de l'autre. Quelques heures plus tôt, il se trouvait en contrebas de cette fenêtre, à une balle de la mort.

— Nous n'en faisons pas assez.

Ces mots lui écorchèrent la gorge.

Ty parut perplexe.

— Nous avons décidé, à la quincaillerie, que l'encadrement pouvait attendre.

— Nous devrions être en train de rendre la pareille au Groupe Hanley.

Elle arpenta la pièce, s'arrêtant pour inspecter les brèches dans le plafond.

— Regarde ce qu'ils ont fait ici.

Si elle avait su ce que Herbert et Innes lui réservaient, la rencontre dans leurs bureaux se serait déroulée bien différemment.

— Pour l'instant, ce que nous faisons, c'est leur retirer leur pouvoir.

Il ramassa une douille égarée dans le coin de la chambre et la jeta dans le seau.

— Ils tirent sur toi et nous effaçons ça, poursuivit-il en posant son téléphone sur une petite table d'appoint. Quand Vincent et

Stephanie auront exhumé quelque chose que nous pourrons utiliser, nous passerons à l'action.

— Dans combien de temps ?

— Ça risque de prendre un certain temps.

Il lui posa les mains sur les épaules.

— Mais quand nous les frapperons, ça laissera une marque.

Ça sonnait comme un serment létal.

Elle se nourrit de sa détermination et elle s'efforça de relâcher la vaine tension qu'elle mourait d'envie de déchaîner contre les hommes qui l'avaient attaquée.

— J'en ai assez d'attendre de réagir.

Il inclina la tête d'un côté à l'autre, étirant le cou comme un boxeur.

— Je compatis.

Elle posa sa main sur la sienne et la porta à ses lèvres pour l'embrasser. Les jointures de ses doigts avaient un goût de bois. Le regard de Ty s'attendrit et elle sut que, quoi que l'avenir lui réserve, elle ne serait pas seule. Elle relâcha son étreinte et se mit au travail. Il avait raison. Faire disparaître les trous des murs avec de l'enduit de rebouchage avait un effet étonnamment apaisant. Chaque fêlure en étoile qu'elle trouva fut comblée et lissée avec un soin méticuleux. La maison se remettait de ses blessures.

Ty, pour sa part, alla chercher une échelle et entreprit de réparer le plafond.

— Où est le pistolet ? demanda-t-il.

Il avait posé la question avec une telle décontraction qu'elle ne put dire s'il plaisantait.

— S'agit-il d'une ruse d'enquêteur visant à ce que je me sente coupable alors que je n'ai rien fait ?

— Ta carabine, c'est une Magnum .44, n'est-ce pas ? Était-ce celle de ton père ?

— De ma mère. Mon père la lui a achetée.

Elle ne voyait toujours pas où il voulait en venir.

— S'il l'a choisie, c'est probablement parce qu'il avait un pistolet du même calibre.

Il descendit de l'échelle sur laquelle il était juché, la déplaça et y remonta pour enduire une autre zone.

— La carabine a toujours été dans le râtelier du rez-de-chaussée, donc le pistolet doit être... ici, à l'étage.

La chambre lui parut un peu moins familière. Depuis longtemps les tiroirs de la commode ancienne et des chevets ne contenaient plus que ses affaires. Elle alla regarder sur l'étagère du placard, là où étaient rangées les munitions, bien qu'elle sût que les effets personnels de ses parents avaient été donnés ou stockés ailleurs depuis des lustres.

Ty continua à travailler au plafond.

— N'y aurait-il pas un tiroir plus lourd qu'il devrait l'être ou qui se coince quand on l'ouvre ?

Elle s'approcha de la commode en bois sombre comme si elle la voyait pour la première fois. Le tiroir du haut à gauche persistait à grincer. Bien sûr, c'était celui où elle rangeait ses culottes. Elle l'ouvrit, sortit la pile de sous-vêtements et la posa sur le meuble. Un petit coup donné sur le fond du tiroir provoqua un son creux. En y regardant de plus près, elle vit une encoche sur le côté du fond qui lui permit de le soulever. Dessous, elle découvrit un revolver noir rutilant à canon court avec une crosse en noyer.

— *Madre mia...*

Il était très lourd. Et chargé.

Ty descendit de l'échelle pour examiner l'arme.

— Voilà donc l'arme de poing.

Les mains de son père étaient devenues calleuses à force de travailler dans la pommeraie. Mais il avait été un homme tendre qui prenait le temps de s'occuper de sa famille. La surface polie du revolver révélait cette attention. Il avait été utilisé, et nettoyé avant d'être rangé. Son père avait été la dernière personne à le poser dans ce tiroir avant qu'elle l'en ressorte.

— Tu ne cesses de me révéler les secrets de cette maison, murmura-t-elle à Ty.

— J'espère qu'ils ne te pèsent pas.

Elle s'accorda le temps d'y réfléchir. Elle tenait un revolver ancien, trouvé à un moment où elle en aurait sans doute besoin. Sa maison était le lieu où avait été fondé un groupe de justiciers ayant pour vocation de protéger des personnes comme elle.

— Non... Ils sont ce que j'ai besoin de découvrir.

Elle mit le revolver dans le tiroir de la table de chevet.

Ensuite, elle remit en place le double fond de celui de la commode et entreprit d'y remettre ses culottes.

Debout près d'elle, Ty afficha un sourire coquin.

— Je peux t'aider.

La vision de ses grandes mains sur ses sous-vêtements fit se propager une onde de chaleur dans sa poitrine et entre ses jambes. Avant qu'elle puisse céder à cette pulsion, le téléphone portable de Ty sonna et il alla le prendre sur la table d'appoint.

— Bon sang ! marmonna-t-il.

Elle eut soudain envie de sortir le revolver de la table de chevet.

— Mauvaise nouvelle ?

— Pas bonne, en tout cas. Ça vient de Vincent. Les hommes blessés ont été transférés dans un autre hôpital, hors de cette juridiction. Ils ont fait intervenir un avocat et n'ont fait aucune déclaration. Ces salauds vont disparaître sans laisser de trace.

Il grimaça.

— Quelqu'un tire les ficelles. Et la police locale ne s'y est pas opposée.

Il serra le téléphone à l'en écraser.

— Comment le capitaine Phelps dépense-t-il son argent ?

— Je n'ai jamais rien vu de trop grandiose.

Ni son épouse ni lui ne fréquentaient sa boutique, mais elle voyait de temps à autre la femme au supermarché avec un caddie ordinaire.

— Ses parents sont-ils toujours en vie ?

Il sembla attendre la réponse comme s'il tendait un piège.

Elle comprit quel lièvre il avait levé.

— Ils viennent d'emménager dans une maison du nouveau lotissement.

— Pot-de-vin, grommela-t-il. Demain, nous traquerons le capitaine Phelps.

Ses yeux luisaient comme ceux d'un prédateur et Mariana se sentit plus que prête à se lancer dans cette chasse.

14

Mariana s'éveilla au son des coups de feu ; ils lui sifflèrent aux oreilles. Pourtant, la chambre était silencieuse. Les fenêtres réparées par Ty étaient intactes et les trous qu'elle avait rebouchés, invisibles sur les murs sombres.

— Tout va bien, chérie, lui murmura-t-il.
— Désolée si je t'ai réveillé.

Elle sentit les vestiges du choc provoqué par le rêve s'évacuer par ses jambes.

— Je l'étais déjà.

Elle ne vit qu'une ombre, mais chaude et pourvue d'assez de masse pour déplacer draps et couvertures vers elle. Mariana les tira pour les réajuster et il l'y aida. Quand ils eurent fini, il posa le bras en travers de ses hanches.

— J'ignore quelle heure il est.

Dehors, le ciel était d'un gris marbré avec quelques étoiles scintillantes.

— Il n'est pas encore 5 heures.
— Tes parents t'ont-ils appris à te servir de cette carabine ?

Ses paroles se mirent à virevolter autour d'elle et elle se demanda si elle n'était pas toujours en train de rêver.

— Oui. Aucune canette de soda n'en réchappait.

Elle se tourna vers lui.

— Pete m'a aussi emmenée au stand de tir de la police.
— Tu sais te servir d'un revolver ?

Sa voix trahissait une certaine nervosité.

— Un peu.

La peur ressentie dans son rêve s'empara à nouveau d'elle.

— Je t'en sais capable.

Il resserra son étreinte et se rapprocha d'elle.

— Tu as tenu tête à des hommes lors d'un combat qui en aurait tétanisé plus d'un.

Elle se lova contre lui, adoptant le rythme lent de sa respiration. Il l'embrassa sur la joue.

Les premiers rayons du soleil la tirèrent du sommeil. Bien sûr, Ty relevait déjà ses messages. Il lui sourit et l'embrassa avant de se lever pour s'habiller. À la lumière du jour, les réparations de la veille avaient laissé sur les murs de subtiles cicatrices. De nouveaux cadres en bois aux fenêtres et une couche de peinture dans la chambre effaceraient toute trace de violence.

Ty ajusta son pistolet à son ceinturon et rangea son téléphone.

— Aucune nouvelle.

En s'étirant, Mariana découvrit plusieurs ecchymoses sur son corps. Elle se rendit dans la salle de bains. Lorsqu'elle revint dans la chambre pour s'habiller, Ty avait disparu.

— Veux-tu que je prépare le petit déjeuner ? lui lança-t-il du rez-de-chaussée comme elle s'apprêtait à descendre.

Elle hésita.

— Est-ce que j'ai besoin du revolver ?

Il y eut un silence, puis il lui demanda :

— Pour le petit déjeuner ?

— Pour aujourd'hui.

Pour ce qui les attendrait lorsqu'ils poursuivraient le combat hors de ses terres.

— Laisse le revolver.

Elle descendit accompagnée de Toro, qui lui réclama son repas du matin dès qu'ils arrivèrent dans la cuisine. Ty l'attendait, debout devant l'îlot. Elle remplit la gamelle de son chien et réfléchit à ce que Ty et elle pourraient manger.

— Prenons-le à l'extérieur. J'étais énervée quand j'ai rangé les courses et j'ai probablement cassé tous les œufs.

Il afficha une expression grave.

— Je te dois ces courses et beaucoup plus.

— Continue de faire ce que tu fais.

Elle fit glisser sa main sur son torse.

— Et nous serons quittes.

Un sourire espiègle éclaira son visage.

— Dans ce cas, je n'arrêterai jamais.

Il fit un signe de tête en direction de l'avant de la maison.

— Viens, allons mettre la police sous surveillance.

— Avec joie !

Elle sortit ses clés et marcha en tête jusqu'à son pick-up. L'amusement qu'avait suscité Ty se dissipa lorsqu'elle quitta sa propriété. Au lieu de seulement se défendre, elle passait à l'attaque. C'était son choix, mais elle n'avait aucune idée du genre de risques qu'elle était sur le point de prendre.

— Ils vont te donner un insigne, après tout ça.

Ty but une gorgée de café amer dans un gobelet en carton. Leur petit déjeuner pris, Mariana s'était garée au bord d'un marché fermier en plein air, non loin du commissariat. Il se concentra sur les portes d'entrée. Petite ville. Aucune activité.

— Le B.A.-BA du travail de policier. Rester assis à attendre.

Elle changea de position derrière le volant.

— Je préférerais bouger.

Une femme s'approcha des portes vitrées du bâtiment bas en parpaings.

— Sandy, du service urbanisme de la ville, reprit-elle.

Le téléphone de Ty se mit à sonner. Il le prit dans la console centrale et trouva un message de Stephanie.

— « Les œuvres caritatives auxquelles Innes a fait des donations sont fictives. Tout comme leurs employés. On ignore encore à qui va l'argent », lut-il à haute voix.

— Et qui paie cette racaille pour me tuer.

Elle fut saisie d'un frisson.

Le travail visant à effacer le trauma de sa chambre n'était

pas terminé. Ty savait qu'il faudrait plus que de l'enduit et de la peinture pour qu'elle retrouve son équilibre.

— Il pourra dépenser autant d'argent qu'il le voudra. Ils continueront d'échouer.

Elle se redressa lorsqu'un SUV bordeaux se gara devant le poste de police.

— Il est trop propre. La poussière et le sel marin recouvrent tous les véhicules, par ici.

En effet, même les petites voitures utilisées uniquement en ville avaient une couche de poussière terne sur leur peinture. La portière du SUV s'ouvrit.

Ty prépara son téléphone.

— Appelle-moi et apprête-toi à intervenir.

Elle composa son numéro et il décrocha, activant la ligne. Un homme portant un costume clair descendit du SUV. Il était trop loin pour que l'on distingue ses traits, mais ses chaussures étaient aussi luisantes et propres que son véhicule. Elle plissa les yeux.

— Je ne le reconnais pas.

— C'est parti.

Ty lui donna une petite tape sur la cuisse. Elle bondit du pick-up puis, se faufilant entre les autres voitures en stationnement, traversa la rue et bifurqua vers le commissariat. L'homme y entra sans la remarquer. Une fois sur le trottoir, elle ralentit le pas et glissa le portable dans la poche de sa veste de travail. Ty porta son téléphone à son oreille et entendit le bruissement du tissu ainsi que les mots qu'elle se marmonna en espagnol. Un moyen comme un autre de se calmer. Il comprit et garda les yeux sur elle tout en revérifiant du coude la présence du pistolet à sa ceinture.

Elle disparut à l'intérieur du commissariat. Des voix s'élevèrent sur la ligne. Mariana saluant quelqu'un puis une femme, probablement la policière de l'accueil, lui répondant. Personne d'autre ne parla. Sans doute le visiteur en costume clair était-il déjà passé à l'arrière.

— Puis-je parler un instant au capitaine Phelps ? demanda Mariana. J'aimerais beaucoup avoir un compte rendu de ce que l'on sait après les événements d'hier.

La réponse de la policière fut confuse, mais le ton indiquait qu'elle s'excusait.

— En rendez-vous ?

Mariana le renseignait parfaitement. L'homme aux chaussures trop propres rencontrait le capitaine.

— Peut-être pourrais-je attendre.

Il n'eut pas besoin d'entendre la réponse. Il descendit du pick-up et prit la direction du poste de police. La pression se resserra sur lui et son cœur s'emballa. Il se répéta mentalement les premières mesures d'une chanson hip-hop jusqu'à ce que le rythme l'aide à se détendre.

Il raccrocha, rangea son téléphone et sortit son insigne avant d'entrer. Mariana était assise près de l'accueil ; à son arrivée, elle se leva.

— En quoi puis-je vous aider ? s'enquit la policière.

Il brandit son insigne, qu'elle examina attentivement.

— Lieutenant ?

Elle le salua en inclinant légèrement la tête puis son regard fit la navette entre Mariana et lui tandis qu'elle faisait le rapprochement. La fusillade avait sans doute causé un réel émoi au commissariat.

Il remit son portefeuille dans sa poche.

— On m'a informé que les suspects d'hier ont été transférés dans un autre hôpital, et il faut que je parle à la personne qui l'a autorisé.

La policière tapa sur son ordinateur.

— Je ne connais pas les détails, mais le capitaine devrait pouvoir vous orienter dans la bonne direction. Je lui transmettrai votre requête lorsqu'il aura terminé ses rendez-vous.

Elle leva les yeux alors que Mariana rejoignait Ty.

— Pouvez-vous me laisser un numéro auquel vous contacter ou préférez-vous attendre ?

Il fixa les lourdes portes menant au reste du commissariat.

— Je vais attendre.

Mariana et lui regagnèrent la rangée de chaises sur le côté de la pièce, mais il ne s'assit pas. La policière continua de taper à l'ordinateur en leur jetant des regards furtifs. Il avait constaté que la nouvelle du transfert des suspects avait été une surprise pour elle, bien que sa réaction ait été subtile. La corruption au sein de ce commissariat était localisée.

— L'homme au costume avait déjà disparu quand je suis entrée, et la policière de l'accueil ne semblait pas ravie, murmura Mariana.

— Elle est en principe la personne la mieux informée du bâtiment. Ça doit prodigieusement l'agacer d'être tenue à l'écart, répondit-il dans un murmure.

Les portes du fond s'ouvrirent et Ty se tint prêt. À côté de lui, Mariana se redressa. Mais c'était seulement l'employée de l'urbanisme. Elle rangea des papiers dans son sac en bandoulière et salua d'un geste la policière en passant devant son bureau avant de quitter le commissariat. Mariana se détendit visiblement. Ty n'y parvint pas.

Un instant plus tard, les portes se rouvrirent. L'homme au costume clair sortit en se pavanant, l'air austère, mais content de lui. Le pouls de Ty s'accéléra lorsqu'il le reconnut. L'homme ralentit l'allure quand Ty s'avança en disant :

— Je vous connais.

Charlie Dennis, « homme d'affaires » de San Francisco. Racketteur. L'un des gros bras du Septième Syndicat, une organisation criminelle corrompant la côte Ouest et au-delà.

Dennis s'arrêta et le dévisagea. Ils s'étaient déjà prêtés à ce petit jeu dans le commissariat de Ty et au palais de justice.

— Quelle agréable surprise !

Tout s'expliquait. Le Groupe Hanley ne disposait pas d'hommes de main pour faire pression sur Mariana. Il avait délégué cette tâche au Septième Syndicat. Quand cette organisation était impliquée, elle gangrenait tout ce qu'elle touchait.

— Ça n'a jamais rien d'agréable, Charlie.

Ty eut envie d'effacer l'air suffisant du malfrat à coups de poing.

— Charlie Dennis, annonça-t-il à l'adresse de la policière. Au cas où il ne se serait pas présenté.

Dennis leva les yeux au ciel puis fixa son regard sur Mariana. Mais ce fut à Ty qu'il parla.

— Vous êtes venu semer le chaos à la campagne, lieutenant ?

Ty se plaça entre Mariana et lui.

— J'aime creuser dans la terre. On y trouve des choses. Un trésor, parfois.

Il fit un pas en direction de Dennis.

— De la pourriture, quelquefois, dans les racines. Il suffit alors de couper.

L'escroc affichait une cinquantaine d'années, il paraissait encore en bonne condition physique. À en juger par les cicatrices sur les articulations de ses doigts et par ses dents remplacées, il n'avait pas passé toute sa carrière à intimider ses victimes au téléphone. Le léger tressaillement de sa paupière droite indiqua à Ty que le calme de Dennis pourrait voler en éclats.

— Lieutenant..., dit-il sur le ton de la mise en garde.

Ty afficha un sourire carnassier.

— Passons aux choses sérieuses.

Mariana se rangea à ses côtés.

La policière de l'accueil se leva, tendant les mains pour désamorcer la situation.

— Messieurs, ce ne sont pas des manières.

— Vous avez tout à fait raison, sergent.

Dennis haussa les épaules et recula. Son regard menaçant fit la navette entre Ty et Mariana.

— Nous reprendrons quand je l'aurai décidé.

— Ou quand vous vous y attendrez le moins, répliqua Ty sans se laisser démonter.

Dennis eut un petit rire.

— Pas tant que vous serez en dehors de votre juridiction.

Alors que l'homme du syndicat s'apprêtait à partir, le capitaine Phelps franchit les portes du fond, les traits crispés.

Ty soutint son regard et défia Dennis.

— Peut-être suis-je occupé à postuler à un nouvel emploi.

Le rire de Dennis retentit tel un coup de fusil.

— Bonne chance !

Il tourna les talons et sortit du commissariat.

Le col de chemise du capitaine Phelps semblait trop serré pour son cou gonflé. Il scruta Ty de ses petits yeux bleus.

— Lieutenant Morrison, même si ce commissariat n'est pas

le vôtre, j'attends de vous que vous traitiez nos citoyens avec autant de respect...

De deux mots, Ty fit taire le capitaine.

— Septième Syndicat.

Il n'en avait jamais discuté avec Mariana, mais son expression figée lui confirma qu'elle saisissait l'impact de cette révélation.

Le capitaine Phelps tenta d'éluder l'argument.

— C'est une accusation sans fondement...

— Je l'ai vu à l'œuvre.

Ty en avait plus qu'assez d'entendre les communiqués de presse édulcorés de Phelps.

— J'ai fait mon travail.

Le visage du capitaine s'empourpra.

— Pas sous mes ordres.

Avant que les choses s'enveniment et que Ty adresse au capitaine une volée d'insultes relatives à sa façon de diriger son commissariat, Mariana intervint d'une voix égale.

— Pourquoi les suspects d'hier ont-ils été transférés dans un autre hôpital ?

Ty ainsi que la policière de l'accueil étaient eux aussi curieux de connaître la réponse.

Phelps écarta la question d'un geste de la main.

— Je l'ignore. Les fédéraux ont pris le relais et ils ont refusé de me dire quoi que ce soit.

C'était un mensonge. Ty savait que si le FBI avait été à l'origine du transfert, Vincent l'aurait supervisé.

— Vous ignorez donc que Charlie Dennis fait partie du Septième Syndicat.

Ty s'efforçait de rester aussi calme que l'était Mariana alors qu'il n'avait qu'une envie, arracher l'insigne de l'uniforme du capitaine.

— Et vous n'avez aucune idée de l'endroit où se trouvent les assaillants qui ont voulu tuer Mariana hier. Que savez-vous, capitaine Phelps ?

En dépit de ses efforts, il avait élevé la voix, ce qui suffit pour qu'un autre homme fasse irruption par les portes du fond. Pete fit son apparition, vêtu de son uniforme, visiblement de service.

D'un geste, Phelps l'arrêta dans son élan et lança un regard furieux à Ty.

— Ce que je sais, c'est que les problèmes n'ont vraiment commencé que lorsque vous êtes apparu. Aussi peut-être un coup de fil à votre capitaine vous convaincra-t-il de quitter cette ville et de retourner à votre travail à San Francisco.

Un sourire éloquent s'épanouit sur le visage de Ty.

— Ne vous gênez pas pour appeler mon officier supérieur.

S'adresser de cette manière à un capitaine était de l'insubordination pure et simple, mais le peu de respect qu'il éprouvait pour cet homme avait été réduit à néant lorsqu'il avait vu Charlie Dennis dans le bâtiment.

— Augmentez la pression, le nargua-t-il. Voyons qui craquera le premier.

Le capitaine contracta la mâchoire.

— Sortez de mon commissariat.

Ty se détourna délibérément de Phelps pour regarder la policière.

— Merci pour votre aide aujourd'hui, sergent. Bonne continuation.

Il quitta le bâtiment, Mariana à ses côtés.

Dès qu'ils furent sortis, elle poussa un soupir.

— ¡Dios! Tu vas devoir m'expliquer ce qu'est le Septième Syndicat.

— Ce sont eux qui ont essayé de te tuer. Il semble que Phelps soit à leur botte et qu'ils soient venus ici limiter les dégâts après ce qui s'est passé hier.

Il dut réprimer son envie de s'attaquer à l'organisation criminelle que plusieurs agences fédérales avaient sans succès tenté de faire tomber.

— Mariana !

Sortant précipitamment du commissariat, Pete s'avança vers eux.

— Qu'est-ce qui vient de se passer là-dedans ?

Ty et Mariana s'arrêtèrent pour lui faire face.

Sur son visage, Ty décela une perplexité sincère ainsi que de la sollicitude.

— Vous l'ignorez ?

Pete délaissa en partie son attitude autoritaire de policier pour s'exprimer avec davantage d'émotion.

— Je sais que vous nous considérez comme une bande de campagnards attardés, mais nous connaissons notre métier.

— Dans ce cas, prenez l'initiative et démontrez-le. Mariana avait déposé une plainte longtemps avant que quelqu'un l'agresse sur le parking et tente de l'abattre sur sa propriété.

Pete resta sans voix.

Mariana adopta une approche plus conciliante.

— Je sais que tu connais ton travail, Pete, mais tout ça nous dépasse. C'est plus grave que ce qui se passe généralement dans cette ville.

— Les fédéraux sont ici.

Ty vit Pete prendre conscience de la gravité de la situation.

— Nous allons avoir besoin de tout le monde. De tous ceux qui sont sans reproche.

Pete fit la moue et lança un regard furtif en direction du poste de police.

— Remettez en cause l'autorité, lui lança Ty.

Pete parut abasourdi. Ils l'abandonnèrent à ses réflexions. Lorsqu'ils rejoignirent le pick-up, il se tenait toujours sur le trottoir. L'expression choquée avait quitté son visage quand ils passèrent devant lui, remplacée par un air sombre. L'homme ouvrait les yeux. Ty savait qu'il était pénible de découvrir ce que le policier commençait à présent à voir.

Mariana quitta la rue du commissariat.

— Où allons-nous ?

Il prit son téléphone et envoya un message à Stephanie et Vincent pour leur faire part de la visite du Septième Syndicat, en la personne de Charlie Dennis, au capitaine Phelps. Il y avait fort à parier que les œuvres auxquelles Innes faisait des dons servaient de couverture au syndicat.

— Chez toi. Puis à San Francisco. Maintenant, nous avons des noms. Nos cibles sont identifiées.

Une fois à la maison, il alla chercher son sac pour y prendre d'autres vêtements. Mariana prépara de la nourriture supplémentaire pour Toro et appela Sydney pour lui dire où ils se rendaient. Lorsque ce fut chose faite, elle se tourna vers lui, attendant de nouvelles instructions. Cette femme était coriace, mais ils s'engageaient dans un autre type de combat, en tant qu'agresseurs, en territoire ennemi. Il lui prit la main.

— Tu n'es pas obligée de venir.

Sa paume était froide, mais sa voix s'éleva, ardente.

— Justice pour la Frontière a été créée chez moi. Dans la maison qu'ils ont attaquée. Je veux qu'ils découvrent qu'ils s'en sont pris à la mauvaise personne.

— Cette fois, lui rappela-t-il, ce sera notre tour de frapper à couvert.

Elle redressa les épaules, une lueur inflexible dans le regard.

— Ensemble.

— Jusqu'au bout, promit-il.

Il la garderait saine et sauve quoi qu'il lui en coûte. Parce qu'ils s'exposeraient incontestablement au danger.

— Emporte le revolver.

15

Rouler en direction de San Francisco avec le revolver et la boîte de munitions dans le sac à dos posé derrière son siège donnait à Mariana l'impression de faire le trajet avec un cobra en liberté quelque part dans son pick-up. La légalité de la chose était, au mieux, discutable, mais l'insigne de Ty pourrait y remédier. L'aspect létal, en revanche, était indéniable. L'arme lui appartenait et il se pourrait qu'elle doive en faire usage.

Plus ils approchaient de la ville, plus la circulation devenait dense autour d'elle. Son cœur battait plus fort, comme si ses veines étaient elles aussi encombrées par les voitures. Celles-ci roulaient pare-chocs contre pare-chocs et se coupaient occasionnellement la route pour gagner quelques mètres. Cette agression de masse commençait à la contaminer et elle se demanda si elle serait encore capable d'avoir les idées claires lorsqu'ils arriveraient.

Curieusement immunisé, Ty, assis sur le siège du passager, semblait décontracté.

— Qu'as-tu étudié à l'université ?

— L'histoire. Je comptais analyser le métissage d'expérience des Italiens et des Américains d'origine mexicaine en Californie.

Elle se mit à rire.

— Ironique, compte tenu du peu que je savais des terres sur lesquelles je vivais.

— Ce n'était pas à l'école que tu aurais appris cela.

Elle freina tandis qu'un conducteur traversait sa voie. Les jurons en espagnol ne l'aidèrent guère à évacuer le stress.

Ty demeura imperturbable.

— Une licence de criminologie ne m'a pas été d'une grande utilité, une fois de service dans la rue.

La circulation ralentit puis s'arrêta. Elle resserra son étreinte sur le volant.

— Ils ne sont pas hostiles.

Il désignait les véhicules autour d'eux sur l'autoroute.

— C'est simplement une autre manière d'exister.

— Je ne sais pas si je pourrais m'y habituer un jour.

La circulation reprit.

— Je connais un endroit génial. Je pense qu'il te plairait. Nous pourrions y aller, un de ces jours. Ils n'ont pas de licence. Alors nous devrons apporter une bouteille de vin. Ou de la bière, si tu préfères.

Il parvint presque à lui faire oublier le Magnum .44 qu'elle avait apporté pour un combat en ville.

— Du vin.

— C'est un rendez-vous.

Il ajusta sa veste.

— Porte quelque chose de joli. Personne ne croira que tu sors avec moi.

— J'en doute, répliqua-t-elle d'un ton railleur.

— Renseigne-toi. Si je ne mange pas au commissariat, j'achète un repas à emporter.

— Tu porteras ce costume et nous leur en remontrerons à tous.

Quoiqu'elle n'ait rien dans son placard ayant autant de style. Une petite séance de shopping serait de circonstance.

Il grommela avec approbation :

— Ce sera vraiment un rendez-vous.

Elle savait toutefois que ce n'était pas garanti. Non qu'elle doutât de l'engagement de Ty. Elle ignorait simplement ce qui résulterait de cette soirée.

La ville approchait et le soir tombait. Ty les fit sortir de l'autoroute bien avant l'endroit où elle le faisait habituellement et la guida en ville. La circulation y était plus rapide que sur les larges voies bétonnées qu'ils venaient de quitter.

Le fait de rester en mouvement aida à apaiser l'anxiété de

Mariana. Toutefois, le revolver voyageait toujours derrière elle, tel un *diablo* lui rappelant constamment quel danger l'attendait.

La lueur de l'écran éclaira les traits austères de Ty lorsqu'il consulta son téléphone.

— Pas de nouvelles des autres.

Il l'éteignit et elle ne le vit plus qu'à la lumière des réverbères qui défilaient. Elle ne pouvait lire ses pensées dans son regard, mais sa voix resta calme.

— Nous nous arrêterons d'abord à mon appartement.

— Je savais que tout ça n'était qu'un stratagème pour m'attirer chez toi.

Il se mit à rire.

— J'ai vraiment eu recours à des préliminaires élaborés.

Ils s'enfoncèrent dans la ville. Il continua de lui indiquer l'itinéraire et ce fut une bonne chose, car elle était à présent complètement perdue. Il se redressa et balaya la rue du regard.

— C'est là.

Il sortit une télécommande de son sac, et un imposant portail métallique se mit à coulisser au pied d'un immeuble de quatre étages. Elle s'engagea dans la descente en béton menant au parking à l'éclairage fluorescent. Ty lui désigna son emplacement et elle y gara le pick-up.

L'ascenseur ne desservant pas le parking, ils durent remonter à pied la rampe jusqu'à une porte d'entrée près du portail. Le téléphone de Mariana se mit à sonner au moment même où Ty allait la lui ouvrir.

— Appel masqué, dit-elle en lui montrant l'écran.

Il lâcha la porte et, d'un hochement de tête, l'engagea à répondre.

La voix rauque et familière de l'homme chauve s'éleva à l'autre bout de la ligne.

— Vous m'avez manqué.

Elle réprima le frisson qui remontait le long de sa colonne vertébrale.

— Vous êtes donc le lâche qui s'est enfui du coteau derrière ma maison avant que le combat soit terminé ?

Après un bref silence, l'homme opta pour une menace :

— Il se pourrait que je sois toujours là.

— Non, répondit-elle. Parce que les projecteurs à détecteur de mouvement vous éclaireraient.

C'était un mensonge, mais il n'avait pas besoin de le savoir.

— Vous persévérez.

Il affecta un ton désinvolte.

— C'est charmant, mais la chance va vous abandonner. Vous auriez dû vendre quand vous le pouviez. Maintenant, il est certain que vous allez échouer. Vous allez mourir.

La fureur fit se crisper les épaules et le cou de Mariana. La haine à l'état pur anima le regard de Ty.

— C'est *vous* qui n'avez pas réussi à m'arrêter sur le parking. *Vous*, qui n'avez pas réussi à me tuer sur ma propriété. *Vous*, que la chance va abandonner.

L'homme émit un rire bref, et elle songea qu'il se voulait sans doute plus brave qu'il le parut.

Ty referma sa main sur la sienne et elle sentit la force pulsant en lui. Il se pencha vers le téléphone.

— Quand j'aurai Charlie Dennis à ma merci, je veillerai à l'informer que c'est vous qui n'êtes pas parvenu à exécuter ce contrat.

La voix de l'homme de main devint un peu trop aiguë.

— Ce n'est pas digne d'un représentant de l'ordre...

Mariana raccrocha.

Ty lui lâcha la main et fit un moment les cent pas à l'écart avant de revenir vers elle. Il ressemblait à un gladiateur entrant dans l'arène. Poings serrés, visage de marbre. Si elle ne le connaissait pas, elle aurait été terrifiée par la détermination qui émanait de cet homme. Cependant, elle savait parfaitement qu'il y avait un être humain sous cette armure. Une personne qui se souciait des autres. Lorsqu'il se posa sur elle, son regard se radoucit.

— Ils ne renonceront pas, sauf si nous les arrêtons. Mais nous les arrêterons.

— Oui.

Elle adopta la même résolution, bien que toujours troublée par le poids du revolver dans son sac à dos.

— Nous les arrêterons.

La porte d'entrée de l'immeuble s'ouvrit et un jeune homme asiatique sortit.

— Ça va, Ty ? lança-t-il familièrement en passant devant eux.

Il afficha un sourire penaud quand il prit conscience d'avoir interrompu quelque chose. Mais il n'aurait pas pu imaginer qu'ils venaient de se faire mutuellement le serment d'anéantir un syndicat du crime.

— À plus, ajouta-t-il d'un ton d'excuse avant de s'engouffrer dans le parking.

— A plus tard, Matt, lui répondit Ty.

Le jeune voisin lui adressa un signe de la main sans se retourner.

Ty attrapa la porte avant qu'elle se referme et l'ouvrit en grand. La brève rencontre avec Matt avait aidé à ramener Mariana à l'humanité du monde normal. Respirant plus librement, elle entra dans l'espace quelque peu désuet.

La porte de l'ascenseur s'ouvrit en grinçant lorsque Ty appuya sur le bouton. Une fois dans l'étroite cabine, Mariana s'appuya contre son torse. Il posa la main sur sa hanche.

Arrivés au dernier étage, ils empruntèrent un couloir blanc sans fenêtre. Le spectre du coup de fil de l'homme chauve glaçait toujours l'air que respirait Mariana, mais elle se surprit à marcher d'un pas assuré à côté de Ty. Lorsque les manœuvres d'intimidation avaient commencé, chaque nouvel incident lui gâchait la journée. Désormais, avec son aide, elle était en mesure de gérer sa peur ainsi que sa colère et de continuer à aller de l'avant.

Ty déverrouilla sa porte et entra le premier. D'une main, il lui fit signe de ralentir tandis que l'autre se tenait prête à dégainer son arme. Par précaution, il inspecta rapidement la première pièce avant de l'inviter à avancer. Elle entra et découvrit du mobilier ancien ainsi qu'un canapé confortable. La plupart des surfaces étaient nettes, à l'exception d'une pile de courrier posée sur une console. Ty contrôla les autres pièces et la trouva, en revenant, occupée à regarder un tableau représentant une grange en feu dans un champ d'herbe desséchée.

— C'est ma sœur qui l'a peint, dit-il d'une voix emplie de fierté. Ceux-là aussi.

Il y en avait plusieurs autres, certains abstraits dans des tons terreux, d'autres représentent des scènes pastorales quelque peu tourmentées comme la première.

— Mon grand-père a fabriqué ces meubles.

Il tambourina des doigts sur la console où était posé le courrier puis désigna une solide table basse devant le canapé.

— Tu as faim ?

Elle aurait dû, étant donné qu'elle n'avait rien mangé depuis le petit déjeuner, mais ce n'était pas le cas.

— Plus tard, peut-être ?
— D'accord.

Il alla dans la petite cuisine séparée du salon par un bar.

— Tu n'auras qu'à le dire.

Après avoir farfouillé dans le réfrigérateur, il en sortit un yaourt qu'il mangea debout.

Une bibliothèque en bois foncé bien rangée près de la télévision attira l'attention de Mariana. Il y avait de nombreux ouvrages techniques sur la législation et la procédure judiciaire puis des rangées de livres d'histoire. La plupart traitaient du développement de l'ouest des États-Unis, dont plusieurs volumes de la Californie seule.

— J'aurais sans doute lu ces livres si j'étais restée à l'université.
— N'hésite pas. Je t'en prie.

Il termina son yaourt puis prit une poignée de fruits secs dans un sac. Mariana se prit à rêver. Elle s'imagina assise dans son fauteuil près de la fenêtre lisant l'un de ces livres, Toro confortablement installé sur le tapis près d'elle. Et Ty faisant grincer les lames du parquet tandis qu'il s'affairait dans la maison.

Elle posa son sac à dos, rendu trop pesant par son contenu, sur le canapé. Ce fantasme semblait presque réalisable, mais pas au regard de ce à quoi ils étaient tous deux confrontés.

— Merci, répondit-elle distraitement.

Tout en tapant sur son téléphone, Ty passa de la cuisine à un petit couloir donnant sur une salle de bains ainsi que, présumat-elle, sur la chambre, ensuite. Elle le suivit et vit, aux murs, d'autres tableaux peints par sa sœur et ce qui lui sembla être des photos de famille. Il y avait également trois clichés en noir et blanc, dont l'un identique à celui de sa boutique. Plusieurs personnes, hommes et femmes de races diverses, debout sur la crête. Des visages austères, déterminés. Pour la première fois, elle reconnut le lieu.

— C'est le coteau à l'arrière de ma propriété, sur la crête est.

Ty la rejoignit dans le couloir.

— Tu vois pourquoi il fallait sauver cette photo. La tienne est celle d'origine.

Elle prêta plus que jamais attention aux personnes. Elle se trouvait face aux fondateurs de Justice pour la Frontière. Son ancêtre était parmi eux.

— Y a-t-il d'autres personnes en dehors de Stephanie, Vincent et nous ?

Le regard chaleureux de Ty se posa sur elle.

— Tu n'as pas idée de ce que ça signifie pour moi de t'entendre dire « nous ».

Il se redressa.

— Ça me donne le sentiment que nous en sommes vraiment capables.

— Mais je ne fais partie ni de la police ni des fédéraux. Et je n'ai pas non plus de contacts, comme Stephanie.

Bien qu'elle soit prête à combattre, Mariana ne parvenait à s'imaginer partie intégrante de cette équipe.

— Peu importe quel est ton métier.

Il lui tendit la main. Elle y posa la sienne, capturant la chaleur qui se dégageait entre eux.

— Tu es l'une des plus fortes.

Il l'attira vers lui et ils s'embrassèrent. Un soudain élan de désir surprit Mariana. Ouvrir sa bouche à Ty, sentir ses lèvres contre les siennes était l'antidote aux confrontations, à la peur et au danger qui les cernait. Elle n'avait pas été dépouillée de son humanité. Une vibration dans la poche de Ty les interrompit.

Il s'accorda un moment pour se reprendre avant de consulter son téléphone.

— Stephanie, annonça-t-il.

— Il faudra que je lui parle de son timing.

Elle s'efforça de se raccrocher au réconfort qu'elle avait éprouvé au contact de Ty.

Il lut avec attention le texte affiché à l'écran, le corps tendu, prêt à l'action.

— Elle a réussi à établir un lien entre les donations d'Innes et le Septième Syndicat. Tout correspond.

Mais en quoi cela les aidait-il ? Elle ne put le définir. Il poursuivit :

— Un des contacts de Stephanie a posé un mouchard sur le téléphone portable d'Innes. Il l'a localisé ici, en ville. Il est au restaurant.

Une lueur féroce brillait dans ses yeux.

— Allons le trouver.

L'appréhension fit s'accélérer le pouls de Mariana.

— Je sais que nous intervenons hors du cadre de la loi, mais ce serait sans doute quand même une mauvaise idée d'entrer dans le restaurant les armes à la main.

— Nous n'en ferons pas usage, la rassura-t-il. Nous commencerons comme eux avec toi. En les effrayant.

Il se dirigea vivement vers la chambre.

Un lit en bois simple et une commode occupaient la majeure partie de l'espace. Toutefois, un petit fauteuil et une lampe dans un coin de la pièce lui évitaient de paraître trop spartiate. Du seuil, elle le regarda ouvrir le placard rangé et s'accroupir pour déverrouiller un coffre posé dans l'angle.

Sa perplexité s'accrut lorsqu'il ôta de sa ceinture l'étui contenant son arme et le plaça dans le coffre.

— N'est-ce pas aller trop loin, si on considère qu'ils ont déjà sérieusement tenté de me tuer ?

Il ferma le coffre et se redressa, avec, dans les mains, un autre holster contenant un pistolet et des chargeurs de réserve.

— C'est une arme non répertoriée. Pas de numéro de série ni de rapport balistique.

Il l'accrocha à sa ceinture et le cacha rapidement sous sa veste. Les chargeurs allèrent dans ses poches. Il affichait un air sombre.

— Certains policiers utilisent ce genre d'arme pour incriminer des innocents.

— Comme fausse preuve.

Il fronça les sourcils et hocha la tête.

— Je m'en sers pour les missions officieuses.

Son humeur maussade se dissipa tandis qu'il lançait d'une voix rageuse.

— Maintenant, allons gâcher la soirée d'Innes.

16

Le soleil était depuis longtemps couché et la ville bourdonnait toujours d'activité. Ty avait de nouveau guidé Mariana dans des rues qui lui étaient inconnues jusqu'à un quartier huppé. Ils passèrent devant le restaurant, dont elle n'aperçut que l'éclairage chaleureux, puis entreprirent de chercher une place de parking en décrivant des cercles de plus en plus larges. Quatre rues plus loin, ils trouvèrent un emplacement où elle put loger son pick-up.

Elle coupa le contact et se découvrit incapable de bouger. Conduire avait été un automatisme, un acte familier. L'étape suivante lui était totalement inconnue. Elle se mit à serrer les mâchoires et son souffle se fit court.

Ty posa la main sur son genou et sa voix l'enveloppa dans l'habitacle.

— La seule raison pour laquelle nous emportons les armes est pour éviter qu'on nous les vole dans le pick-up. Nous n'en ferons usage qu'en tout dernier recours.

Il plongea son regard dans le sien. Comme elle acquiesçait d'un hochement de tête, il poursuivit calmement :

— Nous allons mettre la pression à Innes, lui faire assez peur pour qu'il contacte le Septième Syndicat. Ce type paie des hommes de main et il est incapable de donner un coup de poing. C'est en fin de compte avec le syndicat que nous voulons traiter.

— Compris.

Elle espéra que ses jambes ne seraient pas trop raides une fois le moment venu de se mettre en route.

Ty lui décocha son sourire malicieux.

— Tu es prête à jouer les méchantes ?

— Plus que prête.

Motivée, elle descendit vivement du pick-up et se dirigea vers le restaurant. À eux deux, ils constituaient une force inébranlable s'avançant sur le trottoir. Contrairement à Rodrigo, une foule de gens étaient encore dehors après la tombée du soir. La nuit citadine la rendit nerveuse. Heureusement, Ty était à ses côtés et elle se rappela ce qu'il lui avait dit : cette fois c'était eux qui étaient à couvert.

Plus ils approchaient du restaurant, plus les passants devenaient chics. La soirée était froide et les femmes portaient des doudounes satinées, des bottes Shearling sur des jeans hors de prix. Celui de Mariana était un jean de travail, mais elle refusa d'en éprouver de la gêne. Ces femmes avaient leur place en ce lieu, et elle aussi. Les blazers cintrés et les bombers des hommes soulignaient leur silhouette mince. Ty se démarquait par sa forte présence, l'éclat de son regard dans l'obscurité.

Ils traversèrent la rue pour gagner le trottoir face à celui du restaurant et ralentirent l'allure. Ty se fondit dans l'ombre d'un haut mur et l'entraîna avec lui. De leur poste d'observation, elle voyait à travers la grande paroi de verre qui constituait la façade du restaurant moderne et dépouillé. Seules quelques tables étaient occupées. Des ampoules Edison nues éclairaient les clients et leurs assiettes d'un blanc étincelant. Innes se trouvait là, vêtu d'un autre costume gris rehaussé d'une cravate jaune. Une femme à peu près de son âge était assise près de lui ; un autre couple leur faisait face.

— Il n'y a qu'un voiturier, remarqua Ty. Nous entrerons en contact avec Innes pendant qu'il ira chercher sa voiture. C'est suffisamment désert.

— Leurs verres sont vides. Ça ne devrait plus être long.

Au même moment, la femme de l'autre couple sortit son téléphone de son sac.

— Je parie qu'elle appelle un taxi.

Ty lui caressa l'avant-bras.

— Je n'aurais pas pu souhaiter meilleure partenaire.

— Partenaire à tous égards, murmura-t-elle en retour en se lovant contre lui.

Ils restèrent ainsi durant ce qui leur parut une éternité. Attendant. Observant.

Le couple inconnu se leva. Innes et son épouse firent de même. Tous souriaient cordialement et chancelaient légèrement sous l'effet du vin.

Elle sentit Ty se raidir lorsque deux autres hommes se levèrent de table au fond du restaurant.

— Sécurité privée, dit-il. Ils n'ont pas l'air d'être des hommes du syndicat. Ce ne sont que des prestataires ordinaires.

Le cœur de Mariana se mit à battre plus fort.

— On laisse tomber ?

Innes et son épouse sortirent et prirent congé de l'autre couple, qui s'éloigna. Tandis que le promoteur s'approchait du voiturier avec son ticket, les deux gardes le suivirent, légèrement en retrait. Ils portaient des costumes noirs aux coutures distendues par leurs muscles.

— Il en faudra plus que ça pour nous arrêter.

Ty sortit de l'ombre au moment même où le voiturier partait chercher le véhicule.

Mariana était extrêmement heureuse de l'avoir à ses côtés, car la manière dont il roulait des mécaniques en traversant la rue révélait que tout son corps puissant était animé de mauvaises intentions.

En les voyant arriver, Innes recula d'un pas. La femme que Mariana présumait être son épouse le regarda, l'air inquiet, et posa la main sur son bras. Ils échangèrent quelques mots, puis elle les vit approcher. Mariana sentit sa propre force décupler. Pour une fois, les personnes qui l'avaient agressée étaient effrayées.

Innes fit un geste pas très subtil de la main. Les deux gardes avancèrent pour stopper la progression de Ty.

Il resta concentré sur le promoteur.

— Fini, les contributions à vos œuvres caritatives.

Innes bouscula son épouse en cherchant à reculer.

Ty insista.

— Vous avez déboursé tout cet argent, et le Septième Syndicat n'est même pas capable de vous protéger.

L'épouse d'Innes lui agrippa la manche alors qu'ils battaient en retraite. Les agents de sécurité avaient presque rejoint Ty au bord du trottoir. Il fit un pas de plus en direction d'Innes.

— Vous ne pourrez plus jamais manger une pomme sans vous étrangler.

Le premier garde ne s'encombra pas d'une semonce. Il balança son poing en direction de Ty. Cette violence arracha un cri d'effroi à Innes et à son épouse. Imperturbable, Ty esquiva l'attaque et planta un coude dans les côtes de l'homme qui grimaça et trébucha de côté.

Son coéquipier, un Hispanique barbu, chargea en direction de Ty. Mariana poussa la chaise de la guérite du voiturier en travers de son chemin. Le temps qu'il s'en dépêtre, elle lui donna un rude coup de pied dans le mollet. Il jura entre ses dents et tomba sur un genou en se tenant la jambe.

L'autre agent de sécurité se ressaisit et tenta de donner un coup de poing à Ty. Toujours aussi calme, celui-ci l'évita et riposta aussitôt. Le tranchant de sa main s'abattit sur la gorge du garde qui se mit à tousser. Alors que l'homme portait les mains à son cou, il lui asséna une droite en plein plexus solaire. Le souffle coupé, le garde tomba aux pieds d'Innes.

Son collègue se reprit, se servant de la chaise pour se relever. Il visait davantage Ty que Mariana, mais changea d'avis lorsqu'elle sortit sa serpette et l'ouvrit. La lueur blafarde de la rue se refléta sur l'acier poli. Elle brandit la lame d'une main ferme. Elle l'avait utilisée des milliers de fois sur des branches et espéra ne pas avoir à en faire usage sur un homme. Elle lui lança un avertissement en espagnol :

— Innes ne vaut pas la peine d'abîmer ce beau visage.

Son regard se posa sur le couteau et il s'immobilisa.

Respirant difficilement, l'autre garde se hissa sur ses pieds. Au lieu d'attaquer, il adopta une posture de combat, les mains levées. Ty fondit sur lui dans un mouvement fluide. Ses poings se déchaînèrent ; le premier manqua sa cible, le second frappa l'homme au visage.

L'individu que Mariana tenait en respect tenta de se mêler à la bagarre. Elle lui bloqua le passage, lui crachant en espagnol :

— Tout l'argent d'Innes n'empêchera pas votre sang de couler !

Plutôt que de regarder sa lame, il porta les yeux sur Innes qui, acculé contre un mur, semblait vouloir le traverser pour s'échapper.

Le combat mené par Ty n'était pas terminé. Les cheveux ébouriffés, son adversaire lui lançait des regards noirs. Furieux, il grogna et lui décocha une série de coups de poing qui le manquèrent, mais le forcèrent à reculer. Soudain, il lança un coup de pied en direction de la tête de Ty. Ce dernier leva les avant-bras pour le bloquer et empêcher le tibia de l'homme de lui percuter le visage. La force de l'impact le projeta toutefois sur le côté, l'envoyant heurter la guérite du voiturier. Mariana sentit sa gorge se nouer. Elle retenait de justesse le premier garde, mais elle était prête à s'en prendre au second si Ty était blessé.

L'adversaire de Ty profita de son avantage et tenta de l'assommer. Mais Ty se laissa tomber au sol et le poing de l'homme s'écrasa contre le bord de la guérite. À en juger par le craquement en résultant, quelque chose s'était brisé : soit le bois, soit les doigts. En lui donnant un coup d'épaule dans le ventre, Ty étouffa le cri de douleur l'agent de sécurité. Il le saisit par le col et, reculant de quelques pas, le projeta contre Innes. Le promoteur poussa un cri et le garde, un grognement tandis que tous deux s'affalaient sur le trottoir.

Bien que son cœur battît à tout rompre, Mariana s'efforça de maintenir à distance l'autre garde qui se balançait d'un côté sur l'autre, les poings serrés, en proie à un dilemme.

— Montre-toi futé, l'ami, lui dit-elle.

L'épouse d'Innes détala de côté sur ses talons hauts. Ty braqua sur elle son regard dur.

— Demandez à votre époux de vous parler du Septième Syndicat.

Il se pencha sur Innes qui leva la main comme pour se défendre.

— Vous avez payé le syndicat. Vous pensez vraiment qu'il peut m'arrêter ?

La respiration du promoteur était saccadée. La terreur brillait dans ses yeux.

Ty se redressa et recula. Mariana se glissa auprès de lui,

brandissant toujours la serpette. Le garde qu'elle avait tenu en respect ne fit pas mine de les poursuivre. Il n'aida pas non plus Innes et son collègue.

D'un signe de tête, Ty lui indiqua qu'il était temps de partir. Ils se faufilèrent rapidement dans l'ombre du bout de la rue. Tout s'était déroulé avant que le voiturier revienne avec le véhicule d'Innes. Ty se retourna et s'engagea d'un pas vif dans une ruelle menant à l'opposé de l'endroit où était garé le pick-up.

— Nous reviendrons sur nos pas, lui chuchota-t-il.

Elle se rendit compte qu'elle tenait toujours le couteau dans son poing serré. Elle força ses doigts à lâcher le manche, le referma et le glissa dans sa poche. Tous deux continuèrent à parcourir rapidement rues et ruelles. Elle était à peine capable de déterminer où ils s'étaient trouvés. Il aurait été impossible de les suivre. Enfin, ils arrivèrent dans une rue à quelques mètres de son pick-up.

Ty lui tendit sa main.

— Merci d'avoir assuré mes arrières. Tape m'en cinq.

Elle s'exécuta.

— Tu as été...

Féroce. Terrifiant. Sexy...

— Incroyable.

— Ton couteau est réellement dissuasif.

Il la regarda avec admiration.

— Tu t'es vraiment bien débrouillée pour désamorcer la situation.

— Je n'avais vraiment pas envie de m'engager dans ce combat.

Ses muscles étaient encore dopés à l'adrénaline.

— Eh bien, ce garde n'en savait rien. Ça t'ennuie si je conduis ? C'est plus simple que d'indiquer l'itinéraire.

Elle lui lança les clés et prit place sur le siège passager de son propre véhicule. Un instant plus tard, Ty démarra. L'activité nocturne se poursuivait autour d'eux, le forçant à faire une embardée pour contourner un taxi déposant son client. Il conduisit comme ils s'étaient déplacés à pied, sans laisser à quiconque l'occasion de les pister.

Il ralentit en gravissant une rue longeant un parc sombre. À l'angle opposé, deux voitures de police s'élancèrent, gyrophares allumés et sirènes hurlantes. Fidèle à elle-même, l'ombre rendit le pick-up invisible.

— Mais je l'aurais fait, dit-elle, son corps se détendant finalement.

— Qu'est-ce que tu aurais fait ?

Il inclina la tête en posant la question, mais garda les yeux sur la route.

— Je me serais mêlée à la bagarre si tu avais eu besoin de moi.

Le souvenir du moment où le garde avait pris l'avantage sur lui la faisait encore grincer des dents.

Il roula jusqu'au sommet de la colline et se gara en double file à l'écart des réverbères. Elle distinguait à peine son visage, mais elle perçut l'émotion intense dans sa voix.

— J'ai eu besoin de toi et ton aide m'a été précieuse.

Elle lui caressa doucement la joue, là où le poing de son adversaire l'avait frappé.

— Est-ce que ça va ? Tu as été blessé ?
— Je vais bien.

Un léger sourire éclaira son visage.

— Tant que je suis avec toi.

Ses yeux brillants scrutèrent un instant les alentours puis il se pencha et lui vola un baiser. Ce fut bref, mais grisant. Tout comme celui de Mariana, son corps vibrait toujours suite à l'échauffourée.

— J'ai faim.

Il redémarra.

— Je dirais même que je meurs de faim !

Maintenant qu'il en parlait, elle se rendait compte qu'elle aussi était affamée.

— Je ne pense pas que le restaurant dont nous venons nous accepterait.

— Je connais un endroit.

C'était une bonne chose qu'il conduise. Elle se sentit prise de vertige. La tension et le conflit de cette journée l'avaient épuisée. Immeubles et voitures défilaient comme dans un brouillard.

— Est-ce terminé ? Innes et le Groupe Hanley vont-ils battre en retraite ?

La fatigue l'accablait. Depuis combien de temps s'échinait-elle à survivre ? Des semaines ? Des mois ?

— Pas encore. Nous avons seulement tendu le piège.

Ty lui décocha un regard ; il semblait plus motivé que jamais.

— Nous n'en avons pas fini.

Le projet de Mariana de s'octroyer un repas suivi de dix-sept heures de sommeil s'évanouit. Sa vision de la ville devint plus claire alors qu'elle rassemblait ses esprits.

— Le Septième Syndicat.
— Exactement.

Les réverbères éclairaient par intermittence le visage de Ty.

— Innes a fait don de centaines de milliers de dollars à ses « œuvres » sans rien en retirer. Il n'a pas obtenu tes terres et voilà que nous lui gâchons un dîner tout à fait agréable. Nous avons porté atteinte à son intégrité physique, nous avons mis en déroute son service de sécurité privé. Il va vouloir s'assurer une réelle protection. Le Septième Syndicat sera présent chez lui ce soir.

— Nous devons leur envoyer un message.

La peur sur le visage d'Innes était une maigre contrepartie, étant donné toute l'angoisse qu'il lui avait infligée. Le rictus condescendant de Charlie Dennis à sa sortie du commissariat était encore gravé dans sa mémoire.

— Après les tacos.
— Des tacos ?
— Je t'ai dit que je connaissais un restaurant.
— Tu parles la langue de mon cœur.

Il lui était à présent aisé de badiner avec Ty, mais cette repartie l'entraîna sur un territoire plus sérieux qu'elle ne s'y attendait.

Il resta un moment silencieux avant de répondre :

— Je m'emploie à l'apprendre.
— Les tacos sont un bon début.

Elle glissa la main sur son épaule et la posa derrière sa nuque. Sa peau était chaude, ses muscles fermes, mais pas tendus. Conduire semblait lui apporter une sorte de sérénité. Les quartiers se succédaient, certains avec des immeubles hauts, d'autres ramassés, s'accrochant à des collines escarpées.

Ty ralentit.

— Dis-moi si tu vois une place où se garer.

Ils trouvèrent un emplacement et elle le suivit sur le trottoir en direction d'une lueur vive trouant l'obscurité. Au-dessus des fenêtres hautes, une enseigne annonçait TAQUERIA DE LA AMAPOLA #2. À l'intérieur, les clients étaient assis à de simples tables orange et jaune ou dans des box. Ty lui ouvrit la porte et elle fut assaillie par des arômes de viandes grillées et de chips tortillas frites. Son estomac se mit à gargouiller.

— *Magnifico*, soupira-t-elle en entrant dans le restaurant.

Au-dessus du comptoir se trouvait un immense menu écrit à la main, agrémenté de photos de certains des plats.

— Salut, Esme.

Ty s'approcha de la femme hispano-américaine à la caisse. Elle était un peu plus âgée que Mariana, avait de longs cheveux noirs attachés en queue-de-cheval, des pommettes hautes et un port altier.

— Je te présente Mariana.

— *Hola, Mariana.*

Esme tendit une main dont la plupart des doigts étaient ornés de ravissantes bagues en or. Mariana la lui serra, la saluant en retour. Les yeux foncés d'Esme se reportèrent sur Ty et elle baissa un peu la voix.

— Javier n'est pas venu ce soir.

— Il n'a pas de problème, la rassura Ty. Mais il sera présent.

L'air préoccupé, Esme fit la moue.

— Tu n'es pas seulement venu pour dîner.

— Si, pour dîner.

Ty secoua ensuite la tête.

— Et...

— Pour la justice, compléta Mariana.

Après l'avoir examinée attentivement durant un moment, Esme reprit d'un ton interrogateur :

— Balducci ?

Cette question causa un frisson à Mariana. C'était comme un mot de passe occulte ouvrant une porte invisible. Elle commençait seulement à apprendre l'histoire de sa famille ; ces gens en savaient vraiment plus qu'elle.

— *Si*, répondit-elle. Mariana Balducci.

Le regard d'Esme s'emplit de sympathie.

— Comment vous en sortez-vous ?

— Je survis.

Le dos de sa main trouva la jambe de Ty.

— Grâce à Ty. Et au reste d'entre vous.

Elle avait pris le risque de présumer qu'Esme faisait partie du renouveau de Justice pour la Frontière.

Le visage d'Esme se ferma soudain, et elle arbora une expression neutre.

— Deux plats n° 4.

Ses doigts voletèrent au-dessus de la caisse enregistreuse puis elle arracha un petit ticket de caisse et le tendit à Ty. Il s'apprêta à sortir son portefeuille, mais elle secoua discrètement la tête. Mariana vit qu'il y avait deux autres groupes agglutinés derrière eux. Esme lui adressa un clin d'œil furtif avant de prendre la commande des clients suivants.

Ty et Mariana longèrent le comptoir au bout duquel se trouvait un passe-plat qui leur permit de voir la cuisine en pleine activité. Un serveur prenait les plateaux, les déposait sur le comptoir et appelait les numéros. Le ticket serré dans sa main, Ty murmura à Mariana :

— La famille d'Esme est impliquée depuis aussi longtemps que toutes les nôtres. Elle possède les TAQUERIA DE LA AMAPOLA 1 à 3 implantés dans la baie. Autrement dit, des yeux et des oreilles à l'affût de tout.

— Et Javier ?

Quelques semaines plus tôt, elle ne pouvait compter que sur quelques amis. Désormais, tout un réseau officieux s'employait à la protéger.

— Son frère.

Son sourire en coin disait qu'il aurait bien des choses à raconter.

Lorsqu'ils eurent leur plateau, Esme les rejoignit et les entraîna vers le fond de la salle.

— J'espère que vous avez un combat à mener pour Javier, dit-elle à mi-voix. Il est désespéré depuis Dahlia, et je ne veux pas qu'il se fasse du mal ou qu'il s'en prenne à quelqu'un qui ne le mérite pas.

— Nous avons un combat pour lui, lui répondit Ty.

Soulagement et inquiétude se succédèrent sur les traits d'Esme.

— Soyez prudents.

— Nous essaierons.

Ty hocha brièvement la tête.

— *Gracias.*

Mariana échangea un regard chaleureux avec Esme avant de se joindre à Ty dans un box en bois contre le mur.

— Tacos de porc, riz, haricots et fourchettes en plastique. C'est parfait ! s'exclama-t-elle avant de se mettre à manger.

Ce qui ressemblait à un premier rendez-vous en ville se passait bien. Son compagnon savait exactement où l'emmener dîner. L'endroit n'était pas luxueux, mais il lui ravissait l'âme. Toutefois, les armes qu'ils transportaient, l'altercation qu'ils avaient provoquée ainsi que celle qu'ils planifiaient lui rappelaient que ce n'était pas un rendez-vous ordinaire. Quoi qu'il en soit, elle ne pouvait s'imaginer là avec un autre que lui.

Ils avaient presque terminé leur repas lorsque la porte du restaurant s'ouvrit. Instantanément, Ty adopta cet état d'alerte familier qui faisait s'accélérer le pouls de Mariana. Elle suivit son regard et vit entrer un Latino d'une vingtaine d'années à la musculature impressionnante. Il n'était pas grand, mais ses épaules larges et sa démarche assurée suffisaient à le rendre imposant. Il balaya du regard le restaurant, l'arrêtant sur Esme pour la saluer brièvement. Ce devait être le frère en question.

L'homme vint droit vers eux s'assit à côté de Ty, de nouveau détendu. Il avait des poings de boxeur et des tatouages sur le dos des mains. Un autre dépassait du col de son T-shirt et remontait sur le côté de son cou. Les manches longues de son sweat-shirt à capuche devaient en cacher de plus nombreux encore. Il la fixa d'un regard dur recelant un profond chagrin.

— *Hola.*

Lorsqu'il renversa la tête, la lumière fit briller ses cheveux noirs.

— *Hola*, répondit-elle.

Il se tourna vers Ty.

— Quoi de neuf, Bastonneur ?

Ty tendit le poing et l'homme le frappa du sien.

— Ça fait un bail, Javier.

En assistant à cette scène, elle découvrit une autre facette de Ty et comprit comment il intervenait dans les rues de cette ville. Javier se renfonça dans le box et mit les mains dans les poches de son sweat-shirt.

— Tu vas nous jeter dans la mêlée ce soir ?

— C'est le plan.

— Merci, mon Dieu, fit Javier en contemplant le plafond avec gratitude.

Ty repoussa son assiette et poursuivit d'un ton calme.

— Le Septième Syndicat.

— Sérieux ?

Javier se redressa sur le siège.

— Ses hommes de main sont à l'origine des agressions, précisa Ty. Nous devons rendre coup pour coup.

Voir un homme aussi potentiellement violent que Javier réagir à l'évocation du syndicat alimenta l'espoir de Mariana. Le frère d'Esme inspira profondément et tourna la tête d'un côté à l'autre, étirant son cou puissant. Lorsqu'il s'arrêta, il posa les yeux sur elle.

— Vous êtes Balducci ?

D'ordinaire, ce nom évoquait seulement des pommes, une pommeraie à flanc de coteau. Il était également peint sur la clôture qui délimitait sa propriété et figurait sur la porte de la boutique qu'elle tenait en ville. La vue de ce nom n'avait pas suffi à dissuader le Groupe Hanley de prendre contact avec elle ni de faire intervenir le Septième Syndicat quand elle avait décliné son offre. L'histoire de ce nom, son pouvoir, étaient restés inconnus jusqu'à ce que Ty l'associe à Justice pour la Frontière. C'était plus qu'un nom, à présent. C'était un serment. Une arme lui permettant de se défendre.

Elle regarda Javier dans les yeux et répondit :

— Je suis Mariana Balducci.

17

L'affirmation toute simple de Mariana ébranla Ty. Il y perçut sa force et sa fierté. Il s'était si longtemps attaché à retrouver le concept de Justice pour la Frontière qu'il en avait oublié les personnes. Mariana la femme, la combattante, continuait à le surprendre et il voulait tout apprendre d'elle.

Même Javier parut impressionné. Il posa les coudes sur la table et fit craquer les jointures de ses doigts.

— On va leur mettre la pâtée.

Ty sortit son téléphone de la poche de sa veste et le posa sur la table.

— Stephanie suit les mouvements de notre homme. Dès qu'il sera rentré chez lui, nous irons frapper à sa porte.

Javier remua sur la banquette, impatient.

— Et vous avez tout simplement décidé de vous faire un charmant petit dîner de tacos en guise de rendez-vous ?

Il eut un rire ironique, comme si c'était absurde.

Lorsque son regard fit la navette entre Ty et Mariana, il reprit son sérieux.

— Vraiment ? demanda-t-il, incrédule.

Ty regarda son ami droit dans les yeux.

— Vraiment.

— *Absolutamente*, renchérit Mariana avec assurance en relevant le menton.

Ty lui sourit.

— Super, grommela Javier, soudain morose.

Une rupture récente avait secoué le jeune homme, et Ty ne voulait pas le voir déprimer.

— J'ai arrêté ce lascar à deux reprises, dit-il à Mariana d'un ton léger. Je l'ai fait sortir de prison une fois. Et je lui ai payé plus de bières qu'il ne m'en paiera jamais.

L'humeur de Javier s'égaya assez pour qu'il lui lance un regard noir.

— Tu es payé par le gouvernement pour ça.

Ty haussa les épaules.

— Du moment qu'Esme me donne des burritos gratis, nous sommes quittes.

Javier reporta son attention sur Mariana.

— Mais vous devez savoir que, même s'il semble calme et sérieux, mon pote Bastonneur, ici présent, peut se transformer en brute sanguinaire. En un éclair !

Il donna un coup sec au centre de la table.

— Tout à coup, quelqu'un se fait démonter la tête et Bastonneur se contente de lustrer froidement son insigne.

— J'ai assisté à ça.

Mariana observa Ty, un léger sourire aux lèvres.

— Sans déc' ?

Javier paraissait en douter.

Le sourire de Mariana s'élargit et elle hocha la tête.

— Je l'ai vu se battre moi aussi, ajouta-t-elle.

Ty la regarda et se délecta de la passion qu'il lut dans ses yeux. Javier se leva.

— Je vais aller m'asseoir près de la fenêtre et vous laisser profiter l'un de l'autre.

À peine eut-il fait un pas que le téléphone de Ty se mit à sonner. Javier se figea ; le sourire de Mariana s'évanouit.

Il consulta son portable. C'était un message de Stephanie.

— Il est rentré.

Mariana et lui se levèrent. Tous trois se dirigèrent vers la sortie. Javier lui donna une tape sur l'épaule.

— Envoie-moi l'adresse par SMS. Je ne fais pas le trajet avec vous deux qui allez embuer les vitres.

Mariana ouvrit la porte.

— De toute façon, il n'y a pas la place dans le pick-up.
— Vous conduisez un pick-up ?

Javier marqua une pause dans le restaurant pour saluer sa sœur d'un signe de tête. Ty et Mariana lui adressèrent un signe de la main et Esme y répondit de la même manière, une expression inquiète sur le visage.

Dès qu'ils furent tous dehors, Javier lui donna une bourrade puis enfonça les mains dans les poches de son sweat-shirt.

— T'es un sacré veinard, Bastonneur.
— Pour une fois.

Ty colla l'adresse d'Innes, quelque part dans la vallée d'Almaden, à San José, dans un texto.

Une alerte retentit peu après, émanant du portable de Javier.

— À partir de maintenant, silence radio, dit-il à son ami.

Javier leur adressa un petit salut puis s'éloigna dans la direction opposée à la leur.

Quand il n'y eut plus aucun piéton à proximité, Ty murmura à Mariana :

— Stephanie et Vincent nous rejoignent là-bas eux aussi.
— Ça fait que nous serons cinq.

Elle se força à détendre ses épaules. Il vit qu'elle essayait de rester décontractée, mais il savait que la nervosité la gagnerait, tout comme lui.

— Combien d'hommes du syndicat ?
— Nous l'ignorons.

Ça ne l'emballait guère de se lancer dans l'action sans un plan préétabli, mais le moment était venu de frapper.

— Mais eux ignoreront combien nous serons.

Dire que cela ne faisait que quelques jours qu'il l'avait entendue se rebeller face à son agresseur sur le parking plongé dans l'obscurité ! Il s'était jeté dans la mêlée, le cœur battant à tout rompre, convaincu qu'il devait l'aider. Son sang bouillait encore tandis qu'il marchait à ses côtés, prêt à conclure ce combat.

Ils rejoignirent le pick-up et elle tendit la main.

— Je conduis, tu m'indiques le chemin.

Sa voix était tendue. Il lui donna les clés et resta près d'elle.

— Nous nous en sortirons, ce soir.

— Et après ce soir ? dit-elle dans un murmure.
— Tu seras libre.
Un petit sourire éclaira son visage grave.
Elle secoua la tête.
— Je serai avec toi.
L'air froid du soir le transperça.
— Tu as plutôt intérêt.

Il prit place du côté passager alors qu'elle posait le sac à dos contenant le revolver derrière son siège. Il portait, quant à lui, le pistolet non répertorié à la hanche.

La circulation devenait plus fluide à mesure que la nuit avançait. Il la dirigea vers une autoroute et ils s'orientèrent vers le sud de la ville et San José. Mariana agrippait le volant à deux mains. Ils allaient donner un coup de pied dans la fourmilière ; se laisser gagner par le stress était le plus sûr moyen de commettre une erreur et d'être blessé.

— Y a-t-il des outils de menuiserie dans ta grange ? demanda-t-il pour faire diversion.

Il regarda les immeubles au loin.
— Quelques-uns.
— Assez pour finir de réparer les fenêtres ?
— Je pense.

L'une de ses mains lâcha le volant ; elle la passa dans ses cheveux. Au lieu de la reposer, elle la laissa tomber sur sa cuisse.

— Tu as appris tout ça dans la ferme de tes grands-parents ?
— Et chez mes parents. Nous sommes tous bricoleurs.

Il vit ses doigts se détendre sur le volant.
— Il y a, sur le toit de la terrasse, du bois vermoulu que je pourrais enlever.
— Ce serait super.

Elle s'avança un peu sur son siège et se pencha en arrière.
— Ça l'empêcherait de grincer quand le vent se lève.
— J'ai un cousin à Oakland qui est soudeur, s'il y a des travaux de ferronnerie.
— Rien ne me vient à l'esprit, mais c'est bon à savoir.

Elle avait le coude appuyé sur la portière, la main posée légèrement sur le volant. Une sensation de calme régnait, le bruit des pneus sur l'autoroute évoquant le bourdonnement des abeilles par une journée estivale. Les moments de calme avant la tempête étaient la routine pour lui. Il avait appris à vivre au rythme des crises suivies de temps de récupération.

Le fait que les projets de réparation ne lui causent pas d'appréhension l'étonna. Par le passé, la perspective de travaux le tracassait toujours, car cela entrait en conflit avec les exigences de son métier. À présent, il se surprenait à être impatient de consacrer du temps à Mariana et à la maison.

Son portable se mit à vibrer. Tous deux se raidirent. Il lut à voix haute le rapport envoyé par Vincent.

— Huit hommes dans le périmètre.

Il reposa le téléphone.

— Nous allons réparer ta maison, dit-il dans le but de rassurer Mariana, mais aussi lui-même.

Peu après, la ville de San José se dressa autour d'eux. Il la guida sur une autoroute complexe puis la fit sortir au niveau d'une banlieue semi-rurale tentaculaire. Les arbres flanquant la route de chaque côté se multiplièrent lorsque le terrain s'éleva après une courte vallée. Des maisons imposantes se dressaient derrière des murs de pierre et des portails métalliques. Plus ils s'enfonçaient dans les collines, plus les demeures étaient entourées d'espace.

— Éteins les phares.

Elle s'exécuta et ralentit, se penchant en avant, roulant à la seule lueur des réverbères et des éclairages paysagers. Le quartier était paisible ; ils ne rencontrèrent aucun autre véhicule. Par SMS, Ty prévint Vincent qu'ils approchaient. Une réponse rapide lui indiqua leur position.

— Prends la prochaine à droite, lui dit-il.

Le pick-up s'engagea dans une large rue bordée de murs de pierre. Une petite lumière blanche apparut soudain au cœur des ténèbres ; probablement Vincent leur envoyait-il un signal à l'aide de son portable. Mariana suivit cette direction. L'asphalte prit fin. Elle s'arrêta près d'un énorme chêne.

Les bottes de Ty crissèrent sur les feuilles mortes. Mariana attrapa son sac à dos et contourna le pick-up pour le rejoindre. La voix de Stephanie les attira dans l'obscurité.

— Vincent est toujours sur le mur.

Stephanie avait le don de rendre stylée une tenue composée d'un pantalon noir et d'une veste militaire portée sur un gilet pare-balles. Javier se tenait près d'elle, l'air maussade, toujours vêtu de son sweat-shirt à capuche foncé. Il s'anima légèrement alors qu'il désignait de l'épaule le mur de pierre de deux mètres cinquante de haut, situé à une cinquantaine de mètres de là.

— Au moins, on va mettre la pagaille dans les beaux quartiers.

Stephanie s'approcha de Mariana.

— Êtes-vous armée ?

Mariana ouvrit son sac et en sortit le Magnum. Il luit d'un éclat menaçant dans la lumière avare.

Stephanie écarquilla les yeux.

— C'est le moins que l'on puisse dire.

— Bon sang !

Javier recula.

Elle l'incendia du regard.

— Tu n'es pas armé ?

Il lui présenta ses mains.

— J'ai des antécédents.

— Alors, à quoi vas-tu...

Ty lui coupa la parole.

— Il n'a pas besoin d'arme pour leur faire mal.

Elle émit un son mi-résigné, mi-contrarié.

Un bruit de pas attira l'attention du petit groupe. Ty remarqua que Mariana avait eu le bon sens de ne pas lever le revolver et de garder le canon prudemment pointé vers le sol. La silhouette de Vincent se découpa sur une section éclairée du mur de pierre. Il secouait la tête lorsqu'il arriva près d'eux.

— Pourriez-vous parler un peu plus fort ?

Il aperçut alors le revolver dans la main de Mariana.

— Merci d'avoir apporté l'artillerie.

— Héritage familial, chuchota-t-elle.

— Il nous sera sans doute utile.

Il les entraîna derrière son SUV et leur fit son rapport.

— Huit hommes autour de la maison. J'ignore combien à l'intérieur.

Il ouvrit le coffre et tendit deux gilets pare-balles à Ty qui aida Mariana à en enfiler un avant de mettre l'autre.

Vincent poursuivit :

— J'ai déjà mis hors service les projecteurs des détecteurs de mouvement de ce côté du mur. C'est une maison à un étage. Les seules caméras de sécurité sont en façade. Si nous restons éloignés de l'allée, la voie est libre. Je présume qu'Innes se réfugiera en hauteur une fois que les balles commenceront à fuser. Dans la chambre ou le bureau.

— Dans la chambre, dit Mariana.

Tous les yeux se tournèrent vers elle.

— S'il pense qu'il subit une attaque, comme dans un bunker, il voudra avoir accès à des toilettes et à l'eau courante.

Vincent acquiesça.

Ty scruta l'obscurité, au-delà du mur, mais ne distingua pas les détails de la maison.

— Nous pouvons utiliser les conduits d'aération pour localiser les salles de bains.

Stephanie regarda le ciel et se retourna.

— Commencez par l'arrière de la maison. La vue est meilleure et le soleil ne se lèvera pas de ce côté.

Ty se détendit, maintenant qu'un plan prenait forme. Il s'adressa à Vincent, Stephanie et Javier.

— Vous trois, attirez les gardes à l'avant et retenez-les.

Il lança un regard à Mariana et vit qu'elle intégrait tout sans broncher. La mâchoire volontaire, elle était fermement campée sur ses pieds.

— Nous nous introduirons par l'arrière en silence puis nous lancerons l'assaut quand nous trouverons Innes ainsi que la racaille du Septième Syndicat qui est avec lui.

Vincent et les autres hochèrent la tête. Mariana mit le revolver dans son sac et le jeta sur son épaule.

— Mettons-leur la pâtée !

Javier pouffa. Ty n'en eut pas le cœur. Il retira du plateau du pick-up la pelle qu'il avait pris soin d'emporter et s'éloigna en direction de la maison, Mariana près de lui. Le groupe approcha du mur. Ty sentait l'adrénaline se décharger dans son corps. La mission était au départ de sauver les terres des Balducci. Les enjeux avaient augmenté à chaque nouvelle escalade du syndicat et à chaque communication silencieuse avec Mariana.

Tous ses muscles étaient tendus, et son pouls s'accéléra. Ce soir, il devait la protéger à tout prix.

Le mur de deux mètres cinquante se dressa devant eux.

Mariana dit à voix basse :

— Il y a quelques jours à peine, je m'inquiétais de savoir comment j'allais faire récolter les pommes. Et maintenant...

Ses mains tremblaient tandis qu'elle tirait ses cheveux en arrière et les attachait en queue-de-cheval à l'aide d'un élastique.

— Je ne sais même pas quelle musique tu aimes, lui chuchota Ty.

— Te gêne pas pour flirter, le railla Javier.

Stephanie lui donna une tape sur l'épaule.

— Silence !

Ty les ignora et continua de s'adresser à Mariana.

— Choisis une chanson sur laquelle on peut danser.

Il en avait déjà une qui se jouait dans sa tête, la même qu'il utilisait chaque fois qu'il s'exposait à une situation périlleuse.

— Ce sera ta chanson fétiche.

Elle se déhancha légèrement et sa posture entière se détendit. Ses yeux lui sourirent.

— C'est une chanson kitsch, mais je l'adore.

Vincent remua les épaules.

— J'ai la mienne.

Stephanie pencha la tête d'un côté à l'autre.

— Idem.

— Vous êtes cinglés, les gars !

Javier prit son élan et sauta pour attraper le sommet du mur. Il s'y hissa et regarda par-dessus pendant un moment avant de s'y asseoir à californchon. Puis il tendit la main vers le bas. Ty lui donna la pelle, qui fut jetée de l'autre côté. Stephanie saisit ensuite la main de Javier et il l'aida à monter. Une fois qu'elle eut disparu dans la propriété d'Innes, il fit de même pour Mariana. Il la tendit enfin à Ty avec un sourire narquois, mais celui-ci escalada lui-même le mur.

Il se laissa tomber sur l'épais paillis entre les arbres d'ornement.

Puis il ramassa la pelle et se posta près de Mariana. Devant eux s'étendaient une rangée d'arbustes bas puis une vaste pelouse. Une terrasse en pierre entourait la maison, complétée par une cuisine extérieure plus grande que l'appartement de Ty. La haute porte d'entrée était flanquée par des colonnes plus hautes encore. Des marches descendaient vers une grande allée incurvée bordée d'un muret qui la longeait jusqu'au portail. Un SUV et deux berlines y étaient garés. Tous les véhicules étaient de couleur foncée et semblaient aussi blindés que la voiture qui avait amené les agresseurs de Mariana jusqu'à sa maison.

Des projecteurs au sol faisaient paraître la demeure plus imposante encore. Ils éclairaient aussi les silhouettes des gardes qui patrouillaient en façade et à ses abords immédiats. Les hommes sondaient l'obscurité autour d'eux, en état d'alerte. La visite rendue à Innes au restaurant avait porté ses fruits. Il avait appelé le Septième Syndicat. D'un geste de la main, Ty attira l'attention du reste du groupe puis désigna un chemin qui décrivait un arc au sein du jardin paysager avant de déboucher devant la porte d'entrée. Les autres hochèrent la tête et il ouvrit la voie. Mariana le suivit de près, une main posée sur sa hanche. À ce contact, il sentit son cœur battre la chamade.

Le groupe s'accroupit de plus en plus jusqu'à se tapir derrière le mur d'un mètre vingt qui bordait la longue allée.

— Avant que vous lanciez tous l'assaut, laissez-moi faire un truc, murmura Javier. Le type au coin à droite me semble seul. Je vais voir si je peux nous dégager un accès vers l'arrière.

— Nous passerons à l'action quand nous le verrons tomber.

Ty donna une tape sur l'épaule de Javier qui s'esquiva. De là où ils se trouvaient, ils voyaient les trois gardes devant la maison ainsi qu'un quatrième homme traînant à l'angle. Ty le surveilla. Rien ne trahit l'approche de Javier le long des arbustes près de l'allée. Au bout de quelques instants, son ombre apparut derrière le garde. Il s'avança furtivement, levant lentement les bras à mesure qu'il approchait de l'homme.

Ty dégaina son pistolet. Mariana ouvrit son sac à dos sans faire de bruit et en sortit le revolver.

— Nous allons réparer ta maison, lui répéta Ty.

Elle afficha un bref sourire tendu.

Javier enroula soudain les bras autour du cou de l'homme dans une prise d'étranglement imparable. Sa victime tenta de le frapper avant de devenir inerte. Il l'allongea alors au sol et se fondit dans l'ombre en direction de l'arrière de la maison.

Ty visa l'un des gardes en façade et ouvrit le feu.

18

Mariana sursauta quand la détonation déchira la nuit tranquille. Un garde tomba au sol, se tenant la jambe. Ses comparses ripostèrent violemment tout en se mettant à couvert derrière les colonnes et les voitures. D'autres hommes arrivèrent en renfort par l'autre coin de la maison, brandissant leurs armes.

Vincent et Stephanie se redressèrent juste au-dessus du mur pour faire feu. Vincent tira une seule balle qui frappa le bas d'une colonne, près du pied d'un garde. Celui-ci se replia vivement. Stephanie tira par salves de deux balles qui ébréchèrent les marches et ricochèrent sur les voitures. Ces fichues voitures étaient elles aussi blindées.

Le revolver pesait une tonne et, avec ce canon court, Mariana doutait de parvenir à atteindre ce qu'elle visait. La riposte des gardes la renvoya à l'abri du mur, le cœur battant à tout rompre. Le combat venait juste de commencer, mais il lui paraissait déjà impossible à remporter.

Ty jaillit de derrière le mur pour répondre à leurs tirs puis se laissa tomber près d'elle. Imperturbable, Vincent fit son rapport.

— L'un d'eux est monté dans le SUV par le côté passager.

Stephanie décocha deux autres coups de feu avant de se retrancher en sûreté derrière le mur.

— S'ils se couvrent à tour de rôle, ils s'approcheront trop pour que nous puissions les repousser.

Mariana tressaillit lorsque Ty lui tapota la jambe. Il y posa doucement sa main.

— Tire sur le SUV.

— Il est blindé.

Son revolver utilisait les mêmes munitions que sa carabine, et celle-ci n'avait pas arrêté la voiture venue chez elle.

— Je sais.

Il exerça une pression sur sa jambe.

— Nous devons néanmoins annoncer notre présence.

Lui-même tira quelques balles de plus en direction de la maison.

Elle inspira profondément et se redressa à découvert, tenant le revolver à deux mains. Elle tendit les bras et vit le garde se mettre en position sur le siège conducteur du SUV. Armer le chien fit se tendre tout son corps. Elle visa puis appuya sur la queue de détente.

L'arme généra un recul puissant et la déflagration fut plus forte que toutes les autres. La balle frappa la portière côté conducteur. À l'intérieur du véhicule, le garde sursauta, bien que la balle n'ait pas traversé le blindage. L'espace d'un instant, toutes les armes se turent et le bruit de la sienne se répercuta sur les collines.

— Encore.

À côté d'elle, Ty restait calme.

— Ensuite, nous bougerons.

Il lui indiqua le chemin que Javier avait emprunté pour contourner la maison.

Quelques coups de feu hésitants émanèrent des gardes, mais ils se perdirent dans la nuit. L'homme dans le SUV avait retrouvé ses esprits et s'apprêtait à démarrer. Elle le mit en joue, ralentissant cette fois le processus pour mieux viser. Quand elle tira, elle anticipa le recul ; celui-ci la secoua malgré tout. La détonation résonna comme un coup de tonnerre. La balle atteignit la vitre du côté conducteur, créant un impact en étoile qui, s'il ne la brisa pas, suffit à faire fuir le garde par le côté passager et à abandonner le SUV.

— Joli tir, murmura Stephanie, impressionnée.

Ty ramassa la pelle et s'accroupit pour se déplacer.

— Gardez-les occupés, lança-t-il à Stephanie et Vincent.

Il emmena ensuite Mariana vers le côté de la maison en longeant les arbustes. En façade, l'échange de coups de feu reprit. Aucune des balles ne les visa, Ty ou elle, et elle acquit progressivement la conviction qu'ils n'avaient pas été repérés.

Ils passèrent devant le garde inconscient que Javier avait neutralisé. De ce côté de la maison, de grandes fenêtres laissaient voir une vaste salle à manger foncée comportant une table et des chaises massives ainsi qu'un lustre moderne évoquant une explosion de verre. Plus avant dans la maison, l'éclairage permettait de distinguer des couloirs et des portes, mais elle ne vit personne.

Ty tendit une main et elle se figea. Il lui désigna l'angle opposé de la maison où un autre garde gisait au sol. En fait, celui-là ronflait, le corps avachi et la tête posée contre le mur. Toujours l'œuvre de Javier, présuma-t-elle, mais elle ne le vit nulle part. Ty lui fit signe de continuer à avancer et ils se retrouvèrent derrière la maison. S'écartant pour examiner la sous-face du toit, elle repéra un conduit d'évacuation sur la gauche d'un grand balcon avec une porte-fenêtre. Une lumière éclairait l'intérieur, mais tout ce qu'elle vit fut le plafond voûté.

Ty lui murmura à l'oreille :

— Je pense que nous pouvons escalader avec ces pierres en saillie sur le mur.

D'un geste, il lui fit signe de ne pas bouger puis s'aventura plus près de la maison. L'ombre l'avala.

Peu après, un pas fit crisser le paillis à la droite de Mariana. Un frisson glacé lui parcourut l'échine. Il était impossible que Ty soit revenu par ce côté sans qu'elle le voie. Elle leva le revolver au moment précis où un garde émergeait entre deux arbustes. Il l'aperçut et s'apprêta à la mettre à joue avant de se figer ; il regardait fixement son arme. Elle espéra qu'il ne se rendait pas compte à quel point elle tremblait dans sa main. Elle avait vu ce que les balles avaient fait au SUV blindé et n'avait pas envie de savoir l'effet qu'elles auraient sur un corps humain.

— Ne faites pas ça, ordonna-t-elle à voix basse.

Le garde sembla considérer la question, hésitant. Au moment même où il optait pour l'action, Ty se dressa derrière lui et l'assomma d'un coup de pelle. L'homme s'effondra, inconscient. Un profond soulagement envahit Mariana.

— Bien joué.

Elle faillit braquer le revolver en direction du murmure, mais reconnut à temps la voix de Javier. Il sortit de l'ombre.

— J'essayais de surprendre ce gars par-derrière.

Il tendit la main vers Ty, recourbant les doigts avec impatience. Ty lui lança la pelle et Javier se dirigea vers la façade.

— Arrêtez de vous peloter et allez donc là-haut.

L'ombre l'engloutit à nouveau.

La fusillade se poursuivait à l'avant de la maison. En s'approchant, elle vit que les pierres du mur fourniraient de bonnes prises. Glissant le revolver dans son sac à dos, elle commença l'ascension. Ty la suivit de près. Les muscles de Mariana apprécièrent cet effort physique et elle atteignit bientôt le niveau du large balcon. Elle regarda par-dessus la rambarde et vit une chambre au mobilier moderne. Quelqu'un en franchit le seuil à l'autre bout de la pièce sans cependant prêter attention au balcon. Elle se hissa par-dessus la rambarde et laissa de la place pour que Ty la rejoigne.

Dans la chambre, Innes discutait avec un homme qu'elle ne put identifier, car il lui tournait le dos. Deux autres, manifestement des gardes, se tenaient un peu en retrait. L'interlocuteur d'Innes se déplaça et elle sentit son pouls s'accélérer. C'était Charlie Dennis. À côté d'elle, Ty se prépara à l'action. Il prit le revolver dans son sac et le lui donna en murmurant :

— Tire entre la poignée de porte et la serrure.

Elle se posta sans bruit au centre du balcon et pointa l'arme. Après avoir lancé un regard à Ty, qui hocha la tête, tenant son propre pistolet, elle fit feu. Le bois vola en éclats et la porte-fenêtre s'ouvrit. Innes et Charlie Dennis se bousculèrent en voulant s'écarter. L'un des gardes se baissa vivement. L'autre brandit un pistolet-mitrailleur et tira en direction de Mariana.

Le canon du pistolet-mitrailleur crachait le feu. Ty ne pensa qu'à protéger Mariana. Il se jeta sur elle et la plaqua au sol. Des balles le frôlèrent. S'il fut touché, il ne le sentit pas. Il s'en moquait. Lui faisant toujours un rempart de son corps, il riposta. L'homme s'écarta précipitamment. Mariana tendit le bras de derrière Ty et tira, causant un bruit assourdissant. La balle creusa un gros trou dans le plâtre du mur. Le garde recula en chancelant et la mit en joue une fois de plus.

Ty tira à deux reprises avant qu'il puisse faire feu puis se releva au moment même où l'autre garde se ressaisissait. Déjà, l'homme avait dégainé son pistolet et tentait de courir se mettre à couvert dans la spacieuse salle de bains située à gauche de la chambre. Ty le poursuivit de ses tirs jusqu'à ce qu'une balle l'atteigne au côté. Il tomba lourdement au sol et lâcha son arme pour porter les mains à la blessure.

Le regard fou, empli de terreur, Innes se baissa pour ramasser le pistolet-mitrailleur. Mariana, qui s'était relevée, se rua vers lui et envoya l'arme sous le lit d'un coup de pied. Comme Innes tentait de se redresser, elle lui frappa la clavicule du talon de sa botte. Il y eut un craquement accompagné d'un cri puis Innes se recroquevilla en position fœtale.

Charlie Dennis était vert de rage. Il plongea la main sous sa veste tandis que Ty tournait son pistolet vers lui. Alors qu'il dégainait, Ty lui mit une balle dans l'épaule. Il recula en titubant, heurta le mur et lâcha son arme qui tomba au sol avec fracas. Ty se jeta sur lui, écarta le pistolet d'un coup de pied et appuya l'avant-bras sur la gorge de Dennis.

— Plus personne ne devra s'en prendre à elle, gronda-t-il en exerçant une pression sur le cou du criminel. Jamais.

Mariana s'approcha, extrêmement calme. Il fut soulagé de la voir indemne.

— Toute tentative du Septième Syndicat pour infiltrer mon comté sera étouffée dans l'œuf, dit-elle d'un ton glacial. C'est compris ?

— Réponds-lui.

Ty accentua encore la pression sur la gorge de Dennis. L'homme du syndicat grimaça, les veines saillant sur son front empourpré.

— Réponds-lui.

Dennis croassa :

— J'ai compris.

Ty écarta du mur et tint par le col de sa veste l'homme mal en point.

— Nous ne sommes pas seuls. Nous vous surveillons. Le FBI se renseigne sur vos « œuvres caritatives ». Vos patrons sauront que vous avez mis tout le monde sous les feux des projecteurs. J'aurai connaissance de chacun de vos mouvements. Votre travail ici est terminé.

Il jeta Dennis par terre près d'Innes, qui geignit, mais ne bougea pas. À l'avant de la maison, la fusillade se poursuivait. Ty échangea un regard avec Mariana, tous deux convenant qu'il était temps de vider les lieux.

Elle ouvrit avec précaution la porte de la chambre. Ty s'assura que la voie était libre. Personne n'étant en vue, ils se hâtèrent le long d'un large couloir jusqu'à un grand escalier débouchant sur un vaste hall. À son extrémité se trouvait la porte d'entrée. Par une fenêtre près de la porte, il vit un garde se mettre à couvert derrière l'une des colonnes extérieures.

Ils descendirent l'escalier et s'approchèrent de la fenêtre à travers laquelle il tira. Touché au bras, le garde se mit de l'autre côté de la colonne et déguerpit dès qu'il eut retrouvé l'usage de ses jambes.

Lorsque Ty ouvrit la porte, le secteur était totalement désert. Il s'aventura à l'extérieur, tous ses sens en alerte. Un garde surgit à sa gauche. Mariana et lui battirent en retraite. Un bruit métallique retentit et le garde s'effondra. Javier apparut, la pelle en main. Il leur fit signe d'avancer.

— On a fini ?

— En tout cas, c'est fini pour eux, répondit Ty.

Tous trois longèrent à toute allure le mur de l'allée pour rejoindre la position de Vincent et Stephanie.

Vincent sortit de l'ombre.

— Des blessures ? demanda-t-il, imperturbable.

Stephanie semblait prête à se rendre à un cocktail. Tous s'accordèrent un moment pour évaluer leur état physique et secouèrent la tête. Ils retournèrent en groupe jusqu'au mur de la propriété et la quittèrent en le franchissant.

Personne ne parla sur le chemin du retour jusqu'aux voitures.

Javier posa la pelle sur le plateau du pick-up de Mariana et s'épousseta les mains. Ty, Vincent et Stephanie rengainèrent leurs armes ; Mariana mit la sienne dans son sac à dos. Tous enlevèrent leurs gilets pare-balles et les empilèrent à l'arrière du SUV de Vincent. L'heure tournait. Ils devaient se disperser, car la police, certainement alertée par des voisins, n'allait pas tarder à arriver. Ty prit cependant le temps de remercier ses amis.

— Nous sommes là pour ça, répondit Vincent en lui serrant la main.

— Nous tous, fit Stephanie avec un hochement de tête en guise de salut.

— À ton service.

Javier esquissa le « V » de la victoire et s'éloigna. Vincent et Stephanie regagnèrent leurs voitures.

Ty tendit la main à Mariana.

— Laisse-moi te ramener chez toi.

Elle lui donna ses clés et garda sa main dans la sienne. Un désir latent circula entre eux, antidote à la peur et à la violence qu'ils venaient de vivre. Elle dut finalement le lâcher, mais sa chaleur demeura présente en lui. Des gestes machinaux comme monter dans le pick-up et le faire démarrer aidèrent sou pouls à s'apaiser. Mariana jeta son sac à dos sur le siège arrière et s'assit lourdement à côté de lui. Le regard vide, elle fixa le paysage à travers le pare-brise.

Vincent et Stephanie s'éloignaient déjà. Ty les suivit. En arrivant à la limite de la zone résidentielle, ils se séparèrent. Ty fila vers l'autoroute. Au loin, là où ils s'étaient trouvés quelques minutes plus tôt, les lueurs rouges et bleues des gyrophares clignotaient entre les arbres.

— Vont-ils nous identifier ? demanda Mariana d'une voix rauque.

— Pas s'ils n'ont que leur parole contre la nôtre, et ça ne ferait que mettre en évidence la façon dont ils t'ont, en premier lieu, prise pour cible.

— Tu crois qu'on en a fait assez pour les arrêter ?

Il se remémora l'air défait de Charlie Dennis.

— Nous leur avons démontré que nous pouvons leur porter

atteinte quand bon nous semble. Et maintenant, le syndicat sait qu'il est surveillé, pas seulement par nous, mais aussi par le FBI. Ce genre de cafards déteste la lumière. Ils se tiendront tranquilles.

Elle se renfonça dans son siège. D'un geste lent et étudié, elle détacha ses cheveux et y passa les doigts. Ty eut du mal à garder les yeux sur la route. Il n'avait qu'une envie : sentir leur contact soyeux sous ses doigts, entendre la respiration lente et rythmée de Mariana serrée tout contre lui.

L'heure tardive avait en grande partie balayé la circulation de l'autoroute. Banlieues et collines sombres défilèrent. Des semi-remorques y erraient, tels des animaux préhistoriques.

— Je n'arrive pas à croire ce que nous avons fait ce soir, dit Mariana.

— Tu t'es rebellée et tu les as arrêtés.

Il se sentait rempli d'admiration.

— Exactement comme tes ancêtres.

— Comme les tiens, aussi.

Elle le regarda. La fatigue avait disparu de ses yeux ; une lueur nouvelle y brillait.

— Justice pour la Frontière a besoin d'un foyer. Nous le lui donnerons là où tout a commencé. Chez moi.

— Nous pouvons trouver un autre endroit.

L'idée d'utiliser la propriété l'avait toujours tenté, mais la façon dont les choses s'étaient détériorées entre Mariana et lui l'avait fait réfléchir.

— T'imposer ça est la dernière chose dont j'aie envie.

— C'est mon choix, affirma-t-elle.

Elle posa la main sur sa jambe.

— Et je veux que tu sois là, toi aussi. Dans ma maison. Dans ma vie.

La peur qu'il avait toujours éprouvée de s'engager autrement que dans son travail ne vint pas le prendre à la gorge. C'était ce qu'il voulait. Être avec Mariana. Il eut l'impression de respirer librement pour la première fois, qu'un poids inconnu venait d'être enlevé de ses épaules.

— Je suis tout à toi, lui dit-il.

Il posa sa main sur la sienne et ils roulèrent ainsi pendant des kilomètres.

Alors qu'ils approchaient de Rodrigo, une odeur de terre et de mer leur parvint. Ty avait appris à connaître les petites routes. Le calme s'intensifia avec le paysage familier. Quand il bifurqua sur la longue voie menant au verger de Mariana et qu'il vit les contours nets des collines en arrière-plan, son cœur se mit à battre plus fort. Oui, il pouvait vivre là. Avec elle.

Ils avaient parcouru la moitié de la route lorsque deux voitures arrivèrent derrière eux, phares éteints. La perception de Ty s'affûta et toute sensation de calme fut dissipée par une nouvelle décharge d'adrénaline. Il sentit Mariana se crisper près de lui ; elle se tourna pour regarder par la lunette arrière.

— L'une d'elles est une voiture de police, annonça-t-elle d'une voix tendue.

Ty franchit la limite de sa propriété puis ralentit. Mariana sortit son téléphone et elle composa un numéro.

— Pete, tu es de service ?

Après un moment, elle ajouta :

— Tu ferais bien de monter jusque chez moi... Merci. Reste en ligne.

Les voitures réglèrent leur allure sur la leur. Ty mit le pick-up en travers de la route, bloquant l'accès à la maison, et s'arrêta. Il laissa tourner le moteur et il descendit du véhicule. Mariana contourna le capot, emportant son sac à dos. Il la vit mettre son portable sur haut-parleur et le poser au bord du plateau du pick-up, juste derrière eux.

Les autres voitures s'arrêtèrent quelques mètres plus loin. Le capitaine Phelps sortit de la voiture de police. L'homme chauve qui avait attaqué Mariana sur le parking descendit de la berline. Phelps semblait surtout déçu et las alors que le visage du chauve exprimait la fureur.

Mariana se posta à côté de Ty, fermement campée sur ses jambes.

— Vous êtes ici sur mes terres, Phelps.

Le capitaine lui lança un regard mauvais et secoua la tête.

— Tout aurait été tellement plus simple si vous aviez vendu. Vous auriez pu vivre pour profiter de votre argent.

Ty s'adressa aux deux hommes.

— Vous êtes au courant ? Le Septième Syndicat est fini, ici.

L'homme chauve cracha :

— Peu m'importe.

Il repoussa le bord de sa veste, laissant voir un pistolet à sa hanche.

— Je vais terminer ce boulot.

Ty observa leurs adversaires, tous deux armés. La violence irradiait littéralement de l'homme de main. La posture molle de Phelps était trompeuse. Il le savait prêt à dégainer son arme. Avant qu'il ait l'occasion de saisir la sienne, Mariana passa devant lui et arracha son pistolet de son étui. Elle s'interposa entre les hommes et lui, l'arme braquée sur eux.

Le cœur de Ty se mit à cogner. Elle ne pouvait les abattre en une fois. Phelps tendit les mains vers elle.

— Je sais que vous pensez que c'est votre seule option, mais nous pouvons trouver une solution. Le Septième Syndicat n'a pas besoin d'être consulté. Nous mettrons une nouvelle offre sur la table. Nous conviendrons d'un arrangement pour que tout le monde y trouve son compte.

Il mentait pour tenter de gagner du temps. Ty perçut la menace dans ce simulacre de négociation. L'homme chauve approchait imperceptiblement la main de son arme. Pourquoi Mariana s'était-elle emparée de son pistolet ? Il vit alors que son sac à dos était complètement ouvert. La crosse du calibre .44 était devant lui, à sa portée. Un frisson glacé lui parcourut le dos. D'un instant à l'autre, la mort pouvait frapper.

L'homme chauve s'adressa avec mépris à Mariana.

— Vous êtes prête à me tuer ?

Elle haussa une épaule et Ty passa à l'action. Il saisit le revolver dans le sac de Mariana et bondit devant elle au moment où le chauve portait la main à son arme. Il tira un seul coup de feu qui envoya le malfrat percuter sa voiture. Il glissa au sol, mort.

La main de Phelps hésita au-dessus de son arme ; sa mâchoire tremblait, mais le reste de son corps resta figé. Mariana le tint fermement en respect. Loin derrière lui, des gyrophares éclairèrent la route. Une voiture de police arrivait à vive allure. Les épaules de Phelps s'affaissèrent lorsque la lumière passa sur lui. Le véhicule s'arrêta dans un nuage de poussière. Pete en descendit et s'approcha prudemment. Mariana garda son arme pointée sur le capitaine.

Phelps tourna son regard fatigué vers le policier.

— Pete. Je pense que tu ignores que...

— Je prends votre arme, Phelps.

Pete s'avança et lui retira son arme. Mariana baissa la sienne. Après avoir menotté Phelps, Pete le fit asseoir à l'arrière de la voiture de police avant de revenir vers Ty et Mariana.

— Merci de ton appel, Mariana.

Le visage neutre, elle alla récupérer son portable sur le plateau du pick-up. En revenant, elle rendit son pistolet à Ty, qui le rengaina. Il remit le revolver dans son sac à dos tandis que Pete, sur la radio de sa voiture, appelait des renforts ainsi que l'équipe scientifique pour l'examen de la scène de crime.

Ses collègues arrivèrent rapidement. Ty et Mariana restèrent ensemble alors qu'ils allaient et venaient autour d'eux, affairés. Ils répondirent aux questions de Pete ; Ty lui promit d'appeler son chef et ses contacts au FBI afin d'établir le lien entre cet incident et le précédent survenu à la maison. Le corps fut photographié puis emporté, les voitures aussi. Pete leur adressa un signe de tête solennel avant de repartir avec Phelps à l'arrière de sa voiture.

Mariana s'installa au volant de son pick-up et les ramena, Ty et elle, chez elle. Toro leur fit la fête et les accompagna en trottant à l'intérieur. La première chose qu'elle fit fut d'aller dans sa chambre pour ranger le revolver dans le tiroir à double fond. Ty, qui l'avait suivie, retira sa veste. Une balle avait traversé sa manche, mais sans le toucher.

Elle s'assit sur le bord du lit. Bien qu'elle ait l'air exténué, la vivacité ardente de son regard ne s'était pas affadie.

— Oublie la violence, lui dit-elle. La bagarre, l'incendie, les coups de fil et les armes.

Elle secoua la tête, ses cheveux sombres encadrant son visage.

— Sans tout ça, tu serais quand même ici maintenant, n'est-ce pas ?

Il s'assit près d'elle, leurs corps attirés l'un vers l'autre.

— Dès l'instant où je t'aie vue la première fois dans ta boutique, j'ai su. J'ai su que j'adorerais connaître le son de ta voix à cette heure matinale. Et que nous ayons une vie agréable ou difficile, je suis impatient d'en découvrir chaque étape avec toi.

Il se pencha vers elle et elle l'entoura de ses bras. Leurs bouches unirent pour un baiser formulant plus de serments que ne l'auraient fait les mots.

Épilogue

Mariana ne se souvenait pas d'avoir jamais vu une telle activité sur ses terres. Les cueilleurs circulaient entre les rangées d'arbres. D'innombrables caisses de pommes étaient empilées dans la grange ou emportées par camion plusieurs fois par jour. À cet instant même, l'un d'eux passa près d'elle et elle adressa un signe de la main au conducteur.

Pendant ce temps, à la maison, Vincent et Stephanie tendaient de nombreux câbles des antennes paraboliques récemment posées sur le toit jusqu'à la réserve attenante à la cuisine. Chaque fois qu'elle entrait dans cet espace converti, elle trouvait qu'il ressemblait de plus en plus à un centre de contrôle de la NASA. Ordinateurs, moniteurs et radios s'alignaient sur une table qui longeait tout un mur.

Les coups de marteau de Ty étaient beaucoup plus espacés que les battements de son cœur lorsqu'elle leva les yeux vers lui. Il remplaçait le bois vermoulu de la terrasse couverte. Le voir en jean et T-shirt chassa tout à fait la fraîcheur de la légère brume marine qui balayait les collines. Bien sûr, elle ne pouvait se plaindre de le voir en costume tous les jours, maintenant qu'il assumait les fonctions de chef de la police de Rodrigo. Après avoir procédé à l'arrestation de Phelps, Pete s'était montré juste et professionnel envers Ty, et tout le service fonctionnait sans accroc.

Mais ce jour-là, Ty était à elle seule. Il fixa le bardeau et descendit de l'échelle.

— Ils terminent ?

Tous deux regardèrent les cueilleurs empiler les dernières caisses de la journée et se diriger vers leurs voitures. Mariana échangea avec eux des signes de la main puis gagna la terrasse. Ty l'accompagna et s'y tint avec elle, les coudes posés sur la balustrade qu'il avait réparée la semaine précédente.

Elle fit glisser sa main le long de son bras.

— Attends-moi ici.

Il se tourna et s'appuya contre la balustrade. Un léger sourire étira ses lèvres alors qu'il la suivait du regard jusque dans la maison. Son attention passionnée n'avait pas faibli. Il avait l'impression qu'ils trouvaient chaque jour une nouvelle façon de communiquer, soit au moyen de mots, de simples regards, ou de leurs corps.

En traversant le salon, elle perçut des mouvements dans la réserve reconvertie puis les échos d'une conversation entre Vincent et Stephanie. Javier était venu lui aussi participer aux travaux quelques jours plus tôt, mais il s'était éclipsé avant la tombée de la nuit. Sydney avait passé avec eux des soirées entières à leur raconter toutes les anecdotes qu'elle avait pu glaner sur le passé de Justice pour la Frontière.

Mariana prit quatre verres ainsi qu'une bouteille de tequila. Le bruit des verres s'entrechoquant dut attirer Vincent et Stephanie car ils la rejoignirent alors qu'elle retrouvait Ty sur la terrasse. Elle posa les verres et la bouteille sur la balustrade.

Il n'y avait eu aucun signe de présence du Septième Syndicat à proximité de sa propriété, de sa boutique, ou nulle part ailleurs dans le comté. Toutefois le cerveau électronique que Vincent et Stephanie étaient en train d'installer dans la maison avait relevé des traces de l'organisation criminelle. Et dès qu'il y aurait une cible confirmée, Justice pour la Frontière se manifesterait.

Ty déboucha la bouteille et versa des verres pour tous. Chacun leva le sien. La lueur du soleil couchant accentua la teinte ambrée de la tequila. L'intensité du regard que Ty posa sur Mariana la grisa plus que l'alcool ne le pourrait jamais. Elle le fixa en retour et vit sa respiration ralentir, sa poitrine se gonfler. Il lui adressa un sourire de connivence. Ils communiquèrent en silence.

Puis Ty porta un toast.

— Aux Balducci !

Vincent et Stephanie le reprirent en chœur tout en trinquant.

Mariana se tenait sur la terrasse de sa maison de famille, entourée par les souvenirs de ses parents. Leur propriété perdurait et prospérait. Et l'influence de ses ancêtres était ressuscitée, grâce à Ty et aux autres. Elle fit tinter son verre contre le sien.

— *Salud*.

RESTEZ CONNECTÉ AVEC HARLEQUIN

Harlequin vous offre un large choix de littérature sentimentale !

Sélectionnez votre style parmi toutes les idées de lecture proposées !

 www.harlequin.fr   **L'application Harlequin**

- **Découvrez** toutes nos actualités, exclusivités, promotions, parutions à venir...

- **Partagez** vos avis sur vos dernières lectures...

- **Lisez** gratuitement en ligne

- **Retrouvez** vos abonnements, vos romans dédicacés, vos livres et vos ebooks en précommande...

- Des **ebooks gratuits** inclus dans l'application

- **+ de 50 nouveautés tous les mois !**

- Des **petits prix** toute l'année

- Une **facilité de lecture** en un clic hors connexion

- Et plein d'autres avantages...

Téléchargez notre application gratuitement

SUIVEZ-NOUS !   facebook.com/HarlequinFrance
twitter.com/harlequinfrance